SOUVENIRS

D'UN

HOMME DE LETTRES

C'est un type attachant de cette honorable vie des lettres, indépendante et simple, qu'on est heureux de reprendre et plus heureux de ne quitter jamais, quand on a osé une fois la choisir.

VILLEMAIN. — *Notice sur l'abbé de Feletz.*

Typographie Lahure, rue de Fleurus, 9, à Paris.

A. JAL

SOUVENIRS

D'UN

HOMME DE LETTRES

(1795-1873)

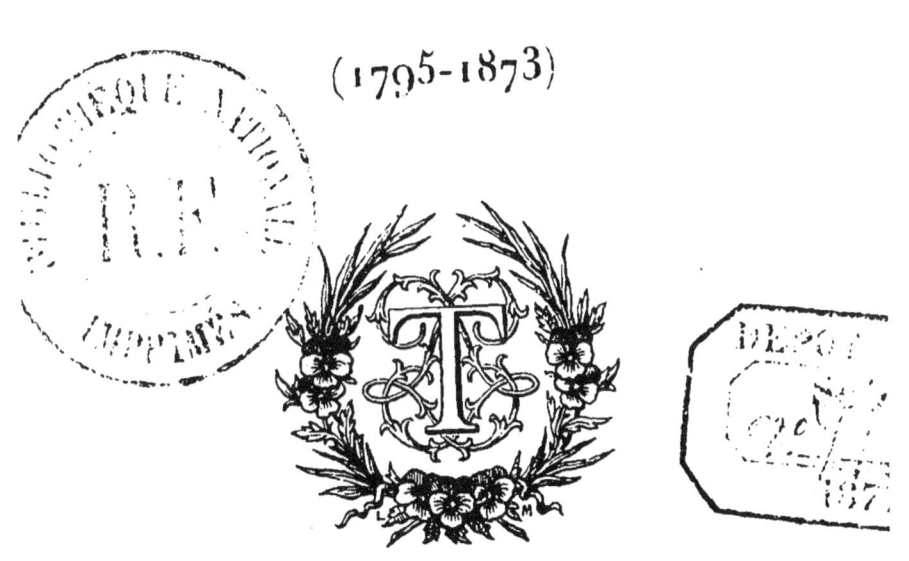

PARIS

LÉON TECHENER, LIBRAIRE

RUE DE L'ARBRE-SEC, 52

MDCCCLXXVII

INTRODUCTION

LE PRIX GOBERT

ET LE

LAURÉAT DE L'ACADÉMIE DES INSCRIPTIONS ET BELLES-LETTRES EN 1873.

N 1873, le premier des deux prix que l'Académie des Inscriptions et Belles-Lettres a mission chaque année, en vertu de la fondation du baron Gobert, de décerner à l'auteur de l'ouvrage renfermant, sur nos annales, le plus de notions nouvelles, était accordé par ce corps savant à l'auteur du livre intitulé : *Abraham Duquesne et la marine de son temps.*

L'Académie récompensait ainsi non-seulement l'érudit qui avait commencé dès 1832, par ses recherches sur les transformations successives du vaisseau et le langage des gens de

1

mer, à poser les fondements de notre histoire
maritime, mais encore elle voulait signaler le
courage du vieillard qui dans l'espace de dix
années, lorsque la fin de ses fonctions ad-
ministratives lui avait rendu la liberté, avait
mis au jour, de soixante-huit à soixante-dix-
huit ans, d'abord son *Dictionnaire critique de
Biographie et d'Histoire*, puis ce dernier ouvrage sur le grand marin Dieppois, ouvrage
si riche en documents recueillis de toutes
parts.

Si M. Jal eût senti en lui les forces suffisantes pour une plus longue carrière, peut-
être eût-il fait de cette étude une histoire définitive des origines de la marine Royale au
xviie siècle. Il fallait pour cela seulement
quelques efforts de plus; mais s'il les eût
tentés, très-vraisemblablement il n'eût pas
mené son livre à terme. L'ancien archiviste
de la marine mourait en effet à Vernon le
1er avril 1873, quatre mois après cette publication.

Le prix de l'Académie était donc, comme
M. Hauréau ne l'a que trop bien dit, un laurier
déposé sur une tombe; mais quelques regrets que puisse inspirer la perte d'un homme
distingué, d'un ami, ces suffrages posthumes
ont eu un caractère qui en tempère le chagrin, c'est que, venant d'hommes de cœur et

d'intelligence, ils ont été comme la consécration d'une vie qui se continue dans ses œuvres et aussi dans les exemples qu'elle laisse. J'irai plus loin, puisque assurément le mot de tombeau n'a pas été employé par M. Hauréau pour une vaine image, la parole de l'honorable académicien a également consacré la tombe de l'écrivain comme une de ces pierres devant lesquelles les souvenirs qu'elles évoquent portent l'esprit à la réflexion, espèce d'entretien intime avec le monde où planent les idées et les sentiments épurés.

A ce point de vue, il est vrai, tant qu'elle subsistera, la tombe de M. Jal est destinée à rappeler la constance dans le travail, la modération dans les désirs, la poursuite jusqu'à la mort d'un dessein utile à la science et glorieux au pays. Elle rappellera un homme qui, dans un temps où l'amour des jouissances, l'ambition et la cupidité remuent la société jusque dans ses bas-fonds, n'a jamais profité des occasions pour sortir de sa sphère. Mais elle rappellera aussi que, satisfait au milieu d'hommes d'étude, s'il n'a pas même su briguer une place plus élevée parmi les heureux d'entre eux, l'estime de ceux-ci, soutenue par la fondation du prix Gobert, a du moins porté bonheur après lui à la femme intelligente qui pendant cinquante ans a partagé sa vie modeste et laborieuse.

De tels souvenirs certainement font désirer de ne pas voir trop tôt le laurier, suivant l'expression de M. Hauréau, déposé sur cette tombe, se sécher et devenir une poussière qu'emportera le vent. Mais comment l'espérer, si, sans quitter le seuil de l'Académie, la pensée même des hommes à qui l'on doit cette cérémonie, dans laquelle M. Jal a reçu son dernier honneur, nous montre le peu de durée des souvenirs et des tombeaux les plus dignes d'être conservés ?

Ainsi, en 1859, un voyageur qui pénétrait dans le cimetière du couvent de Saint-Georges, au vieux Caire, remarquait au pied d'un tamarisque un tombeau isolé sur lequel se lisaient ces vers :

En expirant si jeune aux brûlantes contrées
Dont j'allais visiter les célèbres tombeaux,
Je ne pleurerai point des femmes adorées,
Ma table délicate et mes brillants chevaux,
Tout le bonheur enfin que donne la richesse.
Aux amis, aux parents je veux bien renoncer,
Mais pourtant un regret m'accable de tristesse
A ma patrie encor je n'ai rien à laisser.
Travaux, rêves de gloire, ici pour moi tout cesse.
Je sais que la nature avait mis en dépôt
Des vertus dans mon cœur, des forces dans ma tête,
Mais l'arbre par la foudre, hélas! brûlé trop tôt,
Laisse ignorer jusqu'où pouvait monter son faite.

Le tombeau d'où sortait pour ainsi dire cette plainte généreuse était évidemment oublié. « Le temps, écrivait le voyageur, en avait disjoint les pierres, et la main de l'homme avait brisé la dalle de marbre blanc sur laquelle était gravée l'épitaphe. » Ce tombeau cependant était celui du baron Gobert, mort à l'âge de vingt-six ans, le 22 décembre 1833.

Le baron, par ses legs magnifiques, semble avoir eu surtout à cœur deux objets : le premier, d'honorer la mémoire de son père; le second, de glorifier sa patrie en l'instruisant. Il n'avait pas eu le temps de faire ce qu'il aurait voulu, et il en avait donné les moyens aux plus capables. Sur ce dernier point on sait ce qu'ont déjà produit sept cent mille francs distribués depuis 1838 par l'Académie Française et par l'Académie des Inscriptions et Belles-lettres.

Mais par une étrange singularité, cet homme qui a encouragé les historiens à répandre la lumière sur nos annales, n'a pu l'amener sur la mémoire de son père ni l'arrêter sur lui-même, et pendant que sa tombe est négligée de ceux qui distribuent ou reçoivent ses dons, au cimetière du Père-Lachaise, celle du général son père porte une autre trace de l'indifférence. L'erreur s'est glissée dans une des inscriptions placées au-dessus des bas-reliefs qui accompagnent la statue, et elle s'y maintient, quoique les deux Académies aient été chargées de surveiller l'érection de ce monument.

L'acte de la vie du général que représente le bas-relief auquel fait allusion l'inscription dont je parle, s'est accompli en 1802, dans l'expédition dirigée par Richepanse contre la Guadeloupe pour y comprimer la révolte des noirs. C'est là qu'après avoir enlevé le poste de Dolé, situé entre la Basse-Terre et les Trois-Rivières, le général Gobert tuait le nègre qui s'approchait une torche à la main pour faire sauter le fort (1). Pourquoi donc l'inscription placée au-dessus de ce bas-relief substitue-t-elle le nom de la Martinique à celui de la Guadeloupe, qui ne fut pas seulement le théâtre des succès du général, mais encore l'île dans laquelle il naquit à la Basse-Terre, le 1er juin 1760?

On voit par ces deux exemples, pris entre une multitude d'autres, ce que durent les souvenirs et comment ils s'altèrent. Il sem-

---

(1) On peut s'assurer de ce que nous avançons dans l'*Histoire de la Guadeloupe*, par *M. Lacour*, tome II, page 312. — Seulement l'historien ne désigne pas le général Gobert comme l'auteur du trait représenté par le bas-relief..

ble, en effet, que l'oubli et l'erreur soient le plus souvent notre partage. Quand nous aurons chargé les monuments d'inscriptions, quand nous aurons frappé bien des médailles, élevé bien des statues, ce ne sera pas encore assez, l'oubli et l'erreur auront encore leur large part.

Mais c'est là aussi une raison pour ne rien négliger des moyens de conserver ce qui mérite l'attention. C'est dans cette pensée sans doute qu'un ami de M. Jal, M. Millereau, chez lequel il passait ses vacances, au château de Vauban, l'avait engagé en 1859, à raconter sa vie propre dans son *Dictionnaire de Biographie et d'Histoire*. M. Jal, cédant à ce désir, avait écrit la note qu'on lui demandait, mais le bon goût l'a empêché d'aller plus loin et de se poser lui-même devant le public.

La réserve qu'a montrée M. Jal dans cette occasion ayant enlevé à cette note le caractère qu'elle eût pris autrement, elle est devenue pour ainsi dire une confidence à un ami. Sous cet aspect, nous avons été heureux de la retrouver et nous pensons qu'on nous saura gré de la publier pour faire connaître l'homme distingué qui vient de mourir.

Il est toujours intéressant, selon nous, d'entendre un vieillard faire des retours sur lui-même et sur la société de son temps. Ici

les aperçus de bon sens, les saillies d'un
esprit vif et droit, les anecdotes curieuses, ne
permettaient pas de laisser perdre des pages
dans lesquelles on reconnaît souvent un causeur du salon de Charles Nodier, salon dans
lequel l'on savait causer.

Ces pages seront d'ailleurs le commentaire
de la parole de M. Hauréau (1). Ceci dit laissons M. Jal nous entretenir de lui-même.

(1) Nous croirions 'honorer plus complétement la
mémoire de M. Jal, si, à son occasion, le rapprochement que cette parole nous a induit à faire entre la
tombe du lauréat et celle du donateur était écouté. .

Il nous semble qu'un bien léger prélèvement sur les
vingt mille francs donnés annuellement par la fondation
Gobert, permettrait au consul français établi au Caire
d'y faire surveiller l'entretien de la tombe du couvent
de Saint-Georges.

Pourquoi également, soit l'Académie Française, soit
celle des Belles-lettres, ne mettrait-elle pas un jour au
concours l'éloge du baron Gobert, qui comprendrait
aussi des détails sur la vie de son père, et l'examen
des résultats obtenus déjà par la fondation?

L'intérêt de ceux-ci n'est-il déjà pas assez grand
pour justifier un pareil concours, en l'honneur de ce
bienfaiteur des lettres?

UN

HISTORIOGRAPHE

DE LA MARINE

(1795-1873.)

Depuis plus de vingt ans, tous les entrepreneurs de Dictionnaires biographiques m'ont fait l'honneur de me demander quelques renseignements sur moi-même, « désireux, disaient-ils avec une bonne grâce parfaite, de posséder des éléments sérieux, des notions précises, des dates certaines pour la composition d'articles qu'ils se proposaient de faire, sur un homme si, etc. » Autant que je l'ai pu, je me suis refusé à contenter ce désir obligeant, me connaissant trop bien pour me croire un personnage important, digne de figurer au catalogue des contemporains célèbres. Il est arrivé de là qu'on a publié sur mon compte des choses fort inexactes, et que, récemment encore dans son *Dictionnaire universel des contemporains* (1858) M. Vapereau a dit, entre autres choses, que je naquis en 1791, que je fus lieutenant de vaisseau avant de devenir critique, que je fis plusieurs campagnes sous l'Empire, qu'au retour de la paix, je donnai ma démission. » Que sais-je encore! M. Vapereau a été trop généreux ; il m'a donné un grade que je serais fier d'avoir obtenu, mais que M. le vicomte Du Bouchage, ministre passionné de la Restauration, ne me laissa pas le temps de mériter. Il m'a prêté un âge que je suis fort heureux de n'avoir point encore, parce que j'ai l'espoir de vivre un peu plus longtemps que si je l'avais déjà, et que, pour un esprit curieux, vivre est une chose assez intéressante, dans ce temps où tant de grandes choses s'accomplissent par la France et par l'Empereur (1859). Que faire donc ? Laisser ces erreurs se propager sans s'en inquiéter ? Ce serait peut-être le plus sage, car enfin qu'importe au monde que j'aie été ceci ou cela, que je sois né avant ou après 1791 ? Et puis, relever ces erreurs qui n'intéressent que moi ne serait-ce pas laisser supposer que je me crois de ceux dont les gestes, les œuvres, les sentiments, l'enfance, l'âge mûr et la vieillesse appartiennent à l'histoire de leur pays ? D'un autre côté, quand je m'applique, en ce qui touche les autres à certifier les travaux des biographes, quand je cherche avec passion la vérité pour la substituer aux traditions mensongères, pourquoi, parce qu'il s'agit de moi, laisserais-je subsister des inexactitudes qui iront se reproduisant de biographie en biographie, jusqu'à un historien plus avisé qui, supprimant tous· les détails,

imprimera cette simple phrase, au-dessous de mon
nom : « Écrivain qui produisit beaucoup, vécut
sans célébrité et mourut tout entier, le.... »

Tout bien considéré, parlons de moi. On a dit
que parler de soi est chose difficile ; cela n'est vrai
que lorsqu'on a du bien à en dire : ce n'est pas
ici le cas. Donc parlons de moi. D'ailleurs mon
excuse est écrite à la première page du présent
livre. *De minimis curo*, ai-je dit en commençant ;
je resterai fidèle à ce programme, en écrivant
ces quelques pages de Mémoires. Je ne dis point
cela dans un accès hypocrite de fausse modestie ; je sais au juste ce que je vaux, et ne me
suis jamais surfait. J'ai traversé la foule des grandes vanités, des hautes ambitions et je suis resté
étranger à l'ambition et aux folles vanités qui
ont égaré quelques beaux génies. J'ai été quelquefois assez content de moi — je dirai à propos de
quels de mes travaux j'ai éprouvé ces petites satis-
factions — mais jamais je n'ai cru que je m'étais
élevé au-dessus du niveau d'une honnête médiocrité. Si je m'étais affilié à quelques-unes de ces
coteries qui ont, de notre temps, disposé de la
gloire avec une tyrannie si plaisante, je serais devenu certainement, de par les dispensateurs de la
renommée « un critique habile, un érudit éminent » ;
on aurait inventé pour moi, comme pour tant d'autres, déjà oubliés et morts de leur vivant, de ces
superlatifs dont le moindre défaut était d'être assez
peu français. Mais j'ai vécu seul ; je n'eus ni maître
ni compère pour me présenter dans le monde des
lettres et de la science, où j'entrai dépourvu de
littérature et de savoir, comme quelques-uns qui

sont arrivés cependant, remorqués par de complaisants introducteurs qu'ils ont payés en serviles adulations. Si Dieu m'avait donné le génie, je l'en bénirais; il m'a donné la modération, et je l'en remercie. A de certains moments, le génie est un don fatal. Le génie se croit en droit de se mettre au-dessus de la raison; il la raille et la méprise, et nous avons vu où le conduisent l'orgueil, l'enivrement de la gloire et, plus mauvais conseiller encore, le besoin de la popularité. Désirant peu, laborieux par un goût tardif et par une nécessité trop tôt sentie, j'ai à me louer de mon sort. Ma carrière n'a pas été brillante, mais j'ai eu mon heure, mon jour de succès. Je vois peu de gens satisfaits de leur fortune, je suis content de la mienne. Dans un temps où il faut à tout le monde les jouissances d'un grand luxe, où l'argent a été fait Dieu, j'ai vécu de la vie bourgeoise, entendue comme elle l'était autrefois, regardant souvent au-dessous de moi, jamais au-dessus. J'ai trouvé des plaisirs très-enviables dans la société des artistes de tous genres, hommes distingués qui savaient ne pas sortir de leur sphère, travailleurs courageux, spirituels, gais, naturels surtout, n'ayant qu'un but, la réputation loyalement acquise.

J'ai aidé autant que je l'ai pu au succès d'autrui; j'ai admiré sincèrement les talents qui ont honoré notre pays, et n'ai porté envie à personne. J'ai vu grandir à côté de moi des champignons dont la croissance subite a étonné tous les yeux, je n'aurais pas voulu pousser sur le fumier où la faveur les a semés. La critique ne m'a pas été sévère, il est vrai qu'elle s'est montrée assez dédaigneuse à mon endroit ; elle ne s'est guère occupée de moi. Un journaliste alors en grand renom — il était lisible en ce temps-là, et de mes amis d'ailleurs — me dit un jour, à propos d'un de mes livres qui réussissait un peu : « Mais, sais-tu que tu as fait là un ouvrage très-honnête? — Je te remercie du compliment, je l'accepte et te prie, seulement, de l'imprimer dans ton journal. » Il me promit davantage et ne fit rien.

Habitué à Paris depuis quarante-cinq ans, originaire de l'ancienne province du Bourbonnais, je suis né à Lyon, le 12 avril 1795. Mon père, Pierre Jal, était courtier de commerce. Il avait vingt-cinq ans lorsque je vins au monde ; ma mère n'en avait que vingt. J'étais le second fils de leur mariage, contracté à Lyon, le 29 novembre 1792. Mon frère aîné, Louis, était né à Roanne (Loire), le 22 octobre 1793. Mon père fuyait alors l'échafaud dressé par Challier sur un des ponts du Rhône. Il fut sauvé par un gendarme, nommé Rose, mari d'une bonne et charmante femme, qui fut ma troisième nourrice.

Élevé dans une ville qui portait les marques de longues souffrances endurées sous la République, et dans une famille où les souvenirs attristants de la Terreur se noircissaient encore de douloureux souvenirs personnels — un des parents de ma mère avait eu la tête tranchée par le bourreau, un oncle de mon père avait été égorgé et jeté dans la Saône — comment n'aurais-je pas eu l'horreur et la crainte de la République ? Ce que j'en ai vu plus tard ne m'a pas converti à son culte, bien qu'elle n'ait pas eu le temps d'entrer en possession de tous ses terribles instincts. Je sais que l'on m'a dit : « Vous êtes un petit esprit ; vous ne comprenez pas ce qu'il y a de beau dans le gouvernement de tous par tous. » Je conviens qu'on a raison de me dire ces choses, et qu'à ce gouvernement, voire à celui qu'on appelle le gouvernement des majorités, où j'ai vu la minorité hardie opprimant le plus grand nombre, renverser de ses factieuses mains le trône qu'une bourgeoisie meilleure avait ébranlé, qu'elle ne sut pas défendre quand il s'abandonnait lui-même, et qu'elle pleure sottement aujourd'hui, je conviens, dis-je, qu'à ce gouvernement je préfère celui d'un seul, qui assure mon repos, nous rend la gloire, et nous défend contre les sauvages caprices de la multitude.

Au reste, mes préférences ne sont pas d'hier. Mes premiers souvenirs sont pleins de Bonaparte et de Napoléon. Ma première éducation fut toute bonapartiste ; mes premières admirations furent pour celui qu'autour de moi tout le monde admirait. Lyon était une des villes aimées de l'Empereur ; Lyon, dans toutes les occasions faisait éclater sa reconnaissance pour le souverain, vainqueur de l'anarchie, restaurateur du pouvoir en France, et qui l'avait relevée de ses ruines, elle, la pauvre cité désolée. Le premier grand spectacle qui frappa mes yeux et laissa dans mon esprit une impression durable, tout enfant que je fusse, c'est l'entrée à Lyon du général, vainqueur en Italie. Je vois encore, comme si le fait s'accomplissait en ce moment devant moi, je vois Bonaparte, vêtu d'un habit aux larges basques, aux manches étroites, aux grands revers galonnés d'or ; coiffé d'un tricorne galonné, empanaché de brillantes plumes aux trois couleurs; — il n'avait pas encore le petit chapeau sans plumes et sans galons, devenu un des traits de sa physionomie — monté sur un petit cheval blanc, que couvrait une longue housse rouge, bordée d'or ; suivi de beaucoup d'officiers, précédé d'une musique joyeuse, dont tous les instruments étaient tenus par des amateurs, organisés en une bande militaire; escorté d'une garde d'honneur, composée de jeunes citoyens enthousiastes; accompagné par un peuple ivre d'une joie bruyante et jetant au vent d'éclatants *vivat*. Je le vois passer sur un des côtés de la place de la Comédie, devant les fenêtres de notre maison, pour se rendre au logement qu'on lui avait préparé au quartier Bellecour, où on le faisait aller par le plus long, afin que tout le monde jouît de sa présence désirée. Le soleil illuminait de ses plus beaux rayons les deux journées qu'il passa dans la ville, où l'accueillirent tant d'acclamations admiratives.

Je vis mieux encore le grand homme en janvier 1802, lorsque, premier Consul, il vint à Lyon, présider les *consultes cisalpines* (1). L'hiver était rude; mais malgré le froid, le souverain, celui du moins que tout le monde considérait comme tel,

(1) « Le Premier Consul est parti aujourd'hui à minuit (18 nivôse an x — 8 janvier 1802) pour se rendre à Lyon; il ne sera pas plus de dix ou douze jours hors de la capitale. » — « Le Premier Consul est arrivé à Lyon le 21 nivôse (11 janvier), à neuf heures du soir. » — « Le Premier Consul est arrivé aujourd'hui (à Paris) 11 pluviôse (31 janvier), à six heures du soir. » (*Moniteur universel*.)

celui que toute la jeunesse entourait cette fois encore, comme elle l'avait fait en 1797, disputant à la garde consulaire et à l'armée revenant d'Égypte l'honneur de veiller sur lui et de lui servir partout d'escorte ; malgré le froid, dis-je, le Consul, cette fois notre voisin de très-près, se montrait souvent sur le balcon de l'hôtel de ville, où il était logé, et j'eus le bonheur de le contempler là tout à mon aise.

Des visites de Napoléon à ma ville natale, aucun des incidents dont j'ai été le témoin n'est sorti de mon souvenir. Ils se sont si fréquemment représentés à mon esprit depuis près de soixante ans, que j'en raconterais encore aujourd'hui toutes les particularités. Il en est une que je veux dire, en demandant pardon au lecteur de l'infimité des détails où j'entre ici.

Le temps était sombre, l'air glacial ; les cavaliers qui faisaient faction à pied aux postes de l'hôtel de ville, devenu pour quelques jours le palais consulaire, marchaient enveloppés de leurs longs manteaux blancs ; à leurs moustaches pendaient de petits glaçons, ce qui me frappa vivement, ainsi que les enfants de mon âge. Le général avait un appartement dont les fenêtres s'ouvraient sur la place de la Comédie ; sous ces fenêtres, malgré le froid, le brouillard et le givre, la foule stationnait, essayant de voir Bonaparte, qui paraissait quelquefois derrière les carreaux de ses croisées; si elle l'apercevait, c'étaient des hourras! des bravos! des cris à n'en plus finir. La brume, très-épaisse, empêchait le plus ordinairement qu'on ne l'entrevît cependant, à de certains moments, le Consul ouvrait la fenêtre, s'avançait sur son balcon, et remerciait le peuple de son empressement et des manifestations de sa joie si franche. Alors, le brouillard s'ouvrait sous un rayon de soleil, comme un rideau de théâtre, pour se refermer quand Bonaparte était rentré. Ceux de mes contemporains lyonnais qui vivent encore, se rappellent comme moi cette singularité qui frappa toutes les imaginations ardentes d'une sorte de superstition religieuse. Le héros, qui semblait commander aux éléments, prenait des proportions divines, et depuis ce temps, on crut toujours à Lyon, et cette opinion devint générale en France, que Napoléon disposait du soleil (1).

Essayerai-je de dessiner le profil de Bonaparte tel qu'il est resté dans ma mémoire? décrirai-je cette tête fine, calme, fière, forte, douce et ferme, encadrée dans de longs cheveux châtains, tombant des tempes et emprisonnés par derrière dans le

(1) Cette croyance populaire se trouve indiquée dans un couplet des *Fêtes françaises*, pièce de Rougemont et de Gentil, jouée à l'occasion du mariage de Napoléon avec Marie-Louise.

« Cependant, monsieur, dit un personnage de la pièce, le temps n'est pas trop sûr. — Mon ami, répond son interlocuteur, rassure-toi, ce jour est du choix de notre souverain :

On sait qu'à ses regards perçants
L'avenir toujours se dévoile,
Et *quand il nous faut du beau temps*
Nous l'attendons de son étoile.
Son génie a dans tous les lieux
Su deviner l'instant prospère ;
Il est protégé dans les cieux
Comme il est aimé sur la terre. »

ruban d'une longue queue? Non. Il existe du général de l'armée d'Italie et d'Égypte deux portraits
excellents que rend précieux l'intimité de leur
ressemblance, celui d'Isabey dans la *Revue* du Carrousel et celui qu'un graveur en médailles dont je
regrette de ne savoir point le nom, modela sur une
pièce dont un tirage fut fait sur plomb, pour que
l'image de l'homme du jour devînt populaire. J'ai
une épreuve de cette médaille qui, pour n'être pas
l'œuvre d'un artiste bien habile, a pourtant un
vrai mérite à mes yeux. Le style de ce graveur ne
se ressent point de l'influence Davidienne. La médaille dont je parle — la Bibliothèque impériale en
possède, je crois, deux épreuves en argent — est
du module de 32 millimètres; elle porte à sa face
la tête de Bonaparte (profil à gauche) autour de
laquelle on lit : « Buonaparte (*Sic*) général en chef
de la brave armée d'Italile (*Sic*) ; à son revers une
figure de Victoire, assise, le bras gauche appuyé
sur l'écu de la France républicaine, présentant de
la main droite une branche de laurier. Dans l'exergue est la date : 1796 ; autour de la pièce : « Voilà,
soldats valeureux, le fruit de vos travaux. »

   ... Mes parents admiraient, aimaient, vénéraient
l'Empereur, et, par une de ces inconséquences
très-ordinaires à la bourgeoisie française — que
M. Thiers trouve si sage et qui est aux yeux de
gens moins prévenus, la cause de toutes nos révolutions — ils accueillaient avec une faveur inconcevable les malices qui circulaient dans l'empire, venant des partis royaliste et républicain, contre le
sauveur du pays. Caricatures colportées sous le
manteau, épigrammes récitées à l'oreille, pamphlets

répandus en cachette, ils voyaient tout, écoutaient tout, lisaient tout, et riaient de tout, sans se douter du mal que faisaient ces œuvres occultes. Ils n'étaient pas dans le secret de la conspiration qui travaillait ardemment, républicains et bonapartistes à la fois, à la déconsidération d'un pouvoir nécessaire, à la ruine d'un homme prodigieux qui avait tout fait pour la grandeur et la gloire de la France. L'épigramme les amusait, et s'ils en riaient, c'est qu'ils la croyaient incapable de nuire. Ils ignoraient, dans leur candeur, la puissance fatale d'un bon mot injuste! On a fait plus de mal aux gouvernements tombés avec des *lazzi*, même mauvais, qu'avec de puissants discours de tribune. Un trône attaqué par le canon de l'émeute peut se défendre, s'il le veut bien, s'il n'est pas pris d'épouvante et paralysé par l'hésitation; attaqué par la raillerie, par les quatrains médisants, par les petites calomnies sérieuses ou non, il ne peut se couvrir d'aucun côté. Les traits partent de mains invisibles, arrivent au but et pénètrent sans qu'on puisse leur opposer un bouclier. Les blessures paraissent légères, mais la pointe envenimée reste dans la plaie, qui ne guérit pas. La guerre des salons — qui devient bientôt celle des ateliers et des cabarets — est plus dangereuse que la guerre aux frontières.

Un ancien gentilhomme, mal en fortune, et qui honorait assez volontiers de sa présence la table frugale de mon père, était l'introducteur habituel des petits libelles imprimés ou dessinés que les partis publiaient à Paris et qui allaient aux provinces, dans les ballots clandestins de certains com-

mis-voyageurs de la politique. C'était un homme
mûr, un officier de l'ancien régime, assez brave,
distingué, souriant, habile à exploiter les inquiétudes et les mécontentements, déplorant les longs
malheurs de la guerre, les souffrances du commerce, effrayant ma mère sur l'avenir de ses trois
garçons, rappelant le bon temps antérieur à la
Révolution, parlant avec complaisance des Bourbons
si malheureux dans l'exil, si bons Français et pour
l'amour de qui l'on avait si énergiquement combattu à Lyon ; enfin, allant jusqu'à dire sérieusement, mais sur le ton de la plaisanterie : « Quand
« *cet homme* sera tombé, je demanderai au Roi une
seule faveur pour prix de ma fidélité, « c'est d'être
le geôlier de l'usurpateur. » Ce mot, répété souvent,
et que j'ai entendu dix fois sans en comprendre la
portée, sans y faire grande attention, j'ai su depuis
qu'il faisait toujours trembler mon père. Mais quelle
apparence que le maître du monde fût jamais renversé ? Il le fut pourtant et M. le marquis de Montchenu eut le bonheur qu'il avait souhaité. Le roi
Louis XVIII l'envoya à Sainte-Hélène, gardien du
noble vaincu, au nom de la France royaliste (1).

(1) M. de Montchenu descendait d'un gentilhomme
aimé de François Iᵉʳ, et qui avait, dans la Bouche du
roi, une charge qui lui donnait de quoi vivre noblement. Notre marquis avait émigré, et quand Napoléon
ouvrit à l'émigration les portes de la patrie, il revint
pour se jeter dans les intrigues dont le but avoué était
le renversement du trône impérial.

Le marquis de Montchenu suivit l'empereur sur le
rocher où l'Angleterre l'envoyait mourir ; il remplit
auprès du glorieux captif sa mission de surveillance

Je viens à ma première enfance dont, au demeurant, je ne me suis guère écarté. Mon père qui avait
trois fils, comme je l'ai dit, destinait l'aîné au
commerce, le dernier à la médecine ou au bar-
reau, moi à la carrière militaire. Dans ce temps
de grandes guerres, c'était peu qu'un sur trois.
Mon frère aîné était d'une complexion délicate, on
espérait le faire réformer ; quant à mon frère cadet, qui était né en 1798, la paix viendrait peut-
être avant qu'il fût en âge de porter les armes.
L'école militaire était en perspective devant moi ;
on m'en parlait souvent, comme pour m'habituer à
l'idée d'une séparation nécessaire, j'avais du temps
pour m'y préparer.

Mon premier maître, quand je fus élève, fut un
ancien moine, ou plutôt sa femme, ancienne religieuse que la Révolution avait rendue au monde et
que l'amour donna à M. Ménétrier — le moine en
question, défroqué en 1789 (1). M. Ménétrier, était
professeur à l'école centrale. Sa femme, personne
de beaucoup d'esprit et d'instruction, que je ne
sais quelle circonstance avait rapprochée de ma

avec une convenance parfaite, et Napoléon le reconnut. Le malheur du héros l'avait touché; ce qu'il y
avait de séduisant dans l'homme l'avait gagné : de la
haine, il avait passé à la pitié et à l'admiration, et cela
presque tout de suite. La conduite odieuse de sir
Hudson Lowe l'avait révolté, mais il ne put rien gagner sur le cœur de ce geôlier, qui déshonorait l'Angleterre. Il est honorable pour lui de l'avoir tenté.

(1) Le succès de *Mélanie*, par La Harpe, et celui des
Victimes cloîtrées, de Monvel, indiquaient la manière de
penser de cette époque sur les ordres monastiques. En
1793, les idées avaient marché, et dans la chanson si

mère, voulut bien donner ses soins à mon frère
aîné et à moi, sous la direction de M. Ménétrier.

Des mains de cette aimable maîtresse nous passâmes dans celle d'un vieillard, bon, timide et assez
original, qui n'était encore connu à Lyon que sous
le nom d'Amand. La prudence l'avait engagé à
cacher son nom proscrit. La nécessité l'avait forcé
à enseigner les éléments des langues française et
latine à quelques enfants de la bourgeoisie. Il était,
par son mérite, fort au-dessus de ce métier fastidieux, car il avait autrefois professé la rhétorique
à Arles, et les belles-lettres dans quelques-uns des
colléges de la Société de Jésus. Ex-jésuite et royaliste, il avait cherché un asile en Espagne pendant
les premières années de la Révolution. Dans cette
retraite, il avait occupé son temps à enseigner le
français et à poursuivre l'œuvre de traducteur qu'il
avait entreprise. Quand la tempête fut un peu
apaisée, il revint à Saint-Chamas, la petite ville
provinciale où il était né, puis à Lyon, où il mourut, non pas tout à fait pauvre, car il avait peu de
besoins et tirait quelque argent de trois ou quatre

connue de *J'ons un curé patriote*, Radet et Desfontaines
faisaient dire à un de leurs personnages :

> Désormais le presbytère,
> Séjour de la Liberté,
> Par un froid célibataire
> Ne sera plus habité.
> Not' curé vivra chez lui,
> Et, sans dîner sur autrui,
> Il aura (*ter*) sa femme à lui,
>   Sa femme à lui (*ter*).

Les idées marchant encore, à quelques mois de là,
Radet et Desfontaines, qui ne voulaient pas retourner

maisons où il professait, mais dans une position assez gênée, qu'on ne pouvait guère connaître, parce que personne n'était admis chez lui, où il vivait assisté par une domestique discrète, à laquelle il n'avait jamais dit son véritable nom. Ce nom, mes parents le savaient, M. Amand avait en eux une confiance entière. Il leur avait dit tout son passé, en les suppliant de lui en garder le secret. On l'aimait à la maison comme un parent, comme un ami respectable. Nous le pleurâmes sincèrement quand il se fut éteint après quelques jours de maladie. L'abbé Amand, — Laurent Paul — car c'était lui, le traducteur correct et fidèle de Florus, de Justin, de Cornelius Nepos, de Phèdre, l'élégant poëte latin, le fabuliste ingénieux et naïf, mourut le 29 octobre 1809. Les humanistes connaissaient l'abbé Paul qui, secrètement, après la proclamation de l'Empire, osa soulever un coin du voile sous lequel il se tenait caché, et que déchira sa mort. De cet excellent homme, si indulgent pour l'enfance paresseuse, si clair dans son enseignement, d'une gaieté si douce, d'une propreté si

en prison, devenus comme Laujon sans-culottes *pour la vie*, montraient un curé marié à une religieuse, à une sœur grise, et lui faisaient dire :

> Un prêtre est toujours trop payé,
> Et la nation est trop bonne :
> L'argent le plus mal employé
> Est celui qu'on nous donne.

Ces vaudevillistes pouvaient être des hommes spirituels, mais ils comprenaient peu, assurément, la vie de l'esprit et encore moins la *Cité de Dieu*, dont la pensée nous sert à valoir ici-bas le peu que nous permet notre faiblesse.

parfaite, d'une lenteur d'allures si plaisante, j'ai conservé une vivante image que le temps n'a point effacée. De tous mes maîtres, c'est celui que j'aimais le mieux, celui de qui j'aurais le plus appris si j'avais eu davantage le goût de l'étude. J'apprenais avec facilité, mais j'oubliais de même. « Il est léger, » disait de moi le bon abbé Paul, que désolait le défaut d'application dans un écolier de douze à treize ans (1).

Mon père, à la création des lycées (1808), demanda une bourse pour moi, au lycée de Lyon. Par la protection de M. le duc de Cadore, son compatriote Roannais, qui eut toujours pour lui une grande bienveillance, il en obtint une au lycée de Rhodez, qu'il n'accepta point. La tendresse de ma mère me retint à Lyon, et je suivis, comme externe, les cours du lycée dont la direction avait été confiée à l'abbé Nompère de Champagny, frère du duc de Cadore.

J'avais un peu plus de quinze ans, lorsqu'en 1810 (2), l'empereur créa deux écoles spéciales de marine, l'une établie à Brest, l'autre à Toulon, cha--

(1) Voir le *Dictionnaire critique de Biographie et d'Histoire*, article PAUL.

(2) Le décret, daté de Fontainebleau du 27 septembre, disait qu'il serait affecté à l'École de marine, dans le port de Brest, un vaisseau nommé l'*Ulysse*, lequel devait s'appeler le *Tourville*, et à Toulon, un des deux vaisseaux russes auquel serait donné le nom de *Duquesne*. Le nombre des élèves dans chacun des deux ports était fixé à trois cents : cent de l'âge de treize à quatorze ans ; cent de quinze à seize ans ; cent de seize à dix-huit ans.

cune sur un vaisseau. Mon père avait un oncle, magistrat au tribunal de Lyon, homme fort instruit, qui avait puisé dans la lecture des voyages un goût très-vif pour la marine. Il admirait beaucoup les marins et eût volontiers pris parti sur un navire de guerre si son âge et les obligations de son état ne l'avaient retenu dans son cabinet et cloué sur son siége de juge. Il me récitait avec feu les vers de Virgile, d'Horace et de Silius Italicus qui ont trait à la navigation ou à la guerre maritime, et cherchait à exciter en moi une passion que n'avaient point éveillée les aventures de Robinson Crusoé. Cependant comme la marine était l'inconnu et par cela d'un grand intérêt pour mon esprit assez curieux ; comme aller à Brest, c'était faire un long voyage et voir ce pays de la basse Bretagne que cinq vers de la Fontaine m'avaient singulièrement inspiré le désir de connaître ; comme, sur la route de Brest était Paris — Paris le but alors difficile à atteindre de tous les désirs d'un jeune provincial, et qu'un séjour de quelques semaines m'y était promis si j'étais reçu à l'école que M. le duc de Cadore allait probablement m'ouvrir, je finis par faire ainsi que mon grand oncle et par réciter avec enthousiasme les passages de Virgile que je devais un jour — hasard étrange — examiner par leur côté spécialement nautique, afin de fixer le sens réel des termes techniques employés par le poëte et restés incompris par les traducteurs de l'Énéide. Le ministre de la marine (4 juin 1811), accorda à mon père une place pour moi sur le vaisseau-école le *Tourville*, et je laissai, à ma grande satisfaction, des livres que je n'avais guère aimés, et la rhétorique dont je ne regrettais qu'un exercice, la composition en vers français que nous faisions chaque semaine, par une faveur toute spéciale de notre professeur, un jésuite très-distingué et surtout très-bon homme, qui faisait un peu toutes nos volontés. Mon grand-oncle était ravi, et quand je l'embrassai en partant, il me donna sa bénédiction en latin, deux beaux écus de trois livres et un charmant Horace Elzévir, avec les notes marginales de l'Anglais John Bond. J'ai gardé précieusement ce joli volume que j'ouvre toujours avec un plaisir infini, bien qu'Horace me soit devenu difficile, mais il me rappelle un des hommes les plus aimables que j'aie connus, un grand-parent qui m'aimait et s'intéressa beaucoup à moi. Un mot sur lui, si vous voulez bien me le permettre, et, à propos de lui, sur ceux de qui je viens.

Quinault avait la faiblesse de ne pas souffrir qu'on lui rappelât qu'il était fils d'un boulanger, aussi ses amis s'efforcèrent-ils de démentir sur ce point la vérité, et renièrent-ils le panetier de la rue de Grenelle-Saint-Honoré. Germain Pilon n'eut point de ces sottes délicatesses; il prit une de ses femmes au comptoir d'un boulanger du quartier de Saint-Étienne-du-Mont, et alla boire plus d'une fois avec son beau-père près du four que celui-ci gouvernait.

Je n'ai pu savoir si le père de Madeleine Beaudoux, femme de Germain Pilon, était quelque chose de plus qu'un ouvrier, maître dans sa partie; s'il avait reçu une certaine éducation. Je suis heureusement mieux instruit sur les miens. Le père de mon grand-oncle, mon bisaïeul Pierre-Joseph

Jal, était boulanger à Roanne, comme avait été Claude Jal (marié à Roanne le 27 septembre 1731) et Jean Jal, frère de celui-ci, comme le fut un de ses fils, Louis, mon grand-père.

Tout farinier et débitant de pain qu'il était, Pierre-Joseph Jal avait des goûts littéraires. Son père, Claude — je n'ai pu remonter plus haut, les généalogistes de la province du Bourbonnais ayant tenu plus de compte des familles nobles que de la race plébéienne, ce qui me fâche un peu, car j'aurais été curieux d'apprendre d'où nous sortons et depuis quand nous sommes dans le pétrin — son père, dis-je, lui avait fait apprendre le grec et le latin, et si j'en crois la tradition de la famille, à nous transmise par mon oncle le magistrat, il était devenu un bon humaniste en relation avec les savants de son pays, et assez estimé des deux Pernetty, le bénédictin dom Antoine-Joseph et son cousin l'abbé Jacques. Il entreprit de faire l'éducation de ses fils et y réussit. C'était un homme sévère, peu disposé à l'indulgence, ne passant rien à ses enfants, qui avaient pour lui une grande vénération, mais qui le craignaient plus qu'ils ne l'aimaient. Mon grand-oncle tremblait encore involontairement quand, plus que sexagénaire, il se rappelait son redouté professeur qui, pour faire respecter la langue et punir les solécismes, avait toujours à côté de lui, dans le fournil servant de salle d'étude, une petite hache à bois, au lieu de la férule ordinaire aux pédagogues. Le boulanger Pierre-Joseph Jal ne voulait cependant pas faire de ses fils des *Messieurs*, des régents de collége ou des moines savants ; il tenait que chacun devait res-

ter dans sa classe ; mais il croyait qu'il n'était pas
mauvais qu'un petit bourgeois ou un maître artisan
« eût des clartés de tout, » et s'acquît pour compagnons de ses loisirs de bons auteurs et non des
libertins, fainéants et piliers de cabarets. Il prétendait qu'un de ses fils lui succédât dans son commerce et vécût bien marié dans la boutique obscure
de la rue du Collége, où il avait été élevé. Quant
à ses deux autres garçons, il aurait vu avec plaisir
que l'un prît le parti de l'église et l'autre celui de la
pratique. Il n'en fut pas tout à fait comme il l'avait
espéré. Louis Jal prit la boulangerie (1) ; François
et Claude, quand arriva la révolution, étaient com-

(1) Il était né à Roanne, le 20 octobre 1741, fils,
comme je l'ai dit, de « Pierre Jal, marchand et maître
boulanger, » et d'Antoinette Pétiot. Il épousa en novembre 1768, âgé de vingt-sept ans, « Catherine Bonnelle, fille de feu Louis Bonnelle, maître boulanger,
et sœur de François Bonnelle, aussi maître boulanger. »
Catherine Bonnelle, ma grand'mère, mourut le 27 prairial an x de la République (16 juin 1802), à Tarare,
des suites de la chute faite dans le trajet de Lyon à
Roanne, par la diligence qui tomba dans un précipice
où tout périt, voiture et voyageurs, hors un enfant,
mon jeune frère, sauvé par hasard. Ma grand'mère,
fraîche, grasse, belle, mourut étouffée ; elle avait environ cinquante ans. Mon grand-père lui survécut seulement de quelques années. Pierre-Joseph Jal, mon bisaïeul,
le boulanger humaniste, était mort en août 1770. Sa
veuve fit, le 28 février 1778, un testament dont je
ne parle que pour rapporter cette clause imposée à
son héritier, François Jal : « voulant, dit-elle, qu'il
fasse célébrer *quatre cents messes* pour le repos de mon
âme, incontinent après mon décès. » Je ne sais quand
mourut ma bisaïeule. (J.)

missaires à terrier (1). 1793 tua François; Claude
put se cacher, reparaître ensuite et, à la formation
des tribunaux, avoir une place dans la magistra-
ture. Il mourut en 1830, étranglé par une arête
de carpe, le jour même où j'arrivais à Lyon, me
rendant à Toulon pour voir les préparatifs de
l'expédition d'Alger. Il avait 75 ans environ. Quant
à mon grand-père, Louis Jal, il était mort depuis
plusieurs années encore jeune, toujours boulanger,
n'ayant gardé dans sa mémoire de tout ce qu'il
avait su par cœur des poëtes latins que ce seul
hémistiche d'un vers d'Horace :

Nunc est bibendum,

qu'il ne répétait que trop souvent.

Je quittai le lycée, coupable d'une satire contre les élèves de seconde et de rhétorique, et contre
mon professeur qui « m'avait fait une injustice. »
— Les écoliers me comprendront, ils savent que
toujours les maîtres sont injustes ! — La satire eut
son effet; elle se répandit dans le public, on en rit,
et un vers — une ligne de douze syllabes — resta
proverbe dans la ville. J'avais fait de mauvaises
études — que ne les ai-je refaites de 1816 à 1820,
quand je cherchais encore ma voie ! — Je savais
mal le latin, moins bien le français; je ne savais
du grec que *Kyrie Eleison,* encore n'aurais-je pas
pu lire ces deux mots écrits avec les caractères
dont ceux-ci ont une forme romaine. Un peu d'a-
rithmétique et de géométrie était entré dans ma

(1) Espèce de cadastre ou de description de tous les
héritages féodaux ou roturiers.

tête, peu propre à garder les choses scientifiques;
aussi en était-il sorti trop vite. Je me suis toujours ressenti de ces mauvais commencements.
Aussi n'ai-je pas pu devenir ce qu'on appelle un
écrivain. J'ai écrit beaucoup, quelquefois j'ai réussi
à me faire lire; mais les qualités qui font les œuvres solides et durables, l'élévation, la grandeur,
l'ampleur, l'image forte et brillante, l'éclat, la
grâce soutenue m'ont manqué. J'ai eu parfois de
la raison avec de la verve et de la gaieté. On m'a
accordé quelque esprit dans un temps où l'on était
moins difficile sans doute qu'on ne l'est aujour-
d'hui, et certains de mes ouvrages ont dû leur
succès d'un moment à un entrain qui n'était peut-
être pas sans délicatesse et sans goût. Je n'ai
jamais eu dans la critique la profondeur des illustres doctrinaires, les contemporains de ma jeunesse, la gravité pédante qu'affectent certains de
mes confrères, le ton solennel, fâcheux au lecteur,
mais honorable à l'auteur et qui fait dire de lui :
« Voyez, c'est un homme fort ! » J'ai toujours craint
de me faire empesé, nébuleux et lourd autant qu'il
faut l'être pour avoir accès dans certains recueils
littéraires où se prélasse « tout le savoir obscur de
la pédanterie. » Dans le moment même où je réussissais le mieux, le directeur d'un de ces recueils,
homme assez commun, qu'on n'a jamais accusé
d'être léger et qui ne se piquait pas de politesse,
m'écrivait : « Quand vous saurez écrire, je repren-
drai de vos articles. » Le public prenait en gré ma
prose assez lestement troussée et me consolait de
cette disgrâce plaisante.

A l'École de Marine, je ne fus pas un excellent

élève, je n'aimais guère les mathématiques, mais
la partie pratique du métier me plaisait, je crois
que je serais devenu un officier comme tant d'autres ; mais je ne me flatte pas que je me serais élevé
à ce premier rang où ont brillé, où brillent encore
quelques-uns de mes camarades qui ont été ou
sont à la tête de l'État-major général de la flotte ;
hommes éminents par de brillantes et solides qualités, hommes que je respecte, que j'aime, et que
la France honore de son estime. Ceux-là, nous les
avions devinés avec cet instinct qui ne trompe
guère les écoliers. Un d'eux est mort avant le
temps, qui eut l'Amiralat en Crimée au grand
applaudissement de toute l'armée. Pauvre Bruat,
cœur ferme, intelligence élevée, esprit sûr et droit,
marin consommé, il ne lui manqua qu'une grande
occasion, une bataille au large pour être mis au
rang des plus grands hommes qu'ait eus la marine
française !

Mon temps d'École de marine fut un des meilleurs de ma vie. J'ai vu à bord de notre vaisseau
des jeunes gens s'ennuyer, se dégoûter du régime
assez dur, il est vrai, sous lequel nous vivions,
perdant leur temps à ne rien faire et à gémir de
leur position ; pour moi, je n'eus pas un moment
de dégoût ou d'ennui, je pris les mathématiques
en patience, et le matelotage en goût. Mes récréa-
tions furent partagées entre mon bien-aimé la
Fontaine et quelques vieux matelots qui me ra-
contaient de belles histoires du temps passé. Le
dessin me plaisait fort et je n'y étais pas trop
maladroit. Dès mon enfance je m'y étais appli-
qué, ayant pour maître un perruquier lyonnais.

Mon père aurait pu mieux choisir : MM. Revoil et Richard tenaient école, tous deux procédant de David ; M. Bugnard venait chaque jour « accommoder » mon père, et il était tout porté pour m'apprendre l'art des *hachures* et du *grain*, le maniement de l'estompe et de la sanguine. M. Bugnard aurait été incapable de former un artiste ; il en savait assez pour montrer à un jeune garçon dont toute l'ambition pouvait être de s'élever jusqu'à copier passablement des figures gravées par Desmarteaux, des fleurs, des fruits, de petits paysages, et aussi quelques-unes des charmantes pièces de Boissieu.

A Brest trois maisons bienveillantes m'étaient ouvertes les jours où j'obtenais la permission de passer quelques heures à terre. Dans l'une j'étais reçu comme un enfant aimé — aimable Bassière ! — je faisais visite dans l'autre où je trouvais beaucoup d'obligeance ; je rencontrais autre chose encore dans la troisième : c'était celle du général Devaux, commandant l'artillerie de terre. M. Devaux avait été page chez le duc de Penthièvre avec Florian, puis, avec lui, attaché comme gentilhomme à ce prince bon et spirituel. Il savait toute la chronique du château de Sceaux, toutes les anecdotes de la dernière cour, et me les racontait avec beaucoup de charme. Et puis, il avait deux trésors qu'il avait la bonté de m'ouvrir : une collection curieuse de lettres de son ami Florian, et une bibliothèque remplie de pamphlets et de livres secrets sur le grand monde de la dernière moitié du dernier siècle. C'était de quoi me satisfaire. Aussi, que de bonnes matinées je passai au milieu

de ces vers, de cette prose, de ces étranges révé-
lations! Que de choses nouvelles pour moi, que
de choses incroyables! C'est là que je vis un étrange
libelle dont je n'ai jamais pu retrouver un exemplaire : *Le prix de ces dames et de ces demoiselles.*
Cet abominable ouvrage contenait une liste assez
longue de toutes les femmes d'une vertu suspecte
ou d'une immoralité notoire, avec les signes —
vrais ou faux — particuliers à chacune d'elles, et
le prix insolent attribué à leur possession. La
reine, — ce que je ne croirais pas si je ne l'avais
vu — la belle, noble et digne Marie-Antoinette figurait en tête de ce catalogue, grossi des noms des
femmes les plus remarquées de la cour, des bour-
geoises les plus jolies, des filles perdues, et des
actrices compromises, de la plus célèbre à la dernière des sauteuses de chez Nicolet (1). Ce travail,
fruit du loisir de trois jeunes princes, rebutés, dit-
on, par la Reine, avait été imprimé au château de
Chantilly et tiré à un très-petit nombre d'exemplaires. M. le général Devaux gardait le sien, comme
un témoignage de la lâcheté de trois gentilshommes
pour lesquels il avait gardé le plus profond mépris. Quand la Restauration fut arrivée, il cacha,
brûla peut-être le petit livre calomnieux, parce que
deux des trois auteurs avaient leur place auprès du
trône.

Le décret d'institution qui créait les Écoles spé-

(1) Jean B. Nicolet avait ouvert, d'abord aux foires
Saint-Germain et Saint-Laurent, un théâtre qu'il établit ensuite sur le boulevard du Temple, et auquel la
comtesse Dubarry avait fait obtenir le titre de Théâtre
des Grands Danseurs du Roi.

ciales de Marine avait voulu que le cours de nos
études fût de trois années. Nous restâmes sur notre
vaisseau plus de trois ans et demi, du 17 août 1811
au 10 février 1815. On nous avait oubliés. Notre
commandant n'osait pas nous rappeler au ministre ; il était un peu embarrassé de sa situation.
M. le capitaine de vaisseau, chef de division,
Faure, avait été député par la Creuse à la Convention nationale ; il y avait peu parlé, peu agi ;
il était assez modéré, et ne s'était pas senti de
force à prendre un rôle actif dans le drame terrible qui se jouait là. Il s'était rangé parmi les
comparses qui faisaient groupe autour des principaux acteurs. D'ailleurs, il n'avait point eu à se
prononcer quand était venu le jour de la sanglante
épreuve ; car il n'avait été envoyé à l'Assemblée
qu'après la mort de Louis XVI. Il semblait donc
qu'il n'avait pas un compte bien pénible à rendre.
à la royauté de 1814, de sa conduite envers la
royauté de 1792. Cependant il se sentit fort mal à
l'aise lorsque lui vint de Paris une lettre lui mandant que l'Amiral de France, Son Altesse Royale
monseigneur le duc d'Angoulême allait partir pour
Brest et que, pendant son séjour dans ce port, il
visiterait l'école pépinière des officiers de la marine redevenue Royale. Que faire ? s'exercer en
secret à crier : *vive le Roi !* c'était trop peu ; il
fallait trouver quelque chose qui prouvât au Prince
que la jeunesse élevée par un membre de la Convention rallié aux idées de l'Empire, tout impéria-
liste qu'elle fût au fond du cœur, acceptait avec
joie, une joie apparente du moins, le retour des
Bourbons dont l'existence, révélée par le *Moniteur*

à la France nouvelle, avait singulièrement étonné
toute notre génération. Le second commandant de
notre vaisseau, M. Langlois, excellent homme (1).
touché de l'état d'inquiétude dans lequel s'agitait
M. Faure, lui suggéra la pensée de faire haranguer
Monseigneur l'Amiral par un des élèves, au nom de
« l'École reconnaissante et heureuse de recevoir le
neveu et le représentant du Roi. » On avait remarqué que je ne me troublai guère quand je parlais
en public, que je disais convenablement un rôle de
comédie, car on jouait la comédie à bord, au
grand plaisir des hôtes du *Tourville* et des officiers de l'escadre, qui nous honoraient de leur
présence (2). Le capitaine savait que j'avais fait
quelques méchánts vers (on avait chanté de moi
sur le théâtre de Brest des couplets patriotiques

(1) Langlois (Jean-Jacques-Jude), né le 28 octobre 1769, à Dieppe, commença par être officier de la
marine du commerce. Il entra dans la marine militaire,
avec le grade d'enseigne de vaisseau, en 1794; fut fait
lieutenant le 20 mars 1795, et capitaine de frégate le
14 juin 1805. Il était sur l'*Armide*, frégate que commandait M. Louvel, lorsqu'après un combat où il se fit
remarquer, le navire fut pris par les Anglais (25 septembre 1806). Emmené prisonnier en Angleterre, il
put s'échapper et venir à Dunkerque, où il arriva le
24 février 1812. Le 24 septembre de la même année,
il fut désigné pour commander en second le *Tourville*,
notre vaisseau-école. Nous le revîmes le 6 novembre. Il
avait la réputation d'un bon et brave officier. (J.)

(2) Notre « jeune première » (M. Bab....) a commandé la garde municipale de Paris, puis la gendarme-
rie de la Seine; elle commande aujourd'hui une place
forte dans le Nord. (J.)

au moment de la dernière campagne), c'en était
assez pour qu'on me demandât d'écrire un discours
de circonstance, pour qu'on me chargeât de débi-
ter cette pièce d'éloquence. Le commandant, en
retour de la peine que j'allais me donner, me promit de m'accorder un congé dont la durée serait
celle du séjour de l'Amiral à Brest : je me laissai
séduire. Il me plaisait d'ailleurs assez d'être un
personnage dans cette grande affaire de la réception
de Monseigneur. Le difficile était de faire la prose
attendue. Je me rappelais assez mal les règles du
« discours français » qu'on m'avait indiquées en
rhétorique : je pris tout simplement le Journal
officiel, et, dans le moule banal des harangues
dont pendant plus d'un mois on avait fatigué
Louis XVIII, je jetai trois ou quatre paragraphes
émus, chaleureux, déclamatoires — détestables, en
vérité, — dont les capitaines et mes camarades
furent très-contents. Mon éloquence, digne d'un
maire de village, produisit la meilleure impression
sur le bon prince qui pleura d'attendrissement, et
qui, pour me remercier, commença une phrase timide qu'il ne put achever. J'avais fini par un :
Vive le Roi! énergique, unanimement répété; je
recommençai quand je vis que son Altesse Royale
s'embrouillait, et tout finit le mieux du monde
(27 juin 1814). Un chef d'École dont les élèves
criaient avec tant d'ensemble et si haut ne pouvait être qu'un bon Français, c'est-à-dire un bon
Royaliste.... Peu de temps après l'ex-Convention-
nel fut mis à la retraite (1), et moi à la porte !

(1) Le 1er janvier 1816. M. Faure de Fournoux
(Gilbert-Amable), né à Vidaillac (Creuse), le 3 avril 1755,

Je passai les examens de sortie de l'École et fus reçu « aspirant de première classe, » dans un assez mauvais rang, le quatre-vingt-deuxième, mais non pas tout à fait le dernier, car j'avais encore derrière moi quarante camarades.

Nous jouissions d'un temps de repos dans nos familles quand le brick *l'Inconstant*, au grand étonnement de tous, ramena Napoléon de l'île d'Elbe. J'étais à Paris, chez un oncle, quand la nouvelle du débarquement à Fréjus se répandit dans la grande ville et porta l'épouvante dans les boutiques et au camp des royalistes. Je partis immédiatement pour Lyon, où je vis entrer l'empereur au milieu d'une population en délire; je revins à Paris, où je le vis (20 mars 1815) reprendre possession des Tuileries par un temps froid, pluvieux, triste, au milieu d'une population défiante, inquiète, en majorité satisfaite. J'ai raconté ailleurs les épisodes des Cent-Jours dont j'ai été le témoin obscur; je ne reproduirai pas ce récit, qui ne passa pas inaperçu au moment de sa publication. (V. *Revue des Deux-Mondes*, 1er octobre 1832, l'article intitulé : *Aspirant et Journaliste.*)

Napoléon, vaincu pour la seconde fois, et, pour la

de Jean-Baptiste Faure de Fournoux et de Marguerite Rochon, fut d'abord officier du commerce. Il devint capitaine de vaisseau de 1re classe ou chef de division — ces capitaines portaient une étoile d'argent sur leurs épaulettes — le 3 pluviôse an VII, il remplaça Guyée dans la députation de la Creuse : Guyée avait voté dans le procès du roi. Faure de Fournoux mourut à Chenezailles le 14 février 1819.

seconde fois aussi, Louis XVIII reporté sur le trône par les ennemis de la France qui se vengeaient des longues humiliations que leur avait imposées l'Empire militaire, on songea à *épurer* l'administration, l'armée, la marine, et à en écarter l'élément bonapartiste, qu'il aurait fallu appeler à soi pour s'en faire une force, au lieu de le refouler dans la population où, tôt ou tard, il devait être un danger. L'épuration des aspirants de la marine se fit d'une manière odieuse. On simula un examen de capacité, chose qu'on n'avait pas le droit de faire, car nos brevets étaient des propriétés acquises par des examens; mais, au vrai, cette formalité révoltante n'était qu'une vaine apparence. Une liste des admissibles avait été envoyée dans les ports par M. le vicomte du Bouchage, ministre de la marine, et les noms de ceux qu'on voulait exclure avaient été secrètement communiqués aux préfets maritimes. Il ne me fut pas permis, à moi, de me présenter devant les examinateurs; je fus rayé des listes de la marine sans autre forme de procès qu'un ordre émané d'un ministre. Pourquoi? Je l'ai su quinze ans après. J'étais un des nombreux aspirants qui avaient concouru à la défense de la capitale et avaient occupé le poste de Montmartre. L'ordre du ministre Decrès, qui me concernait, était du 19 juin 1815. Plus tard, j'avais, par ordre du général Gilly, organisé, à Lyon, une compagnie d'artillerie qui avait marché, *sans moi*, contre le duc d'Angoulême; c'en était assez pour me perdre. On me le fit bien voir. Un matin, à Brest, où j'avais dû retourner, le préfet maritime me fit appeler et me déclara que, par arrêté ministériel du 26 mai 1817,

j'étais exclu de la marine royale (1). Un officier avait
tenu des propos que l'on m'attribuait. Je ne pouvais me défendre sans dénoncer leur véritable auteur. — Je n'en voulus rien faire, toute réclama-
tion était alors inutile. On m'enjoignit de quitter
Brest à mes frais. Je me séparai, bien triste, le
cœur brisé, de ce port où j'avais reçu ma seconde
éducation, de mon bel état que j'aimais, de toutes
mes espérances d'avenir.... Je partis ulcéré.... Le
duc d'Angoulême, dont j'eus audience et qui se
souvint de l'élève du *Tourville*, me reçut avec
beaucoup de douceur et me promit de s'intéresser
à moi; mais tout fut inutile, il trouva contre lui le
ministre, qui ne voulut pas s'être trompé, me tint
bel et bien pour un séditieux, et me jeta dans cette
opposition frondeuse qui précéda l'opposition révolutionnaire où je ne me laissai jamais enrôler. Ce
qui m'arrivait arrivait en même temps à des milliers d'officiers qui formèrent le noyau du parti
bonapartiste, lequel cachait son drapeau dans les
plis du drapeau de la liberté.

La charte était une concession sagement faite;
mais en France, pays brouillé par les ambitions et
les vanités, toute charte est une révolution, à terme
plus ou moins éloigné. Elle crée des individualités
puissantes, et, avec elles des jalousies, des haines,
l'amour effréné de la popularité et tous les crimes

(1) Ce fut un mois avant la retraite de ce ministre.
—Le 23 juin 1817, M. le duc De Cazes le fit écarter du
conseil lui et le duc de Feltre. Il avait déjà fait éloigner
M. de Vaublanc. Le jeune ministre regardait ces trois
personnages comme des serviteurs de la contre-révo-
lution.

politiques que l'on peut commettre pour la conquérir. La charte annihile le Roi, à la face de qui l'on
ette audacieusement cet axiome méprisant : « le
Roi règne et ne gouverne pas; » et, quinze ans
durant, la France assiste à un brillant tournoi de
paroles, avec intermèdes d'émeutes et de tentatives
régicides, triste lutte, où il s'agit seulement de savoir lequel gouvernera de M. A. ou de M. B.;
car, il n'y a que M. B. ou M. A. qui puisse mener
la politique, il n'y a que deux hommes dans une
nation de trente-deux millions d'individus! et, si
par hasard, M. C. escalade les degrés du premier
ministère, M. A. et M. B., ennemis naturels, se
réunissent, se coalisent, appellent à eux toutes les
rancunes, toutes les mauvaises passions, attaquent
violemment l'intrus qui se défend vaillamment mais
succombe à la fin. Et pendant ces combats, la liberté se fait licence, la royauté s'efface, le pouvoir
s'amoindrit, l'opposition devient un ennemi redoutable, la République tricote sournoisement dans un
faubourg son bonnet écarlate, et un jour où le
prince est contraint de céder à la tyrannie des opposants et à une violence de l'opinion surexcitée,
cette république qui a son armée toute prête et
dont la police de la royauté n'a pas même soup-
çonné l'existence ou qu'elle a traitée comme un
vain fantôme, de fantôme devient corps, renverse
les théoriciens qui gouvernent, brise le trône et déchire la charte complaisante, à l'abri de laquelle
elle a grandi ; et le souverain — si l'on peut donner ce nom qui suppose la supériorité au Roi que
domine un parlement — le souverain le plus honnête, le plus libéral, le plus justement estimé des

gens de bien, en est réduit à fuir, caché sous une
blouse d'émeutier, joli jeu !... Et l'on appelle charte
« le jeu des institutions constitutionnelles ! »

Le peuple, et je suis du peuple aussi, je l'avoue,
n'entend rien aux subtilités du gouvernement parlementaire, ces parties d'échecs où le Roi est toujours *pat*. Il veut qu'on le gouverne, il veut sentir
la main qui le guide, il veut un souverain qui soit
un homme et non une fiction. Ce qu'il comprend
très-bien, parce qu'il se connaît, c'est que l'abus
est tout près de l'usage dans la possession de la
liberté ; aussi, de cette liberté, n'en demande-t-il
que la somme qui ne l'expose pas à abuser. Ce
qu'il demande avant tout, c'est l'égalité qui ouvre
toutes les routes à toutes les intelligences élevées,
et fait d'un soldat, fils de ses œuvres, un maréchal
de France ; c'est la gloire qui le rend fier de lui-
même et le grandit aux yeux du monde. Les philosophes méprisent la gloire et mettent la liberté
au-dessus de l'égalité ; le peuple n'est pas philosophe ; il sent et ne raisonne pas. Les discours élo-
quents, les beaux écrits quotidiens, l'ont si souvent égaré, qu'il se défie des gens qui ont le don
de trop bien dire.

La décision de M. du Bouchage me ruinait en
me laissant sans état. Mon père, qui se mourait de
la poitrine, à l'âge de quarante-cinq ans, m'offrit de
me céder sa charge de courtier de commerce à
Lyon ; je n'acceptai pas cette offre. Le négoce n'é-
tait pas mon fait, et je me sentais très-impropre
à un métier qui avait fait à mon père une petite
fortune. Il semblait tout naturel que je prisse parti
dans la marine marchande ; mais si c'était la na-

vigation, c'était encore le commerce, pour lequel
je ne me sentais point né. Je me mis en quête
d'emplois ; toute l'armée licenciée en cherchait
alors, et je n'en pus trouver un. Restaient les métiers manuels et les professions libérales. Peu de
métiers convenaient à ma santé affaiblie par une
maladie récente ; quant aux professions libérales,
toutes voulaient des études longues, toutes néces-
sitaient des dépenses un peu fortes, et il me fallait
vivre. Je m'adressai à mon compatriote l'honnête,
riche et charitable M. Lupin, qui m'admit, pour
un temps au nombre de ses dessinateurs de châles. Je remplaçai ensuite, pendant un an environ,
aux bureaux de la guerre, un de mes amis, ancien
soldat qui entrait dans l'église où il est mort; mais
je ne pus obtenir qu'on payât mon assiduité. — Un
instant j'eus la pensée de m'adonner aux beaux-arts.
L'heureuse rencontre que j'avais faite d'une bonne
famille, où j'entrai depuis, me fit incliner vers la
peinture. Un des membres de cette famille était
peintre de paysages après avoir étudié à l'école de
Doyen, et avoir suivi plus tard la direction imposée à l'art par le réformateur Louis David.
M. Pierre Mongin, homme d'esprit et de talent,
dont le musée de Versailles garde quelques tableaux et dont je possède un portrait de mon
père, charmant *spécimen* de notre peinture facile
et gracieuse qui décora la dernière moitié de notre
dix-huitième siècle français, M. Mongin m'offrit ses
leçons et son atelier. Je fréquentai l'atelier, moins
pour y dessiner beaucoup et y peindre, que pour
causer de peinture avec l'artiste, qui avait vu beaucoup et parlait fort bien de toutes choses. Mon

maître, qui fut bientôt mon ami, et plus tard mon oncle, me rendit un autre service ; il me présenta dans les cercles d'artistes distingués qu'il fréquentait et dont l'entrée décida de ma vocation. Mais cependant, comme je l'ai dit, il fallait vivre. Au petit avoir que mon père avait laissé en mourant il était juste que je ne prétendisse rien. Ma mère avait mon plus jeune frère à pourvoir, et ce dont elle disposait devait suffire à peine pour l'éducation du futur docteur (1). La Providence me vint en aide.

J'aimais beaucoup le théâtre ; c'est assez ordinaire à vingt ans. J'y allais rarement, comme on peut croire, et seulement quand j'avais pu, en me privant des choses les plus nécessaires, faire des économies sur une petite pension que je tenais de ma mère. Un soir, je fis rencontre à l'Opéra, dans le foyer du public, d'une personne avec laquelle j'avais plus d'une fois attendu, sous l'obscure galerie du Théâtre-Français, l'ouverture des portes du parterre, tout en causant et en écoutant les vieillards qui nous parlaient des anciens comédiens et de ceux que nous allions voir, gens habiles qu avaient noms : Fleury, Talma, Michot, Baptiste, Saint-Fal, Mars, Leverd, Duchesnois. Nous nous abordâmes et notre conversation, pendant laquelle nous perdimes un acte d'*Orphée*, se résuma ainsi de la part de mon interlocuteur : « S'il vous convient d'être des nôtres, vous traiterez dans notre journal tout ce qui touche aux beaux-arts. » J'au-

(1) Mon frère Claudius Jal est mort à Paris, le 6 octobre 1857, d'une albuminurie. Il était médecin et avait exercé longtemps à Saint-Pétersbourg la médecine homœopatique. (J.)

rais dû me récuser et je balbutiai une excuse que j'aurais été bien fâché de voir agréée. Mon futur collaborateur insistant avec obligeance, j'acceptai l'offre inattendue qui m'était faite. Je n'entendais pas grand'chose aux matières qui allaient être de mon domaine, et je n'avais jamais écrit; mais je n'avais pas de réputation à ménager, je n'avais rien à perdre, et tout à gagner si je réussissais. Je passai une mauvaise nuit, effrayé de mon audace et me demandant s'il n'était pas sage et loyal d'aller me dédire. Je me rassurai un peu en songeant que tous nous étions obscurs et qu'au journal personne ne serait autorisé à me faire des reproches. Je débutai! Dieu seul sait quel fut mon début! On me corrigea et le lendemain parut ma prose qui me sembla médiocre et qui était mieux que cela. Mais j'étais imprimé, et l'on me promettait que cette chose sans nom, habillée par un « Petit romain », tout neuf, me serait payée au prix de deux sous la ligne, « quand le journal ferait ses frais. » Il ne les fit jamais, le malheureux, et mourut d'inanition au bout de cinq mois, me faisant banqueroute de cent francs! C'était mal commencer! Cependant j'avais gagné quelque chose à travailler pour rien : je m'étais fait un peu la main et je m'étais introduit dans le monde des gens de lettres, où quelques hommes distingués des littérateurs de l'Empire, m'accueillirent non point à cause des dispositions que j'avais, mais à cause de mes disgrâces politiques. J'étais « une victime de la réaction », un adversaire naturel du gouvernement royal, je pourrais être utile un jour dans les tirailleurs de l'armée de l'opposition, et si je n'avais rien du pu-

bliciste, de l'homme politique, j'étais assez bien
armé pour la guerre d'épigrammes qui commençait, piquante, gaie, assez souriante d'abord, mais
qui à la fin — ce fut à la honte de quelques-uns
d'entre nous — devint cruelle, violente et peu
française. Un petit journal littéraire m'ouvrit ses
colonnes, où, sur les arts et les théâtres, je publiai
bien des articles dont aucun ne fut remarqué. J'es-
sayai d'écrire, tout seul, un livre ou quelque chose
qui en eût l'air. En 1818, sous le pseudonyme :
« Gustave J..., ex-officier de marine », je publiai
une brochure intitulée : « *Mes visites au musée
royal du Luxembourg.* » La reproduction *au trait*
des principaux morceaux de la collection d'ouvrages d'artistes vivants qui composaient le musée,
procura la vente, à un assez grand nombre d'exemplaires, de ce livret, travail sans originalité, et
d'un style d'auteur sans savoir. Tout imparfait
qu'il était, ce travail me fut très-profitable, non
qu'il me rapportât de l'argent, mais il me procura la connaissance de plusieurs artistes en réputation, dont la fréquentation assidue m'apprit sur
la pratique de l'art, bien des choses que j'ignorais
encore.

Il y avait une place à prendre dans la critique :
Trois hommes s'occupaient des arts dans les journaux ; l'un, tout dévoué à Girodet lui sacrifiait volontiers tout le reste de l'école Davidienne ; l'autre,
poli, bienveillant, était d'une indulgence extrême
et n'avait point de ces justices sévères qui offen-
sent quelquefois l'artiste, mais l'avertissent tout en
éveillant l'attention du public ; le troisième, homme
d'esprit lettré, mais ne sachant des arts que ce

qu'en sait un homme du monde qui n'est pas dans
le secret (1).

Être raisonnable mais non pas lourd, passionné
quelquefois, mais toujours juste ; éviter le vain éta-
lage des théories qui ne sont pas bonnes à grand'-
chose et ont le défaut d'ennuyer le lecteur qui
veut être amusé ; être vif, spirituel, si on peut
l'être, étudier d'ailleurs sérieusement, voir beaucoup, garder son indépendance, c'est-à-dire ne pas
écrire sous la dictée d'un homme intéressé, et ne
pas tout accorder à ses amis en refusant presque
tout aux autres ; il me semblait que réaliser cet
idéal ce serait se présenter non pas comme un
grand critique, — le grand critique ainsi qu'on l'entend, est savant ou affecte de le paraître, se perd
dans des raisonnements nébuleux où l'artiste ne
voit pas plus clair que lui-même, reste dans l'es-
thétique (un beau mot grec qui fait bien dans une
page de *Revue*) et ne s'abaisse pas jusqu'à ces misères qu'on appelle le dessin, la couleur, l'exécution, — il me semblait, dis-je, que ce serait se
présenter comme un critique utile, appelant à lui le
lecteur. L'Aristarque qui se respecte fort devait mé-
priser une critique si futile en apparence, qui avait
pour elle une forme piquante, et qui savait rire à
l'occasion ; il s'en moqua dédaigneusement ; je le
laissai dire. Je marchai hardiment devant moi, et
il arriva que l'artiste et le lecteur furent de mon
côté ; je ne veux pas prétendre qu'en ceci ils fis-
sent preuve de goût et de délicatesse ; mais l'extrême délicatesse, le raffiné du goût sont parti-

(1) MM. Marie Boutard, Fabius Pillet et Sauvo.

culiers aux beaux esprits, « et, bel esprit, ne l'est pas qui veut, » comme on sait. La foule est grossière, et, par malheur, je suis de la foule.... Ce que je prétendais faire je ne pouvais l'entreprendre dans les journaux. Un journal est une œuvre collective et l'on n'y est jamais bien libre de son action; c'est une tribune où chacun monte à son tour pour parler sur le même ton. Un livre est un terrain plus commode, on s'y meut à sa fantaisie, sous sa responsabilité personnelle. J'attendis le Salon de 1819, j'écrivis un volume sur ce sujet qui préoccupait assez vivement le public. J'étais encore fort inhabile, cependant l'ouvrage ne déplut pas; il parut sous le titre : « l'*Ombre de Diderot et le bossu du marais,* » qui disait assez que mon intention avait été de suivre de loin, de bien loin, l'illustre auteur des *Salons* de 1765, 1767 et 1769. J'espérais être moins emporté si j'étais moins éloquent; je m'efforçais d'être moins partial, moins cruel et un peu moins impoli; je ne prétendais pas, toutefois, me défendre de la déclamation qui, dans mon cadre, était une sorte de couleur locale; je ne fus pas trop ennuyeux; mon bossu fit rire et l'on me pardonna d'avoir quelquefois fait assez mal parler Diderot.

Plus tard, je fis mon thème en deux façons. Outre mon volume, je publiai des articles sur les Salons du Louvre dans le *Miroir,* un journal qui fut une puissance pendant près de trois ans. Quelques-uns des hommes qui, durant l'empire, avaient occupé les premiers rangs dans les lettres s'étaient réunis pour fonder une feuille non politique, un journal de théâtre, de littérature et d'arts; ils m'avaient fait l'honneur de m'admettre parmi eux.

J'avais de la facilité, de la volonté, de la chaleur ;
ils étaient un peu paresseux, je leur fus utile d'a-
bord ; je me fis bientôt indispensable. Le gouvernement publia sur la presse une loi qui effraya mes
collaborateurs résolus bientôt à abandonner la partie. Le lendemain notre feuille parut avec ce titre :
« Le *Miroir publié par* M. A. JAL et rédigé par
MM. de Jouy, Arnault, Dupaty, Gosse, etc. » Ces
messieurs n'osèrent pas s'en dédire. Le journal
continua et mon nom fut mis en évidence, deux
choses qui m'importaient (1). Une autre circonstance ne me fut pas moins favorable. M. de Norvins venait de publier son *Histoire de Napoléon ;*
la presse était alors sous le régime de la censure (2)
(1827), et les censeurs refusaient aux journaux la
faculté d'annoncer cet ouvrage. L'auteur était désolé ; l'éditeur qui avait acheté le livre assez cher
n'était pas moins ennuyé ; je vis sa déconvenue et
lui proposai de faire, sous mon nom, une annonce
publique de l'histoire persécutée. C'était le temps
où le parti libéral faisait au ministère une guerre
de brochures (3) ; je composai à la hâte un petit

(1) C'est à partir du vendredi 4 mai 1821, que l'on
voit seulement figurer ainsi le nom de M. Jal.

(2) On verra plus loin ce qu'était la liberté de la
presse et quels étaient les censeurs sous l'Empereur,
dont M. de Norvins, ancien directeur général de la police à Rome, venait de publier la vie.

(3) C'est vers cette époque que furent publiées chez
Sautelet *Deux Lettres de la Girafe au Pacha d'Égypte,*
pour lui rendre compte de son voyage à Saint-Cloud et en-
voyer les rognures de la censure de France au journal qui
s'établit à Alexandrie en Égypte. Ces lettres datées du

écrit intitulé : « *Napoléon et la censure*; » le libraire le fit tirer à cinquante ou soixante mille exemplaires dont il inonda le pays (1er oct. 1827). La brochure était fort Napoléonienne et pour cette raison on la trouva charmante. Son succès fut un échec pour le ministère de MM. de Villèle et Corbière, et, pour moi, une bonne fortune. La censure m'avait inspiré une autre brochure politique : « Lettre à M. P. comte de Corbière sur l'*Inquisition littéraire* (12 août 1827). Ce pamphlet (je prends ce mot dans son sens primitif et honnête), commençait ainsi : « M. Gaudiche vous aura peut-être appris, Monseigneur, que vous avez rétabli la censure.... et le reste à l'avenant. » M. de Corbière, ministre de l'intérieur (1), était homme d'esprit, grand amateur de livres et s'occupant plus, disait-on, de bouquins que des affaires difficiles de son

Palais des Bêtes ou Ménagerie Royale (12 juillet et 8 août 1827), portaient pour épigraphe cette phrase de Pascal : De telle sorte qu'après tant d'épreuves de leur faiblesse, ils ont jugé plus à propos et plus facile de censurer que de répondre, parce qu'il est bien plus aisé de trouver des moines que des raisons.

(1) Dans son *Manuscrit de* 1905, où toute grande personnalité de la Restauration devient pour lui un petit saint Sébastien, M. Jal décoche contre le ministre une anecdote que nous recueillerons parce qu'elle est plaisante : « On racontait, dit-il, dans les salons aristocratiques de Paris, où l'on ne pardonnait pas à un avoué sans aïeux d'être parvenu au ministère, on racontait que Mme Corbière, apprenant l'élévation de son fils au vizirat, poussa un cri d'étonnement et dit à sa voisine : « Pierre Ministre, bonne sainte Vierge! la Révolution « n'est donc pas finie? »

département; c'est à cela que faisait allusion mon
début. Il avait pour secrétaire M. Gaudiche, dont
le nom prêtait trop aux jeux de mots pour que
l'opposition ne s'en emparât pas; je n'y manquai
point et une phrase eut le succès d'un trait de
vaudeville pendant deux jours au moins. On vivait
vite en ce temps-là; la brochure du jour faisait
oublier celle de la veille; nos saillies les plus plaisantes, nos épigrammes les plus folles s'élevaient,
éclataient, brillaient et s'éteignaient comme les fu-
sées volantes. Nous nous amusions à ce jeu sans
songer que le pays payerait cher, un jour, le feu
d'artifice qui le divertissait. Je dis : nous, quelques-uns y songeaient, mais ils n'avaient garde de
nous avertir : nous jouions leur partie. En véritables enfants nous voulions piquer, contrarier, in-
commoder les ministres et les courtisans; nous
chargions à poudre nos armes innocentes, ils chargeaient à balles leurs escopettes révolutionnaires.

Je m'étais marié le 10 juillet 1822, âgé de vingt-
sept ans; j'avais épousé la nièce de mon respectable ami M. Mongin. Le 21 septembre 1823 survint
un garçon qui fut le seul fruit de mon mariage.
Il est architecte et c'est le seul artiste de mes amis
dont il me soit interdit de faire l'éloge.

Le Salon de 1824 me donna une grande beso-
gne. Le 89 littéraire était fait. On se vantait d'a-
voir pris la Bastille et d'avoir tué « le sieur Nicolas
Boileau », son gouverneur. Comme on avait em-
prunté à l'Angleterre un gouvernement qui fonc-
tionnait assez mal, par parenthèse, on lui emprun-
tait une littérature qui ne convenait guère mieux à
la France. Ainsi qu'on avait vu une foule insensée,

mise en mouvement par un gentilhomme plein de
cœur mais vide de raison, s'atteler à une longue
corde attachée au Napoléon de la colonne Vendôme
pour l'abattre (1), effort barbare, impuissant et ridicule, on voyait de jeunes fous, ardents à la destruction, s'appliquer à renverser la statue de Racine, en chantant de sauvages refrains, et à dresser
avec effort, à la stupéfaction du public, l'image de
Shakespeare, encensée par des idolâtres qui ne
savaient pas un mot d'Anglais. Louis David était
mis hors la loi, malgré les protestations de Gros,
le seul des Davidiens qu'on voulût bien épargner.
Gérard se sauvait par des complaisances, accueil-
lant dans son salon les révolutionnaires de l'art, les
encourageant de sa parole prudente, et obtenant, à

(1) Cette colonne avait été érigée de 1806 à 1810,
sur les dessins de MM. Gaudouin et Peyre, sur la place
où était, avant 1792, la statue de Louis XIV. En 1810,
l'auteur de *M. Du Relief ou les Embellissements de Paris*,
pièce jouée à la rue de Chartres, faisait de ce monument l'objet d'un couplet qui se terminait ainsi :

> La place Vendôme aujourd'hui
> Devient la place des Victoires.

Mais, en 1814, la victoire n'étant plus de son côté,
il fut adressé ce quatrain à la statue de l'homme qui
avait jadis enlevé ce bronze aux ennemis, maîtres alors
de Paris :

> Tyran perché sur cette échasse
> Si le sang que tu fis verser
> Pouvait tenir dans cette place,
> Tu le boirais sans te baisser.

Les ennemis emportèrent, dit M. Alp. de Beauchamp, la tête de bronze de la statue colossale de
Napoléon. (Page 32, 2ᵉ vol., *Vie de Louis XVIII.*)

défaut d'éloges, au moins le silence et l'oubli. Raphaël et Poussin étaient menacés ; on hésitait à les pendre à la lanterne romantique, mais on se jurait de ne les point imiter. — On ne s'est que trop bien tenu parole ! — On exaltait tout haut Le Sueur, non pour tout ce qu'il vaut ; mais on le louait pour avoir le droit de le plaindre de prétendus malheurs qu'on inventait et dont on chargeait la mémoire de Lebrun, parce qu'il fallait écraser Lebrun, comme on écrasait Racine et Boileau. Corneille et Molière gênaient, mais on les ménageait ; on se contentait de leur opposer l'auteur d'*Hamlet* et d'*Othello*, pour qui l'on montrait une préférence marquée, bien entendu. On affectait de dire qu'il fallait être nouveau, coloré, poétique — Racine n'était pas un poëte ! — et l'on était incorrect, incompréhensible, copiste mal habile, exagéré, trivial et boursouflé. On en était à l'extravagance, à la fureur. J'avais des amis au camp de ceux qui se disaient hardiment les novateurs et inscrivaient sur leur flamboyante bannière : « *Romantisme* », mot sonore et creux dont personne n'aurait pu dire la signification, pas même le porte-drapeau de la troupe bruyante (1). J'avais des amis aussi parmi ceux qui faisaient d'honorables efforts pour conserver les grandes traditions, retrouvées par David. Quelques-uns que leurs adversaires insultaient du nom de classiques — grande injure n'est-ce pas ? — étaient gens d'un talent véritable,

___

(1) On appelle, disait alors un homme d'esprit, *classiques* ceux qui ont fait leurs classes, et *romantiques* ceux qui n'ont pas eu cet avantage.

peut-être un peu froid. Ils ne trouvaient pas toujours le beau, mais du moins ils le cherchaient avec constance ; s'ils n'arrivaient pas au but qu'ils entrevoyaient, leur persévérance était digne d'éloges et d'encouragements. Cette position entre les deux partis ne me causait pas le moindre embarras; je dirai même qu'elle me plaisait assez. Je n'avais point d'engagement; je pouvais marcher à ma guise, enterrant gaiement les morts de l'une et l'autre armée, relevant et consolant les blessés. Un des grands chefs du côté romantique était venu me prier de donner aide aux hommes de bonne volonté « qui rêvaient le grand art » ; j'avais promis, mais sans me lier, bien résolu à n'immoler personne et me réservant de choisir, de louer ou de blâmer selon que je le trouverais juste. Je ne me sentais pas le droit d'être exclusif — le critique ne doit pas l'être — et en cela mon goût était d'accord avec ma raison. Le critique exclusif n'est pas un juge, c'est un bourreau. J'avais alors une certaine autorité; je la devais à l'indulgence du public à qui n'avait pas déplu une impartialité qui se raillait assez vertement de toutes les grandes prétentions. Mon Salon parut sous le titre de *l'Artiste et le Philosophe*. Le volume était gros, moins piquant que je ne l'avais espéré, médiocre pour tout dire, je n'avais pas osé autant qu'il aurait fallu, autant que j'osai depuis. L'accueil qu'on lui fit fut cependant assez bon pour que mon éditeur me demandât un autre volume pour le Salon prochain. Celui-ci fut une sorte d'événement dans le monde agité des arts. Je n'avais rien ménagé ; je m'étais laissé aller à ma verve et j'avais improvisé un livre très-plai-

sant, en vérité. Maintenant que je le juge à distance,
maintenant que je suis vieux et sans prétention à
l'esprit, à l'originalité, à rien de ce qui fait le critique, je puis avouer que les « *Esquisses, Croquis,
Pochades ou tout ce qu'on voudra sur le Salon
de* 1827 » sont un de mes écrits dont je suis le
moins mécontent. Il réussit pleinement. Décidément, j'étais « quelqu'un », sans en être plus fier.
Cela m'amusait fort, et d'ailleurs m'était profitable.

Je travaillais beaucoup pour ne pas laisser re-
froidir ma verve. Elle était dans toute sa chaleur
quand le baron Gérard exposa son tableau du
Sacre (1829). L'occasion était bonne et j'en pro-
fitai. M. Gérard était un homme très-habile ; calme,
réservé, fin, spirituel, joli conteur, il avait tout ce
qu'il faut pour séduire. Sa réputation était grande,
plus grande que son mérite ; ce n'est pas que je
veuille prétendre qu'il était sans talent. Médiocre
en ce qui était du style et du dessin, il était colo-
riste sans vérité, sans harmonie, sans chaleur et
sans charme ; ses tableaux, ses portraits tant van-
tés étaient brillants comme du carton peint, comme
du bois verni, mais il composait avec goût, avait
l'entente des grandes machines, tout à fait perdue
aujourd'hui, et la science de l'arrangement. Sous
ce rapport, sa *Bataille d'Austerlitz* et son *Entrée
d'Henri IV à Paris* sont ses chefs-d'œuvre et sont
vraiment de fort belles choses, auxquelles la gravure a donné toute leur valeur. J'avais toujours
fait mes réserves en louant M. Gérard, et l'artiste
s'était sérieusement offensé de mon audace. Il
craignait la critique et avait eu l'adresse de s'attirer
tous ceux qui avaient la plume dans les journaux ;

j'avais résisté aux prévenances obligeantes qu'il
m'a fait prodiguer par ses amis et les miens....
Le tableau parut. Sans prévention, il était d'une
faiblesse extrême et ne réussit pas même dans le
monde officiel. C'était à cent piques au-dessous du
Henri IV et surtout du *Tableau du Sacre*, peint
par L. David, tableau dont le côté droit est, sous
tous les rapports, une œuvre indiscutable. Un arrangement théâtral et maussade, une longue suite
de mannequins vêtus de costumes qui brillent uni-
formément et présentent un ensemble tapageur de
couleurs indiscrètes ; pas une figure vraiment humaine, capable de remuer et animée par la pensée ; rien de sympathique, rien d'attrayant, rien
de profond, rien qui commande l'admiration, le
recueillement et le respect. Parmi toutes ces têtes
vernissées, polies, fardées comme des masques,
cherchez-en une que vous puissiez comparer au
Napoléon, au Pie VII, au cardinal Caprara, au
Talleyrand, ou même à un de ces enfants de chœur
inconnus qui entourent l'autel de Notre-Dame,
dans le *Sacre* de David ! Personne ne fut content
du tableau, excepté les libéraux — comme on
appelait alors les opposants au gouvernement
royal (1). Les romantiques rirent, de leur côté,
de cette peinture fâcheuse qui rappelait le Salon
de cire du sieur Curtius. M. Gérard m'avait donné
trop beau jeu ; *j'en abusai*, je l'avoue. Je jetai, en

(1) Voici une autre définition de Lebrun :

> Quel est donc ce mot libéral
> Que les gens d'un certain calibre
> Placent toujours tant bien que mal ?
> C'est le diminutif de libre.

trois ou quatre jours, sur le papier une centaine
de pages que je publiai le 23 mai 1829. *Le Peuple au Sacre* reçut du public l'accueil le plus empressé. Tout le monde rit de cette bonne humeur
d'un critique insolent qui osait dire tout haut ce
que tout bas on se disait dans les cercles aristocratiques et dans les ateliers. La forme fut pour
beaucoup dans la fortune que fit cette satire où
l'auteur, sans cesser d'être poli, se montrait railleur
impitoyable, où la vivacité de l'attaque n'excluait
pas l'emploi des armes courtoises, où la verve comique était tempérée par les délicatesses du langage. Le succès fut très-grand et très-complet. *Le
Peuple au Sacre*, quand j'y pense, est un des
écrits de la première moitié de ma carrière, qui,
aujourd'hui encore, me plaisent le plus.

Cependant, tandis que nous nous amusions ainsi
aux petites choses, aux petites épigrammes, de
grands événements se préparaient. Le ministère de
M. de Villèle tombait avec l'année 1827 ; celui de
M. Martignac, qui lui succédait, ne devait avoir
qu'un instant. Il était trop sympathique à la nation
pour ne pas déplaire fort au roi Charles X qui lui
fit bientôt une folle opposition et le renversa en
appelant aux affaires le prince Jules de Polignac.
Ce grand seigneur, ami de son maître, dévoué, mais
sans l'intelligence de ce qui se passait autour de
lui, effrayait le pays sans rassurer beaucoup la
cour. Il était plein de bon vouloir contre la Révolution ; mais la pratique du gouvernement lui
manquait tout à fait ; sincèrement religieux, il
avait, dans son sommeil, des visions qui le récon-
fortaient : « Quand je suis fatigué, disait-il, je

m'assoupis sur mon canapé ; alors la Vierge m'apparaît, m'encourage, me conseille ; je m'éveille et
je marche, sûr de ne pas m'égarer. » Ceci n'est
point une moquerie, une invention du libéralisme.
La chose m'a été racontée sérieusement par un
homme de beaucoup d'esprit, fort royaliste, mais
fort éclairé, M. le duc de Fitz-James, que j'eus
l'honneur de voir souvent en 1831, chez Mme de
Mirbel. Les hommes de bon sens qui apercevaient
de loin l'abîme où aboutissait pour la royauté le
chemin que son obstination aveugle lui faisait suivre, disaient au roi qu'il fallait absolument imaginer quelque chose qui détournât de la politique le
peuple trop préoccupé des discussions publiques et
peut-être des secrètes conspirations. Une guerre
serait une chose excellente ; mais quelle guerre ?
La guerre d'Espagne avait assez mal réussi dans
l'opinion, et nul autre germe de lutte à l'étranger
ne se développait sur le terrain de l'Europe. Le
hasard fournit un prétexte et ce prétexte on le saisit
avec avidité (1). Hussein-Pacha, dey d'Alger, dans
une conférence à laquelle le Consul de France as-

---

(1) C'est là une accusation mal fondée. M. Jal
montre dans toute cette partie concernant Alger, qu'il
a recueilli les bruits plutôt qu'il n'a su la vérité. Nous
nous contenterons de dire sur ce point, qu'en avril
1827, avant qu'on pût recevoir en France des nouvelles de l'insulte faite au chevalier Deval, M. de
Chabrol, ministre de la marine, soumettait au roi un
projet de blocus d'Alger, motivé sur ce que les Algé-
riens n'exécutaient pas leurs traités et arrêtaient les
navires Français ainsi que ceux des États Romains.

sistait, lassé des plaisanteries discourtoises que se
permettait cet agent, perdit patience et montrant
à M. Deval la porte du divan, avec l'éventail ou
chasse-mouche dont il se servait, lui ordonna de
sortir. M. Deval transforma ce geste en un soufflet, poussa de grands cris, se plaignit au gouvernement français et lui conseilla de demander au
dey une réparation pour une offense imaginaire.
Le roi ordonna qu'un vaisseau fût expédié à Alger
et que le brave capitaine de La Bretonnière allât
demander à Hussein-Pacha des explications et un
désaveu d'une insulte faite à la France dans la
personne d'un de ses représentants. Le dey affirma
qu'il n'avait point souffleté M. Deval — il disait
vrai, et cette vérité je l'ai sue das le temps par le
consul de Sardaigne, présent à la conférence où le
geste avait été fait; — il refusa d'envoyer une
ambassade à Paris pour arranger cette sotte affaire,
et la guerre contre Alger fut résolue par les con-
seillers de la Couronne, heureux d'avoir trouvé
l'occasion qu'ils cherchaient. Le roi très-chrétien
châtier un infidèle, détruire le dernier nid des
pirates musulmans qui écumaient depuis si longtemps la Méditerranée, c'était une sorte de croisade
qui allait, en Europe, placer le nom de Charles X
à côté de celui de saint Louis! La France s'émut
à la nouvelle de cette résolution inopinée qui armait la flotte et les bataillons français; le parti
libéral avancé se mit dans une grande colère (1). Le
roi entrait en campagne sans l'assentiment de l'An-

(1) Parmi les opposants à cette expédition, l'on peut
citer MM. l'amiral Verhuel, Eusèbe de Salverte et
Alexandre de Laborde, auteur d'un écrit intitulé : *Au*

gleterre et peut-être malgré elle ; on aurait dû lui
tenir compte de ce courage, on fut injuste de ne
lui en savoir pas gré. Tous les souvenirs historiques furent évoqués pour en tirer de fâcheux au-
gures contre l'entreprise de la France. — Qu'espère faire Charles X où Charles-Quint a échoué ?
— Est-ce une leçon qu'on veut infliger à un
barbare, ou une conquête qu'on veut tenter ? —
La Restauration conquérante, ce serait à mourir
de rire, disait-on. Et puis quelle imprudence ! Au
fond de la baie d'Alger les débris de la flotte
de 1541 n'avertissaient-ils pas encore que cette
côte est mortelle aux téméraires ! La mer et le
vent auront bien vite raison de vos navires, et
votre armée sera jetée avec les épaves sur le
rivage où vous attendront les bédouins féroces.
— Et à quel général confier l'honneur de votre
drapeau ? Au déserteur de Ligny ! »

Dans les rangs élevés de la société on était gagné par la peur ; dans les bureaux des journaux
peu tremblaient, mais beaucoup simulaient la
frayeur. Le gouvernement n'avait point fait ce pas
pour reculer ; il persista et l'on apprit que le commandement de la flotte était confié au brave amiral
Duperré, un des marins les plus populaires de
France. Ce choix était excellent (1), si celui qu'on
avait fait de M. de Bourmont pour l'armée paraissait regrettable.

Roi et aux Chambres, sur les véritables causes de la rupture avec Alger et sur l'expédition qui se prépare.

(1) M. le contre-amiral Mallet, un des braves officiers de la frégate *la Loire*, qui avait été capitaine en
second de l'école de Brest, de 1811 au 6no vem-

La presse se préoccupait de la guerre qui allait commencer ; tout naturellement la presse libérale y était opposée. Le *Constitutionnel*, modéré par habitude, avait pour conseil M. Dupin, l'aîné. Il vint à l'illustre avocat la pensée, qu'il fit agréer par les propriétaires du journal, d'envoyer à Toulon un rédacteur chargé de voir les préparatifs de l'expédition et de tenir le public au courant de tout ce qui se ferait En même temps que j'écrivais au *Constitutionnel* sur les arts, je m'occupais de tout ce qui touchait à la marine ; M. Dupin me désigna pour être à Toulon le *special correspondant*, selon l'expression anglaise, du journal dont la fortune était grande alors et de beaucoup plus que celle de tous les autres. Je fus agréé, et j'y mis une seule condition : c'est que je serais parfaitement libre dans mon allure, et qu'aucune coupure ne serait exercée sur ma correspondance. J'étais sûr d'être complétement impartial, et je savais qu'on ne le serait pas autant au bureau de la

bre 1812, fut nommé major général de l'escadre de M. Duperré ; il me l'apprit par ce mot qu'il laissa chez moi : « Je suis venu ainsi que je vous l'avais dit ; maintenant je ne sais plus quand je pourrai revenir. Vous avez peut-être appris qu'en dinant chez le ministre, lundi dernier, il m'a été annoncé que l'amiral Duperré m'avait choisi pour être le chef d'état-major de l'armée qu'il va commander. J'ai accepté. (Signé) Mallet. » J'ai dit que Mallet (Stanislas) était un des officiers de la *Loire*. Les combats de ce navire sont plus connus du public français que beaucoup d'autres ; ils ont été gravés. J'ai raconté leur histoire intéressante et un peu celle du commandant de la *Loire*, l'énergique Segond, dans mes *Scènes de la vie maritime*, tome II, p. 275-289. (J.)

rédaction. Je me munis de recommandations pour quelques-uns des généraux de l'armée, au cas où je pourrais aller en Afrique avec elle, et je partis, tout heureux de penser à voir une belle flotte à la mer, à retrouver tous mes camarades d'École et de promotion, à me reprendre un jour à un métier que je n'avais pas cessé d'aimer et que je regrettais encore. Mon traité avec le *Constitutionnel* bornait ma mission ; mais dans ma pensée elle devait me mener plus loin que la côte de Provence. Tous les officiers de marine m'assurèrent qu'il fallait très-peu de temps pour traverser la Méditerranée ; les généraux auxquels j'avais été présenté m'affirmèrent qu'Alger tomberait au bout de quelques jours de siége ; d'ailleurs les rédacteurs des journaux réguliers devaient passer la mer ; je n'hésitai donc pas, et me mis à chercher un embarquement. J'étais un passager compromettant. Je n'arrivais pas de Paris avec une permission d'embarquement, et personne n'osait m'*embarquer par-dessus le bord*. C'était à qui ne voudrait pas d'un homme marqué du sceau de l'opposition. L'amiral Duperré me dit cependant qu'il ne voyait pas d'inconvénient, vu ma provenance maritime, à ma présence sur un des navires du Roi, si quelqu'un voulait bien courir les risques personnels qui pourraient y être attachés. Par bonheur, — et l'on verra que ce bonheur fut grand pour moi, car c'est à lui que je dois d'être devenu l'espèce de savant qu'ont fait connaître quelques travaux sérieux, — par fortune, je rencontrai un de mes compagnons du *Tourville*, neveu justement d'un des propriétaires du *Constitutionnel*,

M. Aubry-Bailleul, alors lieutenant de vaisseau, mort contre-amiral. Cet ami se dévoua. Il commandait, dans le convoi placé sous les ordres du bon capitaine Hugon, — aujourd'hui vice-amiral, baron et sénateur, — une division de navires marchands destinés à porter les chevaux. M. Hugon lui permit de me prendre comme son secrétaire, ce qui légitimait mon passage (1). Me voilà donc secrétaire *ad honores*, et n'ayant autre chose à faire, sur le *Federico*, joli brick parlementaire où M. Aubry-Bailleul avait sa flamme de commandement, qu'à prendre des notes et à observer tous les mouvements de l'escadre de guerre et les signaux qui les ordonnaient. Je m'instruisais, je rapprenais, je jouissais d'un des plus beaux spectacles qu'un homme puisse voir. On sait l'histoire de la campagne; je n'en écrivis dans le *Constitutionnel* que les premiers chapitres (2). La bataille

(1) « Port de Toulon. — M. A. Jal embarquera sur le *Federico*, transport n° 135, 2° série, en qualité de secrétaire de M. Aubry-Bailleul, lieutenant de vaisseau, qui se trouve sur ce bâtiment. M. A. Jal recevra la ration pendant la traversée.

« Toulon, 11 mai 1830.

« Le contre-amiral préfet maritime par intérim,

« DE MARTINENG. »

(2) Ma respectable amie, Mme Amable Tastu qui, en 1832, fut chargée de la publication d'une sorte de *Keep'sake* français, m'ayant demandé un morceau de prose, j'écrivis pour elle quelque chose sur « l'Arrivée et le débarquement à Alger. » Ces courtes pages sont datées du 12 novembre 1832. Elles se terminent par la dépêche si noble que le maréchal adressa au

de Sidi-Staoueli se donna le matin du jour où je
dus me rembarquer pour revenir en France, rappelé par l'inquiétude que j'avais donnée à ma
femme. J'avais quitté Toulon sans lui dire que
j'allais en Afrique, persuadé que les choses iraient
comme on me l'avait dit. J'avais assisté à toutes
les scènes militaires qui avaient précédé la journée
de Sidi-Staoueli, toujours marchant à l'avant-garde
en compagnie de mon ami le peintre de marine
Théodore Gudin, et d'un capitaine de vaisseau
anglais, M. Mazel. Le navire sur lequel je pris
passage était une bombarde commandée par M. Roland, lieutenant de vaisseau, excellent garçon qui
devint officier d'ordonnance du roi Louis-Philippe,
capitaine de vaisseau et mourut jeune. Avant de
quitter l'Afrique j'allai remercier les généraux, qui
avaient été pour moi d'une bonté parfaite (1), et,

roi sur la mort du jeune Bourmont, son fils, que tous
nous regrettâmes bien sincèrement, loyal et brave officier qui souffrait beaucoup du passé de son père. (J.)

(1) Plusieurs de ces officiers eurent pour moi de
très-obligeantes attentions. Lorsque les hasards de la
journée me rapprochaient de la tente de l'un d'eux,
j'y recevais l'hospitalité la plus bienveillante et la plus
empressée. Il m'arriva là ce qui était arrivé à Gourville
aux lignes d'Arras. Gourville raconte qu'il soupa un
jour au quartier du marquis d'Humières, qu'il trouva
servi en vaisselle plate comme dans son hôtel à Paris,
et que le lendemain il dîna chez M. de Turenne qui
mangeait dans du fer-blanc. Pour moi M. le général
Berthier de Sauvigny fut le marquis d'Humières; je
dînais chez lui, servi dans de belles assiettes d'argent
armorié, je bus du vin de Champagne dans des verres
élégamment ciselés. Le lendemain, accablé par la cha-

entre eux, M. le général Després, chef de l'état-
major général. Je le priai de dire à M. de Bourmont combien j'étais reconnaissant de la liberté
qu'il m'avait laissée d'aller partout et de tout voir,
quand M. d'Haussez, ministre de la marine, — un
homme d'esprit pourtant — avait envoyé l'ordre
de m'arrêter à mon arrivée à la côte d'Alger.
M. le général Valazé avait eu l'obligeance de dire
au général en chef qui j'étais, et celui-ci m'avait
fait l'honneur de lui répondre qu'il se fiait à ma
loyauté. J'avais dû m'abstenir de me faire présenter à M. de Bourmont. Au reste, les choses se passèrent si bien, la marine et l'armée furent si admirables que l'éloge me fut facile, et qu'en les louant
je restai fort au-dessous de la vérité. Je me trouvai
très-fier d'être l'hôte du camp et de m'abriter sous
le drapeau blanc si bien porté. « Quelle que soit
la couleur du pavillon, quand il est engagé au nom
de la France, mon cœur est tout avec lui. » C'est
ce que j'avais dit en acceptant le devoir que m'a-
vait imposé le *Constitutionnel*, c'est ce que j'avais
répété à M. de Bertillat, le grand prévôt de l'armée, quand il m'était venu dire de la part du général en chef que j'étais libre de mon action partout où serait le corps expéditionnaire.

Le *Finistère*, qui allait me ramener en France,
avait ordre de rester sous Alger jusqu'au moment
où on lui signalerait la reddition de la ville. Nous
entendîmes sauter le château de l'Empereur et nous

leur, j'entrai dans la tente du général Hurel; le vieux
soldat d'Égypte que je trouvai lavant ses gants de daim,
m'offrit un verre de vin dans une timbale d'étain, sa
coupe ordinaire dans ses repas modestes. (J.)

fîmes voile pour Toulon, où je restai quelques
jours en quarantaine et ensuite quelques autres
journées pour me reposer. Ma femme était venue
à ma rencontre, très-inquiète du long silence que
j'avais gardé malgré moi au commencement de la
campagne. Nous étions à Toulouse, quand la nouvelle arriva d'une insurrection à Paris causée par
la publication de folles ordonnances. A Bordeaux,
nous sûmes que l'émeute était devenue révolution.
Triomphante à Alger, la royauté de 1815 avait été
vaincue à Paris, où j'arrivai, le 7 août 1830, à
quatre heures du matin. Les lampions brûlaient
encore en l'honneur d'une royauté nouvelle que
la mobilité de notre nation devait bientôt renverser à son tour. Le nouveau roi, honoré de tout le
monde, comme duc d'Orléans, avait, en acceptant
le trône, cédé à une nécessité. La république s'a-
journait en grondant. Elle allait poursuivre son
œuvre par l'émeute et le régicide, aidée par la
stupide bourgeoisie qui déteste le régicide et l'é-
meute, mais qui se plaît à l'opposition, a la manie
du bel esprit, et ne déteste pas la calomnie quand
elle se présente habilement colorée.

Ma correspondance, datée de Sidi-Feruch, avait
été lue avec intérêt; je revenais d'Alger, le premier; je pouvais raconter bien des faits curieux;
je fus une sorte de *lion* pendant une semaine dans
nos cercles d'amis, artistes et gens de lettres et au
foyer de l'Opéra.

Mais il me semblait que j'étais dépaysé; la révolution me paraissait avoir changé l'apparence
des choses. J'étudiai le terrain. Toutes les ambitions, toutes les prétentions assiégeaient le nou-

veau gouvernement; tous ceux qui avaient souffert des révolutions passées demandaient, à titre de réparation, places, emplois, distin●●ns. Je publiai alors un article pour engager le ministre de la marine à rester sourd aux sollicitations des anciens officiers de l'Empire qui appelaient l'heure de leur restauration. « Il ne faut pas, disais-je, que ceux qui se sont moqués en 1815, des *Voltigeurs de Louis XIV* puissent être appelés : les Voltigeurs de Bonaparte. » Les gens désintéressés approuvèrent cette démarche qui souleva une courte polémique entre le rédacteur du *Constitutionnel* et quelques personnes trompées dans leurs espérances. Le ministre ne fit rentrer dans les cadres que trois ou quatre officiers frappés en 1816, et dont un devint amiral, M. Baudin.

En ce moment le hasard me rapprocha de M. le duc d'Orléans. On venait de créer dans la garde nationale de Paris une légion d'artillerie; j'y fus admis, et l'élection me porta aux grades de sous-lieutenant et de lieutenant dans la première batterie, où le Roi avait fait inscrire son fils aîné (1).

(1) Au dire d'Alexandre Dumas (*Mémoires*, tome VII, p. 202), la première batterie se nommait l'Aristocrate. Elle comptait dans ses rangs MM. de Tracy, Paravey, Étienne Arago, Schœlcher, Loëve-Weymar, Duvert. La seconde batterie, appelée la Républicaine, avait pour capitaines Guinard et God. Cavaignac. La troisième, surnommée la Puritaine, était commandée par Bastide; Carrel et Barthélemy-Saint-Hilaire étaient parmi ses servants. Quant à la quatrième, le grand nombre des médecins qu'elle contenait lui avait fait donner le nom de la Meurtrière; Trélat et Raspail en faisaient partie. C'était de celle-là qu'était Alexandre Dumas.

Des rapports de service quotidien me mirent en
relations suivies avec ce jeune prince qui, doué,
dès l'âge de vingt ans, d'un tact parfait, éloignait
avec art et politesse le « profane vulgaire » qui lui
déplaisait comme à Horace, sut se rendre populaire
par sa modestie, son esprit charmant, la bienveillance de son accueil et la portée de son jugement (1).
Jamais homme de son âge et de son rang ne se
trouva soumis à une épreuve aussi difficile que
celle à laquelle les circonstances soumettaient le
Prince Royal, il s'en tira à miracle. Tout autour
de lui s'agitaient des passions ardentes et dangereuses; il n'avait qu'un pas à faire pour devenir
le chef d'une opposition qu'on lui représentait
comme naturelle; « Voyez, lui disait-on, le prince
de Galles en Angleterre! » Ce pas il ne le fit point.
Au lieu de déployer son propre drapeau, il porta
haut celui de son père, et la Révolution, qui avait
cru le conquérir, reconnut bien vite qu'il faudrait
compter avec lui. Elle lui devint contraire et jura
sa perte.

Une nuit, que la République, sous l'habit
d'artilleur, chargeait ses armes dans la cour du
Louvre et qu'elle ne dissimulait guère ses projets,
je fis sortir la batterie que je commandais en

(1) M. de Lamartine comparant avec le duc d'Orléans le fils ainé de la reine Hortense, tué à Forli, écrivait ceci : « Je n'ai connu que le duc d'Orléans, en
France, qui représentât si bien l'espérance d'une dynastie. Mais le duc d'Orléans avait trop d'intention
dans l'attitude : on voyait qu'il posait pour un trône
populaire. Le prince Napoléon ne posait pas, il primait
et il charmait.

l'absence du capitaine, sous prétexte de faire une patrouille pour dégager le Louvre; je me joignis à une compagnie de grenadiers et me dirigeai du côté du Palais-Royal, où je laissai monseigneur le duc d'Orléans et son précepteur M. de Bois-milon. Ce ne fut pas sans que de grands cris fussent poussés par nos violents camarades; mais « la batterie du Prince », comme on la nommait, sut faire bonne contenance, obéir avec empressement et résister sans bravades à des menaces, à des outrages qu'un rien aurait pu faire dégénérer en actes sanglants. Le lendemain, j'allai au Palais-Royal supplier le roi de dispenser Mgr le duc d'Orléans du service de l'artillerie, au moins jusqu'au temps où cet incident pénible serait un peu oublié. La légion d'artillerie fut fractionnée en douze compagnies, ne devant pas faire un corps unique, mais chacune d'elles attachée à une des légions d'infanterie. Le scrutin me fit capitaine de la deuxième, le 11 juin 1831. Une des élections précédentes m'avait, pour ce grade, donné le pas sur Armand Carrel. On n'avait pas méprisé ses mérites, mais Carrel était dans le mouvement, et, quant à moi, instruit par un passé très-voisin de nous, j'avais déclaré me ranger tout à fait du côté de l'ordre et d'une liberté sage qu'à mes yeux représentait la monarchie de Juillet. Bientôt l'Artillerie fut licenciée; elle avait en général un esprit contraire à celui du gouvernement du Roi : c'était une sorte de club armé. — Mgr le duc d'Orléans, plein de bienveillance pour moi, me permit de lui aller rendre quelquefois mes devoirs; je le fis, mais avec beaucoup de discrétion. J'ai vu bien des

gens, peintres et autres, s'imposer à la famille
royale, se familiariser avec les princes et prendre
les airs de courtisans les plus risibles. Le roi, qui
était fier comme Louis XIV, et supportait avec
peine cette outrecuidance bourgeoise, était contraint cependant de la subir et de voir venir le
soir, au cercle intime de la reine et des princes-
ses, je ne sais quel goujat, fils de boutiquier, qui,
sous prétexte qu'il était officier de la garde nationale et « dévoué au nouvel ordre de choses » se
présentait aux Tuileries après avoir dit à ses amis
de la basoche : *Je vais voir ces dames.* Le malheureux roi, qu'il eut à souffrir pendant son
long règne où toutes les traditions des bons usages,
de la bonne compagnie et du bon langage tombèrent
dans le plus profond mépris, où il se sentit cou-
doyé dans son palais par cette foule impolie, ir-
respectueuse, qui ne s'éclaircit un peu que vers la
fin ! Invité souvent aux Tuileries, j'y allai très-
rarement. Un jour le duc d'Orléans m'en fit le
reproche obligeant : « Pourquoi ne vous voit-on
pas? — Je sais, Monseigneur, que ma place n'est
pas à la cour. Je n'ai ni le haut rang, ni le haut
mérite qui y appellent quelques-uns, et je crois
qu'il est bon que chacun reste à sa place. — C'est
très-sage, assurément, et si tout le monde pensait comme vous, il n'y aurait pas de révolutions. » L'état du pays, même quand il paraissait
calme, ne rassurait que médiocrement le duc d'Orléans; il ne se faisait point d'illusions sur l'avenir,
si j'en crois ce qu'il me dit dans une audience dont
il m'honora peu de jours avant celui qui fut, hélas!
le dernier pour lui. Son départ avait été annoncé,

et je me hasardai à lui dire : « Monseigneur, c'est toujours avec crainte que je vois partir Votre Altesse Royale. Le roi se porte bien, sans doute, mais un accident n'est pas impossible, et que deviendrions-nous sans vous ? — *Nemours reste, et, croyez-moi, Nemours est, de nous tous, le meilleur et le plus capable.* — Mais on ne le sait pas, Monseigneur. — Il est timide et dévoué; il n'a pas voulu se faire centre à côté de moi, de peur de nuire à ma situation. D'ailleurs, capitaine (il m'appelait toujours ainsi depuis l'artillerie), croyez-vous qu'à la mort du roi l'héritage me viendra naturellement? *Non, c'est dans la rue et l'épée à la main* qu'il me faudra le conquérir ! » Voilà, mot à mot, ce que me dit le prince; je fus si frappé de notre conversation que je l'écrivis, en quittant le pavillon de Marsan, pour n'en point oublier le détail.

.... Alger pris, la flotte revint à Toulon, et je revis à Paris mon ami Aubry-Bailleul. Je travaillais beaucoup, ouvrier littéraire qui ne manquait pas d'ouvrage, mais qui aspirait à faire quelque chose de sérieux. L'âge m'avertissait en même temps qu'une révolution. Jouer avec le feu quand on est jeune, imprudent et qu'on n'a jamais vu d'incendie, on peut être entraîné à le faire: mais l'expérience arrive et l'on est coupable alors si l'on se laisse aller à des fantaisies dangereuses. Et puis, comme le disait un spirituel critique qui commençait à grossir : « Oh! tant qu'on est alerte, léger, brillant, on peut danser sur la corde; mais quand on a pris du ventre, et qu'on est obligé de recourir au lendemain, il faut descendre de l'étroit théâtre et reprendre pied sur la terre ferme. Laissons les sauts périlleux et marchons en hommes graves. » J'avais plusieurs projets, je voulais faire un Résumé de l'histoire de la marine, j'en avais même imprimé quelques feuilles que j'ai gardées et qui témoignent plus de mon amour pour mon ancien état et de mon bon vouloir que de mon savoir et de mon talent; je n'étais pas assez préparé. L'histoire est trop vaste pour moi, je le sentais alors, et quoique je sois moins novice qu'à cette époque, je le suis encore. Je m'étais essayé à l'histoire en faisant, pour la collection des *Résumés historiques* entreprise par Félix Bodin, une petite *Histoire du Lyonnais* (1826), compilation écrite avec soin, résumant les travaux de quelques savants auteurs, aux informations desquels je n'ajoutais guère. Ce petit ouvrage, sans parti pris, fut bien reçu. Il était libéral mais point révolutionnaire, et Bodin en fut assez content pour m'en demander un autre que je ne fis pas. J'en étais là quand Aubry-Bailleul, en ce moment aide de camp de M. le comte de Rigny, parla de moi à un haut fonctionnaire de la marine qui intéressa en ma faveur le ministre et le décida à me faire une place dans son département. Cela se fit sans que je m'en doutasse. Un matin mon camarade vint me prendre, me présenta à M. Coster et à M. le baron Tupinier (1) — deux hommes d'esprit et de mérite qui furent pour moi les meilleurs du monde; — M. Tupinier m'introduisit auprès de M. de Rigny,

(1) M. Tupinier, mort à Paris, le 14 décembre 1850. Directeur des ports et arsenaux pendant près de vingt ans, et depuis ministre de la marine.

que je connaissais un peu comme homme du monde, et qui me reçut avec beaucoup de grâce : « Voulez-vous vous occuper ici, d'histoire, me dit l'amiral ? — Si je le veux, monsieur le ministre ! si je le veux !... — Venez me dire demain matin ce que vous vous proposez de faire. » Le lendemain je revis M. de Rigny à qui je donnai un plan de travail qui l'étonna par sa largeur en apparence ambitieuse. Ce vaste programme qui n'effrayait pas mon courage, je n'ai pu le remplir tout entier ; la première portion de l'œuvre, faite avec une patience de moine a usé mes forces et ma santé, et quand j'ai voulu poursuivre la tâche que je m'étais donnée je me suis trouvé en présence du mal qui m'a empêché d'aller jusqu'au bout de la carrière qui était ouverte à mon zèle. Alors, il m'a fallu, au lieu d'embrasser un vaste ensemble d'histoire, m'arrêter aux petites choses qui font le sujet du présent livre (1). Incapable d'une longue course, j'ai dû aller pas à pas, me reposant souvent, ne perdant cependant point tout à fait ma vie et m'efforçant d'être utile.

Mon avenir était assuré : le 1er juillet 1831 je fus installé au Ministère de la marine, collègue d'un ancien officier, homme de mérite, instruit qui, après les premiers moments passés d'un assez vif déplaisir, vécut avec moi le mieux du monde. M. Parisot, par goût et aussi parce qu'il croyait rendre de meilleurs services à la marine, s'occupait de l'histoire moderne, des campagnes un peu antérieures

---

(1) M. Jal parle ici du *Dictionnaire critique d'Histoire et de Biographie*, dans lequel il se proposait de placer cette notice.

à celles de la Révolution et de l'Empire et de
celles-ci même dont il avait donné un résumé dans
le livre des *Victoires et Conquêtes*. Moi je remon-
tais plus haut; mon but était l'étude des marines
de l'Antiquité, du Moyen-âge et des temps qui,
du seizième siècle venaient jusqu'à la fin du règne
de Louis XIV. Le terrain était vaste pour tous
deux, nous pouvions marcher longtemps sans nous
rencontrer, sans nous gêner. M. Parisot avait
accepté la condition de préparer des mémoires,
mais de ne pas les publier ; j'avais fait des conditions différentes. Je ne voulais travailler que pour
le public. Mes ouvrages de recherches devaient
appartenir au Ministre de la marine qui s'enga-
geait à les faire imprimer. Il en fut ainsi. Je m'é-
tais réservé toutefois, la propriété des travaux que
je pourrais faire sur le sujet de la marine dans la
forme de l'historiette et du roman. Avec l'agrément
du ministre, tout en commençant de sérieuses
études qui devaient me faciliter la composition de
mémoires d'Archéologie nautique j'écrivis les chapitres d'un livre destiné aux gens du monde, restés
longtemps étrangers aux choses de la marine. Ce
n'est pas que ces choses n'eussent inspiré à quelques écrivains des œuvres lues avec intérêt ailleurs encore que dans les ports de mer. Deux
hommes surtout, deux hommes d'esprit et d'imagination (1), écrivaient des romans curieux sans doute,
mais brillant plus par l'intention que par la vérité.
L'exagération était de mode et ils ne s'en défen-
daient pas. Le peintre de marine chargeait sa pa-

_____

(1) Eugène Sue et Corbière.

lette de couleurs violentes ; il supposait des situations terribles, et se plaisait à lutter d'impossibilité avec le drame moderne qui s'établissait sur le théâtre et faisait rage dans le monde où Satan était devenu un personnage familier. Je pensai que des tableaux simples, naturels, et si l'on pouvait les faire ainsi, amusants en même temps qu'intéressants, trouveraient quelques lecteurs ; de cette pensée sortirent trois volumes, donnés en 1832 sous le titre de « *Scènes de la vie maritime.* » Le livre eut du bonheur ; mes camarades m'en firent cet éloge qu'il représentait la vérité sans charge ; le monde trouva qu'il n'était pas ennuyeux ; Charles Nodier et H. de Latouche en furent contents (1).

(1) Hyacinthe de Latouche m'écrivait le 20 janvier 1833 : « Je ne puis pas me dissimuler qu'il entre beaucoup *d'art* dans la composition de ce livre ; mais il y prédomine une telle nature, un tel sens élevé et *un cœur si bon enfant*, que l'émotion m'a voilé dix fois les yeux et que, si je n'étais pas votre ami, je voudrais le devenir. Personne n'accorde plus de justice que moi au talent de M. Sue ; malgré l'apprêt, le calcul et une chaleur trop souvent factice, il m'a ébloui et entraîné souvent : il ne m'a jamais touché. Ses tableaux sont d'apparat et chacune de ses figures est enluminée. Votre manière, à vous, m'a rappelé la peinture naïve et bonhomme employée par « le maître à la loupe, » (David avait une loupe à la lèvre supérieure) pour faire le portrait du pape » (Pie VII, aujourd'hui au Louvre). L'*Homme à la mer* et l'*Incendie*, dans un genre ; dans un autre, la *Vie en poste* et le *Conteur*, voilà des meilleurs chapitres. J'ai ri, j'ai eu le cœur gros, j'ai été fier de vous. — Ah ! capitaine, vous avez joliment monté en grade, mon ami ! — et *Justice*, donc ! c'est encore là un tableau digne des meilleures âmes et des

L'édition fut enlevée en moins d'un mois ; une seconde l'aurait suivie si Gosselin, mon éditeur, avait
pu donner alors des soins à une autre publication
qu'au *Jocelyn* de M. de Lamartine. Le temps se
passa, et je n'eus de seconde édition qu'en Belgique où mes « *Scènes* » furent imprimées « à un
grand nombre » au profit des contrefacteurs.

Vers ce temps-là le dey d'Alger était venu à
Paris. Je lui avais été présenté par M. André,
banquier. Je fus bientôt en assez grande intimité
avec le prétendu « barbare » que je trouvai spirituel, raisonnable, pieux, résigné et tout à fait
bonhomme. Je ne parlais pas le Turc, il ne parlait
pas le Français ; nous avions pour intermédiaire
obligeant, mon respectable ami — il le devint du
moins tout de suite — M. Jouannin, premier in-
terprète du Roi pour les langues de l'Orient. Je
vis tous les jours Hussein-Pacha pendant son séjour en France. Il était venu présenter au gouvernement des réclamations fort justes touchant la
position de sa fortune ; il n'obtint rien et nous
quitta tout excité, non pas contre le Roi qui lui
avait fait un bon accueil, mais contre M. Sébas-
tiani qui lui avait tourné le dos avec une impoli-

meilleures plumes. Je n'ose pas vous blâmer d'avoir
dédaigné d'enchaîner toutes ces scènes pour n'en faire
qu'un seul drame et un roman ; mais je remarque seulement avec vous que vous aviez deux chances pour
faire un livre qui restera. Appelez-le comme vous voudrez, c'est de l'histoire. J'irai vous en reparler et en
parler à d'autres. En attendant je vous serre la main,
et je ne vous dis pas adieu, car demain j'aurai le troisième volume. » (J.)

tesse qui n'étonna que le pauvre pacha ruiné. J'ai raconté tout ce que je pus apprendre sur Hussein-Dey, le dernier des sultans d'Alger, et je crois le meilleur, le plus humain, le plus instruit; je consacrai, à cette grandeur déchue, deux articles insérés dans la *Revue de Paris* (4 septembre et 31 octobre 1831). L'effet en fut bon, non pas au moins pour l'ancien seigneur de l'Algérie à qui l'on ne restitua point ses montres, ses selles et toutes les choses mobilières et personnelles qu'on lui avait enlevées à la prise de la Casbah, et dont la possession lui était garantie cependant par la capitulation faite avec lui. Dans cette affaire de butin et de pillerie, bien des hommes considérables jouèrent un vilain rôle. Hussein-pacha savait les noms de tous ces honnêtes gens-là, et me les citait souvent en me désignant les objets que chacun d'eux avait ravis dans sa maison. Il avait été très-bien instruit. Je ne sus comment ni par qui.

Si j'avais à Paris tout ce qu'il me fallait pour traiter des navires des Normands, de la marine des Égyptiens, de la langue maritime dont les termes furent employés par les poëtes français du douzième et treizième siècle, presque tout me manquait de ce qui m'était nécessaire pour apprendre à bien connaître les vaisseaux et les bâtiments à rames du moyen âge, partie très-importante de mes études. M. l'amiral de Rigny me permit d'aller chercher en province et en Italie ce que je ne pouvais trouver dans les bibliothèques de Paris. Je partis le 6 du mois d'octobre 1834, et je revins après cinq mois de voyage et de séjour (29 février 1835), ayant visité tous les dépôts intéressants de l'Italie, ayant fait de longs emprunts aux manuscrits gardés par les bibliothécaires, les archivistes, les notaires et quelques riches armateurs, et ayant dessiné un grand nombre de navires de tous les âges, empruntés aux monuments antiques et aux miniatures des vieux manuscrits. Les impressions du touriste, les sensations du voyageur, les découvertes du chercheur sérieux furent consignées dans un récit que je donnai à la fin de 1835 sous le titre : *De Paris à Naples.* » Je n'eus point à me plaindre du public qui lut, ce semble, avec quelque plaisir ce petit ouvrage. C'était encore le temps où je réussissais un peu. Ce livre eut une assez bonne fortune ; plus d'un touriste le mit dans son sac de nuit en partant pour l'Italie, et l'éditeur n'eut point à se repentir de l'avoir lancé dans le monde.

Mon grand travail historique, poursuivi avec persévérance, fut achevé au commencement de l'année 1839 et quelques mois après publié sous le titre d'*Archéologie navale*, par ordre du roi, et sous les auspices de M. l'amiral baron Duperré, alors ministre de la marine. L'apparition de ce livre étonna beaucoup de gens. On ne s'attendait pas à voir sortir de ma plume, depuis vingt ans taillée pour la plaisanterie et la littérature légère, une œuvre d'un caractère grave, qui supposait de longues et patientes recherches, ainsi qu'un sens critique droit et ferme. On s'étonna surtout que cette œuvre fût d'une lecture facile. J'avais cherché à être clair, et j'étais parvenu à l'être assez pour que les marins, peu familiarisés avec les choses de l'érudition, pussent me lire comme les

savants restés étrangers aux choses de la marine.
Ma préface, sous forme de Rapport au Ministre,
fut assez remarquée par quelques gens de lettres
qui prirent la peine de jeter les yeux sur les deux
gros volumes où je me présentais moins comme un
professeur que comme un élève studieux qui, à tous
les problèmes difficiles proposés à sa sagacité par
des textes inexpliqués ou mal expliqués, cherche
les solutions acceptables. La matière était nouvelle; elle avait effrayé les grands critiques du
seizième siècle et ceux du dix-huitième, qui s'é-
taient bornés à étudier la question des navires à
rames de l'antiquité, sans succès malheureusement
pour eux et pour nous, et n'avaient pas osé aborder le moyen âge, où sont les origines plus immé-
diates de la marine moderne. Mon *Archéologie
navale* était un livre véritablement nouveau, utile
je crois, et qui, s'il ne me classait point parmi les
savants modernes — je n'ai jamais eu la prétention
de passer pour un savant et de me dire « un savant » — me rangeait du moins parmi les hommes
courageux que les difficultés n'intimident guère et
que rien ne décourage. L'ouvrage ne passa pas
tout à fait inaperçu en France; quelques hommes
d'étude m'en surent gré; quelques officiers de
marine y mirent une attention qui me flatta, le
plus grand nombre l'entrouvrit et le referma bien
vite; mais tous convinrent que, pour mener à fin
une pareille entreprise, il avait fallu une grande
constance. La chose alla mieux en Italie, en Russie
et en Angleterre. Là j'eus une espèce de succès (1)

(1) Je pourrais donner ici, pour justifier l'opinion

et, depuis, tous les auteurs anglais qui traitent de la marine ancienne, allèguent mon *Archéologie*. Un d'eux, dans son *Ship*, a reproduit un

que j'ai gardée de mon travail, plusieurs lettres obligeantes qui me furent adressées au moment de sa publication par des savants et des marins étrangers; je me contenterai de reproduire celles que je reçus d'un illustre navigateur russe, amiral au service de l'empereur Nicolas. La première, datée : Saint-Pétersbourg, 24 décembre 1840, est ainsi conçue : « Monsieur, j'ai reçu par l'entremise de M. l'ambassadeur de France l'exemplaire de votre *Archéologie navale* que vous avez eu la bonté de me destiner. Si j'ai tardé jusqu'à présent de vous en exprimer toute ma gratitude, c'est que je voulais acquérir une connaissance plus détaillée de cet ouvrage qui renferme de si profondes recherches sur une branche encore peu exploitée et cependant du plus grand intérêt pour tout marin. Depuis que j'ai reçu votre livre, j'emploie la plupart de mes loisirs à sa lecture qui m'intéresse vivement. Je me promets un plaisir non moins grand de la continuation que j'attends avec impatience. Recevez, Monsieur, l'expression.... KRUSENSTERN. » Le 6 mars 1841, M. l'amiral Krusenstern m'écrivit : « J'ai remis d'un jour à l'autre le plaisir de vous répondre afin de pouvoir en même temps vous rendre compte de la manière dont votre bel ouvrage est apprécié par notre Académie des sciences. Je me félicite de pouvoir vous annoncer aujourd'hui qu'un rapport, dont vous serez content, je crois, vient d'être présenté à l'Académie; une copie vous en sera adressée par ce corps savant. En parcourant ce rapport, vous verrez qu'ici comme ailleurs on a dû rendre justice à votre mérite. » Ce rapport très-étendu, très-honorable pour l'*Archéologie navale*, et dont étaient auteurs MM. Krusenstern et Richard, fut publié dans le *Moniteur* par ordre de M. l'amiral Duperré, Ministre de la marine. (J) grand nombre de mes solutions, de mes hypothèses et dans des lithographies, mauvaises par malheur, toutes les figures dont est accompagné mon texte. Les souverains étrangers à propos de la publication de ces Mémoires daignèrent m'envoyer des témoignages flatteurs de leur bienveillance encourageante, lettres autographes, médailles et décorations. Le roi des Français qui, le 1er mai 1833, pour d'autres travaux, m'avait honoré de la croix, objet des vœux de tout ce qui travaille, m'éleva dans la Légion d'honneur au grade d'officier, par ordonnance du 24 mai 1846. J'étais comblé. Une chose me manquait cependant : l'attention curieuse d'un savant ou d'un homme du métier qui me signalât les erreurs où je pouvais être tombé. M. Letronne fit, avec beaucoup d'obligeance, l'analyse de mon *Archéologie*, mais la mort le surprit avant qu'il pût donner au *Journal des Savants* son opinion définitive sur cet essai dans un genre d'érudition négligé jusque-là. L'Académie des Inscriptions et Belles-lettres, qui eut la bonté d'entendre la lecture d'un de mes Mémoires, accorda à celui qui porte le numéro 7 une troisième médaille au concours ouvert en 1837, pour les « antiquités nationales. »

Mes Mémoires d'Archéologie navale sont moins bons que je ne les voudrais, mais on saura, je crois, un jour, qu'ils peuvent être utiles, surtout aux futurs traducteurs des historiens et des poëtes de l'Antiquité, du Moyen âge ou de la Renaissance. Ces traducteurs pourront, à l'aide de mon *Glossaire nautique* surtout, réformer leurs estimables prédécesseurs, qui, n'ayant que de vagues connais-

sances de la marine et manquant de dictionnaires
qui pussent leur donner le sens des termes techniques anciens, sont tombés dans les plus étranges
fautes, ont multiplié les non-sens et les contre-
sens, et, par là, ont rendu inintelligibles des choses
qui sont les plus claires du monde pour les marins
lettrés.

Le *Glossaire nautique* dont je viens de parler
est un immense recueil de termes de marine appartenant à tous les peuples qui ont les pieds à la
mer. C'est l'histoire de la langue particulière aux
navigateurs de tous les pays. J'entrepris cet ouvrage en 1840, aussitôt que fut faite la publication
de mon *Archéologie navale*, et j'y mis la dernière
main pendant que la République effrayait la France
et l'Europe. Je le publiai le 25 mai 1850. L'Académie des inscriptions et belles-lettres, — je serais
ingrat de l'oublier, — l'admit au concours pour
le prix fondé par le baron Gobert, et lui accorda
le second prix. Il eut quelques voix pour le premier. L'Académie lui continua le second prix
en 1851.

Pendant que je composais mon *Archéologie
navale*, j'écrivis trois volumes qui parurent en 1840
sous le titre de : *Soirées du gaillard d'arrière*. La
mode n'était plus là : l'ouvrage n'en valait pas moins,
et, je crois, valait mieux que les *Scènes de la vie maritime*, mais il n'eut pas le même succès. L'édition
s'épuisa cependant. *Palma*, nouvelle assez intéressante, plut aux femmes. *Lépante* récit très-cir-
constancié, et appuyé des meilleures preuves, de
la grande bataille navale contre les Turcs, en 1571,
plut aux marins qui ont souci de l'histoire. Je n'a-

vais pas encore réussi à publier en volumes mes opinions sur les ouvrages exposés aux Salons; je donnai, en 1841, des *Ébauches critiques*, en 1843, les *Causeries du Louvre*. Mes fidèles achetèrent ces revues encore plaisantes et de bon sens; mais je sentais que mon temps allait passer et qu'il fallait céder la place à de nouveaux venus, doués de brillantes qualités d'imagination et de style. Je fis dans les journaux quelques articles sur les Salons de 1835, 1836, 1837, 1838, 1839, 1840, 1841-1844, mais froidement, sans gaieté, sans éclat. Pendant la période de 1825 à 1840, je donnai des articles nombreux dans les différents recueils littéraires. En 1833, le roi étant allé à Cherbourg, j'y accompagnai M. le comte de Rigny, et je fis en revenant le récit du séjour de Sa Majesté dans le port. Je le publiai dans le *Livre des Cent et un*, où j'avais publié déjà un article assez remarqué sur les *Soirées d'artistes* et notamment sur celles de l'Arsenal, où, autour de Charles Nodier, se groupaient tous les hommes qui marquaient dans le mouvement de la littérature et des arts. Dans le *Livre des Cent et un*, je donnai *Générosa*, nouvelle qui eut du succès parmi mes amis, marins et gens de lettres. La *Revue de Paris* imprima de moi quelques articles, et entre autres un portrait de la célèbre comédienne, notre contemporaine, Mlle Mars (1834); une notice sur le corsaire Balthazar Cozza, qui devint pape sous le nom de Jean XXII; enfin, *il Castello dell' onesta*, nouvelle trop longue qui ne méritait pas le succès et qui ne l'eut point. Je donnai, dans *Paris moderne:* a Gaîté et les comiques de Paris, et l'*École de peinture de* 1800 *à* 1834. Dans le beau livre publié par M. Perret, sous le titre : *le Moyen âge et la Renaissance,* je donnai *la Marine,* résumé de mes études sur ce vaste sujet. *L'Europe littéraire* publia quelques pages de moi sur Duguay-Trouin, sur Garat, l'illustre chanteur dont je fus l'ami pendant les dernières années de sa vie ; sur Martin, le charmant chanteur, comédien de l'Opéra-Comique, que sais-je encore (1) ? Mais laissons

(1) Je ne me rappelle plus aujourd'hui les noms de tous les journaux où je publiai des articles sur les théâtres, les arts, les expositions de l'industrie, les tribunaux, les ouvrages littéraires qui se produisaient alors en si grand nombre. Je me souviens du *Frondeur,* du *Courrier des électeurs* où je fis un peu de politique, de la *Minerve,* de l'*Athenæum,* de *l'Artiste,* du *Musée des familles,* du *Journal des enfants* qui publia une page assez plaisante de mémoires, intitulée : *Une première paire de bottes.* Je le cite parce qu'il a plus fait pour faire connaître mon nom des jeunes générations, que ceux de mes ouvrages qui valent quelque chose. Je travaillai assez longtemps au *Moniteur de l'armée,* et plus longtemps encore à un journal du soir qui paraissait sous le nom de : *Moniteur parisien.* Je donnai deux articles seulement au *Journal des Débats,* l'un sur l'orfévrerie de la maison Duponchel et Morel, l'autre pour une *Histoire de la marine française.* Celui-ci était piquant et produisit quelque effet. Dans l'inventaire que je fais de mes œuvres, — œuvres est un bien grand mot dont j'ai tort de me servir sans doute, — je ne dois pas oublier un article sur Brantôme, inséré dans l'*Encyclopédie des gens du monde.* Il n'est pas mal. Ce n'est pas une large appréciation du talent de l'écrivain ; c'est une esquisse rapide, le profil d'une figure, vivement indiquée par un crayon taillé fin. Je me rappelle encore que je fis le texte d'un des volumes du *Musée* Filhol ; je le ferais

ces misères qui n'ont plus d'intérêt aujourd'hui, et
après avoir rappelé qu'en avril 1824, en société
avec Harel, cet homme d'esprit si méchant, qui
mourut fou après avoir remporté le prix d'éloquence à l'Académie française pour son *Éloge de
Voltaire*, je publiai un *Dictionnaire théâtral*, fagot
d'épigrammes qui eut deux éditions. Après avoir
dit que sous le nom de Gabriel Fictor je donnai,
en 1827, un livre intitulé : *le Manuscrit de* 1905,
recueil d'articles biographiques plein d'*humour*,
assez goûtés des lecteurs du *Miroir* et de *la Pan-
dore*, où ils furent publiés d'abord, parlons d'ouvrages plus sérieux. Notons pourtant qu'il existe
trois exemplaires du *Manuscrit de* 1905 tirés sur
papier vélin tricolore : un qui appartient à Nodier,
le second à J. B. Augustin Soulié, rédacteur de *la
Quotidienne*, le troisième qui est dans ma bibliothèque. Le bonapartisme me revenait toujours. Il
ne me passa pas sous le règne de Louis-Philippe,
prince impartial qui, pour rendre justice au passé
et grandir sa popularité, rétablit la statue de Napoléon sur la colonne Vendôme, redemanda à
l'Angleterre les restes mortels de l'Empereur, mais,
par une contradiction inconcevable, laissa sur la
croix d'honneur l'*effigie d'Henri IV* en l'entourant
de *drapeaux tricolores !* Quatre hommes contribuè-
rent puissamment au développement du Bonapartisme de 1815 à 1840 : Horace Vernet, peintre

moins mal aujourd'hui. La *Revue archéologique* publia
de moi un article sur un des bas-reliefs rapportés de
Korsabad ; j'avais communiqué ce petit morceau à
l'Académie des inscriptions et belles-lettres. (J.)

de l'épopée impériale ; Charlet, portraitiste original
du soldat de l'Empire : Béranger le chansonnier,
et Louis-Philippe ; tous quatre flattèrent les opinions des hommes de mon âge ; tous quatre prépa-
rèrent, deux au moins, sans le vouloir, le grand
mouvement qui, en 1850, surprit le monde et sauva
la France mise à deux doigts de sa perte par les
excès d'un parlementarisme audacieux et bavard,
par le retour du gouvernement républicain, peu
sympathique à la nation essentiellement monarchique, et qui l'a bien prouvé par un vote qui donna
près de huit millions de voix à la restauration de
l'Empire.

Quand j'eus publié mon *Archéologie navale* et
pendant que je travaillais à mon *Glossaire*, je
composai un Mémoire sur quelques documents Gé-
nois relatifs aux croisades de saint Louis, et le
publiai, dans les *Annales maritimes* (mai 1842).
L'Académie voulut bien entendre la lecture de ce
travail qui donna lieu à une petite contestation entre M. Nathalis de Wailly et moi. Il s'agissait du
« *sigillum tubæ templi* » que je croyais être celui
des sceaux du Temple qui portait la figure de
l'Église du Temple surmontée d'une coupole. M. de
Wailly, avec l'autorité que lui donnait son titre de
professeur à l'école des Chartes, devait avoir raison contre moi ; mais il arriva qu'il eut tort. Quand
M. de Mas Latrie revint de Rhodes, il démontra la
vérité de ma supposition. Je donnai en juillet 1842
aussi dans les *Annales* des « Documents inédits
sur l'histoire de la marine au seizième siècle »
un mémoire sur le combat de la *Cordelière*, nef
célèbre par sa fin arrivée devant Brest, le

Pagination incorrecte — date incorrecte

NF Z 43-120-12

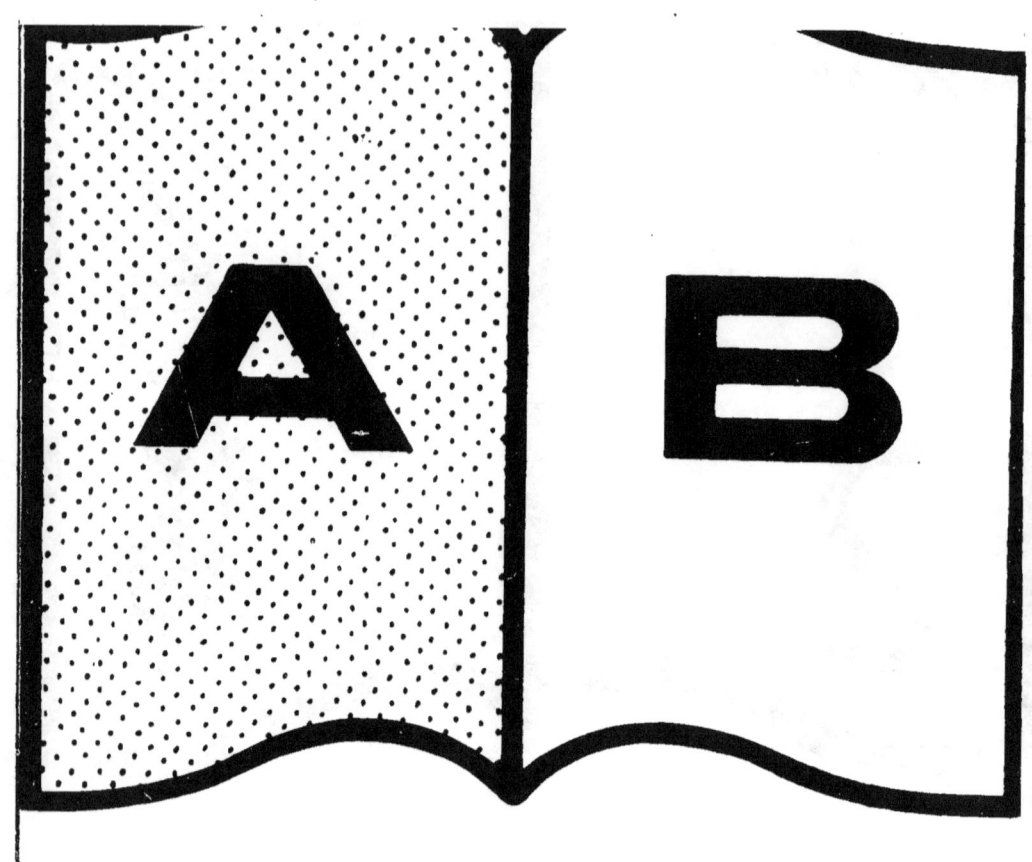

Contraste insuffisant

NF Z 43-120-14

10 août 1842; un *Mémoire sur les trois couleurs nationales* (*Moniteur de l'armée*, 5 et 10 août 1845) où j'éclaircis la question de la composition de la cocarde française de 1789; enfin un *Virgilius nauticus* (Annales de la marine, mai 1843). Ce dernier ouvrage est, je l'avoue naïvement, parmi mes écrits, trop nombreux comme on vient de le voir, un de ceux que j'aime, et auxquels j'attache le plus d'importance. Il est bien réussi, pour parler, comme les peintres, de leurs tableaux, et il a eu le bonheur de plaire généralement aux professeurs qui l'ont lu. Ce n'est pas l'œuvre d'un latiniste habile, mais d'un marin qui s'est assuré que Virgile a parlé des choses de la mer en homme pratique, qui l'a démontré d'une manière très-sérieuse, comme il a démontré que les traductions de tous les pays ont mal entendu le poëte, quand il parle de navire et de navigation. Le *Virgilius nauticus* se répandit peu alors : le tirage à part, qui en fut fait en 1843, ne dépassa pas deux cents exemplaires.

J'ai parlé, à propos de l'*Archéologie navale*, d'un voyage que je fis en Italie, à la recherche des documents; quand je s... ...ai à l'exécution de mon *Glossaire*, j'exposai a ...inistre que j'avais besoin de voir des navires de ...outes les nations pour recueillir les termes particuliers aux marins de chacune d'elles. Alors le ministre me donna ordre d'aller dans les ports les plus fréquentés de l'Italie, de pousser ma course jusqu'à Athènes, Constantinople et Alexandrie. Je partis, tout heureux de revoir encore la mer et l'Italie — l'Italie et la mer qu'on ne voit jamais trop -—et d'entrevoir l'Orient.

Parti le 23 mai 1841, je fis un magnifique et profitable voyage qui dura jusqu'à la fin d'octobre. La dyssenterie dont je fus atteint pendant mon séjour à Athènes, et que je ne pus guérir en travaillant à Constantinople sous un ciel ardent, m'empêcha d'aller à Alexandrie. M. le comte de Pontois, ambassadeur de France à Constantinople, que mon état inquiétait un peu, m'engagea à prendre passage sur un navire à vapeur qui allait porter à Kustendjè une compagnie de voyageurs dont l'intention était de remonter le Danube jusqu'à Vienne. Cette ouverture me fut on ne peut plus agréable ; je traversai donc la mer Noire et à Kustendjè, je trouvai des voitures de poste qui nous transportèrent, à travers la Dobratcha, jusqu'à Tcherna-Vodu où nous trouvâmes l'*Argo* qui nous mena en dix-neuf jours à Presbourg d'où la poste nous conduisit à Vienne. Dix-neuf jours sur le Danube ! c'est bien long ; mais le Danube est si beau. De Vienne, je descendis en Italie par la Carinthie et Venise. J'ai donné une idée de mon voyage en quelques feuilletons ; dans *la Presse*, la partie de *Constantinople à Vienne* (20-24 octobre 1842), dans le *Moniteur de l'armée*, un aperçu général sous ce titre : *Journal d'une course en Orient* (20 décembre 1844 — 3 août 1846.)

Dois-je parler de ma personne extérieure ? A quoi bon, et qui pourrait intéresser mon signalement ? J'ai encore cinq pieds six pouces comme je les avais à l'âge de seize ans, après avoir été *noué* dans mon enfance ; je ne suis ni gras, ni maigre, plus maigre que gras pourtant, ni beau ni laid, plutôt laid que beau, toutefois je porte des lunettes

de myope à cheval sur un nez assez grand que je
cassai, — j'avais sept ans alors, — en tombant
d'une échelle sur le marbre d'une commode ; j'ai
les cheveux blancs après les avoir eus blonds et
châtains ; j'ai les oreilles longues et larges qui gâ-
tent un peu ma figure dont l'air grave a trompé
bien des gens. Les comédiens avec qui j'ai beaucoup vécu prétendent que j'ai « un assez grand
air » et disent que j'aurais eu « le physique » —
terme de l'argot des coulisses, — très-convenable
à l'emploi des pères nobles ; je porte, comme tout le
monde depuis 1830, une moustache sur la lèvre et
au menton une mouche de poils inutiles ; je les
conserve parce qu'ils sont devenus un trait essentiel de mon visage ; qu'importe tout cela aux personnes qui ne me connaissent pas ? Et ce détail
vaut-il la peine que je prendrais à l'écrire ? Deux
portraits de moi ont été rendus publics. Mon ami
Gassin, — le mari de la femme distinguée qui fut
gouvernante de M. le comte de Paris, — me représenta sous l'uniforme d'officier d'artillerie dans
le tableau qu'il fit d'un bivouac de la garde nationale au Louvre, pendant une de ces nuits trou-
blées qui suivirent la prise de possession du pouvoir royal par Louis-Philippe. Ce portrait est
ressemblant. Robert Fleury qui commençait sa
célébrité, si justement établie aujourd'hui, fit de
moi, il y a plus de vingt ans, un portrait en
buste, esquisse large et colorée qui restera une de
ses bonnes choses. Il me peignit dans un costume
de Palicare qui devait lui servir pour un tableau.
En 1849, à Marly, Amaury Duval fit, d'après moi,
un de ces beaux dessins au crayon qui auraient

suffi à la réputation de l'artiste, un des élèves les
plus fins de M. Ingres. Mme de Mirbel, dont j'a-
vais toujours loué les miniatures qui faisaient oublier celles de son maître Augustin, mais que je
n'avais pas l'honneur de connaître alors, — elle
me fut depuis une excellente amie, — vint un jour
me remercier de quelques phrases que j'avais
publiées à propos de ses ouvrages. Elle avait beaucoup d'esprit et de tact, et sans faire aucunement
allusion à ce que j'avais dit que son pinceau aristo-
cratique répugnerait à reproduire les traits bourgeois d'un homme de la roture, observation qui
sentait un peu son libéral, après avoir fait le tour
de mon cabinet dont les murs étaient couverts de
petits tableaux, d'esquisses peintes, ouvrages de
mes amis Bouton. Allaux, Thomas, Truchot, le colonel Langlois, Jules Dupré, Ferréol, l'acteur de
l'Opéra-Comique, etc. Mme de Mirbel me dit :
« Comment, pas un portrait de vous ? Voulez-vous
me permettre d'essayer d'en faire un ? J'espère que
j'y réussirai, je n'ai, du moins, jamais eu autant le
désir de réussir. » J'acceptai tout de suite cette si
aimable proposition, et, dès le lendemain, j'allai
poser devant Mme de Mirbel qui fit un de ses chefs-
d'œuvre, une aquarelle admirable exposée en 1832.
Mme de Mirbel eut la bonne grâce de ne pas mener
trop vîte l'exécution de son ouvrage, et de multiplier ainsi les séances qu'elle savait rendre intéressantes par une conversation pleine de choses
curieuses, par l'originalité de sa parole et aussi
par la présence de quelques-uns de ses amis, nobles personnages de la dernière cour, qui racon-
taient les anecdotes les plus singulières. Quand les

journaux nous apprirent la mort de M. le duc de
Bourbon, je courus chez Mme de Mirbel que l'é-
vénement devait affliger, et quand j'entrai dans son
atelier : « Eh bien ! me dit-elle, il s'est tué le pauvre duc, oh! il me l'avait fait pressentir, lorsque
venu chez moi, il y a quelques jours, il m'a dit :
« Elle sera la cause de ma mort ; je n'y puis plus
tenir. » Je lui répondis alors qu'il fallait avoir le
courage de se séparer, « on se coupe un membre
quand il s'agit de sauver le corps. » Voilà littéra-
lement ce que me dit Mme de Mirbel et ce qu'elle
me répéta bien des fois quand des bruits injurieux
au Roi coururent au sujet du suicide de M. de
Bourbon. Mme de Mirbel avait des amis dans tous
les camps politiques. Elle cacha M. Guizot au moment de la Révolution de. 1848, et personne chez
elle ne connut la retraite de celui qui se croyait
proscrit, pas même M. de Mirbel. Quand la tourmente fut passée, M. Guizot sortit de la cachette
dont la grande artiste, la femme de cœur s'était
faite une très-humble chambrière, ne reculant devant aucun des détails de ce pénible office.

Arrêtons-nous ici et demandons pardon au lecteur d'avoir abusé de sa patience, d'avoir étalé à
ses yeux toute cette friperie dont personne ne se
soucie plus guère, mais dont les amateurs vou-
dront bien j'espère ne pas jeter toutes les pièces au
feu. Il y en a quelques-unes pour lesquelles je de-
manderais grâce, et celles-là j'ai fait assez voir
qu'aujourd'hui encore, je les estime un peu et ne
voudrais pas les savoir oubliées pour toujours. Je
crois que désormais je n'ajouterai pas grand chose
à mon bagage littéraire. Les dix années que m'a

coûtées mon *Glossaire* m'ont rendu tout travail de longue haleine difficile, sinon tout à fait impossible. En 1854, je fus condamné au repos par la médecine, et, depuis cette époque, je n'ai pu faire que le présent livre dont je n'ai rien à dire sinon qu'il ne sera pas inutile aux gens d'étude. Si j'écrivais des Mémoires je pourrais raconter bien des choses que j'ai vues, peindre bien des hommes que j'ai connus; mais je dois m'abstenir, je n'ai que trop causé déjà. Si j'écrivais des confessions, je serais tenu de me peindre au moral, de dire mon caractère, mes défauts. Heureusement, je ne suis tenu à rien et je puis ne dire qu'un mot de moi : « Ni bon ni méchant. » Je ne sais pas si j'ai ou si j'ai eu des ennemis; je ne dois pas avoir d'envieux : on n'envie pas la médiocrité. Ce que je puis assurer c'est que j'ai de bons amis, qui me tolèrent. C'est de chez l'un d'eux, un des meilleurs, que je date ces longues et futiles pages, écrites au courant de la plume, dans un mois de repos accordé à l'historiographe-archiviste de la Marine, dont une céphalalgie, vieille déjà de quatre années, a singulièrement altéré la verve et l'esprit et à qui l'on ne pourrait pas appliquer même la moitié de cet éloge modeste que faisait le marquis d'Argenson de son ami le président Hénault : « Il n'est jamais ni fort, ni élevé, ni fade, ni plat. »

Du château de Vauban, le 6 juillet 1859.

P. S. Il me semblait qu'à ce morceau d'autobiographie, trop long sans doute pour l'importance du sujet, je ne devais rien avoir à ajouter. Mais, depuis qu'il a été écrit, j'ai été amené à composer un petit ouvrage auquel donne quelque importance la circonstance qui l'a fait naître. Je veux parler d'un mémoire sur la marine antique qui a paru en 1861 sous le titre de : *la Flotte de César*. Dans la préface de cette Étude, j'ai raconté comment S. M. Napoléon III, préparant une Histoire de Jules César et désirant se rendre compte de l'organisation des navires antiques mus par les rames rangées en ordres multiples, m'avait fait connaître ce désir. J'ai raconté qu'il m'avait exposé son intention de faire construire, à titre d'essai, une trirème à l'antique, et m'avait demandé si j'avais sur l'édification des navires de cette espèce quelques données certaines dont l'ingénieur pût faire usage. Je n'avais rien à ce moment; je cherchai et je trouvai un système que je crois fermement être celui des anciens. Le résultat pratique de mon travail fut la construction, sur le chantier de Chatou, d'une trirème où le savant et habile ingénieur en chef de la marine, M. Dupuy de Lôme, donna satisfaction aux textes et aux monuments figurés invoqués par l'archéologue marin que l'Empereur avait associé au constructeur. La trirème, qui resta quelques semaines sur les eaux de Saint-Cloud, manœuvra devant l'Empereur et devant quelques érudits que je rendis témoins d'essais qui réussirent à merveille. Mon livre, d'un petit volume, obtint un succès d'estime dont je suis très-heureux. Il m'avait coûté beaucoup de peine, mais cette peine, je ne l'ai point regrettée. L'Empereur voulut bien ordonner qu'il fût imprimé aux frais de sa cassette, et qu'on joignît à *la Flotte de César* le *Virgilius nauticus*, qui eut ainsi une édition véritable. Je dois beaucoup à Sa Majesté pour cette faveur inespérée ; je lui en suis très-reconnaissant. J'eus l'honneur de présenter à l'Empereur le premier exemplaire de l'ouvrage qui lui appartenait doublement, le Jeudi saint, 28 mars 1861, après l'office du matin, dans un des salons des Tuileries. Je n'oublierai pas plus ce jour que celui (7 mai 1860) où Sa Majesté daigna, dans une longue audience, me permettre de lui dire, sur les marines ancienne et du moyen âge, bien des choses curieuses qui parurent l'intéresser. Ce que je ne saurais oublier surtout, c'est la bonté, la grâce parfaite avec lesquelles l'Empereur voulut bien m'entendre, l'indulgence avec laquelle il eut la bonté de me parler de mes travaux. Sa Majesté m'engagea à poursuivre mes études sur tout ce qui est de la marine antique. Dieu est grand ! puisse-t-il me permettre d'exaucer le vœu de l'Empereur !

Le peu d'espace que laisse un article, condamnait naturellement M. Jal dans la notice qui précède à circonscrire ses souvenirs. Mais il y avait moyen d'en étendre l'intérêt, sinon de les compléter, en recourant à ses livres et à quelques morceaux donnés par lui à des revues.

On trouve là, sur divers points, le développement d'impressions ou de scènes que l'auteur de l'autobiographie n'a guère qu'indiquées. Certaines parties ont trait à des faits, d'autres à des personnages historiques sur lesquels elles apportent des détails nouveaux.

Il était aussi resté quelques notes manuscrites de M. Jal, qui semblaient annoncer un travail ultérieur, dans lequel le savant vieillard, ayant courageusement achevé la tâche qu'il s'était donnée, paraissait vouloir occuper ses dernières heures en passant en revue la vie dont il allait se détacher.

Enfin, quelques lumières s'échappaient de sa correspondance signée d'un très-grand nombre de noms, appartenant à l'histoire des arts et des lettres, ou à celle de la marine.

Dans cet état de choses, fallait-il négliger et perdre ces divers éléments d'information.

N'y avait-il pas au contraire moyen de les utiliser, dans l'intérêt même de la mémoire de M. Jal?

Un homme, dont la vie s'était mêlée à la sienne, pendant dix ans, que depuis il n'avait pas cessé de fréquenter, avec lequel il causait familièrement, qui avait connu plusieurs de ses plus anciens amis, à qui lui-même, dans ses dernières années, avait donné des preuves d'affection, cet homme, partageant d'ailleurs ses goûts littéraires et artistiques, ne pouvait-il, ne devait-il pas essayer de rapprocher tous ces débris et tâcher de s'en servir, pour ranimer dans une certaine mesure, le passé auquel ils se rattachaient. C'est ce que j'ai pensé malgré la difficulté qu'il y avait à unir, entre eux, des morceaux d'articles et à traiter certaines parties pour lesquelles il n'y avait guère souvent d'autre indication qu'une légère amorce, si je puis employer ce terme d'architecture, c'est-à-dire une phrase, quelquefois même un seul nom. Enfin, là où le récit semblait presque complet, il avait encore besoin d'être encadré et d'être placé de manière à être vu dans son meilleur jour.

Ces obstacles ne m'ont pas arrêté. Mais pour ne pas les multiplier j'ai dû me restreindre à la jeunesse de M. Jal, et choisir mes sujets de manière à pouvoir présenter des documents indiscutables sur le milieu, dans lequel il a vécu comme aspirant de marine ou comme journaliste.

La sincérité nécessaire à l'histoire m'a fait un devoir de donner cet avis au lecteur.

***

I

MON PÈRE

ET LE DUC D'OTRANTE.

INSI que je l'ai dit ailleurs, je ne veux point faire de mémoires, seulement, après avoir embrassé l'ensemble de ma vie dans la note que j'ai écrite moi-même, je me propose ici de me rappeler plus particulièrement quelques aspects de la société que j'ai traversée, de revoir de plus près, pour les mieux juger, certaines figures qui ont passé sous mes yeux et de ressaisir autant que je le pourrai de ces traits, de ces anecdotes qui servent à peindre les caractères ou donnent le secret des événements.

L'existence de Paris si multiple, si entraînante par ses devoirs, ses besoins, ses travaux, ses relations, que je n'excepte pas du nombre des servitudes, même quand elles sont aimables, ne laisse pour ainsi dire pas le temps de la sentir. Et puisque me voilà dans

Vernon, loin de cette belle capitale qu'attaquaient tout à l'heure les ennemis du dehors et ceux du dedans, mon dessein est, tous travaux terminés et une tranquillité relative revenue, de me donner le spectacle de ce monde devant lequel il m'a été, jusqu'aujourd'hui, impossible de m'arrêter. A soixante-dix-sept ans, pourquoi écrire? me dira-t-on. A ceci, je répondrai ce que disait, vers 1841, Carlotta Grisi à quelqu'un qui s'étonnait après l'avoir vue danser le soir à l'Opéra, qu'elle prît une part si active au bal où elle se trouvait. Je danse maintenant pour mon compte. Eh bien, moi aussi je ne veux pas faire autre chose, je veux me souvenir et écrire pour moi et pour mes amis.

Cependant comme je respecte mes amis et que je sens que je n'ai plus beaucoup de temps à moi, je ne retracerai que des faits où il entre quelques détails plus ou moins utiles à l'histoire.

Le premier dans ce genre qui me revient à la mémoire, est une aventure arrivée à mon père vers 1808 ou 1809, et qui ne fut peut-être pas étrangère à une mesure de police toujours bonne, prise par le duc de Rovigo, peu de temps après.

Il y avait à cette époque à Lyon un négociant nommé Gérard, et qu'on désignait sous le nom de Gérard-Culotte, surnom qu'il de-

vait à l'habitude qu'il avait gardée de porter
des culottes quand tous les hommes jeunes
ou de moyen âge portaient le pantalon révolutionnaire. Ce négociant s'avisa de faire
une banqueroute d'un million. Une banqueroute d'un million sur la place de Lyon, on
ne se rappelait pas une catastrophe de cette
importance! Un million était une somme prodigieuse à cette époque où l'on ne comptait
pas encore par milliards! La banqueroute était
frauduleuse, tout le monde le croyait et le
disait. On savait que Gérard était solvable et
l'on apprenait qu'il avait quitté la ville, soit
pour passer en pays étranger, soit pour se cacher dans Paris, où tant de coquins, qui
changeaient de nom, d'habit et pour ainsi dire
de visage, trouvaient un asile dans les faubourgs peu fréquentés par la police municipale.

Le commerce de Lyon s'émut, comme on
peut croire, de la disparition de Gérard, et
l'on résolut d'envoyer quelqu'un à sa poursuite. Une somme fut votée pour les dépenses
du voyage et de la poursuite. Il fallait une
personne qui eût à Paris des relations propres
à l'aider dans sa mission. On jeta les yeux sur
mon père. Courtier de commerce depuis longtemps, il était estimé, et l'on savait qu'il pouvait se faire recommander au ministre de la
police, M. Fouché, par M. Nompère de Cham-

pagny, ministre de l'intérieur. Mon père avait alors trente-huit ans environ ; c'était un homme rassis, qu'on supposait capable de mener à bien une affaire assez délicate exigeant autant de prudence que d'activité ; on pensait, en effet, que le banqueroutier, muni d'argent et supposant bien qu'on courrait après lui, ne manquerait pas de ruses pour déjouer les habiletés de quiconque viendrait le chercher dans le dédale de Paris, où l'on peut avoir dix logis à la fois et où, d'ailleurs, avec de l'argent, on trouve toutes sortes de complicités pour le mal. Mon père accepta la mission qu'on lui proposa et en avertit ma mère en lui recommandant de dire qu'il était à Roanne, pour se reposer pendant quelque temps. A Lyon on n'ébruita pas l'affaire, et notre cher voyageur partit une nuit, dans une chaise de poste qui l'amenait à Paris au bout du troisième jour. C'était bien aller, dans ce temps où il fallait cinq jours et trois nuits pour aller de Lyon à Paris en diligence.

Ce fut à l'hôtel de la Jussienne, rue de la Jussienne (1), que le dernier postillon descendit mon père. Le maître de l'hôtel, qu'il avait

(1) Cette rue devait son nom à une chapelle de Sainte-Marie l'Égyptienne qui faisait le coin de la rue Montmartre à l'angle oriental. Ce nom travesti d'abord en Gipecienne devint enfin la Jussienne.

connu lorsqu'il avait été obligé de fuir notre
ville pour échapper à la prison et sans doute
à la mort, pendant la terreur de 1793, le logea
au premier étage, sur la rue, dans une chambre à laquelle attenait un cabinet. Il était huit
heures quand il arriva ; il était très-fatigué,
demanda à souper, et se coucha bien vite.
Il était dans son premier sommeil — et quel
sommeil, que celui d'un voyageur qui, d'une
traite, vient de faire cent vingt lieues en
poste ! — lorsqu'on frappa à sa porte, sans
l'éveiller d'abord, mais enfin si fort qu'il sauta
à bas de son lit, ouvrit et vit entrer mystérieusement un monsieur qui referma la porte
derrière lui, déposa sur une table qui occupait
le milieu de la chambre la bougie avec laquelle l'avait éclairé le maître d'hôtel, et dit à
mon père : « Habillez-vous, monsieur, j'ai
ordre de vous conduire chez Monseigneur ;
un fiacre est en bas qui nous attend. —
Monsieur, je ne comprends pas ; monseigneur
qui ? — Monseigneur le duc d'Otrante. —
Ah ! eh bien, monsieur, je comprends moins
encore. Mais tenez, je suis excédé de fatigue,
si vous le permettez, nous remettrons à demain ma visite à Son Excellence. D'ailleurs,
je n'ai pas encore ouvert ma malle et je n'ai
pas d'habit décent pour me présenter devant
un ministre. — L'habit de voyage est excel-

lent ; hâtez-vous, Monseigneur n'aime pas à attendre et d'ailleurs il m'a dit que la chose pressait. — Allons donc, puisque Monseigneur le commande. »

Mon père fut bientôt habillé ; il descendit suivant le monsieur noir, et quand il passa devant le maître d'hôtel, celui-ci lui dit à l'oreille : « Tâchez de me faire savoir demain où vous serez. » Cette recommandation ne rassura pas mon père, qui rêva tout de suite de prison pour un crime dont il se savait tout à fait innocent ; mais quel crime ? Si bas qu'eut parlé le maître d'hôtel, le monsieur noir l'avait entendu et était parti d'un éclat de rire. bientôt comprimé. Le maître d'hôtel connaissait l'homme qui emmenait mon père ; il l'avait vu souvent dans sa maison remplissant des missions dont le secret, si bien gardé qu'il fût, n'était pas sans avoir été pénétré par l'hôtelier. Plus d'une fois il avait vu emmener nuitamment par le messager du duc d'Otrante des personnes dont il n'avait jamais eu de nouvelles depuis leur enlèvement. Mon père était, à n'en pas douter, un criminel d'État, un homme compromis dans quelque conspiration, dans quelque intrigue politique, un agent des Bourbons ou un membre d'une société républicaine.

Le voyage de la rue de la Jussienne à l'hô-

tel du ministre de la police parut long à mon
père qui se creusait la tête, comme on dit
vulgairement, pour deviner le mot de l'é-
nigme obscure que le monsieur noir avait
proposée à sa perspicacité. Il faisait sérieusement son examen de conscience pour savoir
comment lui, citoyen paisible et très-dévoué
à l'Empereur, pouvait avoir affaire à la police
de Sa Majesté. Enfin il arriva et fut introduit
dans le cabinet de l'ancien oratorien de
Juilly. Il était dix heures. Le duc d'Otrante
lui montrant un siége, lui dit :

« Vous arrivez de Lyon, monsieur Jal, et
vous venez à Paris pour chercher un banqueroutier frauduleux. Je sais cela. Le télégraphe
me l'a appris.

— Le télégraphe a dit vrai; je me nomme
Jal, j'arrive de Lyon, et je poursuis un certain
Gérard qui fait tort d'un million au commerce
lyonnais.

— Si je sais cela, je sais encore autre
chose. On doit vous assassiner cette nuit et
je voulais vous en prévenir. »

Mon père se leva, pâle, balbutiant, et retomba sur son fauteuil.

« Remettez-vous, monsieur, j'ai pourvu à
tout.

— Mais, monseigneur, je vais changer
d'hôtel.

— Et passer la nuit peut-être dans le mien, dit en riant le ministre. Mais non ; vous allez retourner rue de la Jussienne et vous mettre dans votre chambre. Comme votre prétendue arrestation a mis tout le monde en éveil, pour des motifs différents, en rentrant dites tout haut au maître de l'hôtel : « Réveillez-« moi demain matin de bonne heure ; une « affaire importante m'appelle chez le minis-« tre de l'intérieur. » Puis couchez-vous, et ne dormez pas.

— Recommandation bien inutile, monseigneur ; je n'ai plus sommeil, je vous assure.

— Ah ! j'oubliais. Ne changez rien à l'état présent de votre chambre ; vous m'entendez bien ?

— Oui, monseigneur, j'entends et je ne comprends pas.

— Vous comprendrez plus tard. Lorsque minuit moins un quart sonnera à l'horloge de Saint-Eustache, allez tout doucement ouvrir la porte du cabinet qui est à gauche contre la fenêtre et rentrez dans votre lit sans bruit. A minuit ou peu après vous entendrez frapper au mur sur lequel est appuyé votre lit. On démolira le mur à la hauteur du plancher ; ne bougez pas, ne soufflez pas et laissez-nous faire. Allons, adieu, monsieur Jal. Demain, venez déjeuner avec moi à onze heures. Ren-

trez vite. Pardon si je ne vous dis pas :
Bonne nuit! A demain, à demain.

— Aux ordres de Votre Excellence. Mais,
pardon, Votre Excellence est-elle bien sûre....

— Soyez tranquille, tout ira bien. Mes
gens ne passent point pour maladroits, vous
le savez. »

Le duc d'Otrante sonna alors; l'homme noir
entra.

« Reconduisez monsieur à son hôtel et as-
surez-vous.... vous m'entendez?

— Parfaitement, monseigneur. »

Mon père salua et rentra à l'hôtel de la
Jussienne, fort peu satisfait de ce qu'il venait
d'apprendre, à demi rassuré par la promesse
du ministre, car si ses agents n'avaient pas
ce jour-là, par hasard, leur habileté ordinaire.... L'homme noir avait laissé à la porte
de l'hôtel son compagnon venu en fiacre avec
lui jusqu'au coin de la rue, et mon père remarqua, pendant qu'il sonnait à la porte, que
l'agent du ministre s'approchait de deux hommes qui passaient devant la maison; il rentra
sans en voir davantage, et n'oublia pas de
dire à son hôte : « Éveillez-moi demain de
bonne heure, etc. »

Les choses se passèrent comme l'avait annoncé M. le duc d'Otrante. A onze heures
trois quarts, mon père alla ouvrir la porte du

cabinet, se remit au lit et attendit plus mort que vif le premier coup de marteau donné à la muraille. Peu de bruit d'abord, puis des coups plus forts, enfin une ou deux briques tombant, un trou se pratiquant et grandissant jusqu'à ce qu'un homme pût y passer. Ce fut le moment terrible. Mon père entendait ramper sous le lit l'assassin qu'il supposait armé d'un poignard ; il avançait lentement et avançait toujours ; un autre le suivait. Mon père entendait cela et rien autre. Tout à coup la lumière se fait ; deux lanternes sourdes éclairent la scène, démasquées à la fois, et ceux qui les portent mettent le pied sur les deux assassins couchés à terre. Un coup de sifflet part, et deux agents cachés jusqu'alors dans le cabinet viennent prêter main-forte aux premiers. Mon père regarde sans voir ; il se sent plus pâle que jamais, il tremble et ne commence à se rassurer que lorsque le monsieur noir, rentrant dans sa chambre un flambeau à la main, lui dit : « Monseigneur vous attend à déjeuner demain, n'y manquez point. Dormez maintenant. Adieu, monsieur. »

Il ne dormit guère ; le trou béant ne lui plaisait pas. « Si un troisième voleur venait ? » Il repoussait cette pensée, laissait allumée sa bougie et se demandait pourquoi on avait eu la pensée de l'assassiner. Étaient-ce des gens de Gérard-Culotte qui l'avaient suivi depuis Lyon? Non, il n'avait vu aucune chaise de poste derrière lui. Mais quoi? Et puis comment le ministre avait-il deviné, appris le complot fait contre sa vie? La nuit se passa, ces doutes en remplirent les longues heures; enfin le jour parut.

C'était en été, quand le jour vient vers quatre heures du matin. Mon père, un peu remis de ses émotions, put s'endormir quand il se fut bien assuré que le trou pratiqué sous son lit avait été bouché avec des planches qui attendaient le maçon. A sept heures le maître de l'hôtel, qui avait pris au sérieux la prière que lui avait faite son voyageur de l'éveiller de bonne heure, vint frapper à la porte de la chambre pour avertir mon père qu'il était temps de se lever. Le dormeur réveillé remercia et reprit son somme. A onze heures moins un quart, une voiture de place le déposait à l'hôtel de la police. L'ancien proconsul de Lyon qui avait mérité d'en être rappelé comme trop modéré, était un bonhomme, quand il n'avait pas d'intérêt à mal faire. — Il reçut donc son invité avec une politesse tout aimable, mais en le voyant entrer dans son cabinet, il ne put retenir un bruyant éclat de rire.

« Eh bien, monsieur, vous voilà vivant et disposé, j'espère, à faire honneur au déjeu-

ner. Vous voyez que quand nous veillons, on
n'arrive pas jusqu'au corps d'un homme pour
le percer d'un poignard. Avez-vous eu peur?

— Mais, monseigneur, quoique Votre Excellence m'ait affirmé que je n'avais rien à
craindre, je n'ai pas été sans une vive ap-
préhension.

— Je comprends cela; mais une autre
fois.... ajouta le duc d'Otrante en souriant.

—·Comment! une autre fois, monseigneur?
Est-ce que je cours encore quelque risque de
cette espèce?

— Mais cela pourrait être si vous continuez
à être aussi imprudent que vous l'avez été
cette fois.

— Aussi imprudent! Je ne me rappelle
pas....

— Oui, si vous laissez prendre par des
valets d'hôtel, dans les poches de votre chaise
de poste, les sacs d'or et d'argent qui y seront, et si, au lieu de les confier au maître du
logis que vous allez habiter, vous les laissez
sur la table de votre chambre à la vue de tout
le monde.

— C'est vrai, monseigneur, j'ai fait cela,
mais me voilà corrigé, et désormais....

— Je vous crois, monsieur. Voyez-vous,
une autre fois il se pourrait que je ne pusse
pas arriver à temps pour vous préserver.

— Mais, permettez-moi, monseigneur, de demander à Votre Excellence comment vous avez pu arriver à temps cette fois.

— Rien de plus simple. Il y a, ou plutôt il y avait à l'hôtel de la Jussienne trois domestiques ; quand le fouet de votre postillon les a avertis de l'arrivée d'une voiture de poste, ils se sont hâtés de courir à la voiture, de prendre les paquets que vous leur tendiez, les sacs que vous tiriez des poches de la chaise, tous vos effets, en un mot, et même une paire de pistolets chargés que vous leur avez recommandé de ne pas toucher sans précaution. Le maître de l'hôtel vous a précédé dans une chambre où vous avez déposé sur une table ronde placée au centre vos pistolets et vos sacs assez lourds.

— Tout cela, monseigneur, est de la plus parfaite exactitude.

— Quand vous avez été installé, les domestiques et leur maître vous ont quitté, et bientôt ils ont comploté le vol de votre argent, et au besoin votre mort pour le prendre. La question du partage a fait naître une discussion ; un des valets a été écarté, et aussitôt, pour se venger de ses camarades, il est accouru chez moi et m'a tout révélé. Je n'ai pas perdu un instant ; un de mes agents — vous le connaissez maintenant — a pris ses

mesures pour faire avorter le complot et saisir
les assassins au moment où ils ne pourraient
se défendre d'avouer leur tentative de vol et
de meurtre. Vous voyez que ce n'est pas difficile. Deux des voleurs sont arrêtés et ils ex-
pieront leur crime ; quant au troisième, qui
n'a été honnête que par la faute de ses camarades, nous aurons l'œil sur lui. »

Mon père remercia fort le duc d'Otrante.
Cette affaire vidée, le ministre s'intéressa à
celle qui l'amenait à Paris. Il donna des conseils et mieux que cela : un agent d'une intelligence éprouvée ne quitta pas mon père
pendant une chasse de plusieurs jours donnée
à Gérard qui échappait toujours aux deux
chasseurs. Gérard avait une police à lui, bien
payée, l'avertissant à temps de l'approche
du danger ; il avait aussi plusieurs domiciles,
couchant tantôt dans l'un, tantôt dans l'autre.
Enfin, il quittait Paris et gagnait Saint-Denis,
lorsque mon père le rejoignit et le fit arrêter.
La police le ramena à Lyon, où il eut à rendre ses comptes devant le jury criminel.

À son retour, mon père mit en scène pour
nous les événements de ce petit drame, dont
le succès, très-flatteur pour l'administration
du duc d'Otrante, ne fut peut-être pas inutile
à celle de M. le duc de Rovigo. Ce dernier,
qui avait su se refaire des agents, malgré le

7

soin que Fouché avait mis à lui cacher tous
ses moyens d'action, sut sans doute aussi s'inspirer de leur expérience, et l'une des premières mesures que prit le successeur du duc
d'Otrante fut de veiller sur « une classe de gens
qui demande une confiance de toute sorte et
n'en mérite souvent aucune. » Il vit dans le
choix des domestiques un danger dont il crut
devoir prémunir ceux qui s'en servaient, et à
cet effet il imposa à tout serviteur un livret et
défendit à qui que ce fût de prendre des domestiques qui ne rempliraient pas cette condition.

Cette mesure, renouvelée d'un arrêt du
parlement de Rouen en date du 20 mars
1720, devait être aussi utile que le fut plus
tard l'ordonnance du 19 novembre 1831, par
laquelle M. Gisquet enjoignait à tous les habitants de Paris indistinctement de faire dans les
vingt-quatre heures au commissaire de police
de leur quartier, la déclaration des personnes
qu'elles logeaient, même à titre gratuit, sous
peine d'encourir les amendes et condamnations
définies par la loi du 27 ventôse an IV (1).

(1) « Des inspecteurs des hôtels garnis, écrivait M. Gisquet en 1840, doivent visiter chaque jour les hôtels et
les maisons où l'on reçoit des voyageurs étrangers et
nationaux, pour inscrire sur des bulletins séparés qui
sont apportés le jour même à la préfecture, les noms,
prénoms, sexe, âge, profession des personnes entrées
dans ces maisons et de celles qui en sont sorties. — Ces

Cependant la mesure prise par le duc de Rovigo, une de celles au moyen desquelles le criminel arrêté se trouve confondu et se demande où l'on *a pu savoir tout cela*, cette mesure n'eût point passé au Conseil d'État sans l'appui de M. Pasquier. — Elle mit dès sa première exécution sous la main de la police neuf cents ou mille individus, des déserteurs de l'armée, des échappés soit de prison, soit des galères, ou des gens qui avaient fui leur pays pour se dérober aux poursuites de la justice.

Je ne sais de quelle catégorie étaient les scélérats qui voulaient assassiner mon père, mais assurément le meilleur n'eût valu que la corde pour le pendre, quand on pendait.

bulletins, classés aussitôt par ordre alphabétique, servent dans une foule de cas à faire retrouver la trace des voyageurs. — L'on comprendra l'utilité et les détails multipliés de ce travail, quand on saura qu'il existe plus de 3900 maisons où on loge en garni, et que le mouvement journalier des entrées et des sorties est d'à peu près 2600, terme moyen. Le nombre des bulletins confectionnés avec soin excède 950 000 par année. La population moyenne des personnes logées en garni s'élève à 57 000, dont 6000 étrangers. »

Ces détails, fournis en 1840 par M. Gisquet dans ses *Mémoires*, peuvent être comparés avec intérêt à ceux que donne M. Maxime du Camp dans son livre remarquable sur *Paris et ses Organes*. — « La seule surveillance des garnis au mois de mai 1869 s'exerçait sur 12 628 maisons qui à cette époque logeaient 160 370 Français et 33 127 étrangers. » On voit ici l'influence des chemins de fer.

II

MES PREMIÈRES VISITES

AU PALAIS-ROYAL ET A LA MER

1811.

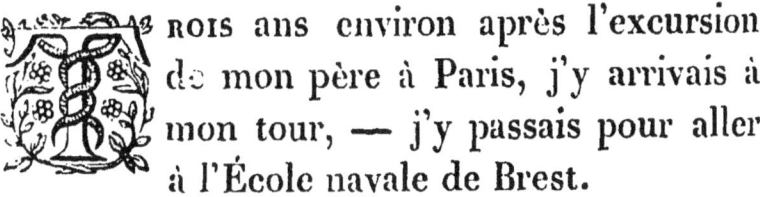 ROIS ans environ après l'excursion de mon père à Paris, j'y arrivais à mon tour, — j'y passais pour aller à l'École navale de Brest.

J'avais alors deux vifs désirs. Je n'avais jamais vu la mer, j'étais impatient de faire connaissance avec elle, mais j'avais aussi entendu parler du Palais-Royal comme d'un lieu de merveilles, et je brûlais également de le voir.

Déjà du temps du cardinal de Richelieu, son palais avait une réputation que signalent les vers du *Menteur* (1). Cette réputation, toutefois, était encore bien petite en comparaison de celle qu'il devait acquérir après

(1) Et l'univers entier ne peut rien voir d'égal
Aux superbes dehors du Palais-Cardinal.

1781, lorsque le duc d'Orléans eut conçu le projet d'y construire des galeries et d'en louer les bâtiments au commerce, dessein qui a changé un moment le nom du Palais-Royal en celui de Palais-Marchand.

Cette année même, il avait fait ouvrir les portes de la rue de Richelieu pour amener des pierres, mais avant il avait fait enlever les statues et abattre les arbres de son jardin, sans en excepter l'arbre de Cracovie, cher aux nouvellistes (1). Le peuple qui ne pouvait

---

(1) Voici un extrait des adieux adressés par l'Arbre de Cracovie. Cet extrait, tiré de la *Correspondance de Métra*, donne la physionomie du Palais-Royal à l'époque de sa transformation:

> Adieu, nouvellistes fameux,
> Qui, la canne en main, sur la terre
> Traciez près de mon tronc poudreux
> La Manche ou les États perdus pour l'Angleterre ;
> Qui, sans sortir du beau jardin
> Où depuis cent ans je végète,
> En lorgnant Lise et sa soubrette,
> Dans l'Inde battiez l'Africain
> Et sur le Pô l'Américain ;
> Qui braviez les frimas, les Patagons et l'onde
> Et les orages destructeurs
> Et, sédentaires voyageurs,
> Avec Cook, hardiment, faisiez le tour du monde.
> — Adieu, cercle délicieux
> Brillantes nymphes de ces lieux
> En robes courtes, polonaises,
> En robes traînantes, anglaises,
> Qui tous les soirs en tapinois
> Riant, jasant près de mon bois,

plus dès lors s'y promener, appela cet abatis,
un abatis de dindon. Mais ses cris cessèrent
en partie l'année suivante à la vue de l'édi-
fice qui commençait à s'élever et annonçait,
avec de nombreuses arcades, quatre péri-
styles, dont deux, disait-on, devaient être
chauffés et fermés par des vitrages, et deux
autres ouverts pour la livrée. En mai 1782,
les arcades étaient déjà à huit pieds de terre,

> La chevelure élégamment tressée
> En lacs, pendante ou retroussée,
> Et dans l'ombre au hasard lançant des traits vainqueurs,
> En savourant la glace, enflammiez tous les cœurs.
> — Adieu, fils de Mars en lévites,
> En triples collets, si charmants.
> Grands cœurs, sous le froc des hermites
> Adieu, robins en catogans.
> — Adieu, pédants, bazoche, huissiers à sombres mines
> En fracs-puces, poudrés, musqués,
> Fièrement armés de badines !
> — Adieu filous si bien masqués
> En prunes de Monsieur, en cheveux de la Reine.
> — Adieu troupe gaillarde, aux charmes demi-nus !
> Marchandes étalant au palais de Vénus
> Le soir sous mon couvert contant mainte fredaine
> Ou bien courant la prétentaine.
> — Ah reçois mes tendres adieux
> O ma fille ! ô Crosnier* toi qui sais tant de choses,
> Qui de ton siége as vu tant de métamorphoses
> Tant ouï de propos joyeux.
> Adieu, bon Josseran**, mon voisin riche et triste
> Pauvre Aubertot*** quels seront tes destins ?
> Brillant Caveau, si tu t'éteins,
> Je plains l'essaim d'auteurs qui pour toi seul existe :

(*) Marchande.
(**) Maître du café de Foy.
(***) Limonadier du café de Conti.

et les premiers étages de la rue des Bons-Enfants ne voyaient plus que des murs. On était plus mal venu de crier, mais on ne se moqua pas moins quand, en 1786, le duc de Chartrès qui venait de perdre son père et devenait à son tour duc d'Orléans, chargea l'architecte Louis de bâtir un troisième théâtre dans son palais.

Il y avait déjà celui de Beaujolais (1), là où existe aujourd'hui une scène sur laquelle j'ai vu les Alcide Tousez, les Ravel et les Grassot; puis, au lieu où est actuellement la cour intérieure du Palais, existaient les Variétés amusantes. Nos mères y riaient fort aux représentations des *Boniface Pointu* ou des *Battus qui payent l'amende*. — Mais ces théâtres ne suf-

> Adieu Goudard aux gracieux concerts,
> Adieu, Français, Anglais, tout l'univers;
> Vous frémissez d'effroi, mon sort vous glace ;
> Un arbre décrépit vous fait verser des pleurs,
> Rassurez-vous, sensibles cœurs,
> Bientôt un plan nouveau plus brillant me remplace ;
> Or, écoutez mon oracle divin.
> Vous voyez ce débris et ce terrain sauvage
> C'est là qu'en colonnade un magnifique ouvrage
> Formera le contour d'un superbe jardin;
> J'y vois mon successeur couvrir de son feuillage
> Ainsi que moi, le fou, le sage,
> L'homme ignorant, l'homme lettré,
> Le fat et le héros, de la terre adoré....

(1) Nom d'un frère du roi Louis-Philippe, né en 1779, et mort en Sicile en 1808.

fisaient pas à celui qu'on avait surnommé le colonel-général des têtes légères. — Le duc d'Orléans regardait l'Académie royale de musique comme le complément des plaisirs qu'il voulait réunir dans son habitation. Le Palais-Royal avait renfermé pendant cent ans, sur l'emplacement de la cour des Fontaines, l'Opéra qui avait brûlé en 1781. Le duc entreprit de le relever entre la rue Richelieu et son palais. Il était libre de faire une belle salle et d'y dépenser trois millions, comme il le fit, mais pour obtenir d'y établir l'Opéra, il fallait l'agrément de la cour avec laquelle il était mal. Il ne l'eut pas, et force lui fut de louer cette salle aux directeurs des Variétés amusantes, ce qui ne le satisfit guère. Telle fut l'origine du Théâtre-Français que nous voyons aujourd'hui. Les Variétés amusantes, en vertu de la liberté accordée aux théâtres par la Constituante de jouer tous les genres, s'enrichirent des talents qui se détachaient de l'ancienne Comédie du faubourg Saint-Germain, et le public adopta un théâtre qui favorisait les idées nouvelles, et où l'on était tout porté au sortir de la promenade et des restaurants qu'offrait le Palais-Royal.

Ceci devint un bien, mais après avoir ouvert dans ce lieu aux discussions politiques les boutiques des libraires ainsi que les cabi-

nets littéraires installés dans les nouveaux
bâtiments, la Révolution qui avait arboré
dans le jardin la cocarde nationale, qui y
avait brûlé successivement les effigies du
pape (1791) et de Lafayette (1792), puis
jeté dans le bassin l'ancien tribun du Parlement, Duval d'Espremenil, la Révolution n'a-
vait pas permis à Philippe-Égalité d'achever
ses constructions. Elle l'avait guillotiné et
avait laissé son palais avec des arcades de
pierre et des galeries seulement en bois, galeries presque sans clôture et ouvertes à tout
vent. — Moins généreux et moins entrepre-
nants que le duc, les locataires des arcades
comme ceux du théâtre avaient profité de la
confiscation de ses biens en les payant bon
marché avec des assignats, ce qui rendit naturellement ces braves gens de bons républicains; cependant les bâtiments n'avançaient
plus. Tout ce que firent, je crois, les nouveaux propriétaires ce fut de planter, en 1799,
des arbres dans le jardin.

Lorsque je vis le Palais-Royal, on y descendait du côté de la rue Vivienne par un perron
étroit où se criaient le cours de la Bourse, le
tirage des loteries de Paris, de Lyon et de
Strasbourg, le Bulletin de la grande armée.

Du côté de la rue Saint-Honoré l'on arrivait
dans les Galeries de bois par un passage en-

core plus étroit que celui du Perron, mais moins éclairé. Là, l'on rencontrait Chevet et ses comestibles. C'était comme les prémices des agréments gastronomiques que le Palais allait offrir. Et de fait, les galeries de pierre étaient remplies de restaurants, de cafés, du rez-de-chaussée au deuxième étage. Il y en avait même jusque dans les caves, où l'on voyait le Caveau, le café du Sauvage, celui des Aveugles et celui du ventriloque Fitz-James. Le café du Caveau datait de l'époque où la société de ce nom, avait été fondée par Piron, Collé, Panard, chez Landel au carrefour Bucy d'où il avait été transporté près du perron du Palais-Royal, dans un petit souterrain arrangé avec goût et tenu par un nommé Dubuisson. L'on allait là au sortir de l'Opéra, qui était encore tout près, comme on allait chez Procope au sortir de la Comédie-Française, lorsqu'elle était située dans le faubourg Saint-Germain, comme on allait aux cabarets des places de Montorgueil, voisins de l'hôtel de Bourgogne, et particulièrement au cabaret de l'Ange (1).

(1) Séjour des muses et des vers
    Où l'on recognoit sans envie
    Parmi tant d'accidens divers
    Les stratagèmes de la vie.
    Esprits qui, par vos fictions,
    Nous découvrez nos passions,

Tous ces cafés ont leur histoire.

Vers le même temps, le café de la Rotonde, qu'avaient fréquenté les Montgolfier, et dans lequel se trouvaient les bustes de Philidor, de Gluck, de Piccini, de Grétry, recevait les amateurs de musique.

Un garçon de la Rotonde, Lemblin, avait fondé en 1805, le café appelé de son nom. Ce café avait deux clientèles, celle du matin et celle du soir. Chappe, l'inventeur du télégraphe, Boïeldieu, Martinville, Jouy, l'auteur de la *Vestale*, Ballanche, Brillat-Savarin, furent de ses habitués du matin. Parmi ceux du soir, le café a pu citer Cambronne, les généraux Fournier, Dulac, Sauzét et le colonel Dufay, fameux par ses duels.

Le plus célèbre des premiers cafés établis dans le Palais-Royal, après celui de la Régence, qui le fut en 1718, et où se réunirent les joueurs d'échecs, fut le café de Foy, créé en 1749, par un ancien officier de ce nom, dans une des maisons situées vers la partie de la rue de Richelieu qui longeait le jardin du Palais-Royal. Un escalier conduisait alors du café à l'une des entrées du jardin. Et en 1774,

Je n'ai pas vu votre théâtre
Qu'aussitôt je ressors de là,
Pour un *Ange* que j'idolâtre
A cause du bon vin qu'il a.

le successeur de M. De Foy, dont parlent les adieux de l'Arbre de Cracovie, M. Jossereau ou Josseran avait obtenu du duc d'Orléans la permission de vendre des rafraîchissements et des glaces, dans la grande allée des Marroniers, sans qu'il pût toutefois y placer autre chose que des chaises. Il se donnait là des concerts.

Entre les cafés du premier étage, le plus suivi était celui des Mille-Colonnes, dont la belle propriétaire se fit religieuse après la mort de son mari.

On pourrait faire également l'histoire des restaurants du Palais-Royal, des Trois Frères Provençaux, de l'établissement de Véry et du café de Chartres, aujourd'hui le restaurant Véfour. Les Trois Frères Provençaux avaient été fondés en 1786, aux abords du Palais-Royal. Barras et Bonaparte y ont souvent dîné.

Le restaurateur Véry installait en 1808 son établissement. Il en avait un autre à la terrasse des Feuillants, sous le nom de la Tente des Tuileries. Duroc était un de ses habitués. Le grand duc de Berg, Murat, lui, était un des habitués du café de Chartres, où Berchoux et Grimod de la Reynière professèrent l'art de bien vivre.

Les restaurants avaient, on le voit, fait bien des progrès depuis 1765, que le premier établissement culinaire avait été formé à Paris

dans la rue des Poulies, par un nommé Boulanger, qui avait écrit sur sa porte cette devise : « *Venite ad me omnes qui stomacho la-
boratis et restaurabo vos* (1).

Les restaurants et les cafés, ces successeurs des auberges et des cabarets où allaient
jadis les gens de toutes classes, étaient assurément un des grands attraits que présentaient
les galeries de pierre. Mais les *Galeries de bois*
en avaient un d'un autre genre qui y amenait
la foule.

Dans ces galeries, il y avait bien çà et là
diverses professions. Le libraire Ladvocat, le
bottier Sakoski (2), le tailleur Berchut, s'y firent
une réputation, mais ce n'étaient pas eux qui y
amenaient la foule. Ce qui les remplissait

---

(1) Brillat-Savarin dans la *Méditation XXVIII*, consacrée aux restaurateurs, marque cette innovation comme
l'acte d'un homme de tête, « créateur d'une profession
qui commande à la fortune, toutes les fois que celui
qui l'exerce a de la bonne foi, de l'ordre et de l'habileté. » Brillat-Savarin, vante surtout Beauvilliers, établi
dès 1782, comme ayant été, pendant quinze ans, le plus
fameux des restaurateurs de Paris. M. Véron, dans ses
mémoires d'un *Bourgeois de Paris*, mémoires pleins de
faits, présentés sans ordre, rappelle *Hardi et Riche* de
qui l'on disait, qu'il fallait être hardi pour dîner au
café Riche et bien riche pour dîner au café Hardi. Ce
dernier est devenu la *Maison dorée*.

(2) Auteur d'un ouvrage sur la manière de faire les
souliers pour qu'ils ne blessent pas (1812). C'est un
titre à ne pas oublier.

principalement, c'étaient des boutiques de marchandes de modes, qui ne craignaient pas d'offrir tout haut, et à bas prix, tout ce qu'on voulait bien leur payer. Il y avait aussi là d'autres filles dans d'autres cantonnements, qu'on appelait le camp des Barbares, et chacun de ces cantonnements avait ses costumes, comme ses allures.

Ainsi de tous côtés, par ses restaurants, par ses spectacles, par ses filles publiques, le Palais-Royal provoquait toutes les passions, tous les appétits et pour que rien n'y manquât, il y avait aux numéros 9, 113, 129, 154, reconnaissables le soir par des chiffres de feu, des maisons de jeu ayant dans leur voisinage un mont-de-piété ou des prêteurs sur gages, pour donner aux joueurs des facilités qu'en 1629 l'ancienne monarchie interdisait d'offrir sous peine de « confiscation de corps et de biens (1). »

(1) Une ordonnance du 28 octobre 1664 infligeait dans le cas de récidive le fouet et le carcan à ceux qui tiendraient des académies de jeux de hasard. Plus tard Louis XVI qui ne risquait guère au jeu qu'un petit écu, tandis que Charles II d'Angleterre jouait avec Rochester son âme contre une orange ; (il est vrai que le courtisan trouvait la partie à son désavantage), plus tard, dis-je, Louis XVI en 1777, le 21 décembre, et en 1781, le 1er mars, tenta de nouveau d'arrêter les ravages du jeu. Mais celui de la cour provoquait et faisait naturellement tolérer cette passion dans les di-

Le Palais-Royal n'était donc alors autre chose qu'une grande foire, animée, bruyante, où se cherchaient et se trouvaient tous les moyens de dissipation. L'ancien Pont-Neuf, la foire Saint-Laurent, n'en étaient guère que des embryons. C'était en réalité la Capoue des victorieux du premier Empire, et quand ils furent vaincus à leur tour, ce fut là le lieu de leur vengeance. Les alliés de 1814 rendirent, en partie, aux filles, aux restaurants et au jeu, ce qu'ils nous avaient pris. Blücher ne perdit pas moins de 1,500,000 au seul n° 154.

verses classes et il s'ouvrit des maisons dont les plus célèbres ont été l'hôtel de Gesvres, l'hôtel de Soissons et le salon de la belle Mme de Sainte-Amaranthe, dont M. de Sartine, l'ancien lieutenant de police avait épousé la fille.

Sous la République, sous le Directoire principalement, le jeu prit des proportions effrayantes que le Consulat et l'Empire tentèrent de restreindre en obligeant les entrepreneurs à demander une autorisation et en imposant les maisons de jeu qui, à Paris, furent réduites à neuf.

Sous l'Empire, l'administration des jeux, autorisée par le gouvernement, ne fut pas reçue à Rouen. Les femmes se portèrent en foule au lieu où le jeu s'était établi; elles brisèrent les tables, les roulettes, jetèrent les meubles, les cartes, les dés par les fenêtres, et peu s'en fallut que les employés ne suivissent leurs instruments de désordre et de ruine par le même chemin. — Les chiffres qui suivent prouvaient le bon sens de cette population. — De 1819 à 1829, d'après un tableau que présente M. Véron, dans ses *Mémoires d'un Bourgeois de Paris*, il se perdit généralement de 7 à 8 millions par an;

De l'aveu des plus sages, ce Capharnaüm
Parisien, qui comme on l'a dit spirituellement,
remuait nuit et jour, depuis le faîte jusqu'aux
caves, avait donc des séductions propres à y
attirer des visiteurs de toutes les parties du
monde. Et M. de Ségur, fit à propos de cette
propriété, un conte assez piquant, dans lequel
un original né dans le Palais-Royal n'en était

de 1830 à 1837, le chiffre avait baissé d'un million. Entre
1819 et cette dernière année à la fin de laquelle, sur la
demande de M. de la Rochefoucauld, un vote de la
Chambre des députés ne permit pas de renouveler le
bail des fermiers, son produit brut a été de 137,313,404
francs. Sur ce produit, la Ville devait 1,660,000 francs
pour subventions aux arts, et les frais de régie accordés
s'élevaient à 2,400,000 francs.

En dehors du Palais-Royal, les maisons de jeu les plus
fréquentées étaient le Cercle des Étrangers, rue Grange-
Batelière, no 6, où il fallait être présenté, et, dans l'ancien
hôtel Lecoulteux, la maison de Livry, dite Frascati, rue
Richelieu, no 108, pour laquelle on avait fait ces vers:

> Il est trois portes à cet antre
> L'espoir, l'infamie, et la mort.
> C'est par la première qu'on entre,
> C'est par les deux autres qu'on sort.

Le Cercle des Étrangers donnait souvent des bals qu'on
nommait bals Livry, du nom du marquis de Livry, l'un
des trois présidents du Cercle, avec le marquis de Tilly-
Blaru et le comte Esprit de Castellane. On y donnait
aussi des soupers où les femmes étaient admises, et Clo-
tilde de l'Opéra y figurait souvent.

La passion du jeu dont Regnard et Musset ne nous
ont présenté que quelques aspects, a des caractères bien
différents. On peut y chercher des émotions comme

jamais sorti parce qu'il n'avait pas besoin,
disait-il, de courir le monde, puisque le monde
venait à lui (1), au contraire de la montagne
de Mahomet.

On ne se douterait pas assurément aujour-

Fox qui disait que le premier bonheur de la vie
était de jouer et de gagner, le second de jouer et de
perdre. Mais d'autres, et c'est le plus grand nombre,
cherchent dans le jeu le gain. De là naturellement des
escrocs.

> On commence par être dupe,
> On finit par être fripon,

dit Mme Deshoulières, et les filous au jeu se sont trouvés quelquefois à la table des rois et des ministres.

Dans une classe moins élevée cette espèce de gens
qui fait métier de corriger la fortune a été appelée Grecs
ou Apoulos, d'après le nom d'un personnage de cette
nation qui, à la fin du règne de Louis XIV, s'était introduit à la cour, où il fut un jour surpris en flagrant
délit et condamné à vingt ans de galères.

Quoique les jeux soient bannis, les Grecs nous sont
restés.

(1) Une chanson sur l'air *A pied comme à cheval*, que
M. de Ségur met dans la bouche d'un de ses personnages peut servir encore à marquer la physionomie qu'a-
vait le Palais-Royal de son temps.

> Tout autour d'un jardin
> C'est un grand magasin
> Où sont restaurateurs,
>   Agioteurs.
> Fracs, pantalons, gilets, spencers,
> Polichinelles, ombres, concerts,
> Meubles, bonbons, bonnets, cheveux,
> Bourses à coulans, bourses à nœuds,

d'hui de ce qu'était le Palais-Royal, à le voir si sage, depuis que M. de Belleyme en a chassé définitivement les filles, qui l'avaient occupé jusque-là, chaque année, pendant onze mois, c'est-à-dire toute l'année excepté quinze jours avant et quinze jours après le premier jour de l'an. L'expulsion des filles et l'interdiction des jeux, a fait du Palais-Royal une promenade à peu près comme les autres.

Je puis dire que le tourbillon mondain des Galeries de bois, me parut, en 1811, un Nouveau monde. J'avouerai même, que comme M. de Ségur, je remarquai la bonne grâce

> Et fripons tout prêts à s'y glisser
> Pour vous en débarrasser.
>   Grands cafés
>   Bien chauffés,
> Bals très-bien étoffés,
> Animaux différens et vivans
>   Les uns laids, furieux,
>   Les autres gracieux
> Et d'autant plus à mon goût
> Qu'ils ne sont pas cruels du tout —
> On y trafique pour la part
> Des effets du tiers et du quart,
>   On y sait quand les bons
>   Ne sont pas bons —
> Enfin sans s'en apercevoir
> On y perd plus que son avoir,
> On y parle sans rien savoir,
> On y regarde sans rien voir,
> Rien au monde enfin n'est égal
> A ce fameux Palais-Royal.

de quelques-unes des Calypso de l'endroit.
Mes quinze ans étaient mon excuse : l'on
échappe difficilement aux impressions, comme
aux effets de l'inexpérience de son âge. J'allais
heureusement sentir à Brest où j'allais chercher la mer, le second objet de mes désirs
en partant de Lyon, qu'il y a des curiosités
plus saines et des émotions plus nobles
que celles que m'avait offertes ce Pandœmo-
nium.

Ma curiosité satisfaite sur ce premier point,
lorsque je fus descendu de la diligence, à Brest,
je n'attendis même pas pour me satisfaire sur
le second d'avoir fait porter ma malle à un
hôtel; je demandai où était la rade. En un
instant j'y fus.

Tout le long du chemin le cœur me battait,
il m'avait battu aussi quand j'étais allé de la
rue Saint-Denis au Palais-Royal.

Je vis bientôt cette baie fermée que j'avais
à peine aperçue en descendant la montée du
Télégraphe. La tête me tourna; je me cram-
ponnai au parapet qui borde le cours d'Ajot,
et je restai ainsi sans mouvement, sans voix,
mes jambes ployant sous le poids de mon
corps, les yeux fixes, les pulsations de mon
cœur suspendues. A la fin je pleurai; je pleurai longtemps! je pleurai de joie, de cette
joie qui ne ressemble à aucune autre et

qu'heureusement on ne peut pas analyser, parce que si l'on en connaissait jamais la cause, et pour ainsi dire le mécanisme, on ne la ressentirait plus ; c'est cette même joie qui m'a fait bondir quand nous mouillâmes, le 13 juin 1830, dans la rade de Sidi-el-Ferruch ! Ah ! la bonne chose qu'une telle émotion ! on en a trop peu dans sa vie !

Voilà donc la mer, me disais-je. Outre la rade, je voyais le large, l'Océan, l'infini, par l'ouverture du Goulet. Voilà la mer ! Dieu, que c'est beau ! que c'est vaste ! que c'est imposant !... Que c'est terrible ! ajoutai-je en frémissant, car la rade était agitée.

Il ventait fort ; les vagues battaient la côte et le mur sur lequel je me reposais ; une poussière humide montait jusqu'à moi. L'écume blanchissait la crête des lames. Les bâtiments mouillés sur la rade semblaient tourmentés ; ils s'agitaient, se penchaient à droite, à gauche, se soulevaient et retombaient. Des embarcations luttaient à l'aviron contre le vent et la mer. J'eus un moment d'hésitation et de doute sur mon avenir ; je n'étais pas bien sûr que ma résolution tînt contre ce spectacle. Je fermai les yeux ; j'avais peur.

Alors je fis des réflexions amères. J'étais tout frais émoulu de la rhétorique, et je m'é-

criai avec l'accent d'une conviction profonde :

> « Illi Robur, et æs triplex
> Circa pectus erat, qui fragilem truci
> Commisit pelago ratem
> Primus. »

En reportant mes regards sur la mer, je
vis un bâtiment à la voile. Il cherchait à
sortir de la rade; mon Horace me vint encore aider, et tout bas, les mains jointes,
comme aurait fait un chrétien achevant les
paroles du Pater : *libera nos a malo*, je récitai
pieusement :

> « O navis, referent in mare te novi
> Fluctus : ô quid agis? Fortiter occupa
> Portum : nonne vides ut
> Nudum remigio latus
> Et malus celeri saucius Africo
> Antennæque gemant, ac sine funibus
> Vix durare carinæ
> Possint imperiosius
> Æquor? »

Et tout de suite revenant au vaisseau qui
portait Virgile :

> « Reddas incolumem, precor! »

Ce vaisseau semblait voler à l'horizon; c'é-
tait une alerte, fine et jolie goëlette. Quant
au Virgile qu'elle portait, c'était un corsaire

allant mettre à profit le vent de suroit (1)
pour tâcher de surprendre les marchands anglais qui auraient imprudemment rallié la côte
de France.

J'appris cela tout de suite, car pendant que
je faisais ma prière à Neptune, et que je me
perdais en imprécations glyconiques et asclé-
piades contre le premier qui eut l'audace de
livrer à la mer une faible barque, j'avais
marché du côté du château et j'étais tombé,
sans m'en douter, dans un groupe de vieux
marins. X

Ces braves gens causaient entre eux du
temps qu'ils appelaient beau, du bâtiment
dont ils admiraient les formes, du capitaine
corsaire qui s'était fait un nom célèbre dans
la Manche, des probabilités de succès que
les circonstances donnaient à ce téméraire
officier, enfin du bonheur qu'avaient ses
matelots d'être avec lui.

Adieu les rivages Athéniens où j'adressais
le vaisseau de l'ami du chantre des *Odes!*
Adieu le lycée et les citations de la rhétorique! j'entrais dans le vrai, dans le positif; et

---

(1) Sud-Ouest. Les marins, pris dans leur généralité,
disent, ès, nordet, ou ais nordais, surois, nord nordais,
norois. Par exemple, on dit, suet et norois.

(*Note du contre-amiral* AUBRY-BAILLEUL).

ce réel, voyez-vous, était aussi chaud de poésie que les plus riches inventions d'Horace. Ce n'était pas sans doute ce langage pur, cette harmonie de syllabes heureusement accentuées, ces hardis enjambements d'un vers sur un autre, cette concision élégante qui s'accommode de quelques belles épithètes; mes poëtes étaient des matelots, des matelots bretons, parlant une langue dure, barbare, à demi française tout au plus; mais leurs idées avaient un tour singulier qui me frappait; mais leurs images étaient toutes nouvelles pour moi! Ils ne se donnaient pas la peine de faire de la couleur en cherchant leurs comparaisons et en les accommodant avec des mots sonores; ils étaient simples et pourtant incroyablement colorés! C'est qu'ils étaient convaincus; ils prévoyaient ce qui arriverait au corsaire, avec leurs souvenirs d'un autre temps.

Et ce bâtiment qui s'en allait, blâmé par quelques-uns parce qu'il avait telle voile dehors plutôt que telle autre, loué par plusieurs pour sa manœuvre, ce bâtiment ne fut bientôt plus que le prétexte des conversations dont le sujet vagabond courut au hasard de la vanité, de l'imagination et de la mémoire des interlocuteurs. Toute la guerre de la Révolution et de l'Empire vint alors dans le cercle de ces invalides; amiraux et capitaines furent traduits à leur conseil de guerre, où la défense ne manqua pas aux prévenus si l'accusation fut quelquefois terrible. Remontant plus en arrière, on alla dans l'Inde avec le bailli de Suffren, en Amérique avec le comte d'Estaing; on alla partout : partout des combats, partout des tempêtes, partout des plaisirs.

J'écoutais. Il y avait là pour moi comme la révélation d'une poésie, d'une langue inconnues. Pendant que ces marins causaient, je regardais la mer et les bâtiments. Mon rêve d'effroi était fini. La mer, qui m'avait paru si cruelle (truce), me sembla magnifique; je compris la grandeur de ce spectacle. C'était beau, en effet! Qu'étaient, au prix de cela, les merveilles du Palais-Royal? Quelques rayons de soleil passant entre les nuages noirs et éclairant un point de la surface de la rade ne valaient-ils pas mieux que les milliers de lumières réfléchies dans les cristaux des magasins de ce bazar? Le choc des lames avait une voix bien autrement haute que celle de la multitude bourdonnant dans les galeries. Ces navires ballottés, qui avaient le naufrage derrière eux, si leurs câbles cassaient, parlaient bien plus puissamment à mon cœur que tout ce qu'on m'avait pu montrer d'in-

téressant à Paris! Le métier de la mer, malgré
ses dangers, me sembla, dans ce moment,
plein de séduction; j'aurais voulu être sur
un de ces bâtiments, peut-être même sur le
corsaire qui disparaissait derrière une des terres avancées et allait bientôt jouer, contre
le sort, la partie où quarante hommes avaient
mis pour enjeu leur vie ou tout au moins leur
liberté. Je conçus qu'on se passionnât pour la
marine; et quand je revins chez mes hôtes, je
ne pus dire qu'une chose : « C'est bien beau
la mer! »

J'étais fatigué d'émotions, beaucoup plus
que des cahots d'une route détestable; pendant les vingt ou trente minutes que je venais
de passer sur le cours d'Ajot, j'avais fait un
immense voyage au pays des fantaisies. Je
dormis une longue nuit, inquiet, agité par des
songes bizarres; je crois que j'eus le mal de
mer pendant mon sommeil.

Ma mère m'avait accompagné à Brest. Jamais jusque-là elle ne s'était séparée de ses
trois fils, et sa tendresse avait voulu reculer
de quelques semaines l'instant où elle allait
être obligée de laisser l'un d'eux privé de ses
soins qu'elle lui savait si nécessaires. Elle
voulait voir à quelle vie seraient condamnés
les élèves de cette école de 1811, que Napoléon eut le bon sens de faire matelots afin

qu'ils commandassent un jour aux matelots avec plus d'autorité ; elle voulait me recommander à tout le monde, pour que la transition de ma paresseuse vie d'humaniste à celle de marin, qui devait être pénible, fût moins brusque et me préparât moins de regrets. On nous avait adressés de Paris à l'excellent M. Guilhem, qui a laissé, dans le commerce et à la Chambre des Députés, la réputation d'un homme bien honorable ; nous fûmes accueillis par lui et par tout ce qui composait sa charmante maison, avec une bonté dont le souvenir m'a trouvé toujours plein de gratitude. Une autre famille aussi nous traita comme de vieilles connaissances ; c'est celle d'un homme distingué et modeste de la marine militaire M. Bassière (1) ; où j'ai été aimé comme un fils, et que j'ai affectionnée tendrement. Là, ainsi que chez M. Guilhem, je vis beaucoup d'officiers de

(1) Jean-Baptiste-Victor Bassière, retraité en 1815 avec le titre de capitaine de frégate, était le père d'un capitaine de vaisseau, que Bruat jugeait un homme complet, remarquable sous tous rapports. L'amiral Hugon disait de ce dernier qu'il était du petit nombre des élèves de l'École polytechnique qui eussent réussi dans la marine. Il avait assisté au combat de Navarin, à celui du Tage, et le 17 octobre 1854 à celui qui avait été livré devant Sébastopol. — Le capitaine de frégate M. Regnaut de Prémesnil me dit qu'il s'est donné la mort en 1855.

marine dont l'obligeance nous fut très-
précieuse. Ils nous facilitèrent les moyens
d'examiner tout ce qu'il y a de curieux
dans un grand arsenal maritime ; un d'eux
nous offrit de nous présenter à bord d'un
vaisseau.

C'était là surtout ce que je souhaitais ! Un
vaisseau ! J'étais impatient d'en connaître un,
comme une fille qu'on marie, sans qu'elle ait
pu choisir son époux, est impatiente de voir
l'homme avec qui il lui faudra vivre. J'étais
déjà fiancé au *Tourville ;* mais je ne l'avais
pas vu, il était dans le port, entre les mains
des menuisiers.

Le vaisseau que nous devions aller visiter,
c'était *le Nestor.* Il était commandé par
M. Lucas. Ce nom avait retenti plus d'une
fois à mon oreille avant mon voyage, et si je
ne l'avais pas encore entendu, je l'aurais
appris le jour de mon arrivée, car il fut
prononcé plus d'une fois, à propos du combat
de Trafalgar, par un de mes matelots de la
Pointe aux Blagueurs. J'ai su, depuis, que
c'est de ce nom plaisant qu'on appelle le lieu
où se réunissent les vieux marins pour causer, critiquer les manœuvres des bâtiments
qui évoluent sur les rades, louer le temps
passé au détriment du présent, et se redire
leurs vieilles histoires de navigations lointai-

nes. C'est la petite Provence de ces Invalides
des ports.

Les particularités que racontait le matelot
de la bataille du 21 octobre 1805 et ce que
je savais déjà sur cette journée qui vit mourir
Nelson et causa le suicide de Villeneuve,
ajoutaient à mon désir de visiter le *Nestor*,
celui de connaître son capitaine., un des
hommes les plus remarquables de l'armée
navale sous l'Empire.

Né à Marennes le 28 avril 1764, fils d'un
huissier royal qui avait dirigé ses goûts vers la
marine, Jean Jacques-Étienne Lucas était entré au service en 1778. Il avait commencé
par être mousse, puis successivement pilotin,
volontaire, timonnier, aide-pilote, pilote, enseigne de vaisseau non entretenu. C'était ce
grade qu'il avait en 1772. — Embarqué de
1779 à 1792 avec le comte de la Touche, l'ami
de Lapérouse, il avait assisté aux combats
de l'*Hermione*, y avait été blessé au bras
gauche ; et, à la bataille de Trafalgar, il commandait le *Redoutable* de 74 canons. Le *Redoutable* occupait dans la ligne de bataille le
rang de troisième vaisseau derrière le *Bucentaure*, monté par Villeneuve. L'amiral anglais
avait son pavillon à bord de la *Victoire*, navire de 110 canons, qui manœuvrait pour attaquer le centre de l'armée de Villeneuve. Il

s'avançait avec le *Téméraire*, d'égale force. Les deux bâtiments qui séparaient le *Bucentaure* du *Redoutable* étaient tombés sous la ligne ; ils avaient perdu leur poste, un grand espace restait donc vide entre le vaisseau amiral et celui de Lucas. Le *Bucentaure* courait un danger réel. Nelson voulait évidemment couper la ligne française derrière lui et l'envelopper avec le peloton qu'il guidait. Lucas força à l'instant de voiles, et alla placer le beaupré du *Redoutable* sur la poupe du *Bucentaure*. A onze heures trois quarts, le feu commença, et la *Victoire*, qui persistait à vouloir passer entre les deux bâtiments français, n'ayant pu faire plier le *Redoutable* pour le séparer de son matelot, se décida à l'aborder par bâbord.

Les bordées s'échangèrent à portée de pistolet. Pendant que les canonniers faisaient de chaque côté leur devoir avec une incroyable activité, les gabiers du *Redoutable* lançaient les grapins dans le gréement de la *Victoire* et rendaient impossible la séparation des deux vaisseaux. Alors la division d'abordage se présenta pour assaillir l'Anglais qui était dans une position bien avantageuse, étant beaucoup plus élevé que le *Redoutable*; la *Victoire* dominait le pont du vaisseau de Lucas de toute la supériorité de sa troisième batterie, mais

l'équipage du *Redoutable* égalisa les hauteurs
en montant dans les haubans et sur les bastin-
gages. Le combat de la mousqueterie fut terrible : plus de deux cents grenades furent je-
tées à bord de l'amiral Nelson. Ce brave officier se promenait sur le gaillard de la *Victoire*, excitant ses gens de cette voix qui
avait si grande autorité sur eux. Une balle,
partie, dit-on, de la grande hune du *Redoutable*, lui perça la poitrine. Il tomba sur le
pont de la *Victoire*, déjà tout couvert de
cadavres sanglants. Le feu des Anglais cessa
en ce moment. Le bruit de la mort de l'amiral, qui avait échappé tant de fois au trépas (1), avait jeté la consternation parmi

(1) Nelson avait déjà perdu un bras en 1797. Au
combat d'Aboukir il avait été blessé à la tête. Cette fois
il n'échappa pas et il eut raison de dire qu'on l'avait
achevé. — Voici un extrait du rapport de William
Beatty, chirurgien du vaisseau le *Victory*, sur la mort
de l'amiral Nelson : « Il était environ une heure quinze
minutes; dans le plus fort du combat, Sa Seigneurie se
promenait avec le capitaine Hardy sur le gaillard d'arrière lorsqu'il reçut le coup près de l'écoutille, ayant
la face tournée vers la poupe du vaisseau. La balle
frappa son épaulette gauche et pénétra dans sa poitrine. Nelson tomba sur la figure, précisément au même
endroit où peu de temps auparavant avait expiré son
secrétaire, dont le sang trempait même encore ses vêtements. Le capitaine Hardy, voulant le flatter de l'espoir que sa blessure ne serait pas dangereuse, le brave
amiral dit : « Ils m'ont achevé, Hardy. — J'espère que

les matelots de Nelson. Le vaisseau allait
être pris ; l'aspirant Yon, suivi de quatre
matelots, montait à bord de la *Victoire* par
une de ses ancres de tribord, et tout l'équipage du *Redoutable* se disposait à les suivre, quand le *Téméraire* vint aborder Lucas du côté opposé à celui où l'avait accosté
Nelson.

Le *Téméraire* avait remarqué que la *Victoire* ne combattait plus ; il craignait de voir
le pavillon anglais remplacé par les trois couleurs françaises. Il s'était hâté. En approchant
du *Redoutable*, il lui lâcha une bordée horri-
blement meurtrière ; tout ce qui de l'équipage
français ne combattait pas à babord contre la
mousqueterie de la *Victoire* se porta vivement aux canons de tribord, et des décharges
à bout portant se succédèrent avec rage, si

non, répondit le capitaine. — Oh ! reprit Sa Seigneurie, le coup m'a brisé l'épine dorsale. »
M. le vice-amiral Jurien de la Gravière s'est fait
chez nous l'historien de notre illustre ennemi avec un talent auquel M. Jal fut un des premiers à rendre justice dans un article sur *les Guerres de la République
et de l'Empire*. Tel est le titre du livre de M. le
vice-amiral Jurien. Malheureusement cet ouvrage ne
contient que l'histoire de nos défaites par Nelson. Il
serait bien désirable que notre bon ami le capitaine de
frégate de Martineng publiât le travail qu'il a préparé sur notre rôle à cette époque dans les mers orien-
tales.

cruelles, si rapides (1), qu'en un instant plus de deux cents hommes furent hors de com-

(1) Quiconque, dit le vice-amiral Jurien, voudra se figurer les effets destructeurs que l'on peut attendre d'une masse de fer dont le poids total dépasse souvent 3000 livres, lancée dans l'espace avec une vitesse presque double de celle du son, parcourant 500 mètres par seconde et arrêtée subitement dans sa course par un obstacle pénétrable qui se déchire et éclate en fragments plus meurtriers que le boulet même, comprendra la puissance formidable des premières bordées d'un vaisseau de ligne. Au lieu de gaspiller cette force irrésistible comme nous le faisions alors dans l'espoir de couper quelques fils déliés dans le vide, d'atteindre à grand hasard quelque important cordage, d'écorcher quelque mât, les Anglais mieux inspirés la concentraient tout entière sur un but plus certain, *la ligne de batterie de l'ennemi.* Ils jonchaient nos ponts de cadavres, pendant que nos boulets passaient au-dessus de leurs vaisseaux. Plus exercés d'ailleurs que nos canonniers, unissant à la précision du tir une rapidité qui nous fut longtemps inconnue, les canonniers étaient parvenus en 1805 (non sur tous les vaisseaux peut-être, mais sur *le Foudroyant*, qu'avait monté Nelson ; sur *le Dreadnought* que venait de quitter Collingwood) à tirer de chaque pièce près d'un coup de canon par minute. A la même époque nos pièces les mieux servies mettaient entre chaque coup plus de trois minutes d'intervalle. C'est à cette double infériorité dans le tir que nous eussions dû attribuer, si la vérité n'était si lente à se faire jour, la plupart de nos revers depuis 1793. C'est à cette grêle de boulets, comme l'écrivait Nelson que l'Angleterre devait alors l'empire absolu des mers, qu'il devait lui-même la victoire d'Aboukir, qu'il allait devoir celle de Trafalgar. (*Guerres maritimes,* chapitre xv.)

bat. Comme si ce n'était pas assez pour le
Redoutable de ce nouvel ennemi qui venait
au secours du pavillon de saint Georges, le
Tonnant, vaisseau de 80 passa à poupe du
bâtiment français, et, à portée, le canonna
par enfilade. Il ne le quitta plus jusqu'à la fin
du combat.

Ainsi, le *Redoutable* avait sur lui trois vaisseaux, deux à trois ponts et un de 80 canons;
il avait réduit le premier, qui, secouru cependant au moment de se rendre, s'était ranimé
et lui occupait beaucoup de monde. Il avait
fait des avaries considérables au second, dont
il serait peut-être venu à bout sans l'arrivée
du *Tonnant*.

Ce ne fut qu'après trois heures de combat
que le capitaine Lucas amena son pavillon. De
643 hommes d'équipage, il en avait alors 522
hors de combat: dont 300 morts et 222 grièvement blessés; tous les officiers et 10 aspirants sur 11 étaient du nombre de ces derniers (1). Le *Redoutable* avait perdu son grand

(1) Blessés et tués de l'état-major du *Redoutable* : Lucas, capitaine, blessé. Dupotet, lieutenant en pied, blessé. Briamant, lieutenant de vaisseau provisoire, tué.
Pouloin, id., tué. Mayol, enseigne de vaisseau, faisant
fonctions de lieutenant de vaisseau, blessé. Sergent
Pierre, id., blessé. Ducrest (Alexandre), id., blessé;
Laity, enseigne de vaisseau, blessé. Tresse, lieutenant
d'artillerie de marine, tué. Guillaume (Louis), capitaine

mât et celui d'artimon. Le premier était
tombé sur le *Téméraire* et y avait fait un
grand dégât; sa poupe était entièrement en-
foncée et ne formait qu'un vaste trou, tant les
canons du *Tonnant* l'avaient travaillée. Presque toute l'artillerie avait été démontée par
les abordages, par les boulets et enfin par la
rupture d'un canon de 18 et d'une caronade
de 36 qui avaient en crevant fait un grand
ravage. Le vaisseau était de chaque côté
percé à jour et ne représentait plus qu'une
carcasse délabrée. Les boulets ennemis ne
trouvant plus de murailles qui leur résistas-
sent, tombaient dans le faux pont et y tuaient
de pauvres blessés sortant des mains des chirurgiens ou attendant leur secours. Le feu
avait pris à la braie du gouvernail, lequel était
entièrement privé de ses moyens d'action.
Plusieurs larges voies d'eau s'étaient ouvertes,

du 79e régiment, blessé très-grièvement. Medeau, sous-
lieutenant du 79e régiment, tué. Amoche, Louis, capitaine au 6e dépôt colonial, blessé. Neury (Charles),
lieutenant du 6e dépôt colonial, tué. Chafange, capitaine du 16e régiment, tué. Savignac, sous-lieutenant
du 16e régiment, tué. Hosteau, aspirant de 1re classe,
faisant fonctions d'enseigne de vaisseau, blessé. Lafer-
rière, id., tué. Lepeltier, id., tué. Yon, id., tué. Daubré,
aspirant de 2e classe, tué. Perrin, id., tué. Lecoeutre,
id., tué, Maubras, id., tué. Lafortelle, id., blessé. Le-
mesle, id. Ferecit, id., blessé.

les pompes étaient brisées et rien ne pouvait
empêcher le vaisseau de couler à fond. Lucas
avait fait tout ce qu'humainement il pouvait
faire pour sauver son bâtiment, mais cette
tâche était au-dessus des forces de son courageux équipage. La partie était trop inégale ; il
fallait succomber. La *Victoire* et le *Téméraire*
attachés aux flancs déchirés du *Redoutable*
étaient incapables de l'amariner ; ils ne pouvaient même plus s'en éloigner ; semblables à
deux tigres haletants qui meurent auprès du
lion qu'ils ont tué. Le vaisseau anglais le
Swiftsure vint vers sept heures du soir donner une remorque au commandant Lucas, et,
le 30 au matin, il envoya un canot chercher
ce brave officier avec son second M. Dupotet
et l'enseigne de vaisseau Ducrest. A cinq
heures du soir, le même jour, le *Redoutable*
coula. On n'eut que le temps d'en retirer 119
hommes ; le reste périt ou fut sauvé par les
embarcations du *Swiftsure*. Lucas fut alors
conduit en Angleterre. Il y fut peu de temps
prisonnier, on l'échangea promptement, et il
revint en France, où Napoléon le décora lui-
même, le 4 mai 1806, à Saint-Cloud, de la
croix d'or de commandant de la Légion d'honneur.

Il y avait dans le souvenir d'une lutte aussi
acharnée et d'une conduite aussi belle à la-

quelle l'armée et le pays avaient applaudi une raison plus que suffisante pour rendre un jeune homme impatient de voir de près cet homme intrépide.

Le jour fut pris pour notre visite. Ce jour-là il faisait un temps superbe, assez calme et chaud. Un canot vint nous chercher. Je n'oublierai point — j'aime, comme on voit, à payer toutes mes dettes — que l'aspirant qui nous fit les honneurs de cette embarcation était l'aimable et bon M. Turpin (1).

En peu de temps nous fûmes transportés de la cale de la *Rose* au *Nestor*. C'est par un des sabords d'arcasse que nous entrâmes dans le vaisseau; la porte me sembla étrange. Un petit escalier descendait du sabord à la hauteur du canot; il était recouvert d'une étamine rouge. Quand on était parvenu à la quatrième marche, il fallait se baisser beaucoup pour entrer. Nous nous introduisîmes donc dans le vaisseau, comme on s'introduirait dans une maison par la fenêtre. En me redressant, je fus frappé du coup d'œil que me présentait la longue et vaste galerie où

1) Aspirant de première classe de 1809 à 1812 Louis-George-François Turpin, né à Nantes le 20 juillet 1790, fait contre amiral le 5 février 1843, et mort le 22 août 1848. Il s'était trouvé à la bataille de Navarin et au bombardement de Saint-Jean d'Ulloa.

j'étais : des canons à droite et à gauche, bien
alignés, bien noirs, bien sévères, des canons
de 36 ! il y en avait à perte de vue.

Le calme de cette batterie, le jour oblique
qui l'éclairait, la forme colossale des pièces,
leur nombre, le silence de quelques matelots
qui travaillaient près des sabords, commandaient mon respect ; je me découvris machinalement et j'interrogeai à voix basse notre
complaisant conducteur, ainsi que j'aurais fait,
si j'étais entré dans une église, dans une prison, dans l'amphithéâtre ruiné de Nîmes,
dans les caveaux de Saint-Denis. Tout ce qui
a de la majesté, de la poésie, produit sur moi
cette impression ; je l'ai éprouvée en voyant les
jardins de Versailles, les riches galeries de
peinture du Louvre et la figure de Napoléon.

On nous conduisit à la chambre du commandant du *Nestor*, et, en passant, mon regard plongea dans une seconde batterie.
« Oh ! quand tout cela tire, dis-je en moi-
même, quel fracas ! et quand un nombre égal
de canons répond à ceux-là !... » Je baissai
la tête, alors, comme si le combat était engagé ; je me bouchai les oreilles. Cette fas-
cination de la crainte dura peu. Nous arrivâmes
chez M. Lucas à qui nous fûmes présentés.

J'avais fait mon Lucas avant de voir le véritable ; le vainqueur de Nelson était, dans

9

mes idées, un homme imposant par la taille
et la figure, d'un abord froid, sec et peut-être
dur; un de ces marins dont on avait bercé
mon enfance : je ne trouvai rien de tout cela.
M. Lucas vint à nous avec beaucoup de politesse. C'était un petit homme de quatre pieds
et neuf pouces environ, bien fait, vêtu d'un
habit bleu uniforme, tout simple, sans autres
dorures que deux grosses épaulettes; il avait
l'épée au côté et le chapeau à la main pour
nous faire complétement honneur. Sa figure
était franche et spirituelle, son air était vif
comme son geste; il paraissait avoir quarante
ans, quoiqu'il en eût davantage. Il se montra
fort aimable. Je l'examinais avec une attention curieuse : « Quoi, c'est là un héros! » Et
au fait je trouvai très-bien assortis la taille
du héros marin et le théâtre de ses exploits;
car, depuis un moment, je m'étais frappé
deux ou trois fois la tête au plancher du
vaisseau (1).

Une collation nous fut offerte; puis le
commandant nous engagea à visiter le *Nestor*

(1) M. le contre-amiral Aubry-Bailleul, dans des notes
qu'il adressait à son ancien camarade du *Tourville*, relativement à ses *Scènes de la vie maritime*, ne nous laisse pas
trop admirer le capitaine Lucas, non plus que le corsaire Surcouf, mis en scène par M. Jal.

L'amiral Aubry-Bailleul que j'ai connu ne ménageait pas

dans le plus grand détail. Je marchais de
surprise en surprise, de ravissements en ravissements; je ne comprenais pas et cependant j'admirais; c'est qu'il y a dans cette
belle organisation d'un bâtiment de guerre
quelque chose de puissant, d'impérieux, qui
frappe et subjugue. Les batteries, qu'un instant
auparavant j'avais vues endormies, se réveil-

plus ses mots qu'il ne se gênait pour dire la vérité, quand
il en était convaincu. Il écrivait à M. Jal : « Ton *Corsaire*
est chargé en diable, c'est le résumé de ce qu'il peut y
avoir de saillant dans ce genre. C'est du relief, véritable travail d'artiste. Mais à propos de cela, ajoute-t-il,
il faut que je te dise que tu t'es complétement trompé
sur le caractère du corsaire Surcouf. Je le tiens de
bonne source, car c'est M. le capitaine de vaisseau
Châteauville qui m'en a fait l'observation. Il a été
sous les ordres de Surcouf, et personne dans la Marine n'oserait révoquer en doute les assertions du
pieux et bon M. Châteauville. L'amiral Hugon qui était
dans l'Inde, à la même époque, me les a confirmées.
La réputation de Surcouf était celle d'un homme énergique, hardi, habile, mais cruel, et un fait entre autres,
que M. Châteauville, qui y était acteur, m'a rapporté,
c'est qu'ayant sauté à l'abordage d'un Anglais, qui ré-
sista longtemps, de dessus la dunette, Surcouf donna
l'ordre de prendre l'ennemi corps à corps et de le jeter
à la mer. Personne ne fut épargné, tous y passèrent.
Du Sault, qui vit habituellement avec M. Hugon, et
M. Châteauville, peuvent à cet égard te donner de pré
cieux renseignements. » — Je ne sais si le plus illustre
de nos conteurs, Alexandre Dumas, qui me demandait
des détails relatifs à Surcouf pour son dernier roman,
aurait voulu mettre cet épisode en œuvre.

lèrent quand nous arrivâmes avec M. Lucas.
Les hommes étaient aux pièces, et, à un signal, commença le simulacre du combat.
Quelle activité! quelle énergie! Le feu cessa,
et nous allâmes dans les profondeurs du vaisseau, parcourant les chambres, les magasins,
la cale. Tout cela était propre, rempli, bien
ordonné, intéressant à examiner comme l'intérieur d'une ruche. Que de choses une femme
qui se croit très-habile dans l'art d'ordonner
une maison aurait encore à apprendre pour arriver à cette perfection d'arrangement! Ma
mère dut penser à cela; pour moi, je songeais
à répondre à une lettre que j'avais déjà reçue
à Brest. « Dis-moi, m'écrivait naïvement mon
aïeule, s'il est vrai, comme on me l'a conté,
qu'un vaisseau est plus grand que notre hôtel
de ville de Lyon? » Non, grand'mère, l'hôtel
de ville est six fois grand comme un vaisseau
de ligne; mais le vaisseau cacherait tout ce
que renferme l'hôtel de ville : préfet, maire
et tapissiers de la préfecture ne pourraient
mettre dans notre vaste maison commune ce
que M. Lucas a dans son *Nestor*. Nous remon-
tâmes sur le pont. A l'instant toutes les voiles
se déployèrent, sans bruit, à la voix du sifflet, quand le commandant eut prononcé quelques mots. Nous marchions, c'est tout ce que
je saisis de cette énigme qui s'embrouillait

devant moi, et pendant que nous suivions une certaine route, les canons du gaillard d'arrière tiraient ; des matelots étaient sur les vergues avec des haches, des sabres, des pistolets, attendant l'abordage ; la mousqueterie faisait feu de dessus les passavants. M. Lucas parla dans un porte-voix ; à l'instant la scène changea, les hommes des vergues descendirent, d'autres se disposèrent de certaine manière sur le pont pour faire mouvoir les voiles ; j'entendis sortir du cornet de cuivre qu'avait embouché le commandant cette parole : « A-Dieu-va, » et aussitôt le vaisseau changea de direction ; il tourna avec docilité comme le soldat à qui l'on dit : Marche ; comme le cheval dont on presse un peu le flanc d'un côté. Cela ressemblait à de la magie.

Une si grande machine, un si grand nombre d'hommes obéir à un son convenu et sans résistance, sans murmure ! Cela me passait. Quelle hauteur d'idées dans la combinaison de ce mécanisme ! Quelle abnégation de volontés devant une volonté unique ! Il y avait là pour moi comme un reflet de l'Empire ; ce vaisseau se mouvait au gré de son capitaine, ainsi que le monde français, d'Amsterdam à Rome, allait à la voix de l'Empereur. Je sus, plus tard, ce que valait ma comparaison. J'ai vu la France gouvernée par les successeurs de

Napoléon, j'ai vu des vaisseaux virer de bord
au commandement de gens qui étaient loin de
valoir M. Lucas; les vaisseaux viraient, le
royaume ne restait pas stationnaire : la nécessité, la loi, la discipline, avaient remplacé la gloire et le génie. Le génie est un
accident; heureusement que les royaumes et
les vaisseaux ne sont pas condamnés à son
régime tout à fait exceptionnel. Combat, abordage, avarie simulés, manœuvre, visite d'un
vaisseau, j'eus tout cela en moins de deux
heures; en moins de deux heures, je passai
par des émotions si diverses et si nombreuses
que j'en étais fatigué. La joie où j'étais ne se
peut dire. Vous rappelez-vous la première
fois que vous avez assisté à la représentation
d'un opéra? Sans savoir la musique, on a
presque toujours un certain sentiment musi-
cal, quand on est un peu finement organisé, et
je vous suppose ainsi fait : eh bien, n'êtes-
vous pas sorti du théâtre en nage, la tête
grosse et comme enflée, les membres cour-
baturés, la poitrine oppressée et dilatée tout
à la fois, échauffé de mélodie ainsi qu'on l'est
de vin après un long repas, indigéré d'harmonie comme de viandes trop substantielles,
agité par une fièvre et pressé du besoin de
dormir? C'est justement dans cet état que je
me trouvai en quittant *le Nestor*. J'avais tout

examiné sans rien saisir passablement. Un officier qui me voyait regarder ce grand jeu de cordages du vaisseau me dit que chacune de ces cordes du vaisseau avait un nom particulier. Quelle nomenclature! Je fus découragé. Mais un mousse était là, je le pris à part et lui demandai s'il savait les noms de tout cela.

« Certainement, monsieur, que je les sais.

— Et quel âge as-tu?

— Treize ans. »

Je me rassurai un peu. J'avais deux ans de plus que le petit marin, et puis, après tout, j'avais appris des choses aussi difficiles que celles-là! Je savais par cœur Virgile, Horace, la Fontaine, Boileau, bien d'autres auteurs encore; et quoique je n'eusse jamais pu me mettre dans la tête le *Jardin des Racines grecques*, je ne désespérai pas de savoir bientôt le vocabulaire maritime. Deux ans après, j'étais un matelot fort passable, mais un fort mauvais humaniste. Lescallier et Romme (1) avaient remplacé dans ma mémoire Boileau, la Fontaine, Horace et Virgile.

(1) Daniel Lescallier, né à Lyon en 1743, créé baron de l'Empire en 1806, est auteur d'un vocabulaire des termes de marine anglais et français. Quant à Charles-Nicolas Romme, ce géomètre, né à Riom vers 1744, a publié en 1792 un *Dictionnaire de la Marine Française* et douze ans plus tard un *Dictionnaire de la Marine Anglaise*.

III

LE TOURVILLE

ET QUELQUES TYPES DE LA MARINE FRANÇAISE

DE 1811 A 1814

'ÉCOLE de la Marine est encore un de mes meilleurs souvenirs. Je me la rappelle souvent avec délices; j'en parle toujours comme d'un des plus agréables passages de ma vie, qui a été agitée ensuite plus que je n'ai voulu. Quel repos d'esprit alors! Quels doux rêves d'avenir! Quel sommeil après de salutaires fatigues! Quelle foi en l'Empire et en l'Empereur! Comme nous étions sûrs de notre carrière! Tués ou décorés de la Légion d'honneur, c'était notre première chance, et puis monter en grade, être capitaines de vaisseau, jeunes, comme quelques capitaines de ce temps-là, qui s'étonnaient plus tard de l'ambition des lieutenants quand, à près de quarante ans, ceux-ci gémissaient de n'avoir pas même l'es-

pérance de *doubler le cap* de la grosse épaulette. Mais tout cela est loin de moi! il est
bien loin en effet ce bonheur vaniteux qui
était comme le terme de mes désirs d'homme
de vingt ans, ce grade d'aspirant de première
classe dont la conquête me coûta bien des
mois de travail !

Nous devions rester trois ans à l'École. Le
décret du 27 septembre 1810 l'avait voulu
ainsi. Les élèves de l'École navale ont aujour-
d'hui (1) professeur de la langue anglaise,
professeur de physique, professeur de géométrie descriptive, professeur de littérature,
professeur de mathématiques et maître de
dessin; ce qui ne fait pas moins de six cours,
six objets distincts qu'il faut apprendre et sur
la connaissance desquels on doit répondre à
un examen définitif! vraiment, cela est effrayant. Oh! que nous étions loin d'être aussi
savants, nous autres enfants de l'École impériale! Point de langue anglaise; sous l'Empire, on détestait les Anglais, et il y avait
une sorte de patriotisme à ignorer leur langue. Cependant, c'eût été pour nous une
étude précieuse, car nous avions en perspective les pontons aussi bien que l'avancement !

(1) L'École navale de Brest était en 1832 établie sur
l'*Orion*. — Le nom de *Borda* a été donné en 1840 au
Vaisseau-École.

Point de physique, point de géométrie descriptive, nous avions assez à faire d'étudier ce
qui nous était nécessaire de mathématiques
pour arriver à comprendre les problèmes de
la navigation, et nous faisions des sinus et
des co-tangentes pendant trois ans! La physique et la géométrie descriptive sont très-im-
portantes; mais au sortir de l'École les élèves
en savent-ils vraiment beaucoup? — De littérature, — je l'avoue, c'est surtout ce dont
nous aurions eu besoin au sortir des lycées, où
les études étaient bien loin d'être ce qu'elles
sont maintenant dans les colléges. Qu'un
maître de langue française nous eût été nécessaire! Et vous voyez que j'en rabats fu-
rieusement de la hauteur où les choses sont
montées aujourd'hui. Je ne regrette pas un
professeur qui nous aurait enseigné la littérature. — Qu'est-ce qu'enseigner la littérature,
s'il vous plaît? Enseigne-t-on l'éloquence, la
poésie, l'art comique ou tragique? Je crois
qu'on analyse des orateurs, des auteurs de
tragédies et de comédies, les poëtes didacti-
ques ou autres: mais on ne saurait enseigner
à les imiter. On enseigne le mécanisme des
vers comme on enseigne la formation d'une
formule algébrique, mais voilà tout. Ce n'est
donc pas un professeur de littérature que j'aurais regretté, mais un maître de langue fran-

çaise, homme de goût, sachant assez l'orthographe pour la montrer à ceux qui ne la savaient pas du tout (ils étaient assez nombreux), s'il est vrai qu'on peut donner des règles générales pour une chose qui souffre tant d'exceptions; un maître de langue qui nous aurait lu de bons auteurs, pour nous inspirer le goût de ces lectures précieuses et nous faire comprendre un peu le mécanisme si difficile de notre langue, si belle et si rebelle, comme disait Diderot....

Quant au dessin, nous l'apprenions aussi, c'est-à-dire nous avions un maître ayant mission de l'enseigner, bonhomme qui, semblable à l'Apôtre, donnait le baptême sans l'avoir reçu. Hélas! s'il avait fallu que ce brave M. Houbler, professeur à l'école impériale de Brest, eût dessiné une tête ou un torse en concurrence avec le plus mince des élèves de Ingres pour défendre son titre, que serait-il devenu, lui qui n'était pas même de force à lutter avec un des plus faibles rejetons de l'école de David? Mais il était si excellent, si comique, *si bon enfant!* Il nous faisait rire de si bon cœur avec ses allocutions un peu folles et ses drôles de reproches, que nous· l'aurions préféré à Girodet ou à David lui-même. D'ailleurs, qu'avions-nous besoin de l'espèce de dessin auquel nous étions appliqués? Je me suis demandé bien souvent pourquoi M. Houbler m'avait tenu quinze jours à faire une copie coloriée d'une caricature de Carle Vernet? J'aurais bien mieux aimé apprendre à dessiner des navires, à rendre les effets du ciel et de la mer, à reproduire la forme exacte d'une côte et les accidents variés d'un paysage, à copier artistiquement et anatomiquement des animaux de toutes sortes, à faire enfin passablement de petites figures humaines propres à compléter l'ensemble d'une de ces représentations qu'il est bon qu'un officier de la marine puisse entreprendre, soit pour expliquer mille choses qu'on analyse mal dans son journal, soit pour recueillir les matériaux pittoresques d'utiles publications, fruits de longs voyages aux pays peu connus. — Entendu ainsi, le dessin est une des études les plus agréables et les plus nécessaires auxquelles puisse se donner un élève de la marine....

Quand je songe que tout ce que les élèves sont obligés d'apprendre de langues, de mathématiques et de dessin, n'est pas la moitié de ce qu'il faut savoir pour sortir du Vaisseau-École et entrer dans la Marine, je suis émerveillé du talent des directeurs de l'établissement et du développement de l'intelligence des élèves. Quel bon emploi du temps, quelle volonté ferme de la part de ceux qui étudient, cela suppose ! Si les résultats répondaient aux espérances qu'a dû concevoir le ministre signataire d'un tel programme, la Marine aurait certainement de belles générations d'officiers.

.... Je n'ai au reste qu'un vœu à former dans l'intérêt du service de l'armée navale, c'est que l'École actuelle produise des hommes aussi capables du métier de la mer que l'ont été en grande majorité les élèves des écoles spéciales de 1811. Je ne crois pas qu'ils aient été jamais bien forts sur les sections coniques et les difficultés intéressantes de la physique, mais ils étaient habitués à manœuvrer un bateau, à le bien régir comme seconds, plusieurs ont obtenu des succès dans l'hydrographie, plusieurs étaient également propres à la manœuvre, au calcul et au maniement des instruments d'observations astronomiques. Ils étaient marins d'abord, et c'est l'essentiel ; ce qui ne les empêchait pas d'avoir des notions des sciences dont le concours importe à leur profession. Mais ces notions, ils les avaient acquises depuis leur sortie du *Tourville* et du *Duquesne*.

La partie de notre éducation qui nous passionnait le plus était la partie pratique du métier ; nous pensions que pour commander à

des matelots adroits, intelligents, capables de
bien exécuter tous les travaux manuels, il fallait que nous les connussions ; aussi faisions-
nous du matelotage en conscience et avec
plaisir. Le goudron ne nous répugnait pas
plus que ne nous rebutait la fatigue des ap-
pareillages, des manœuvres de voiles, des
exercices du fusil et du canon.

Le *Tourville* était un vieux vaisseau espagnol qu'on avait rebaptisé pour le placer sous
l'invocation d'un saint du calendrier naval
dont le souvenir glorieux paraîtra toujours un
objet d'émulation et de respect (1). Cet inva-
lide de la dernière guerre était amarré soli-
dement, ne faisant d'autre évolution que
celle qui lui mettait le nez dans le lit du vent
et du courant. Il avait une mâture basse et
un gréement de frégate dont les proportions
étaient plus en rapport que ceux d'un vaisseau avec les forces des jeunes gens qui
devaient garnir et dégarnir les vergues, en-
verguer, serrer et changer les voiles, passer
les manœuvres courantes et capeler les haubans, faire enfin sur place les opérations qu'on

(1) En donnant aux deux Écoles navales les noms
de Duquesne et de Tourville, le premier Empire rappelait avec justice les deux grands officiers généraux qui
avaient le plus fait pour l'instruction des marins du
temps de Louis XIV.

fait à la mer. Il flottait paisiblement, modeste,
bien qu'il portât parfois la cornette du commandement, parce que notre gouverneur était
chef de division. Et Dieu sait quels trésors de
goëmon et de coquillages il amassa autour de
sa carène cuivrée, pendant sa longue station
en face du Goulet de Brest. Pour le suppléer,
nous avions un navire naviguant, une corvette
d'instruction, un ancien je ne sais quel bateau
à cul de poule, aux formes inélégantes, aux
grosses joues, mâté à trois mâts debout, armé
de quelques canons et ayant nom *Festin*. Je
ne sais pas d'où lui venait ce nom, mais assurément il ne descendait pas du latin *festi-
nare*, se hâter, à moins qu'on ne le lui eût
donné par moquerie. Car c'était bien le moins
pressé de tous les navires; suivant le précepte
du sage : il se hâtait lentement. Et quand la
brise était jolie, quand il était en train, il filait
honorablement une lieue et demie à l'heure....
comme un vrai fiacre! Un jour, pour nous
être agréable, l'amiral Allemand (1) s'imagina
de lui imposer le métier de mouche de sa
division, mais il ne recommença point. Quelle
mouche en effet que notre pesant *Festin!* une
mouche à laquelle on a arraché les ailes.

(1) Zacharie, Jacques-Théodore, comte Allemand,
né en 1762, au Port-Louis, Morbihan.

Si notre corvette ne pouvait courir autant que les autres bâtiments de la rade, — et elle avait à côté d'elle *la Diligente*, la plus belle marcheuse de la flotte française, — son honneur n'avait pas trop à souffrir; pour les manœuvres et les exercices sans voiles, *il n'y avait pas d'affront*, comme disait notre vieux maître Carel, qui nous aimait tant, qui était si fier de nous! Souvent, dans nos joutes pour voir qui le plus vite aurait changé un hunier ou dépassé un mât de hune, nous avions fini les premiers. C'est qu'il y avait un zèle en nous, une bonne volonté, un amour de la chose, une vanité intelligente dont on ne sut pas toujours assez profiter; et puis ce n'était pas seulement avec les matelots de l'escadre que nous luttions. Bâbord avait son honneur à soutenir contre Tribord. Nous étions partagés en quatre compagnies ou brigades; la première et la troisième logeaient sur le *Tourville*, dans la batterie basse, à tribord; la seconde et la quatrième dans la même batterie, de l'autre côté. Chaque bord faisait à son tour les exercices et manœuvrait la corvette, et c'était à qui mieux mieux....

....Vous pensez bien qu'un vaisseau-école ne peut être distribué à l'intérieur comme un vaisseau de guerre. Les destinations sont trop différentes pour que les emménagements se ressemblent....

Je me reporte par la pensée dans le *Tourville*.... Les gaillards et la batterie de 18 du *Tourville* étaient seuls armés, non pas tout à fait cependant, car entre le mât de misaine et le grand mât était une large salle d'étude, fermée par des cloisons à l'avant, à bâbord et à l'arrière. Autour étaient nos armes, de côté on avait pratiqué des chambres. — C'est dans une d'elles qu'un matin nous trouvâmes, étendu mort par le poison, un de nos professeurs. D'horribles clameurs coururent à ce sujet, inventées sans doute par la calomnie pour déshonorer un vieillard, sans intérêt dans le trépas de son collègue. — La salle d'étude nous recevait pour les classes de mathémati-ques, quelquefois pour le dessin, pour le maniement du fusil quand le temps ne permettait pas qu'on montât sur le pont. Nous y jouions aussi la comédie, et Cardin, le maître d'hôtel du commandant, y donnait aux canonniers de marine des leçons de danse. Car il était *prévôt de danse*. Un prévôt de danse sur un vaisseau, c'était quelque chose dix fois plus plaisant qu'un prévôt de danse de régiment!

Avec les canons de la batterie de 18 et les bouches à feu des gaillards nous faisions l'é-

cole d'artillerie, puis nous allions à terre tirer
à blanc. La batterie de 36 servait de logement. L'aumônier et le chirurgien-major logeaient derrière, l'un à gauche, l'autre à
droite. En arrière du grand mât était la chambre du sous-officier chargé de la police, le
capitaine d'armes, M. Davelaure, depuis capitaine dans l'artillerie de marine. Sa charge
était fort pénible, et il la remplissait avec mesure, convenance et fermeté. On l'aimait peu,
parce que les jeunes gens n'aiment guère les
représentants de l'ordre et de la discipline.
Mais il était très-bien.

.... A droite et à gauche, le long du bord,
entre chaque sabord, étaient des bureaux at-
tribués à un certain nombre d'élèves. Nous
étions près de trois cents.

.... Des tables suspendues au plafond de la
batterie, où elles s'appliquaient avec des cro-
chets quand on les relevait après le repas,
servaient au dîner et au souper, que l'on
prenait par conséquent assis. Le siége de chacun était un pliant de toile. Deux fontaines
coulaient près du grand cabestan. Des crocs
vissés dans les barreaux étaient destinés à
supporter les cadres ou hamacs à l'anglaise,
qu'on empilait, après le branle-bas du matin,
dans le faux-pont, contre le bord et au-dessus
d'une rangée de coffres-vestiaires régnant tout

autour de cet étage du vaisseau. Des chambres, des magasins, des soutes et la prison occupaient l'avant, l'arrière et le milieu du faux-pont. Les cuisines se trouvaient à la hauteur de la batterie de 18 et sur l'avant, la nôtre à droite, celle du commandant et des officiers de l'autre côté.

Les élèves du *Tourville* allaient quelquefois dans l'arsenal visiter les ateliers du port. Nous allions aussi très-souvent à terre pendant l'été faire l'école du bataillon. Le fort Saint-Pierre était le but de nos promenades militaires et le terrain de nos exercices. Nos embarcations nous menaient au point de la côte le plus rapproché du fort, et le bataillon se formait en descendant à terre. Une habitation de paysans nous recevait quelquefois les jours de congé. Nous allions manger du caillebotis (lait caillé) avec des fraises, que nous vendait la jolie fermière, trop jolie pour le repos de beaucoup de têtes de dix-sept à dix-huit ans!...

.... L'institution dépérissait de jour en jour dans les mains de ceux qui avaient mission de la perfectionner. M. Faure de la Creuze, ancien membre de la Convention nationale, était le meilleur homme du monde, mais peu fait pour être le commandant d'une école militaire. Il manquait d'énergie; aussi notre discipline était-elle très-relâchée. La responsa-

bilité lui pesait. Au moindre vent il était inquiet et mouillait quelque ancre ; mais là s'arrêtait à peu près sa sollicitude pour nous, qu'il
aimait d'ailleurs comme sa famille. Les études
l'occupaient peu ; ce qui l'occupait sans cesse,
c'était sa pipe de porcelaine qu'il avait nuit et
jour à la bouche. Il avait donné l'exemple, et
bon nombre d'élèves s'étaient mis à fumer,
quelquefois même sans prendre trop la peine
de se cacher. Plusieurs portèrent plus loin
la pensée de devenir *loups de mer*, au moins
par les mauvaises habitudes. Ils chiquaient et
buvaient comme les matelots traditionnels de
la Flibuste. Nos maîtres étaient quelques officiers distingués, mais en général des vétérans
ou des invalides, peu propres à prendre de
l'empire sur la jeunesse qu'ils avaient à former
et trop au-dessous de la tâche qu'on leur avait
confiée. Aussi comme nous sentions nous-
mêmes le besoin de la réforme !

Si je me laissais aller au charme des souvenirs, que de choses plaisantes ou sérieuses
je pourrais dire du *Tourville !* Je me bornerai à rappeler par un mot le naufrage du *Go-
lymin* dans le Goulet de Brest aperçu du
Vaisseau-École ; je me souviens encore d'un
duel à la baïonnette entre deux aspirants nos
camarades dont l'un tombait dans mes bras ;
on peut voir dans mes *Scènes de la vie mari-*

lime le portrait de maître Pipi (1), quartier-
maître à bord du *Tourville*, un de ces matelots de la vieille roche, plein de superstitions,
de préjugés et de croyances d'un autre siècle.
Combien de fois ne me promenai-je pas le
soir sur les passavants avec ce chevalier de
l'artimon pour l'écouter, de même que je me
tenais près des fourneaux de maître Hurel le
rôtisseur, dont je vous parlerai !

Mais cette peinture des personnages subalternes, tout amusante qu'elle pourrait être,
serait moins propre à vous intéresser que les
traditions recueillies par moi de la bouche
même soit de M. de Vaulx, soit du commandant de la marine, Bernard de Marigny, sur
les officiers de Louis XVI, ou que les bruits
qui couraient à bord des vaisseaux sur les
hommes sans instruction, dont la République
et l'Empire furent obligés de se contenter,
lorsque la Révolution eut forcé ceux qui
avaient commandé pendant la guerre de l'Indépendance des États-Unis à fuir la prison et
l'échafaud. C'est pourquoi je rapporterai certaines traditions qui peuvent servir à caracté-

(1) Ce nom n'est pas un nom imaginé, c'était aussi
celui d'un ancien maître de dessin de l'École d'hydrographie à Rochefort. — Pipi cadet avait succédé le 24 novembre 1783 dans cet emploi au sieur
Lebrun.

riser une classe d'officiers, particulière à cette
époque. Tout en apportant une certaine réserve dans ce qu'il faut croire de ces traditions, il est bon d'avoir une idée de ces hommes dont une partie semblait n'occuper des
grades élevés que pour le plaisir de nous autres, enfants de la Révolution, sortis des lycées et aimant assez à nous moquer de tout
et de tous.

Les dires de ces braves gens nous amu-
saient autant que leurs faits et gestes nous
pénétraient d'admiration. La plupart avaient
vaillamment combattu avant 1789, et depuis
très-peu avaient appris à parler le français.

Quand un de leurs compagnons d'armes
racontait leurs exploits, c'était un grand bonheur pour nous. Nous étions fiers d'être les
contemporains de ces héros que nous nous
proposions pour modèles dans un avenir que
la présence de Napoléon au trône faisait né-
cessairement guerrier. Quand on nous citait
un de leurs mots, une de leurs lettres, un de
leurs discours d'apparat, c'étaient une joie,
une gaieté, difficiles à rendre. C'est que ces
discours et ces mots étaient les plus étranges
du monde! Voulez-vous que je vous en fasse
juges, et vous verrez si la manie de dénigrer
nous rendait seule si joyeux.

Qui vous citerai-je d'abord? Sera-ce le ca-

pitaine de vaisseau, vieux pilote de la Manche, qui connaissait mieux les passes des plus
petits ports, les trous les moins abordables
que les défilés de la grammaire française? il
avait fait à Brest des emplettes de linge et de
pommes de terre; il expédiait cela à sa femme.
Le sac qui renfermait la toile et les patates
avait été confié à un petit caboteur, dont le
commandant n'était pas bien sûr. Aussi l'envoi était-il accompagné d'une lettre que voici :

« Je t'envoie ci-inclus du Laval pour che-
mise et de la semence de pommes de terre
pour le jardin. Sème l'une et coupe l'autre ; le
temps est bon pour cela. Je me porte
bien, adieu, mon vache, que je t'embrasse,
ton, etc. »

Il est bien entendu que je vous fais grâce
de l'orthographe. Voici le post-scriptum : « De
peur qu'elle ne s'égare, tu trouveras la lettre
au fond du sac. »

La suscription était ainsi conçue : « A Madame, Madame G..., officière de la Légion
d'Honneur, capitaine de vaisseau, comman-
dante en second l'île de.... »

Cette lettre a couru, vers 1812, toute la division de Brest. Écoutez celle-ci, qui eut un
grand succès dans le même temps à l'armée
de l'Escaut. Elle est d'un capitaine de frégate, qui ne manquait pas de prétentions

pourtant. C'est un rapport fait au vice-amiral Missiessy :

« Rien de nouveau à mon bord. J'ai envoyé la chaloupe à terre, elle m'est revenue *avec quatre hommes de moins.* » Je ne sais pas assez les détails orthographiques pour vous les donner, et il ne faut faire tort à personne. Ce que je sais, c'est que *quatre hommes* étaient écrits *ktrom*, et le reste était à l'avenant. Au surplus, l'auteur de ce rapport avait du bonheur. Il rencontrait presque toujours bien. C'est lui qui vint un jour à bord du vaisseau où il était embarqué, l'air satisfait, se frottant les mains et disant à l'officier de garde : « J'ai fait aujourd'hui une fameuse acquisition. — Et qu'avez-vous donc acheté, capitaine? — Une littérature complète. — Le cours de littérature de Laharpe? — Laharpe! non! Je ne connais pas de tapissier, à Anvers, de ce nom-là. — Mais, capitaine, je vous parle des leçons de littérature et de poésie faites au Lycée par M. de Laharpe (1). — Il s'agit bien de poésie, mon cher; quand

---

(1) Laharpe avait été attaché, en 1786, comme professeur à cet établissement, qui venait d'être créé, et avait été nommé ainsi en souvenir de l'École d'Athènes où Aristote et ses disciples traitaient les questions philosophiques en se promenant. Lorsque l'on eut appelé de ce nom en 1802 les établissements d'in-

je dis une *littérature* complète, je veux dire
deux matelas, un sommier de crin, un traver-
sin et une couverture. »

C'est devant ce capitaine de frégate qu'un
officier, parlant à des apprentis marins, leur
disait en plaisantant : « Allons, courage, pères conscrits! » — « Et pourquoi les appelez-
vous pères conscrits? s'ils sont conscrits, ils
n'ont pas assez d'âge pour être pères, c'est
clair. — Je leur donnais le nom qu'on donnait
aux sénateurs de Rome. — Ah! parbleu, voilà
qui était plaisant! appeler conscrits des hommes qui avaient commandé des armées. C'est
bien étonnant de la part de ces *vieux Romains*, les plus sages de la Grèce! »

Le commandant dont je parle n'était pas,
à beaucoup près, aussi étrange que ce bon
Provençal, qui a laissé la double réputation
d'un des plus braves capitaines de vaisseau
de la marine française et du plus naïf des
hommes. Que vous raconterai-je de lui, entre
toutes les histoires auxquelles est attaché
son nom? J'ai l'embarras du choix. Deux
traits seulement. Il faut savoir se borner.

struction secondaire, entretenus par l'État dans les
chefs-lieux d'académie, le Lycée prit le nom d'Athénée.
L'auteur de l'*Art de dîner en ville*, Colnet, a fait un
petit poëme intitulé : *La guerre des Petits Dieux ou le
siége du Lycée Thélusson par le Portique Républicain*
(an VIII).

Le capitaine Infernet (1) était allé faire une partie de campagne avec quelques amis. On avait pris des ânes, et les rétives montures donnaient à leurs cavaliers tous les ennuis qui suivent les caprices ordinaires aux animaux de cette espèce. — L'âne du commandant était aussi entêté que la mule de l'abbesse des Andouillettes. Il était battu, éperonné, prêché, poursuivi de jurons, rien n'avait action sur sa volonté; si c'était à droite qu'on prétendait le faire tourner, il fallait feindre de vouloir prendre le chemin de gauche, l'esprit de contradiction le mettant dans la bonne voie. — On arriva près d'un petit ruisseau, — l'âne refusa tout net de passer, et le monologue le plus plaisant commença. — Le commandant n'ayant pas arraché la concession qu'il avait espéré d'obtenir en s'y prenant avec douceur, mit pied à terre et tira le quadrupède par la bride. — Immobile. — La colère se mit alors de la partie. « Comment, coquine d'âse, moi

---

(1) Cet officier commandait l'*Intrépide* à Trafalgar, où il combattit jusqu'à cinq vaisseaux à la fois et ne se rendit qu'après avoir eu le sien entièrement démâté, la moitié de son équipage tué, entouré de sept bâtiments ennemis, enfin près de couler bas. Infernet, parent de Masséna, était né à Toulon le 12 juillet 1756, et mourut plus de trente ans après avoir sauté en l'air avec le *César*, dans la malheureuse affaire du comte de Grasse.

que ze fais virer le vaisseau de sa mazesté l'Empereur, *le Donawert*, de quatre-vingts canons, et que ze n'ai pour ça qu'un mot à dire : A-Dieu-va, ze ne pourrai pas te faire virer de bord ! » — Si bon que fût l'argument, l'âne ne bougea pas. — « Ze te parie, vilain, » ajouta le commandant, en mettant son poing fermé sous le nez du récalcitrant, « *ze te parie six francs* que ze vas te faire marcer. » L'âne gagna le pari. Il fallut rebrousser chemin.

Vous savez que d'ordinaire devant la poulaine (à la proue) de chaque bâtiment il y a une statue de bois que l'on nomme la figure. Cette image fournit à notre capitaine de vaisseau le sujet du mot que voici. Il s'agissait d'un toast porté à M. le vice-amiral Émériau (1) : « Ze porte une santé bien cère : A la santé de notre brave amiral ! Puissent le bon Dieu lui conserver la vie et l'Em-

(1) Le comte Maurice-Charles Émériau, né le 20 octobre 1761, à Carhaix. — Il avait conquis ses grades par les plus beaux faits d'armes. — Sous le comte d'Estaing, dans la guerre d'Amérique, il était entré le premier dans les tranchées ennemies à La Grenade, il s'était distingué à Savannah, — à Aboukir, où il eut le bras droit cassé. Nelson voulut qu'il reprît son épée. De 1813 à 1815, chargé de défendre le littoral de la Méditerranée, il sut conserver à la France sa flotte et son arsenal de Toulon.

pereur le commandement de l'escadre, zus-
qu'à ce que la figure du *Donawert* il zoue du
violon! »

Cette éloquence burlesque était un peu
dans les habitudes oratoires des officiers supérieurs de cette époque. — Écoutez le discours prononcé par un capitaine de vaisseau
commandant un équipage de haut bord, le
jour où il reçut l'aigle que le ministre envoyait à son équipage. — Il avait fait assem-
bler tout son monde sur les gaillards du vaisseau qu'il montait, et après un roulement
solennel, levant son chapeau pour saluer
l'aigle que portait un jeune officier, il dit :
« Soldats et matelots, nous sommes tous ras-
semblés ici à l'occasion de l'oiseau que vous
voyez. — L'Empereur nous le confie ; il est
en bonnes mains, n'est-ce pas ?.— Oui ! oui !
— Eh bien ! je jure et jurons tous par cette
veine droite que voici (en prononçant ces
mots, il allongeait le bras droit dont il relevait la manche), que tant qu'il y restera une
goutte de sang il ne sera pas plumé. — Vive
l'Empereur ! Maintenant à la soupe. — Double
ration pour le dîner et le souper. — Maître. —
Plaît-il, commandant ? — Sonne la cloche et
mange le monde ! »

Cette harangue a de l'énergie, le tour en
est singulier ; — les matelots la comprirent

très-bien. — Je doute que ceux d'un vaisseau où fut faite la protestation orale que dans la marine tout le monde savait par cœur, et dont je ne dois pas vous faire tort, parce qu'elle est admirable, aient eu le même bonheur. — Jean Bon-Saint-André, commissaire de la Convention nationale aux côtes de l'Océan, vint à Brest avec Bréard son collègue. Il démonta un commandant, je ne sais pour quelle cause. — Cet officier, au moment de quitter la rade et le vaisseau dont on le dépossédait, monta sur la dunette et dit à l'équipage :

« Il est un préalable sans lequel les choses resteraient dans une morosité excessive. — On me débarque, enfants ! Je sais qu'on en peut subjuguer un autre à ma place, mais je dis qu'on doit m'en prodiguer les raisons australes. — On ne le fait pas. — C'est pourquoi je m'évacue, fort mal content, de dessus mon gaillard d'arrière, laissant la parole à Jean Bon-Saint-André, qui vous dira le reste. — Vive cependant la République ! »

En est-ce assez? dois-je vous parler de ce capitaine qui, écrivant au ministre, terminait sa lettre par la formule ordinaire : « Je vous salue avec respect », et l'écrivait je vous *salut?* — Quelqu'un lui fit remarquer qu'il se trompait et qu'il fallait un *e* au lieu d'un *t*. — « Vous me la f..... belle, mon cher, avec votre *e* ! Prenez-vous le ministre pour une femme. Salu avec un *e* est du féminin. »

Aimez-vous mieux celui qui, criant à un gabier de la grande hune : « Quel est l'imbécile qui t'a fait gabier ? » et recevant pour réponse : « C'est vous, commandant ! » termina ce court dialogue par le mot d'habitude « à la bonne heure ! » qu'on employait toujours alors pour faire savoir qu'une réponse était parvenue à l'interrogant ?

Les officiers de la génération actuelle ne lègueront pas à leurs successeurs d'aussi divertissantes traditions.

Ce côté burlesque d'hommes appelés à représenter le pouvoir n'était toutefois que demi-mal, quand ces hommes, tirés par la Révolution des rangs inférieurs dans lesquels une société réglée les eût laissés, ne prêtaient qu'à rire. Mais il en était qui supportaient moins facilement encore la comparaison avec la Marine si savante, si digne, si essentiellement noble qu'ils avaient prétendu remplacer.

Lorsque je fus admis sur le *Tourville*, il n'y avait pas huit ans que les deux bâtiments le *Géographe* et le *Naturaliste* étaient revenus de leur exploration des mers australes, sous les ordres du capitaine Baudin. Or, ceux qui nous en parlaient rappelaient de nombreux traits d'ignorance ou des actes tyranni-

ques d'un chef qui, manquant d'égards envers
ses subordonnés, croyait en pesant sur eux
marquer mieux l'autorité dont il était revêtu.
Nous eûmes lieu de voir à Brest, en 1812, un
amiral à peu près du même caractère, quoique avec plus de connaissances maritimes :
c'était le comte Allemand, peu estimé de ses
égaux et détesté de ses inférieurs. Ceux-ci
regardaient comme un malheur d'avoir à servir sous ses ordres, et l'affaire des brûlots de
Rochefort n'avait fait qu'augmenter la répul-
sion à son égard.

La nécessité de la discipline avec de tels
hommes imposait, malgré tout, l'obéissance,
mais ils ne pouvaient obtenir la considération
et l'affection qui la rendent comme naturelle.

C'était aussi aux fonctions plus qu'à
l'homme que les officiers marquaient leur déférence dans les rapports qu'ils avaient avec
Gantheaume, lequel de lieutenant de la marine de Beaumarchais s'était avancé jusqu'aux
premiers grades de la Marine militaire en se
faisant le courtisan de tous les pouvoirs dont
il approchait, des clubs comme du général
Bonaparte. Lorsqu'il avait ramené celui-ci
d'Égypte, il avait mis en tête de ses lettres
cette exergue : « Nous naviguions sous son
étoile. » Une communauté d'avis malheureux,
au combat naval d'Aboukir, l'avait en même

temps lié avec Decrès ainsi que Villeneuve.
Au dire d'Arnault, qui l'avait connu dans
cette campagne, c'était un brave homme, parlant, criant beaucoup, mais un médiocre marin qui avait failli faire échouer l'*Orient* près de
Goze. Brest tout entier connaissait l'épitaphe
qu'un de ses collègues au Conseil d'État lui
avait faite de son vivant à l'occasion de sa
campagne de 1805 :

> Ici gît l'amiral Gantheaume
> Qui, dès que soufflait le vent d'est,
> De Brest voguait droit à Bertheaume,
> Et, dès que soufflait le vent d'ouest,
> Revoguait de Bertheaume à Brest.

Enfin une partie de l'enthousiasme que le
capitaine Lucas m'avait inspiré était tombée
lorsque j'avais su que cet officier ternissait sa
gloire par des dilapidations commises aux dépens de ses équipages. Les marins du *Nestor*,
en allant visiter une maison qu'il faisait bâtir,
ne se gênaient pas pour dire tout haut : « Allons voir où en est notre maison. » Une circonstance, d'ailleurs, diminua encore à mes
yeux le prestige des premiers jours.

Lucas vivait avec les filles d'un des maîtres
de son bord, et il arrivait que la femme et les
propres filles du capitaine, allant à bord du
Nestor, se croisaient avec le canot qui en ra-
menait sa maîtresse.

Ce n'étaient pas là, sans doute, de très-bons exemples, mais, comme l'ivresse de l'Ilote, ils complétaient notre éducation. Nous apprenions ainsi qu'il y en a qu'il faut suivre, d'autres qu'il faut éviter. Et les discours que nous entendions autour de nous nous servaient mieux que les remarques de notre professeur de français sur la distinction à faire entre l'honneur et les honneurs, la dignité et les dignités, double rencontre que nous nous plaisions d'autant plus à honorer dans quelques hommes qu'elle ne se voyait pas toujours chez les autres.

IV

JOSEPH BERCHOUX

ET LE CUISINIER DE L'ÉCOLE NAVALE.

OMME on l'a vu, les sujets d'intérêt, d'enthousiasme et de gaieté, ne manquaient pas sur le *Tourville;* mais on ne persuadera jamais à une mère que son fils a tout ce qu'il lui faut, quand il est loin d'elle.

Dans les premiers temps que je fus sur le Vaisseau-École, une des choses qui préoccupaient le plus la mienne, c'était la manière dont je vivais. — Quoiqu'elle eût vu beaucoup par ses yeux lorsqu'elle m'avait conduit à Brest, il lui revenait de temps en temps à l'esprit la comparaison qu'un hôte railleur faisait avant mon départ des dîners tranquilles de notre maison avec ceux d'un vaisseau, où officiers et passagers, exposés à des coups de roulis, sont sans cesse occupés à retenir un plat qui fuit ou un verre qui va chercher son point d'appui sur le plat-bord du navire.

Celui qui lançait cette plaisanterie était
l'auteur du poëme de *La Gastronomie*, Berchoux. — Mon père s'était trouvé en relations
avec lui après les événements de la Terreur à
Lyon, et je le voyais souvent à notre dîner
faisant sa partie d'aimable causeur.

On dînait alors, dans notre ville, à midi,
comme à **Domfront**, dont on sait le proverbe :

> Domfront, ville de malheur;
> Arrivé à midi, pendu à une heure.

Or les Normands ajoutent, vous le savez
aussi : « **Pas seulement le temps de *dinnè !* »**
On dîna ensuite chez nous à deux heures,
lorsque les vieilles mœurs provinciales commencèrent à s'altérer et à singer celles de
Paris, où, de 1730 à 1750, le dîner avait été
reculé à trois heures, fixé ensuite à quatre, sans
qu'il dût s'arrêter là. En effet, plus tard, le
dîner retardé jusqu'à sept heures était une
cause de différend entre Chateaubriand et sa
femme. Petite-fille de l'ancien commandant de
la marine à Lorient sous la Compagnie des Indes, Mme de Chateaubriand (1), femme d'esprit, mais d'un caractère épineux, eût voulu

---

(1) Lavigne-Buisson. J'ignore si le père de Chateaubriand ne tenait pas lui-même par un côté à la Marine.
— Ce que je sais, c'est qu'en 1759 un sieur de Chateaubriand commandait le navire la *Ville-Génie* de Saint-

dîner à cinq heures ; toute la concession que lui fit l'auteur des *Martyrs*, ce fut de dîner à six, ce qui ne contenta ni l'un ni l'autre, comme toutes les transactions. Quant à Berchoux, s'il venait à l'heure de son hôte, nous savions tous le précepte qu'il avait formulé :

Qu'à midi tous les jours une cloche argentine
Vous appelle au banquet que Comus vous destine.
Qu'entends-je ? Tout Paris contre moi révolté
Me renvoie au village où je fus allaité.
Ah ! j'y saurai braver un dédain qui m'honore.
J'y vole, et j'ai dîné quand Paris dort encore.

On ne pouvait plaisanter plus agréablement une ville dont on disait que les habitants finiraient bientôt par ne plus dîner que le lendemain. — Néanmoins, dans la pratique de la vie, Berchoux, je puis vous l'assurer, ne s'en tourmentait guère, et de plus, malgré le sujet de son poëme, Berchoux était le moins gour-

Malo, armé en guerre et en marchandise, destiné pour le Cap. Ce navire de relâche au port de Bayonne mettait alors sur un bâtiment hollandais 18 Anglais qu'il avait à son bord. En 1764, un capitaine de Saint-Malo portant également le nom de Chateaubriand, et qui allait souvent à Terre-Neuve, avait été choisi par la ville pour discuter les droits de la France sur la pêche exclusive des Français dans certaines parties des côtes, mais il avait décliné cette commission, disait-il au comte de Guerchy, à cause de sa naissance.

met de tous ceux que j'ai vus se donnant le
plaisir de vivre un peu mieux que les brutes.
— Les mets les plus simples étaient ceux qu'il
préférait. — Il aimait mieux un bon gigot
cuit à point que tous les ragoûts les mieux ap-
prêtés. Il n'avait sans doute aucun mépris pour
la poularde et le chapon engraissés dans la
Bresse, qui envoyait à Lyon les beaux produits
de son industrie, alors livrés à bon marché à
nos cuisinières, ainsi qu'il le constatait lui-
même (1); mais ce qu'il avait en estime particulière, c'était un plat vulgaire nommé la
buyandière. La buyandière était tout simplement un composé de morceaux de bœuf bouilli
d'abord, puis frit à la poêle dans une petite
quantité de graisse d'oie avec des oignons
coupés en tranches minces; un filet de vinai-
gre était le dernier assaisonnement de ce
mets où le poivre et le sel n'étaient pas oubliés. — Il y avait là quelque chose du mi-
roton. Je ne ferai pas, cependant, à la buyandière, un des bons souvenirs de ma première
jeunesse, l'affront de la comparer à ce ragoût

(1) Voulez-vous réussir dans l'art que je professe?
     Ayez un bon château dans l'Auvergne ou la Bresse,
     Ou, près des lieux charmants d'où Lyon voit passer
     Deux fleuves amoureux tout prêts à s'embrasser,
     Vous vous procurerez sous ce ciel favorable
     Tout ce qui peut servir aux douceurs de la table.

que les Parisiens aiment à l'égal de la gibe-
lotte de lapin, et qui est un médiocre mets,
même quand il est excellent. — J. Berchoux
a consigné son goût dans une épître à sa
cousine :

> Jusques à mon heure dernière,
> J'estimerai la buyandière
> Et je défendrai le gigot.

J. Berchoux était doux, bon, spirituel et
parfaitement sobre. Une compagnie d'aimables causeurs était pour lui le plus grand
attrait de la table.

La gourmandise ne fut qu'un sujet qu'il
traita comme il fit plus tard pour *la Danse*,
lui qui avouait à Michaud qu'il n'avait jamais pu se soumettre à la *Chaîne anglaise*,
à la *Chaîne des Dames*, au *Cavalier*, au *Carré
de Mahoni*, au *Dos à Dos*, à la *Queue du
Chat*, etc., et avoir passé sa vie à troubler
toutes les contredanses, dans lesquelles on
avait bien voulu l'introduire. — Dans ces
deux petits poëmes, il s'était livré à son imagination, et son esprit, je ne dis pas la Muse,
l'avait agréablement inspiré. —Que de vers
de la *Gastronomie* sont passés en proverbes.

Ces proverbes rappelés dans la compagnie
d'un maître aussi expert en théorie rame-

naient sans doute la pensée de ma mère sur
le *Tourville*.

La plaisanterie du commesnal de mon père
n'était toutefois qu'une raillerie sans portée,
puisque les aspirants avaient, comme le capitaine et son état-major, leur table particulière,
et que telle table d'officiers pouvait valoir
mieux que celle d'un commandant avare.
Ainsi sur plus d'un bord on regardait comme
très-désagréable d'être invité par le capitaine,
disant qu'on y allait être fusillé. — On
appelait alors dans la Marine et on nomme
encore dans nos colonies un mauvais dîner un
coup de fusil. — Quoique ma mère sût ces
détails, elle était toujours tentée de confondre notre cuisinier avec ces coqs grossiers
et sales qui, malgré l'étymologie de leur nom,
croient avoir fait tout ce qu'il y a à faire,
quand ils ont jeté dans une grande chaudière
les morceaux de bœuf ou de lard distribués
par le commis aux vivres.

Or, tel n'était pas le cuisinier du Vaisseau-
École, c'était un véritable artiste culinaire,
c'était aussi un type.

Maître Hurel était d'abord doué d'une beauté
peu commune : il possédait des cheveux verts.
Mais sa qualité la plus précieuse, à mes yeux,
c'était qu'il m'avait pris en affection, non--seu-
lement parce que je lui achetais journellement

certains gâteaux aux amandes et à la crême, mais encore parce qu'il aimait à conter, et voici pourquoi. Ancien rôtisseur chez M. le comte de Provence, pour lui la chute du trône des Bourbons ou la sienne c'était tout un. Aussi avait-il besoin de trouver quelqu'un qui l'écoutât sans le contredire, ou au moins sans railler un homme précipité de si haut, et j'étais ce quelqu'un. Puis, comme il s'embrouillait quelquefois dans les familles du vieux Versailles, dont il me disait des anecdotes, il était satisfait de trouver en moi un auditeur qui connaissait assez passablement les cours de Louis XIV et de Louis XV pour le remettre dans sa route. Que de longs quarts d'heure j'ai passés dans l'atmosphère bleue de la cuisine du père Hurel, les yeux rougis par la fumée, assis sur son pliant, qu'il me cédait toujours, afin de me garder plus longtemps! Sa prétention était celle de tout ce qui a été dans la domesticité des princes. « Monsieur, me disait-il, je savais tout ce qui se passait à Versailles, et c'est tout simple : à ma qualité de premier rôtisseur, j'avais la desserte de la table du comte de Provence, pour les pièces de rôti, s'entend; je revendais cela à la ville, et, en échange, les gens des maisons que je fournissais me confiaient tout ce qu'ils savaient. D'ailleurs, à la cour, rien n'était secret, et je savais à ma cuisine ce qui se faisait dans

le cabinet de Louis XVI comme si j'y avais été.
Vous entendez bien qu'une nouvelle faisait
promptement cascade des grands appartements
à l'office, passant par les gentilshommes, les
secrétaires, les maîtresses, leurs suivantes et les
valets de chambre. J'ai appris la disgrâce de
M. Turgot avant tout le monde, et je puis dire
que, ce jour-là, je fis d'assez bonnes affaires ;
car, sans vendre tout à fait les nouvelles, je
ne les donnais guère qu'à ceux qui savaient
en apprécier l'importance, et qui les échan-
geaient contre de petits présents, comme cela
doit se faire.

« Ce fut une grande fête chez nous, du haut
en bas, quand M. le comte de Maurepas vint
nous débarrasser de ce M. Turgot, qui voulait
tout réformer. Il ne nous aurait point laissé la
moindre apparence de cour et de religion, si
on n'y avait mis promptement bon ordre. Il
parlait toujours d'économie, d'économie (1). Il
voulait nous condamner tous à la misère.

(1) Les économies, surtout quand elles ne sont pas
bien calculées, ne sont pas faites pour être bien reçues.
Sous Louis XV, on avait tourné en ridicule celles de
M. de Silhouette. On fit alors des portraits et des
culottes à la Silhouette. Le linéament des uns tracé sur
l'ombre, et le manque de gousset des autres, formaient
une épigramme. — Ils indiquaient à quel point il avait
réduit les individus et leur bourse.

Les gens de cour en firent autant pour Turgot. Son

Mais, monsieur, ça ne prit pas, nos grands seigneurs se coalisèrent, et ce rêveur, comme nous l'appelions, fut renversé, avec M. de Malesherbes, autre fou de la même trempe(1). Cependant, il faut le dire, Mgr le comte de Provence donnait un peu dans le système; il tenait assez pour les philosophes et les économistes, mais nous l'en blâmions, parce que nous voyions bien que tout ça finirait par nous jouer un mauvais tour. Il eut le tort, Dieu lui pardonne! d'avoir aidé à chasser M. de Calonne, que le jeune comte d'Artois protégeait. Aussi, la Révolution est venue, et nous avons tous perdu nos places! »

Cette histoire de cuisinier, qui ressemblait

---

nom fut dans les circonstances suivantes attaché à des tabatières plates, qu'on nommait des Platitudes.

. La duchesse de Bourbon ayant demandé au fameux magasin de tabatières de l'hôtel Jaback une Turgotine, le marchand avait paru ne pas comprendre ce qu'elle voulait dire. — Une tabatière comme celle-là, dit-elle en indiquant la forme nouvelle. — Mais, Madame, c'est une Platitude, avait répondu le marchand. — C'est la même chose, repartit la princesse; et le nom de Turgotine demeurait à la tabatière.

(1) S'il y avait des chansons contre Turgot et Malesherbes, il se faisait aussi quelques vers en leur honneur, tels que le rondeau commençant par ces mots :

> Deux gens de bien habitaient à Versailles ;
> Deux à la fois, c'était grande trouvaille.

tout à fait à une histoire de gentilhomme,
m'amusait beaucoup, et cependant je n'en
aurais ri pour rien au monde. Il était si
convaincu, le pauvre M. Hurel; il était si
franchement contre-révolutionnaire, il était si
triste! Les splendeurs de la cour impériale lui
étaient inconnues; il n'avait pas lu une
gazette depuis 1791. Il boudait Napoléon,
mais il faut dire qu'il ne le méprisait pas trop.
Il avait d'autres sentiments pour le commandant de l'école. Le capitaine Faure avait été
membre de la Convention nationale, mais
n'avait pas voté la mort de Louis XVI; Hurel
s'abstenait de parler de lui. Un jour pourtant
qu'il avait parcouru le cercle ordinaire de ses
idées, il jeta à la fin de son discours cette
phrase chagrine : « Dire, monsieur, qu'un
homme de l'ancienne cour est au service d'un
Conventionnel! »

Une des aventures que maître Hurel se plaisait à répéter, c'était celle du Collier de la
Reine. Il avait sa tradition à lui, qui lui paraissait très-claire, et à laquelle je n'ai pas plus
compris qu'à celle de Mme Campan. Ce qui
m'est resté des deux conteurs, c'est que, dans
la version naïve du rôtisseur, Marie-Antoinette
m'a paru beaucoup plus innocente que dans
celle de la lectrice qui s'est donné tant de
peine pour éloigner tout soupçon de culpabilité

de sa royale cliente. A la fin de l'histoire du collier, Hurel ne manquait jamais ce *post-dicium :* « Ceci est très-sûr, voyez-vous ; je sais ces choses-là à merveille ; un de mes amis de la Cour avait presque été témoin de l'affaire. » Dans cette affaire, comme le cuisi-nier appelait ce scandale plus spirituellement qu'il ne croyait, il compromettait beaucoup le comte d'Artois, le prince de Conti, un Rohan, et le *froid* du Roi pour sa femme.

Quand la Restauration vint nous surpren-dre, quand le journal nous révéla l'existence des Bourbons, dont on ne nous avait jamais parlé dans nos lycées ni à l'école, maître Hurel eut un accès de bonheur qui fut, hélas! de courte durée. Il triomphait ; une secrète joie, dont à la fin je sus la cause (car il me cachait peu de choses), le rajeunissait : c'était l'embarras dans lequel devait se trouver l'ex-député à la Convention en présence du frère de Louis XVI devenu roi. Lui se croyait presque Louis XVIII, et quand, du gaillard d'avant, il regardait sur la dunette, où M. Faure se promenait en fumant sa pipe, il s'arrêtait quelquefois, les bras croisés, et posait comme un remords devant un coupable pendant un accès de cauchemar nocturne. Si, par hasard, le capitaine de vaisseau descendait dans sa chambre, à ce moment-là, Hurel était fier, il se serait volontiers comparé à l'image de Charles Ier devant Cromwell, s'il avait jamais ouï parler de Cromwell et de Stuart.

Il voulait quitter le *Tourville* et retourner à Paris; pour cela, il avait écrit à son ancien maître, le comte de Provence, redemandant l'inspection des lèchefrites royales. Il reçut une réponse qui l'atterra; on lui disait que les cuisines étaient pourvues, et qu'on le remerciait de son dévouement. Alors la Restauration fut un mensonge pour lui, une combinaison égoïste et odieuse, qui rendait malheureux les Français.

Maître Hurel dut quitter le Vaisseau-École en même temps que M. Faure, mis à la retraite. Que devint alors notre cuisinier? Peut-être alla-t-il s'enfermer dans quelque mince restaurant de Paris, pour faire au trône de plus près honte de ses malheurs, mais peut-être lui prêté-je à tort cette pensée qui fut celle de Chodruc Duclos, l'ancien royaliste élégant de Bordeaux, que le Palais-Royal vit longtemps couvert de haillons. Si l'ancien cuisinier du comte de Provence ne travaillait plus en noble lieu, la réflexion avait pu lui faire prendre en commisération ces hautes positions toujours exposées aux caprices du maître, aux jalousies des égaux, aux critiques des inférieurs. — Le chef de la cuisine particulière de Louis

Bonaparte, roi de Hollande, Darras, que l'on appelait par raillerie le général des Fourneaux, du nom d'un général alors connu, Darras, blessé dans sa dignité, ne s'était-il pas approché un jour du Roi pour lui remettre à lui-même son tablier de service? — Il pouvait en arriver autant à maître Hurel, avec les cris des partis qui ne permettaient plus à un souverain de manger autant qu'il l'entendait. — N'avait-on pas vu la caricature dirigée contre Louis XVI, lors de son arrestation à Varennes, au moment où il allait descendre à l'auberge du Bras-d'Or? Cette caricature représentait un gourmand incapable de s'enfuir. « Les gros oiseaux ont le vol lent, » disait le dessinateur, et Mercier ajoutait plus tard : « Le nouveau Tarquin, il faut qu'il dîne en route. — Il est encore affamé de côtelettes. — Il mange comme un roulier. Vainement la Reine veut lui faire ajourner sa goinfrerie, il arrive trop tard au rendez-vous de Bouillé et de son régiment. » Décidément, pouvait se dire Hurel, malgré la Restauration les temps ont cessé d'être bons pour les rois, qui ne peuvent avoir ni maîtresse ni cuisine. Nous en eûmes bientôt une preuve à Brest, où un petit événement ne donna pas moins lieu de gloser sur des excès de table de Louis XVIII qu'on ne le fit à Paris en 1815, lorsque le Roi eut là maladresse de tenir un

grand couvert, cérémonie dans laquelle plus de
dix mille personnes défilèrent devant la famille
royale dînant. — Autrefois le public admirait
au grand couvert Louis XV faisant sauter habilement d'un coup de fourchette le haut de la
coque d'un œuf, mais les temps étaient bien
changés et il n'y avait pas assez d'yeux pour
regarder ce souverain, qui engouffrait les
plats comme la Gula de Breughel d'Enfer,
dans la peinture d'un des Sept péchés capi-
taux, où l'on voit aussi des gourmands porter
leur ventre sur une brouette. Rien de moins
majestueux.

Mais, comme si ce n'était pas assez que
Louis XVIII prêtât à rire aux Français qui savaient la sobriété de Napoléon, les étrangers
s'en mêlaient. Trois mois avant le premier
couvert, nous eûmes connaissance, sur le
Tourville, d'une raillerie impertinente faisant
allusion à cette infirmité du Roi et peut-être
des Bourbons pour la plupart grands man-
geurs. Cette raillerie, qui faillit coûter cher
à une frégate anglaise, fit dans notre port
une assez forte sensation pour que maître
Hurel en fût averti.

Le 7 octobre 1814, l'amiral Cosmao rame-
nait à Brest l'*Austerlitz*, le *Wagram* et le
Commerce de Paris, vaisseaux à trois ponts,
et l'aviso le *Goëland;* les trois vaisseaux étaient

commandés par les capitaines Legras, Billet et Gemon, et le *Goëland* par le lieutenant de vaisseau De Hell. Dans son trajet de Toulon, d'où elle était partie le 29 août, cette division, à qui les vents contraires n'avaient permis d'atteindre le détroit de Gibraltar que le 14 septembre, avait rencontré, à la hauteur du cap Laroque, deux frégates anglaises. Les frégates étaient au vent des vaisseaux français. Elles laissèrent arriver pour s'en approcher. Aussitôt qu'elles furent assez près pour qu'on pût distinguer les couleurs, M. Cosmao fit hisser son pavillon; les frégates ne hissèrent pas le leur. Le lendemain matin, au point du jour, une seule se trouvait en vue de la division française; sa conserve, avec qui elle avait paru se concerter la veille dans la soirée, l'avait quittée. Elle força de voiles pour passer entre les vaisseaux qui couraient au plus près du vent, les amures à tribord, l'*Austerlitz* étant par le travers et au vent du *Wagram*, et le *Commerce de Paris* se trouvant un peu en arrière de ce dernier vaisseau. La frégate avait sur les bâtiments qu'elle avait rencontrés un avantage considérable de marche. Elle fut promptement entre le *Wagram* et l'*Austerlitz*. Au lieu de son pavillon, elle avait suspendu à sa corne d'artimon des objets différents qu'on ne put pas distinguer d'abord,

mais que l'amiral Cosmao reconnut enfin être
un quartier de bœuf, une poule, une bouteille, un gobelet, une grande fourchette et
une grande cuiller. Que signifiaient ces emblèmes? A quoi pouvaient-ils faire allusion?
Évidemment la plaisanterie, si elle était possible en pareille circonstance, n'avait qu'un
but, celui d'insulter le pavillon de Louis XVIII,
à qui son faible pour la table donnait une
mauvaise réputation. Entrait-il également dans
l'esprit de l'officier anglais l'idée de flétrir
chez nous un vice, dont il avait pu être témoin ou entendre parler par ses compatriotes
alors à Paris, quand le roi d'Angleterre et les
princes de l'Europe recherchaient nos cuisiniers et mettaient un haut prix à leurs services? Quoi qu'il en soit, outrager le monarque que l'Angleterre avait concouru à replacer
sur le trône, c'était de la part de marins anglais un signe de mépris pour le peuple sur
lequel il régnait, autant que pour ce souverain.
M. l'amiral Cosmao ressentit l'offense en
homme qu'on vient railler après lui avoir imposé une peine, et en Français qui ne souffre
pas une humiliation; il songea donc à punir
la frégate de son insolence. Les matelots du
Wagram s'étaient spontanément portés aux
canons pour couler le bâtiment anglais. L'amiral les empêcha de faire feu, mais il manœu-

vra de manière à tirer une vengeance plus immédiate et plus terrible. Il fit signal à l'*Austerlitz* de laisser arriver sur lui de manière à prendre la frégate entre les deux gros vaisseaux et à l'écraser, juste châtiment d'une offense qu'on ne pouvait pas tolérer. La frégate anglaise devina l'intention de l'amiral, fit de la toile et s'éloigna avant que l'*Austerlitz* eût pu lui barrer le chemin. Le lendemain, elle reparut, mais sans bannière gastronomique. Elle hissa son pavillon, qu'elle assura d'un coup de canon, suivant la coutume. Les Français lui rendirent sa politesse tardive et forcée, et la frégate se retira et ne revint plus.

Comme on doit se l'imaginer, nous ne tardâmes pas à être instruits de cet événement. Chacun interpréta les faits à sa façon; mais nous fûmes tous d'accord pour regretter que la leçon de l'amiral Cosmao n'eût pas été plus complète, et nous pensions qu'elle eût été approuvée de Suffren, qui n'était pas moins gourmand que le Roi, comme l'attestait le vers de Berchoux :

> Rien ne doit déranger l'honnête homme qui dîne.

Ce vers, on le sait, était une allusion, selon le commensal de mon père, à un incident de la vie du vainqueur des Anglais dans l'Inde.

L'insulte faite au roi, à propos du goût qu'il avait pour l'art qu'Hurel professait, choqua vivement ce dernier. Décidément le monde avait la tête à l'envers. C'est pourquoi j'aidai Hurel à patienter non-seulement en continuant d'écouter ses histoires, mais encore en paraissant m'intéresser aux secrets de la cuisine. Or, je fus pris à ce jeu ; cela m'amusa d'abord, puis je soupçonnai bientôt qu'il y avait à écouter mon cuisinier autre chose que de quoi flatter l'imagination ou l'estomac.

Aussi, quand douze à quatorze ans plus tard, Charles Nodier, me priant de faire un article un peu gai, m'envoya les livres du cuisinier Carême, « fort curieux, m'écrivait-il, et magnifiques d'impression, » sous l'empire des souvenirs de mon adolescence, qui réunissaient Hurel à Berchoux, je voulus connaître premièrement Carême, je l'allai voir, et portant mes investigations plus loin, je me mis à rechercher les circonstances qui avaient produit à la même époque des hommes tels que Berchoux, Brillat Savarin, Carême et Chevet. Je ne sais plus où est l'article que je fis, mais si vous voulez bien jeter les yeux sur le chapitre suivant, peut-être trouverez-vous quelque chose de piquant, même d'instructif, à la peinture de ce qui se passait en ce genre dans mes premières années.

V

LES PLAISIRS DE LA TABLE

SOUS LA RÉPUBLIQUE ET SOUS L'EMPIRE.

Au lendemain de la Terreur, qui à Lyon eut pour agents Challier, Fouché, Collot d'Herbois, Achard et Reverchon, lorsque dans cette ville ainsi qu'à Paris et ailleurs on eut cessé de craindre au moindre bruit de la rue, soit une visite domiciliaire, soit une arrestation, lorsque les soirées ne furent plus condamnées aux émotions d'un silence sinistre, interrompu seulement par les patrouilles, durant le passage desquelles on respirait à peine, inquiet que l'on était si elles n'amenaient pas un malheur, quand on n'entendit plus les crieurs annoncer les jugements du tribunal révolutionnaire, et les *numéros gagnants à la Loterie de Sainte-Guillotine* ; lorsqu'enfin l'on en eut terminé avec cette fraternité de Caïn et que l'on put manger selon sa faim et inviter un ami sans être exposé aux dénonciations des domestiques qui justifiaient ainsi trop souvent leur nom nouveau d'officieux, alors, toute ma famille, toute une suite d'amis et de connaissances, pleurant quelque temps auparavant sur des malheurs que je ne comprenais pas encore, se livrèrent aux transports de joie qui leur étaient interdits depuis longtemps. Les registres de la prison des Madelonnettes ne contenaient-ils pas un mandat d'arrêt, ainsi motivé : « Arrêté comme *prévenu* d'être *suspect* et comme ayant *une figure trop joviale* pour pouvoir aimer la Révolution » ! On pouvait alors être jovial à son aise et nos amis se rassemblaient pour rire de ce rire franc qui fait tant de bien, ils se jetaient à corps perdu dans les fêtes, dans les banquets, dans les mascarades, inventaient des bouffonneries, des travestissements grotesques, chantaient à cœur ouvert, passaient les nuits au bal, faisaient la guerre de couplets et d'épigrammes aux hommes violents des partis extrêmes, qui bon gré mal gré avaient, suivant l'expression de Jacques Delille, mis de l'eau dans le sang dont ils s'enivraient.

Ma famille et nos amis s'étaient réjouis à cette époque comme la nation entière d'être délivrés de l'audace féroce d'une minorité qui avait décimé les honnêtes gens, généralement trop peu soucieux de s'entendre pour résister.

Ce qui avait eu lieu autour de nous s'était

passé aussi ailleurs à des degrés divers. —
C'était moins délicat très-certainement que les
rêves de M. Honoré d'Urfé au sortir des guerres
civiles et religieuses du seizième siècle, mais le
Consulat avait commencé à remettre de l'ordre
et même à rétablir les rangs.

L'Empire vint apporter encore plus de retenue aux entraînements, sans faire cesser cependant la gaieté qui demandait d'autant plus
à s'épancher qu'il n'était plus guère permis au
pays de se mêler de politique. — On se laissa
faire, il est vrai, volontiers là-dessus, puisque
c'était ainsi, croyait-on, que l'on devait assurer la ruine de l'anarchie ; l'on fêtait l'ordre
en même temps que l'on se grisait de gloire
et de conquêtes. Toutefois dans ces conditions
la gaieté fut bien différente, on ne se le dissimulait pas, de celle qui avait fait irruption après
la chute du gouvernement révolutionnaire.
— Elle était sincère sans doute, car elle était
un témoignage de la gratitude de la patrie
envers l'homme qui avait permis à la Révolution
de consacrer ses bienfaits après bien des malheurs ; mais elle s'était refroidie par le contrôle
officiel que l'on sentait partout. — L'air céré-
monieux avait remplacé l'élan ainsi que le naturel, et, jusque dans nos bals, nous ne remar-
quions plus le même entrain qu'après la Terreur.

A cette époque, le bal était devenu une

passion. Il n'y avait pas à Paris moins de 644
établissements ouverts à la danse; mais sous
l'Empire le bal était devenu grave, la danse
compassée s'était faite belle, élégante, pré-
tentieuse. Elle manquait de vivacité, de chaleur, on s'y donnait en spectacle. Il y avait
cercle, on montait sur les chaises pour voir
danser Violette, Laffitte, de Bez, Trénis, Châ-
tillon, Charles Dupaty, Mlle Bisson, Mme Sophie Gay et la très-élégante Mlle Lescot;
Mme Hamelin et Mme de la Rue-Beaumarchais,
fille de l'auteur de Figaro. Trénis surtout était
en réputation dans le monde des danseurs,
comme le constatent ces vers de Berchoux :

Parmi les beaux acteurs de la société
Trénis s'est fait un nom brillant et respecté.
Il disait aux beautés sur ses traces pressées :
Mesdames, pour me voir étiez-vous bien placées ?

La danse, la musique, le théâtre, étaient
après la Table les grands plaisirs de l'époque
de ma jeunesse. Mais ce furent la bonne chère
et le vin qui conservèrent dans le monde le plus
élevé la gaieté que l'on comprimait ensuite.
Comme le diable prend toujours ses mesures
pour perdre le moins possible, on s'arrangea
pour manger souvent et longtemps.

Ce fut en cela que le poëme de Berchoux ne
fut qu'un écho des mœurs de son époque. Il

me suffira pour le montrer de rappeler ce que tout le monde a entendu ou vu depuis la République jusqu'à la fin du Premier Empire. — Je ne tracerai pas ce tableau par complaisance pour les plaisirs de la table. Le seul plaisir que je chercherai ici, ce sera, en faisant, pour ainsi dire, une préface historique au Poëme de Berchoux, notre commensal, de me retrouver encore par la pensée auprès de mon père et de son ami.

La violence avec laquelle on vit la Révolution se livrer à la gourmandise sembla être pour le peuple celle d'une première conquête sur les hautes classes.

Il est vrai que Camille Desmoulins avait pu attaquer entre autres le vicomte de Mirabeau sur son intempérance, le seul vice de sa famille, disait le vicomte, que son frère le tribun lui eût laissé. Il y avait alors un certain nombre de gentilshommes fort partisans de la table. Chateaubriand dit du chevalier de Panat qu'il avait une réputation méritée d'esprit, de malpropreté et de gourmandise. Mais si quelqu'un des Révolutionnaires jouait à l'austérité, le *Père Duchesne* dans *son Coup de grâce des fermiers généraux et des commis de barrière* confessait tout haut la multitude à propos du décret qui supprimait les droits d'entrée sur le vin, la viande et toutes les denrées.

« Ainsi donc, f....., s'écriait-il, tous nos lurons qui aiment un peu à lever le coude ne vont plus être écrasés, ruinés par les droits. Quelle joie ! Quelle ribote ! Comme nous allons nous en donner. Au lieu de boire de la ripopée, nous pouvons désormais nous enivrer avec du Bourgogne et nous enverrons au f..... le vin de Suresnes.... Allons, mes commères de la Halle, réjouissez-vous, c'est là une occasion de vous passer par le cou plusieurs topettes. »

Les excitations d'Hébert, le petit Vadé de cette orgie de sang et de vin, avaient été devancées par des actes.

Après le 10 août 1792, on avait déblayé les Tuileries envahies des cadavres qui avaient été jetés des terrasses sur le quai aux acclamations de la populace; mais on marcha pendant plus de quinze jours dans le jardin sur les innombrables débris des bouteilles vidées, et les fragments en étaient tellement semés qu'on eût dit qu'on avait voulu faire des routes de verre pilé. Plus tard ce fut le tour des caves des Émigrés, dont la primeur fut aux présidents et aux membres des Comités Révolutionnaires; puis, ceux-ci satisfaits, on vendit le reste qui alla pour la plus grande partie « aux trafiquants de gros sous, aux préposés à la vente des domaines nationaux, aux Flores des quatre saisons, aux déesses panachées du ci-devant Palais-Royal, devenu Palais-Égalité ».

Dans les fêtes de la Raison, l'église Saint-Eustache était convertie en cabaret ; autour du chœur l'on avait dressé des tables surchargées de bouteilles, de saucissons, d'andouilles, de pâtés et d'autres viandes. — Sébastien Mercier, resté républicain, peut être jugé digne de foi lorsque, retraçant ces excès, il nous dit que, sur les autels des chapelles latérales, on s'abandonnait à la luxure et à la gourmandise, et que l'on vit sur les pierres consacrées les traces hideuses de l'intempérance.

Plusieurs fois ce témoin d'un temps où il était curieux d'observer tout jusqu'au bout (1) répète, quoique peu délicat, qu'il voudrait douter de ce qu'il a vu et de ce qu'il a entendu.

Il avait vu entre autres choses, avec les *soupers fraternels* inventés par l'amour de l'égalité, les orgies qui les firent cesser en Messidor an II.

Je ne veux point toutefois paraître attribuer à une seule classe un genre d'excès qui semble

---

(1) C'est lui qui a écrit sous l'empire de ce sentiment ces vers justement qualifiés de baroques par M. de Jouy :

O temps, grand dévidoir, auguste majesté,
Épargne-moi, je vis par curiosité.

avoir été le fait de toutes, et qui s'accentua notamment, à en croire Mercier, dans le désœuvrement des prisons. Au milieu de l'ennui et de l'incertitude de toutes choses, l'âme et l'esprit pouvaient être dans un entier désarroi.

Les malheureux, dit l'auteur de *Paris pendant la Révolution*, les malheureux qui ne voulaient pas se soumettre à l'ordinaire réglementaire, peu agréable assurément, trouvaient les moyens de sacrifier à l'estomac, et « l'étroit guichet laissait passer les viandes les plus exquises pour des hommes qui touchaient à leurs derniers repas et qui ne l'ignoraient point.

« Du fond d'un cachot, on faisait un traité avec un restaurateur, et les articles étaient signés de part et d'autre avec des conditions particulières sur les primeurs. »

« On ne visitait point un prisonnier sans lui apporter pour consolation la bouteille de Bordeaux, les liqueurs des Iles et le plus délicat des pâtés. »

Il faut évidemment faire une part à ce qu'avance le peintre comme à ce que disait Marino, agent municipal, relativement aux mœurs de la prison du Luxembourg. Au début, sans aucun doute, il y eut dans quelques prisons des excès auxquels le concierge et les gardiens se prêtaient volontiers, quelquefois par compassion pour des gens qui faisaient leurs adieux à la vie, le plus souvent à cause du prix qu'il mettaient à toutes leurs complaisances. Néanmoins, il y a des atténuations, qui expliquent très-bien comment les survivants de la Terreur se portèrent aux plaisirs et surtout aux plaisirs de la table.

Dans les premiers temps les prisonniers se nourrissaient eux-mêmes et les riches contribuaient volontiers à nourrir les pauvres. — Alors on s'approvisionnait au dehors quand on ne pouvait faire marché avec un traiteur.

Aux Bénédictines Anglaises, au Luxembourg, à la Bourbe ou Port libre chacun à son tour faisait la cuisine, de même que chacun balayait sa chambre et allait à l'eau. Tous s'empressaient de mettre le couvert. — Quelquefois, une personne se dévouait. Mlle Pauline de Tourzel, fille de la Gouvernante des Enfants de France, se fit d'elle-même la cuisinière de son entourage. Il y avait à ce régime un avantage pour les prisonniers. L'envoi des vivres du dehors favorisait souvent les communications interdites. « Dans une botte d'asperges bien serrées l'une contre l'autre se cachait un petit mot d'écrit; dans le corps d'un poulet le détenu trouvait aussi des aliments pour son cœur. — On enveloppait du beurre, du fromage, des œufs ou du fruit dans différents morceaux de papier qui, rapprochés, offraient un journal intéressant ou des lignes tracées par l'affection. — En tous cas, il y avait peu d'exemples semblables à celui du juif Kalmer qui chaque matin faisait venir un âne chargé de provisions de toute espèce pour satisfaire sa gloutonnerie.

L'intérêt et même la gourmandise des gardiens maintinrent un certain temps un état de choses dans lequel ils prélevaient une forte part. — Mais les Sans-Culottes, et Mercier l'était bien un peu, trouvant mauvaise la supériorité que donnait l'argent sur les pauvres diables, on arrêta que les repas se feraient en commun et que les détenus n'auraient plus que cinquante livres sur eux, ce qui facilita le vol et la lubricité des misérables chargés de fouiller hommes et femmes. Cette mesure favorisa également les concussions de ceux qui devaient nourrir les prisonniers, et payaient une redevance aux gens qui leur avaient procuré ce privilége. — Le député La Chevardière prit un jour fait et cause pour les prisonniers à qui l'on avait donné de la viande peuplée de vermine et dont les chiens ne voulaient pas. Au Plessis, la viande, quand c'était du salé, semblait à quelques-uns de la chair de guillotinés. Haly le concierge appelait ce plat un *morceau de Ci-devant*. — Et quand l'on se plaignait, il disait

12

que c'était encore trop bon pour des b......
qu'on allait guillotiner.

On se vengeait de toutes ces misères dans
le détail desquelles je n'entre pas, par quelques plaisanteries, car nous sommes ainsi faits
en France, qu'un sarcasme nous console en
nous faisant rire. « Patience ! disait un agent
municipal à un prisonnier qui se plaignait. —
La Patience, reprit celui-ci, c'est la vertu des
ânes et non des hommes. — Tu n'es donc pas
républicain ? » répliquait l'agent, et le rire de
chacun retournait le mot contre l'agent qui ne
se doutait pas de la conclusion qu'il avait tirée
lui-même.

A la Force, où était le comte Beugnot, un
cordonnier de l'enclos Saint-Martin-des-
Champs, nommé Vassot, se révoltait contre la
bonne chère que faisaient les détenus riches,
et, pour rétablir l'égalité, il ordonnait une
table commune de vingt couverts au prix de
quarante sous en assignats par personne. Trois
places gratuites étaient ménagées aux plus
pauvres. Vassot, pour jouir de son heureuse invention, assistait de temps en temps à ces
« grands couverts. » « Eh bien ! citoyens,
demandait-il un jour, comment cela va-t-il ?
l'appétit est-elle bonne ? — Oui, citoyen municipal, mais la soupe, il est mauvais. » Le mot
était gai. Heureusement, Vassot ne le compre-

nait pas. — Ah dame ! disait-il, c'est que faut pas être *nacheux* (1), voyez-vous ; il y a encore diablement de patriotes qui voudraient en avoir autant.

Et cela était exact jusqu'à un certain point ; car, en 1794, il y avait eu, à partir de minuit, à la porte des boulangers, de longues queues quelquefois pour ne rien emporter. Un jour, par exemple, au mois de ventôse de cette année, trois mille femmes en file dans le marché Saint-Jean avaient été forcées de s'en aller sans avoir rien pu se procurer. — Barère n'avait donc pas besoin de proposer d'instituer un Carême patriotique. — Dans ces temps malheureux, ceux qui, malgré tout, conservaient leur embonpoint, passaient pour des accapareurs et couraient risque d'être lapidés.

Tout cela n'est pas précisément dans la couleur du tableau de Mercier.

Aussi, quand on eut fini avec ces misères, on s'explique naturellement que la gourmandise eût beau jeu. — D'autres causes y avaient concouru.

« Du moment qu'un simple ouvrier, encore,

(1) Vassot voulait dire vraisemblablement Nacthieux, mot qui, suivant Ménage, dans ses *Origines de la Langue Française*, était employé à Paris pour désigner un homme qui fait difficulté de manger avec des gens malpropres.

avait pu gagner, dans la force du papier-monnaie, deux cents écus par jour, il s'était habitué à dîner chez le restaurateur. Il avait laissé le chou au lard de côté pour la poularde au cresson ; renoncé à la pinte d'étain, même la grande, pour la bouteille cachetée à qua-rante sols. Il lui avait encore fallu régulière-ment la tasse de café et le petit verre. La bonne chère l'avait rendu insolent, paresseux, libertin, avide et gourmand. »

Les autres classes plus relevées de la société avaient par conséquent surpassé de beaucoup la gourmandise de la plèbe. « La vente des vins des émigrés, ajoute Mercier, a multiplié les gourmets. Les secrétaires bourrés d'assignats ont permis même au plus mince commis de savourer le vin de l'Hermitage, et le garçon perruquier n'est plus le seul parmi ses égaux qui puisse se vanter d'avoir goûté le Madère délicieux.

« L'agio qui éventa, quoique un peu trop tard, le secret de la fabrique du papier-mon-naie pour faire reparaître l'argent afin de l'a-cheter avec du papier *zéro*, donna naissance à cette foule de vers luisants ou nouveaux enrichis dont la gourmandise l'emporta sur celle des chanoines.

« Ce sont ces êtres de *paille*, de *foin*, d'a-voine et de *farine*, qui ont remis en vogue les

soupers fins, et les cuisiniers ont aussi redou-
blé de raffinement pour rendre à leur état
toute son importance et toute sa dignité.

« Ce fut un titre de noblesse, au milieu de
la famine, d'avoir une table couverte des mets
les plus recherchés, des primeurs de toutes les
saisons, et d'y étaler un pain blanc comme
neige, tandis que la populace se morfondait les
nuits pour arracher au péril de sa vie une
once de pain d'avoine. »

Il n'y a donc rien d'étonnant que sous le
Directoire, lorsque les uns songeaient à jouir,
les autres songeassent à réparer et à reprendre, pour ainsi dire, l'arriéré. Le mal fut qu'on
ne garda pas de mesure.

Le cœur des Parisiens devint alors, selon
l'expression de Grimod de la Reynière, un
gosier. Le Directeur Barras donna une nouvelle impulsion à cette débauche. Le monde y
fut lancé. Aussi ce fut en vain que, sous le Consulat, le chef de l'État donna l'exemple de
la sobriété. On sait par M. de Bausset, préfet du Palais, que, même quand il fut Empereur, Napoléon n'avait qu'un seul service
relevé par le dessert; les mets les plus simples
étaient ceux qu'il préférait. Jamais il ne buvait ni vin de liqueur, ni liqueurs; il prenait
seulement deux tasses de café pur, une le matin
après son déjeuner, et l'autre après son dîner.

Mais ce régime, moins simple toutefois que celui du Pape qui ne buvait que de l'eau, n'amusait pas toujours l'entourage de Napoléon. — Quinze minutes pour un dîner! disait, en 1809, le jeune baron de Mortemart-Boisse à un de ses amis. — Hélas! mon cher, lui répondait celui-ci, il n'y a pas d'homme parfait!

Heureusement pour ceux qui ne pensaient sur la nourriture ni comme l'Empereur ni comme le Pape, il y avait des compensations.

Napoléon faisait des concessions à l'esprit de son temps; il avait près de lui le marquis de Cussy, — un illustre gourmand. — Et de même que Pierre le Grand se faisait remplacer pour les cérémonies officielles, l'empereur avait dans Talleyrand et dans Cambacérès des représentants bien plus sociables relativement aux dîners, et même aux soupers dont le premier avait renouvelé la coutume favorable à la causerie.

Les tables de ces hommes publics où il y avait des dîners de quatre-vingts et de cent couverts étaient, on le sait, fort renommées, quoique d'une façon fort différente. Talleyrand y apportait les traditions du savoir-vivre d'autrefois. C'était un gourmet qui comprenait, respectait et excitait le génie du cuisinier. Cambacérès, lui, était un homme plus épais, grand mangeur, dont les dessinateurs, à la plus grande joie de la galerie, s'étaient emparés, ainsi que de ses deux acolytes, pour enfermer entre sa rotondité et celle du marquis d'Aigrefeuille le sec et maigre de Villevieille.

Le mot de la femme du futur duc de Dantzick est là pour attester la magnificence des dîners de Talleyrand. La générale Lefebvre, qui dans un hôtel qu'elle avait acheté faisait un fruitier de l'ancienne bibliothèque, aimait les bons morceaux, si elle n'était pas « lisarde, » suivant son expression. Or il paraît qu'elle avait apprécié un repas du Prince à qui elle en fit compliment à sa manière. « Vous nous avez donné là un fier fricot, disait elle à Talleyrand, cela a dû vous coûter gros, » à quoi le Prince, avec le ton qu'on lui connaît, répondait en même langage : Ah ! madame, vous êtes bien bonne, ce n'est pas le Pérou.

Ce qui faisait le sujet de l'admiration de la générale Lefebvre donnait occasion parfois au désespoir du marquis de Villevieille, lorsqu'il ne pouvait être à la fois à la table de Cambacérès et à celle de Talleyrand, où un prélat romain rendit l'âme entre deux services, regrettant de ne pouvoir vivre jusqu'au dessert (1).

_____

(1) Malgré la réputation de ses dîners, Talleyrand était sobre. Sur ses vieux jours, il ne faisait guères qu'un

Or ce fut sur Cambacérès et sur Talleyrand qu'on se modela dans les hautes régions; la noblesse nouvelle, les enrichis, les parvenus de la Révolution, se mirent en peine de les imiter. On offrit à dîner par ostentation. « La création des grandes maisons de l'Empire donna des jours d'or à notre art, » écrivait plus tard Carême.

Ce fut alors que Grimod de la Reynière,

repas, prenant dans la journée un verre de Madère, dans lequel il trempait un biscuit.

Il mangeait en homme d'esprit et choisissait son plat dans une table abondamment servie, mais il fallait le voir lorsqu'on en était au café, comme il en respirait l'arome avant de vider sa tasse.

Ce qui était aussi une des singularités des repas chez le Prince, c'était la manière dont il offrait d'un plat à ses convives.

A un Duc : Monsieur le Duc, disait-il, votre Grâce me fera-t-elle l'honneur d'accepter ce bœuf? — A un Prince : Mon Prince, aurai-je l'honneur de vous envoyer du bœuf? — A un Marquis : Monsieur le Marquis, accordez-moi l'honneur de vous offrir du bœuf. — A un Comte : Monsieur le comte, aurai-je le plaisir de vous envoyer du bœuf? — A un Baron : Monsieur le baron, voulez-vous du bœuf?

Quant aux bourgeois, s'il s'en trouvait par hasard, c'était là qu'apparaissait l'ancien grand seigneur avec son impertinence. Le prince frappait sur son assiette, fixait ses regards sur les yeux de ce trop tard venu à la distribution des titres, et quand celui-ci avait compris que c'était à lui que s'adressait l'amphitryon, Talleyrand se contentait de dire d'un ton interrogateur : Bœuf? — O science sublime des nuances, — ô grandeurs humaines!

qui s'était révélé au monde par ses excentrici-
tés gastronomiques en 1783, publia de 1803
à 1811 son recueil périodique connu sous le
nom d'*Almanach des Gourmands* qu'il dédia
à d'Aigrefeuille. En 1808, son *Manuel des
Amphitryons* devint la loi des tables. Il était
le guide des maîtres de maison dans l'importante affaire du menu, travail sérieux qu'ils
concertaient avec le maître d'hôtel.

Et quel guide que ce fondateur des déjeuners
philosophiques, où le premier qui avait avalé
dix-sept tasses de café au lait était nommé président ! On ne peut abuser davantage de la
doctrine de Voltaire, que les aliments substan-
tiels font la santé de l'esprit.

Grimod de la Reynière, homme spirituel
assurément, était très-capable de causer d'une
manière diserte des dîners bruns et des dîners
blonds. Mais c'était un cynique qui s'adressait
aux appétits grossiers. — Ainsi, par exemple,
dans son Almanach de 1808, où à propos de
sauces il traitait de tous les genres de liaisons,
à commencer par *Les liaisons dangereuses* de
Choderlos de Laclos (1), il décrivait égale-

---

(1) Choderlos de Laclos, général de division d'artillerie, commandant l'avant-garde de l'armée de Naples.
— Mort le 18 fructidor an XI (5 septembre 1803).

Le 18 mars 1787, à La Rochelle, il donnait à Mo-
reau-Saint-Méry sa parole d'honneur qu'il n'y avait

ment la pêche comme un fruit dans lequel
se découvraient à la fois et « le teint de
Mme Henri Belmont, qui devint Mme Emmanuel Dupaty, et le velouté de Mlle Émilie
Contat, la future marquise de Parny, et les
formes arrondies de Mlle Arsène, et les jolies
protubérances de Mlle Betzy, son aimable sœur,
et l'éclat séduisant de Mlle Giacomelli, et la
bouche de rose de Mlle Mars, l'illustre comédienne. » Tout cela était bien risqué, n'est-ce
pas? Aussi pouvait-on dire que cet homme,
d'ailleurs peu aimé, d'une humeur atrabilaire
et méchant, ne dut son succès qu'au retard
que Brillat-Savarin mit à publier sa *Physiologie
du goût*, qui ne parut qu'en 1825. — La duchesse
d'Abrantès, femme de Junot, gouverneur de
Paris, distinguait ainsi les livres de ces deux
hommes, qu'elle avait connus chez Talleyrand :

« Brillat-Savarin mange pour vivre, mais
comme il veut bien vivre, il fait de cette action
très-importante l'objet d'une attention spéciale.
— Après avoir lu l'Almanach des Gourmands,
je n'avais plus faim..... Après avoir lu Brillat-
Savarin, je demandais mon dîner. »

rien que de vrai dans son Roman des *Liaisons dangereuses*, et qu'il avait même affaibli des traits dans les
lettres de la Présidente. — Ce roman, comme on l'a
dit, se résume en deux lignes : toujours des femmes à
avoir ou à perdre et souvent tous les deux.

Le seul reproche qu'elle faisait à Brillat-Savarin, c'était de ne pas assez s'occuper du *contenant*, tout en disant merveille du contenu. — « C'est peut-être une réflexion de femme que je fais-là, disait la duchesse, mais il me semble que rien n'est plus nécessaire au confortable d'un bon dîner que des cristaux, une belle argenterie, de belles porcelaines, du linge de Flandre ou de Saxe, et enfin tout ce luxe qui peut entourer aujourd'hui un objet qu'on veut orner. »

En même temps que Grimod de la Reynière et Brillat-Savarin professaient le bien-vivre, le premier des Chevet, ancien jardinier à Bagnolet, où il avait un des premiers créé la spécialité des roses, était venu, depuis 1793, établir au Palais-Royal son illustre maison de comestibles à côté du lieu où habitait plus tard la fleuriste, Mme Prévost, si renommée chez mes contemporains. Mais, en 1793, on n'avait que faire des roses chères aux Van Huysum, aux Van Spaendonk et aux Redouté, il était plus profitable de vendre des légumes, des primeurs et des petits pâtés. La petite boutique prospéra donc : cela était nécessaire pour un chef de famille qui avait eu dix-sept enfants, dont trois continuèrent la réputation de leur père.

Puis, il ne fallait rien moins qu'un tel pourvoyeur à ces maisons nouvelles qui, avec l'orgueil d'une situation imprévue, voulaient se donner des jouissances qu'elles croyaient être une partie de leur gloire.

Les ruines mêmes de la Révolution avaient secondé le goût d'une époque déjà peu idéaliste en chassant des anciens hôtels les cuisiniers, dont les maîtres avaient dû chercher un asile à l'étranger contre la guillotine ou le massacre. Ces cuisiniers rentraient alors chez les nouveaux personnages, chez les enrichis, et si Murat avait pour praticien «le grand, l'illustre La Guipière, » élève de Messelier ; si Talleyrand avait à son service Boucher et Riquette qui, après le traité de Tilsitt, introduisirent la cuisine française en Russie, le public avait conquis, lui, en outre des restaurateurs du Palais-Royal, Beauvilliers qui demeurait rue Richelieu, et Méot, rue de Valois. Beauvilliers avait été maître d'hôtel du prince de Condé et c'était chez lui qu'au début de la Révolution venaient dîner Rivarol, Champcenetz, Pelletier, le vicomte Mirabeau, Bergasse, Montlosier, Lauraguais, Suleau, avant d'écrire les *Actes des Apôtres*.

C'est dans cette période que s'éleva, à l'école des praticiens les plus distingués (1), Ma-

(1) « Lasnes l'avait perfectionné dans la partie du froid, MM. Richard frères, dans les sauces; La Guipière, dans les grands extra, lui avait révélé les délicatesses du

rie-Antoine Carême, à qui j'ai dédié un chapitre de mes *Scènes de la vie maritime*. J'ai entendu dire que notre illustre cuisinier descendait d'un artiste culinaire qui aurait inventé, sous Léon X, une délicieuse soupe maigre pour adoucir les abstinences d'un triste carême, invention qui lui avait valu le surnom de Jean du Carême. Je laisse à lady Morgan cette rencontre d'érudition pour ce qu'elle vaut. Carême, ce me semble, n'était pas homme à remonter si haut dans sa généalogie, quoiqu'il poussât fort avant l'investigation dans l'histoire de son art.

Ce qu'il y a de certain, c'est que, né à Paris en 1784, dans une famille qui avait eu vingt-cinq enfants, il était le fils d'un homme qui justifiait deux fois son titre de garçon de peine et son nom de Carême, à ce point qu'un jour il en trouva le poids trop lourd. Ce jour-là, c'était un lundi : il sortit un peu plus tôt que d'habitude de son chantier de la rue du Bac, et emmena son fils se promener avec lui dans les champs. Au retour, ils dînèrent ensemble au cabaret, puis le père, le cœur gros de larmes contenues, dit à l'enfant : — « Petit, il faut nous quitter; la misère est notre lot, et te voilà assez grand pour en sortir en gagnant ta

travail et lui avait appris à improviser. — Robert avait fixé ses idées sur l'art *de dépenser juste assez*. Dans la pâtisserie il avait songé à suivre Avice, sans l'imiter. »

vie toi-même. Dans le monde il y a de bons
métiers, et ce temps-ci sera celui de bien des
fortunes. Il suffit d'avoir de l'esprit pour en
faire une, et tu en as. Du courage donc, mon
enfant, va bien. Ce soir, ou demain, quelque
bonne maison s'ouvrira pour toi; va, petit,
avec ce que Dieu t'a donné. » — Puis le
pauvre père, la figure bouleversée, embrassa
l'enfant en laissant tomber ses larmes malgré
lui, et il le quitta pour ne plus le revoir.

Le lendemain même, le jeune Carême entrait
comme apprenti chez un gargotier de la Barrière du Maine qui lui avait donné à coucher.
Il sortait de chez ces braves gens à seize ans
pour devenir, en 1814 et 1815, le cuisinier
des Empereurs et des rois, après de vaillantes
étapes, faites souvent aux dépens de son sommeil, dans l'étude de la chimie et de l'hygiène,
dans la recherche historique de la cuisine et de
la vie domestique des anciens, et enfin dans
l'application aux arts du dessin et de l'architecture, poursuivie pendant dix ans, à la Bibliothèque impériale, avec les conseils et aux
applaudissements de l'architecte Percier. —
Curieuse et intéressante leçon que celle de
cet intelligent et courageux ouvrier qui, de
treize à quatorze ans, passe les nuits à copier
quelques volumes pour acquérir les connaissances que ses parents n'ont pu lui procurer,

et qui, trois ans plus tard, se trouve assez instruit pour embrasser, comme il l'a dit, sa profession *dans son étendue.*

Cela ne vaut-il pas mieux que les séances que donnait le citoyen Flotte dans les clubs de 1848, où ce cuisinier dissertant sur l'art de conduire la chose publique, me remettait en mémoire ce propos adressé à Dumesnil, artiste culinaire, devenu ténor et appelé par Lulli, l'ancien marmiton, à représenter Phaëton.

> Est-il possible, Phaéton,
> Que vous ayez fait du bouillon?

lui disait un jour un de ses admirateurs; mais, vous-même, n'auriez-vous pas lieu d'être surpris et intéressé si vous entriez dans un intérieur de cuisine semblable à celui de l'hôtel de Talleyrand, où le soir les chefs entourés de quelques aides, où La Guipière, venu visiter ses amis, écoutaient le jeune Carême qui leur soumettait ses récoltes de la journée dans les bibliothèques (1). Tantôt Carême démontrait combien

(1) « C'est le vendredi que je m'y rendais. — La collection des estampes me fit sortir du néant intellectuel. — Mon travail devint meilleur et mon ignorance fit place au plus précieux des dons, l'instruction. Je sus enfin ce qui avait été fait avant moi et je pus l'imiter ou l'étudier. — Je pus devenir créateur à mon tour. Cette soif d'apprendre me transporta d'un pôle à l'autre. — Malgré mes patients efforts, je saisissais assez

était lourde et mauvaise la cuisine des Romains, tantôt il faisait voir la belle ordonnance
et la décoration des services, dans lesquels la
simplicité s'associait à la magnificence. — La
Guipière n'eût pas su faire ces recherches lui-
même, ni en rédiger les résultats; mais comme
cet élève du plus habile cuisinier du temps de
Louis XVI interprétait en maître tout ce que
Carême lui soumettait! — Ce n'est pas tout:
si Carême voyait sa profession dans son étendue, il la voyait encore de haut, et, pendant
qu'il cherchait à stimuler l'esprit comme à
élever les sentiments de ceux qui l'entouraient,
il tendait chaque jour à faire une science de
la cuisine.

A l'exemple de Mouthier, cuisinier des Petits Appartements sous Louis XV, et qui se

difficilement les textes, mais l'objet des dessins venait
à moi d'une manière parlante. J'y compris tout de
suite, même ce qui n'était qu'imparfaitement représenté.
— Comme cela, j'étudiais Tertio, Palladio, Vignole, etc.
— Je vis de l'esprit et de l'âme, l'Inde, la Chine,
l'Égypte, la Turquie, l'Italie, l'Allemagne, la Suisse.
— Ces études marquèrent d'une forme nouvelle mon
travail consciencieux. J'avançai rapidement comme
poussé par une force irrésistible et je vis crouler sous
mes coups l'ignoble fabrication de la routine. Un rival
me dit un jour : — Je ne suis pas étonné que votre
travail soit si varié, vous êtes toujours fourré à la Bibliothèque de l'Empereur, où vous dessinez.—Eh bien!
que n'en faites-vous autant? lui répondis-je; mon privilége est public. »

piquait d'être un médecin hygiéniste, Carême
semblait avoir pris à cœur le programme de
Cabanis qui faisait du cuisinier un officier de
santé dans le sens véritable du mot, de même
que le pharmacien devrait être appelé un
cuisinier de maladie. En conséquence (1), il
avait cru de son devoir de faire une nourriture
non-seulement agréable, variée, mais saine.
Ce n'est pas lui qui eût accepté les politesses

(1) Le point de vue de Carême et de Mouthier
paraît juste, si nous nous en rapportons aux idées exprimées par Cabanis dans son *Chapitre de l'influence du
régime sur les habitudes morales.*

« Ce serait, dit-il à propos des aliments, se faire une
idée bien grossière de la réparation vitale, que de la
considérer sous le simple rapport de l'addition jour-
nalière et de la juxtaposition des parties destinées à
remplacer celles qu'enlèvent les différentes excrétions : elle consiste surtout dans l'excitation et l'entretien des différentes parties organiques, dont les
excrétions elles-mêmes ne sont qu'un résultat secondaire et pour ainsi dire accidentel.

« L'homme est capable de s'habituer à toute espèce
d'aliments comme à toute espèce de température et à
tout caractère de climat. Mais tous les climats ne lui
sont pas également convenables, ou du moins ils n'é-
veillent et n'entretiennent pas en lui les mêmes facultés.

« Il nous suffira d'avoir constaté par quelques faits généraux l'influence des aliments sur l'état moral. C'est à
l'hygiène, devenue plus philosophique entre les mains
des médecins modernes, qu'il appartient de développer
par ordre tous les faits de détail, d'en circonstancier
les modifications et les nuances, et de tracer, d'après
cette étude approfondie, des préceptes plus détaillés

du médecin Hecquet, lequel, lorsqu'il entrait dans un hôtel, allait d'abord serrer les mains des cuisiniers, parce que, disait-il, c'étaient eux qui lui donnaient ses clients. Lorsque Carême faisait son menu avec le prince de Galles, il ne manquait pas de lui expliquer la vertu, le danger ou la négation alimentaire de chaque mets. — Carême ainsi arrêta, par sa manière de faire, les accès de goutte du prince, et, lorsqu'il entra à l'hôtel Bagration, il améliora de même la santé de la princesse de ce nom.

Carême, qui avait tiré sa réputation et vingt mille livres de rente de ses livres de cuisine et de ses recueils d'architecture, Carême, recherché par le roi d'Angleterre et plus tard apprécié de Rossini, avait commencé ses succès à la paix

---

eux-mêmes, applicables à tous les cas particuliers et faits pour améliorer de plus en plus les dispositions physiques de l'homme, et par suite son intelligence, sa sagesse, son bonheur.» (Cabanis. — *Rapports du physique et du moral de l'homme*. Tome II, édition 1802.)

Carême voyait un peu trop l'homme dans l'estomac; Il est vrai que, suivant Cabanis, l'action de l'estomac sur le système musculaire ne tient pas uniquement aux effets que produit dans ses divers états la simp.e réparation nutritive dont ce viscère est un des agents principaux. Elle tient encore en grande partie à sa sensibilité particulière, et suit en conséquence toutes ses dispositions véritables et capricieuses. » (Page 579, 2e vol.)

d'Amiens, en dressant pour le Premier Consul je ne sais quelle pièce de pâtisserie montée.

Ainsi, pendant que Napoléon et nos soldats faisaient retentir au loin le bruit de nos armes, c'était en France un bruit de fourchettes et de chansons prêt à accueillir leur retour. Ce n'est pas là une image présentée à plaisir. — J'ai entendu l'un et l'autre de ces bruits, et j'ai eu sous les yeux bien des faits sur lesquels il serait aisé de retrouver des documents.

De 1796 à 1811 l'on ne voyait partout que des Sociétés mangeantes et chantantes, à commencer par la Société des dîners du Vaudeville, qui, dans l'article VI de sa constitution formulée en vers, disait :

Champ libre au genre érotique,
Moral, critique et bouffon ;
Mais jamais de politique,
Jamais de religion,
  Ni de mirliton.

La Société des Dîners du Caveau, ou du Rocher de Cancale, fut ensuite fondée par Capelle et dissoute en 1815 lorsque la politique, qui ne sert qu'à cela, rompit les meilleures amitiés. Bien d'autres encore dînèrent, chantèrent et burent dans leurs séances. Vous nommerai-je la Société du Gigot de Caen, la Société des Gobemouches, la Société des Sots, la Société des Fous, la Société des Paresseux, tristes noms assurément, et peu honorables à porter ? Il y eut aussi la Société des Ours, dont les membres, dans leurs chants, devaient imiter les grognements de cet animal, et la Société des Bêtes, dont les membres devaient prendre le nom d'un quadrupède, d'un oiseau ou d'un poisson. Martainville était des déjeuners des Garçons de bonne humeur.

Pour être admis dans la Société des Dîners du Vaudeville, — la première condition était d'avoir obtenu deux succès à ce théâtre. — Les premiers membres en furent Piis, Barré et Desfontaines, les fondateurs du Vaudeville, — Barré, auteur de *la Chaste Susanne*. — Les autres membres se nommaient Bourgueil, Deschamps, de Mautort, Desfontaines, Despréaux, Després, Philippon de la Madelaine, Prévôt d'Iray, Radet, Ségur aîné, Ségur cadet. En 1798, Alissan de Chazet y était admis en même temps qu'Emmanuel Dupaty. — Plus tard vinrent MM. de Rochefort, l'auteur de *Jocko*, dans lequel Mazurier fit courir tout Paris, Armand Gouffé, à qui l'on doit la chanson populaire : *Plus on est de fous, plus on rit*, et Dieulafoy, homme d'un véritable talent, qui, au dire de Rochefort, avait élevé le vaudeville à la hauteur de l'histoire ; enfin Laujon, Maurice, Séguier, Philippe de Ségur et

Goulard. Lorsque cette Société cessa d'exister, en 1802, une partie de ces vaudevillistes se retrouvèrent de droit parmi la Société du Caveau que composaient MM. Désaugiers, A. Gouffé, Béranger, Antignac, Brazier, Dupaty, Francis d'Allarde, Laujon, Moreau, Philippon de la Madelaine, Piis et Rougemont, auteur de *la Duchesse de la Vaubalère*.

Être d'une de ces Sociétés n'empêchait pas d'être d'une autre, de telle sorte qu'on pouvait être toujours en « nopces ». Ainsi Désaugiers, qui était du Caveau, était aussi de la Société des Bêtes. Voici le couplet par lequel il avait payé sa bienvenue :

Sur l'air : *Ma Tante Urlurette,*

Vous m'avez nommé pinson,
Je vous dois une chanson
Qui soit à la fois honnête
  Et bien bête (*bis*),
  Bête, bête, bête.

Je suis à votre hauteur,
Car, au premier mot, la peur
D'être un fort mauvais poëte
  Me rend bête (*bis*),
  Bête, bête, bête.

Que je suis fier de ce nom,
Puisque dans cette maison,
Jusqu'à l'ami qui nous traite,
  Tout est bête (*bis*),
  Bête, bête, bête !

Quand on a vu ces folies, quand on lit ces dénominations, l'on en vient presque à respecter la Société de la Fourchette, qui avouait ses goûts sans se dégrader, et dont les quatorze membres s'assemblaient, tous les quinze jours, sous le prétexte apparent de déjeuner toute la journée, mais surtout pour faire leurs affaires et se pousser les uns les autres : c'étaient des utilitaires. Jamais les lettres n'avaient tant mangé. — J'en excepte toutefois deux misères qui s'étaient associées : un ancien secrétaire de Buffon, nommé Aude, créateur des *Cadet-Roussel;* un fils naturel de Louis XV, Dorvigny, qui fut le père des *Jocrisses.* — Nos deux vaudevillistes burent, il est vrai, plus qu'ils ne mangèrent, tandis que Francis d'Allarde, l'auteur des *Chevilles de maître Adam,* buvait autant qu'il mangeait sans pouvoir se ruiner, car il héritait toujours.

Toutes ces Sociétés gastronomiques, et bien d'autres, remplissaient les journaux des détails de leur gloutonnerie. Les chansonniers mêmes ne parlaient plus que de boire et de manger. Le Pindarique Écouchard-Lebrun en perdit la tête sans doute, car il épousa sa cuisinière, et Baour Lormian disait que le poëte qui « se précipitait vers les cieux était tombé dans la poêle à frire. » — Les choses en arrivèrent à ce point que Béranger crut devoir écrire contre ce débordement sa chanson des *Gourmands*. C'est dans cette protestation de dégoût qu'il disait :

> La bouche pleine, osez-vous bien
> Chanter l'amour qui vit de rien ?
> A l'aspect de vos barbes grasses
> D'effroi vous voyez fuir les Grâces ;
> Ou, de truffes en vain gonflés,
> Près de vos belles vous ronflez.
> L'embonpoint même a dû parfois vous nuire.
> Ah ! pour étouffer, n'étouffons que de rire,
> N'étouffons que de rire.

Le docteur Véron nous cite plusieurs exemples de la gloutonnerie de ce temps. — C'était, dit-il, un titre à entrer dans l'administration des Droits Réunis, que d'avoir pu engloutir, pendant un déjeuner, cent douzaines d'huîtres, et il raconte comment le général Daumesnil, l'illustre défenseur de Vincennes, n'étant encore que chef d'escadron aux chasseurs de la Garde, fit allumer les caves des Trois Frères Provençaux, où les officiers furent invités à boire des vins de tous les crus et de toutes les années.

Voilà où en était l'amour de la bonne chère en France lorsque ma mère craignait pour moi les austérités du Vaisseau-École. On voit que jamais la gourmandise n'avait été poussée aussi loin. Mais grâce à Dieu, nous étions satisfaits à moins.

Maintenant, si l'on se reporte en arrière

à voir Louis XVI, Louis XVIII, Suffren, les deux Chénier, Talleyrand, Cambacérès si curieux des choses de la table, lorsque Brillat Savarin qui appartenait à l'Ancien Régime dit que les gens d'esprit tiennent la gourmandise à honneur, lors que Mme de Genlis se vante d'avoir dans l'émigration, enseigné à une Allemande qui l'avait bien accueillie, la manière d'apprêter jusqu'à sept plats délicieux, il est évident que la République et l'Empire ne firent que continuer en ceci comme sur d'autres points des traditions, avec les différences qu'y apportait le caractère même des classes appelées à dominer et à jouir.

A une époque où les fournisseurs d'armée représentaient les fortunes scandaleuses des anciens partisans et des fermiers généraux d'autrefois, où le poëte Esménard prenait brutalement, avec la jeune et jolie Bourgoin du Théâtre-Français, les privautés d'un ancien gentilhomme de la Chambre, — les vices de l'Ancien Régime n'avaient pas disparu.— Ils s'étaient déplacés, et semblaient seulement être devenus plus grossiers, en mettant en évidence des hommes d'une éducation inférieure dont le public riait lui-même aux représentations de la pièce de Maillot, *Madame Angot ou la Poissarde parvenue.*

C'était ainsi que la gourmandise avait perdu

ce qu'elle avait pu avoir d'aimable et d'élégant dans le milieu où vivaient des hommes tels que l'auteur de la *Physiologie du goût.* — Il fallut qu'un cuisinier, qui avait la lèvre inférieure épaisse du gourmand et s'était fait sobre, rappelât lui-même la société nouvelle aux convenances. — « Mon art est de flatter l'appétit, » disait Carême ; « votre devoir est de le régler. »

Il va sans dire qu'il ne prétendait pas par là que l'on pesât sa nourriture et que l'on se pesât après l'avoir prise, suivant le système du Vénitien Cornaro, dont l'exemple, s'il faut en croire Berchoux, d'ironique mémoire, paraît avoir été funeste à l'illustre Santorius, médecin de Padoue, lequel, dit le poëte de la *Gastronomie*, resta trente ans dans une balance pour faire des expériences sur les sécrétions.

Quant à moi, je me suis la plupart du temps contenté de la façon la plus modeste d'apaiser ma faim en restaurant mon corps. Cependant, de la manière que je comprends la table, et telle que je l'ai souvent vue, j'ai pour elle un certain penchant. J'y ai passé en effet de bien bonnes heures. — C'est aux heures des repas que l'esprit se détend, s'abandonne, s'égaye, pétille ; quelquefois aussi le cœur s'y échauffe. A table, Ninon de Lenclos était ivre dès la soupe, tant elle était de belle humeur et pleine de saillies.

Et de fait, comment ne pas être surexcité sans qu'il y ait besoin pour cela d'un festin, dans la compagnie de ses amis. — Je relis en souriant certains billets d'invitation que m'adressaient Saintine, l'auteur de *Picciola*, Nanteuil, le vaudevilliste, mort presque centenaire; Dantan, le statuaire, qui, comme président du Cercle des Dominos, illustrait l'entête de ses lettres d'un double six; Gudin, le peintre de marine qui avait tant de talent avant de se faire homme du monde. — Quels bons et gais souvenirs il y a là dans de simples mots qui n'ont plus de signification que pour moi. Assurément, nous n'en étions pas à la frugalité de Lesage et de Duryer. Nous ne nous en tenions pas à la chaumière, dans laquelle vivait l'auteur de *Turcaret*; et nous nous serions mal accommodés des cerises et du lait qu'offrait l'auteur de *Scévole* à Vigneul de Marville (1). — Charlet nous promettait au moins un « lapin sauté, bon style », mais personne de nous n'aurait voulu, quand tant de braves gens sont dans le besoin, toucher à l'Omelette Royale (2), qui coûtait jadis cent

1. P. Bonaventure d'Argonne.
2. Composée de crêtes de coq et de laitances de carpes.

écus, ni même avoir mangé du potage à la Camerani, dont il paraît que la composition pour deux personnes seules ne revient pas à moins de 60 francs; personne de nous encore bien moins n'eût engagé et soutenu le pari que fit et gagna le Comte H. de Viel-Castel de manger à lui seul un dîner dont le menu ne serait pas moins de cinq cents francs et cela sans se lever ni sortir; assurément l'on peut se satisfaire à meilleur marché et jouir ainsi de ce que l'on mange sans se soucier de ce que pensera Philaminte. C'est ce que j'ai fait, et cela ne m'a pas empêché de me trouver à la hauteur de certaines circonstances dans lesquelles je m'en suis retiré, comme des repas de Platon, l'âme surtout nourrie et fortifiée. Je vois par exemple encore la table où, dans mon enfance, l'aïeul disait le *Benedicite* et les *Grâces* d'une façon qui imprimait le respect pour lui et la reconnaissance envers Celui qui, après la disette, nous rendait le pain quotidien.

Je me rappelle aussi ce que nous racontait M. Charles Bailleul de la manière dont Mirabeau préparait ses discours à table. J'entends encore cet ancien Conventionnel qui avait payé le dernier repas des Girondins (il haussait les épaules quand on disait le *Banquet*), évoquer le souvenir de ses illustres amis, et nous enseigner ce qu'une réunion d'hommes autour d'une

table, si modeste qu'elle soit, peut offrir d'é-
motions par les nobles sentiments, les grandes
pensées exprimées dans un moment solennel.

La table peut donc avoir à la fois son
charme, ses joies, sa dignité, et même com-
porter à l'occasion des souvenirs de grandeur
suivant les qualités et les situations des convives ; mais, sans me guinder en rien et avoir
l'esprit aux nues, pendant que mon corps attend quelque restaurant, je ne veux pas, selon
l'expression de Montaigne, que l'esprit « se
cloue pour ainsi dire à la table ni qu'il s'y
vautre ; je veux qu'il s'y applique, qu'il s'y
seye, non qu'il s'y couche ». Or c'est là ce que
firent trop souvent les hommes de la Révolution et de l'Empire.

VI

ÉCHOS DE L'ILE D'ELBE

MISSIONS ET CROISIÈRES EN 1814

Lorsque Charles Nodier m'amenait
par la lecture des livres de Carême
à considérer de près, sous l'aspect
de ses plaisirs, une société que j'a-
vais côtoyée dans mon enfance, il me repor-
tait, ai-je dit, sans qu'il s'en doutât, à mes relations avec le cuisinier du *Tourville*. Mais les
distractions que me donnait, vers 1814, maître Hurel avec ses souvenirs de la vieille cour,
avaient pris un caractère particulier. Les bruits
qui nous venaient du dehors nous avaient appris
comment les débris de cette vieille cour rentrés
en France, comment les Bourbons et les Émigrés, même parmi les plus sages, encore mal
acclimatés dans un milieu d'idées qu'ils avaient
combattues, blessaient une société qui s'était
élevée sur les ruines de l'Ancien Régime. Or la
République et l'Empire, avaient laissé derrière
eux des partis composés d'hommes dans la

force de l'âge, dont les intérêts et les passions avaient le plus à souffrir du nouvel état de choses ; ils se servaient en conséquence des griefs récents pour faire croire à l'impossibilité de la monarchie des Bourbons. — Ils étaient encore partout dans l'administration, dans l'armée, dans le clergé, dans les ateliers, et les campagnes étaient pleines de soldats qui y rappelaient avec orgueil les faits d'armes par lesquels ils s'étaient honorés dans ces vingt-cinq dernières années. — Ce fut ainsi que le chemin de la France et celui des Tuileries se rouvrirent naturellement pour l'Empereur, que les puissances alliées avaient cru pouvoir retenir à l'île d'Elbe, quand elles rétablissaient Louis XVIII sur le trône de ses pères.

La position de l'île d'Elbe dans la Méditerranée n'était guère propre à tenir des *Ponantais* au courant de ce qui se passait dans la souveraineté nouvelle d'un homme qui avait eu sous ses lois plus de la moitié de l'Europe.

Cependant, comme des officiers de Toulon communiquaient souvent avec ceux de Brest, il nous arrivait çà et là quelques échos des missions des capitaines de vaisseau qui avaient été envoyés dans cette île pour diverses raisons

Voici ce que j'en ai retenu et que j'ai eu depuis le moyen de contrôler.

En avril 1814, lorsque Napoléon avait été obligé de s'embarquer pour l'île d'Elbe, c'était à Saint-Tropez que l'embarquement devait se faire. — Le capitaine Peytes de Moncabrié avait reçu l'ordre d'escorter avec la frégate *la Dryade*, le brick *l'Inconstant*, à bord duquel l'Empereur devait être traité, d'après les ordres du baron Malouet, le plus honorablement possible. — Le logement du capitaine devait être le sien, et il était recommandé à M. de Moncabrié d'avoir pour lui les égards et même les respects dus à la couronne qu'il avait portée; ces instructions avaient été approuvées du comte d'Artois et signées de sa main.

Je ne sais si l'Empereur n'eut pas assez tôt avis de cet armement, comme il le dit, ou s'il préféra diriger sa route sur Fréjus, à cause de l'impossibilité de faire aller ses nombreuses voitures sur la voie de Saint-Luc à Saint-Tropez; peut-être n'était-ce là que des prétextes, qui couvraient d'autres raisons, telles que le chagrin de rencontrer à chaque pas dans sa route des dangers et des humiliations de toute espèce, comme il lui était arrivé en sortant d'Orgon et de Lambesc, où les glaces de sa voiture avaient été brisées. Quoi qu'il en soit, Napoléon avait accepté l'offre du commissaire du gouvernement anglais, Campbell, chargé d'assurer sa traversée, lorsque celui-ci lui avait proposé de se servir d'une frégate anglaise de cinquante canons qu'il avait fait venir à Fréjus.

En vain, M. Peytes de Moncabrié qui y était arrivé, avait-il fait observer au général Bertrand que le gouvernement français verrait avec peine les Anglais transporter Napoléon. En vain avait-il offert de l'emmener sur la *Dryade* si le brick *l'Inconstant* ne lui semblait pas assez commode, Napoléon avait fait venir le capitaine de vaisseau, lui avait exprimé ses regrets, mais le 4 mai il passait sur la frégate *l'Indomptée*, et faisait bientôt son entrée à Porto-Ferrajo.

A peine arrivé dans l'île dont il était le souverain, il la parcourut en tout sens, à pied et à cheval. Dans les premiers temps, Napoléon sur son chemin interrogeait tous ceux qu'il rencontrait. — « Qui es-tu? que fais-tu? » demandait-il. — Il se montrait très-affable pour le peuple et parlait assez facilement à ses soldats. — Il avait auprès de lui les généraux Bertrand, Drouot, Cambronne, environ sept à huit cents hommes de sa garde, presque tous décorés, soixante lanciers Polonais, autant de canonniers, dix-huit marins, six mameluks; le surplus se composait de Corses. Les troupes à son service gardaient la cocarde tricolore.

Ces premiers temps d'empereur en disponibilité, si je puis m'exprimer ainsi, lui rendirent
la santé. Mais comme il fallait qu'il s'occupàt,
il ne resta pas longtemps oisif. — Il commença
par faire agrandir son palais qui n'était qu'une
très-petite maison bourgeoise avec jardin. —
Il acheta aussi une maison de campagne aux
environs de Porto-Ferrajo à laquelle il se mit
à faire travailler. Ces petites habitations formaient une bien singulière antithèse avec le
titre qu'il gardait. Il s'intitulait alors l'Empereur Napoléon, souverain de l'île d'Elbe, et il
était traité comme chef d'un état Étranger.

Le 25 mai, M. Peytes de Moncabrié étant
venu en ce lieu pour lui remettre le brick *l'Inconstant* qui lui avait été promis par le traité et
reprendre ce qui était resté d'employés et de
soldats de l'ancienne garnison, avait salué
Porto-Ferrajo et il lui avait été rendu coup
pour coup.

M. de Moncabrié était un officier distingué
sous tous les rapports. Fils d'un chef d'escadre
et entré lui-même dans la marine en 1781,
il avait été fait lieutenant de vaisseau avant
son rang pour avoir enlevé à l'abordage, dans
le Port de Vitulos, un pirate grec, armé de
seize canons et ayant cent hommes d'équipage. Depuis, il avait eu bien d'autres combats, et, entre ses commandements, nous con-

naissions tous celui qu'il avait eu dans les provinces suédoises et allemandes, nous savions
ce qu'il avait fait au siége de Stralsund, sa part
dans la prise de l'île de Danholm, où sa conduite
lui avait valu l'honneur d'être envoyé en parlementaire à l'île de Rugen auprès de Gustave-
Adolphe, le Don Quichotte du Nord, qui, disait
le *Moniteur*, n'avait de Charles XII que ses
bottes et son entêtement. On rapportait à ce
propos que Moncabrié ayant demandé au roi
de Suède où il fallait le transporter, et celui-ci lui ayant répondu : « Où je ne rencon-
trerai pas de Français », M. de Moncabrié lui
aurait reparti : « Comme cela pourrait nous
mener loin, je vais vous embarquer pour votre
pays », ce qu'il avait fait.

Il y alla une autrefois : Gustave-Adolphe
n'ayant pas su garder son trône, Moncabrié fut
plus tard demandé par Bernadotte, nommé
prince royal, pour le conduire en Suède, ainsi
que sa femme et son fils. Bernadotte l'avait apprécié pendant qu'il était gouverneur général
des villes anséatiques, et c'était lui qui l'avait
fait nommer capitaine de vaisseau.

A la restauration des Bourbons, le nouveau
gouvernement avait retrouvé parmi ses adhérents Moncabrié, que la Société populaire de
Toulon, en 1793, avait démonté, et le roi lui
avait montré la plus grande confiance en le

chargeant de missions délicates. Celle qu'il remplissait alors était la seconde, n'ayant pu remplir la première. L'ami de Bernadotte, qui n'avait pu conduire l'Empereur à l'île d'Elbe, put, cette fois du moins, le voir et reconnaître ses dispositions.

Napoléon, averti de l'objet apparent de la mission du capitaine, promit de le recevoir le lendemain matin 26 mai, à dix heures; mais il n'attendit pas jusque-là, et il vint le voir cinq heures avant l'heure fixée, — amené par une corvette anglaise qui le débarquait au milieu de ses hurrahs.

Le 29, Napoléon entretint Moncabrié de tout ce qui s'était passé en France et cela sans amertume; il lui parla de ses projets d'établissement dans l'île et des vœux qu'il formait pour le bonheur de la France.

Dans un dîner auquel il l'avait invité et auquel prirent part le général Dalesme, Mme Dalesme, deux dames du pays et le Grand Maréchal comte Bertrand, la conversation fut générale et roula principalement sur l'île, sa situation, ses productions, ses habitants et ses relations commerciales.

Le soir, la ville donnait un bal pour la fête patronale du pays, M. de Moncabrié y assistait. La fête était brillante.

Le 1er juin, l'Empereur allait visiter l'île de

Palmajola, située dans le canal de Piombino — Ce jour-là, arrivait sur une frégate napolitaine, la princesse Pauline, sa sœur, qui repartait le lendemain pour Naples auprès de la reine Caroline Murat.

Le 4 juin, Moncabrié s'apprêtant à partir, rendit visite à Napoléon, qui l'engagea lui et M. Charrier, autre capitaine, à déjeuner.

A quatre heures, Moncabrié faisait embarquer les troupes et les passagers.

A sept heures, le Grand Maréchal venait au nom de l'Empereur lui souhaiter bon voyage. — Dans cette visite, Napoléon semblait avoir accepté parfaitement sa situation.

« Si l'on vous demande de mes nouvelles en France, avait-il dit aux deux officiers, vous pourrez déclarer que je suis un homme mort, que je ne m'occupe que de bâtisse pour me loger, que tous mes vœux sont pour le bonheur des Français et que je suis très-satisfait. »

Dans une autre occasion également, il avait parlé de même à M. de Moncabrié, — ajoutant ceci :

« Je m'occupe de mon petit logement à la ville, je cherche aussi un endroit bien aéré pour y élever une maison de campagne et pourvu que je fasse mes sept à huit milles par jour à cheval ou en voiture, je serai très-bien. Je range ma bibliothèque, je travaillerai ensuite dans mon cabinet, laissant au général Bertrand, mon Grand Maréchal, le gouvernement de mon île ; je serai très-heureux. »

Rien dans ses discours n'indiquait de grands projets, et le gouvernement de Louis XVIII, satisfait, nommait M. de Moncabrié officier de la Légion d'honneur le 18 août 1814, puis, le 5 octobre, il le créait comte.

Mais les choses ne devaient pas toujours marcher d'une manière aussi rassurante pour les Bourbons que cette mission pouvait le leur avoir fait espérer.

Pendant longtemps, il est vrai, Napoléon continua un train de vie presque semblable, courant beaucoup d'un lieu à l'autre avec ses deux généraux ou avec un seul et visitant ses ouvriers. En Novembre, l'on disait qu'il était occupé à faire couper l'île par autant de chemins qu'il le jugeait nécessaire pour la traverser dans tous les sens. Mais la venue de son brick *l'Inconstant* lui avait permis de varier ses promenades. — Il l'accompagnait souvent en mer. Ce brick avec un chebek à peu près désarmé et trois petites felouques, formait toute sa marine. — Il se rendait ordinairement à six heures du soir à sa maison de campagne, où il allait d'abord au port dans son canot, gagnait sa maison par mer et en revenait en calèche. — Il avait avec lui sa mère chez la-

14

quelle il faisait un tour. — Mais il y dînait rarement.

Cependant cette vie calme, agréable d'abord, ne tarda pas à paraître bien plate à des hommes habitués à la vie des camps. L'activité de Napoléon était à l'étroit dans son île comme celle de Charles-Quint dans sa cellule, et il comprenait bien que ses *vieilles moustaches* s'ennuyassent beaucoup de bâtir et de maçonner. — Lui-même avait involontairement des retours vers ce qu'il avait aimé et ce qui l'aimait, il en écoutait jusqu'aux moindres bruits, il se tenait au courant de ce qui se passait au congrès de Vienne. — En Septembre, le bruit avait couru que l'archiduchesse Marie-Louise avait secrètement débarqué à l'île d'Elbe, ayant avec elle son fils, et s'était rendue directement à Marciana où l'Empereur l'attendait. — Ce qu'il y a de certain, c'est que le 1er octobre il vint mystérieusement un enfant et une comtesse polonaise, dont les anciennes liaisons expliquaient le voyage et les soins pris pour le favoriser.

Au moment où la position de Napoléon dans son île commençait à lui peser, les puissances alliées s'inquiétaient de son voisinage de l'Italie et de la France, à cause des visites qu'il recevait et aussi des émigrants qui s'échappaient de Corse ou qui voulaient quitter la France, soit pour grossir sa petite garnison, soit pour se faire accepter au nombre des ouvriers qu'il retenait, lorsqu'il les croyait aptes à concourir à l'embellissement de l'île.

Des ordres furent en conséquence donnés dans nos quartiers maritimes, de ne pas laisser partir d'ouvriers allant en Corse ou à l'île d'Elbe. — Et pour preuve que les ordres furent fidèlement exécutés, c'est que le 13 août 1814, l'on n'avait pas laissé partir un nommé Louvel, natif de Versailles, âgé de trente ans, sellier de profession, qui s'était présenté au bureau de l'inscription maritime de Toulon pour s'embarquer sur un bâtiment allant en Corse, d'où il espérait, disait-il, pouvoir se rendre à l'île d'Elbe pour y servir Napoléon. Cet individu, qui devait être l'assassin du duc de Berry, avait été adressé au sous-préfet de Toulon et celui-ci l'avait renvoyé dans l'intérieur de la France. Ce Louvel était du reste un spécimen, moins le crime, des Français qui se rendaient à Porto-Ferrajo; ce n'étaient guère que des gens du commun ou des officiers subalternes ne possédant rien. — Or, Napoléon disait qu'il n'était ni assez riche pour augmenter le nombre de ses serviteurs, ni assez pauvre pour accepter des services gratuits.

Les visiteurs les plus distingués étaient des

Anglais; quelques-uns étaient chargés de décorations. — Les Italiens également étaient d'un
meilleur monde que nos émigrants. — Sur
toute la côte d'Italie le pavillon de l'île d'Elbe
était bien accueilli; l'on y montrait beaucoup
d'égards pour son souverain. — A Gênes, le
portrait de Napoléon était exposé ainsi que
des gravures représentant les principales ac-
tions de sa vie.

Napoléon avait en outre des rapports fréquents avec Naples où régnait son beau-frère,
Murat, qui cherchait à se faire pardonner sa
défection de 1814.

Ces relations de famille, ces sentiments
qu'on lui témoignait dans ce pays, portaient à
penser que s'il avait quelque projet hostile, il
ne l'exécuterait pas avec la poignée d'hommes
qu'il pouvait réunir dans son île, mais qu'un
appel aux mécontents de l'Italie lui procure-
rait bientôt plus de soldats qu'il n'en pouvait
avoir par l'embauchage en Corse.

Cette raison excita Wellington, au congrès
de Vienne, dit-on, à signaler sa présence à
l'île d'Elbe comme un danger pour le repos de
l'Europe. Il ne fallait, en effet, qu'une excursion de peu de durée pour justifier ces craintes, et à ce point de vue, ses courses en mer
étaient surveillées. — « Il serait à craindre,
écrivait-on en novembre, qu'il n'accoutumât

ses surveillants à ces espèces de sortie et qu'il ne disparût un jour. »

Ces réflexions et la relâche des bâtiments Tunisiens, à Porto-Ferrajo en 1814, firent songer à prendre plus de précautions, de peur qu'un de ces bâtiments ne le jetât en Italie ainsi que le détachement de troupes qui était avec lui.

En conséquence, l'on forma une croisière de trois frégates françaises, la *Néréide*, la *Melpomène* et la *Fleur de Lis* qui devaient surveiller l'île d'Elbe tour à tour.

Sur la demande du chevalier de Bruslart, commandant en Corse, le capitaine Duranteau vint surveiller une fois jusqu'à Saint-Florent, le brick *l'Inconstant*, commandé par le sieur Taillade, accompagné d'une frégate napolitaine, et s'il n'alla pas jusqu'à Porto-Ferrajo, c'est qu'il était interdit aux vaisseaux croiseurs d'y mouiller.

Aussi le 13 février 1815, l'on recevait avis à Toulon que la présence de nos frégates sur les côtes d'Italie et dans les parages de l'île d'Elbe paraissait inquiéter vivement Napoléon. Par une raison ou par une autre, il se sentait surveillé de trop près. Mais il suffit d'un moment d'abandon pour que de longues précautions deviennent inutiles.

Le 16 février, le colonel sir Neil Campbell

qui était en mission auprès du souverain de
l'île d'Elbe, avait jugé nécessaire d'aller faire
un tour à Florence et à Livourne. — Le capitaine Adye qui l'avait transporté sur la corvette *la Perdrix*, ne l'avait ramené de Livourne
où sir Neil Campbell était allé s'aboucher avec
le consul de France, M. Mariotti, que dans la
journée du dimanche 26. — Par malheur, nous
pouvons le dire nous-même, car la France en
devait souffrir cruellement, cette journée et
celle du lendemain 27, la mer avait été si calme
que la *Perdrix* n'avait pu atteindre Porto-Ferrajo que le 28.

Le colonel Campbell s'étant fait alors mettre
à terre, n'avait pas tardé à apprendre par un
de ses agents et par un Anglais de ses amis,
que le 26, à neuf heures du soir, *l'Inconstant*
ayant à son bord Napoléon, était sorti du port
à force de rames, accompagné d'une bombarde
et d'une petite felouque. Ces trois bâtiments
étaient fort encombrés, car ils portaient près
de onze cent quarante hommes qui se subdi-
visaient ainsi : sept cents soldats de l'ancienne
Garde,—trois cents déserteurs Corses environ
et cent quarante autres hommes, soit Polonais
soit des gens de l'île d'Elbe même.

Les généraux Drouot, Cambronne et Bertrand étaient avec l'Empereur ainsi que le capitaine du port et les employés d'administra-

tion. Le colonel Campbell en recevant cet avis, alla visiter Mme Bertrand, Mme Lætitia, mère de l'Empereur, et la princesse Pauline Borghèse qui lui confirmèrent ce que son ami lui avait dit. Pauline Borghèse paraissait vivement émue en parlant du départ de son frère.

En conséquence, le colonel Campbell se mit à la poursuite du fugitif, ce qu'il fit à toutes voiles pendant une nuit où le vent augmentait sans cesse, cherchant en même temps les vaisseaux français qui croisaient. Vers deux heures et demie, dans la nuit du dernier Février au 1ᵉʳ mars 1815, il s'approchait de la *Fleur de Lis*; à trois heures, le commandant de ce bâtiment, qui était le capitaine Lenormand de Garat, le recevait avec le capitaine de la *Perdrix* Adye; — il y eut alors entre ces surveillants en défaut une explication.

D'après ce que le colonel Campbell et le capitaine Adye rapportèrent à l'officier français, qu'on leur avait donné pour certain, le brick *l'Inconstant* avait été bien reconnu des hauteurs de l'île d'Elbe jusqu'au lendemain 27, à trois heures après-midi, il était alors vers le N. N. E. de Caprara.

« Cette assertion, écrivait immédiatement « M. Lenormant de Garat, m'a causé quelque « surprise. En effet, dans la journée du Di- « manche, la frégate *la Fleur de Lis* qui se

« trouvait entre la route du cap Corse et l'île de
« Caprara, ayant eu connaissance de la *Mel-*
« *pomène* dans la partie méridionale de cette
« île, porta vers elle et ayant découvert en
« route cinq navires venant du N. N. E, elle
« les chassa, les joignit avant midi et fut en-
« traînée vers l'ouest. Ces navires, auxquels
« elle parla étaient Anglais et Suédois ; ils ve-
« naient de Livourne et faisaient route vers le
« détroit ; ils n'avaient aucun bâtiment der-
« rière eux. Je repris les amures vers l'E.
« J'eus une seconde fois parfaite connaissance
« de la frégate *la Melpomène*, qui avait son pa-
« villon hissé et se trouvait alors dans le S.S.O.
« de la Caprara, entre deux petits bâtiments
« dont je ne distinguai pas bien les couleurs.
« — Moi-même, de neuf heures jusqu'à dix
« heures et demie, moment de la sortie de
« Buonaparte de Porte-Ferrajo, — je me trou-
« vais au poste que je veille le plus habituelle-
« ment, à trois lieues dans le N. N. O. de Ca-
« prara. — La *Fleur de Lis* se tint toute cette
« nuit en diverses directions autour de cette
« île. — Enfin le 27, le lendemain, de midi à
« trois heures, temps où, suivant le rapport
« fait au colonel Campbell, on auroit reconnu
« l'*Inconstant* près de cette côte vers le N. N. E.,
« je me trouvais précisément au plus à dix milles
« de cette île dans le N. N. O, voyant toute la

« partie du vent. Il est à remarquer encore
« que nous avions vu le matin la *Melpomène*
« vers le S. S. O. de Caprara. Le temps était
« très-beau, le vent très-faible. Nous pou-
« vions aisément explorer chacun un espace de
« quinze milles de rayon. — Je n'ai pour mon
« compte découvert que deux petits navires,
« l'un à l'E. 1/4 S. E., l'autre au S. S. E.
« faisant route sur nous, que nous avons re-
« connus pour des caboteurs marchands et
« qui ont passé très-près pendant la nuit, se
« dirigeant vers l'O.

« Quant à la journée d'hier, continuait le
« commandant de la *Fleur de Lis*, j'ai, sui-
« vant mon usage, lorsque le temps le permet,
« louvoyé entre le cap Corse et Caprara en
« différents sens. Le vent, qui depuis plusieurs
« jours était extrêmement faible, ayant un
« peu fraîchi du N. N. E., j'ai eu dessein d'al-
« ler revisiter l'île d'Elbe, mais ce vent m'a
« manqué tout à fait au moment où je venais
« de doubler l'île Caprara par le Nord à une
« distance de deux milles. — Nous avons été
« tous à même d'examiner aussi clairement
« que possible le seul village et le seul mouil-
« lage qu'offre le rocher de Caprara, et nous
« n'avons découvert aucun bateau dans cette
« petite baye. — Deux pêcheurs, dont l'un
« nous a vendu du poisson, étaient sur la côte.

« Cette nuit, terminait M. Lenormand de
« Garat, je restais au plus près du vent pour
« m'éloigner le moins possible de ce parage,
« lorsque j'ai fait la rencontre de la corvette an-
« glaise. J'étais à deux heures et demie du matin
« à huit lieues et demie dans le N. N. J'ai donc
« de la peine à me persuader que dans la jour-
« née de lundi à mardi le brick *l'Inconstant*
« ait pu passer dans les environs, soit par le
« N., soit par le S., où j'ai vu la *Melpomène*
« pendant les calmes et avec ses avirons. »

Après tout, c'était chose parfaitement inutile que les conjectures des officiers français
et anglais pour chercher à s'expliquer comment Napoléon avait pu leur échapper, mais
ce que le capitaine de la *Fleur de Lis* rappelait, avec plus de raison, c'est qu'il avait
plusieurs fois fait observer au chevalier de
Bruslart qui commandait en Corse, qu'il était
très-simple et très-facile dans des circonstances
où il était défendu aux vaisseaux croiseurs de
mouiller à Porto-Ferrajo, de faire évader Napoléon par des bateaux et de le porter aux
côtes voisines.

Restait toutefois à savoir où l'Empereur était
allé. — Le colonel Campbell, d'après les renseignements de Porto-Ferrajo, semblait persuadé que le souverain de l'île d'Elbe voulait
se rendre en Lombardie, en s'établissant d'a-

bord du côté de Nice et d'Antibes. — Le colonel anglais faisait observer que si Napoléon
avait eu le projet de se rendre à Gaëte ou à
Naples, il ne se serait pas encombré de chevaux, de canons et d'employés, qui lui devenaient inutiles dans un pays où d'ailleurs il ne
manquait rien de tout cela, encombrement qui
aurait pu nuire à son atterrissage et à sa navigation.

Il s'était à peine écoulé quelques heures depuis que le capitaine de la *Fleur de Lis* avait
écrit cette lettre, lorsqu'un coup de canon ré-
solvait la question que se posaient les croiseurs
en annonçant l'arrivée au golfe Juan de cinq
bâtiments de transport, d'où Napoléon débarquait avec ses soldats (1).

(1) Une lettre de Cannes, datée du 1er mars, six heures
du soir, annonce l'arrivée de l'Empereur à neuf heures
du matin. Les *Mémoires sur les Cent-Jours* par M. Fleury
de Chaboulon, disent qu'il entra dans le golfe Juan
à trois heures.

VII

UN

ASPIRANT DE MARINE A PARIS

PENDANT LES CENT-JOURS.

ORSQUE ces derniers événements éclatèrent, il y avait environ quinze jours que j'étais sorti de l'École navale. — Mes camarades et moi, nommés le 10 février 1815, aspirants de première classe, après être demeurés trois ans et demi sur le *Tourville*, où nous devions rester trois ans au plus, nous quittâmes tous Brest pour aller dans nos familles.

J'étais à Paris quand la nouvelle s'y répandit du débarquement de Napoléon à Fréjus. La nouvelle arrivée à Paris ainsi qu'à Vienne, dans la soirée du dimanche qui était le 5 mars, cachée d'abord par le gouvernement, mettait le lendemain toute la ville dans la plus grande agitation. — Tout comme à Vienne où la nouvelle tomba au milieu d'une fête

chez l'Impératrice, la première pensée fut
de n'y pas croire, tant cela parut extraordinaire. Ce ne furent d'abord que de vagues
rumeurs qui coururent dans les théâtres et
dans cette vieille galerie de bois du Palais-
Royal, improvisée depuis 1793 sur le vaste
terrain qui servait aux écuries du duc d'Orléans, et où chaque soir un grand nombre
d'anciens militaires, assez peu amis de la cour,
venaient parmi une foule d'oisifs, battre la
terre de ses deux allées parallèles, couvertes
en toiles et en planches, avec quelques vitrages, et bordées d'une triple ligne de boutiques,
où les libraires étalaient leurs nouveautés et
les modistes travaillaient sur de grands tabou-
rets tournés vers le dehors.

On ne savait dans cette foule ce dont il s'a-
gissait, mais on était certain qu'il y avait quelque chose. Enfin la vérité se fit jour. On apprit
que Napoléon s'était d'abord présenté comme
le lieutenant général des armées de son fils,
sans cavalerie, sans artillerie, sans matériel aucun. Au récit de sa marche audacieuse, quelqu'un s'étant écrié devant M. de Fontanes que
c'était affreux. Oui, repartit celui-ci, mais ce
qu'il y a de pire c'est que cela est superbe. En
effet, s'il n'y avait pas de complot, cela tenait
du merveilleux comme tant de pages de la vie
de cet homme. Mais combien la France de-

vait payer cher cet éblouissement. Les esprits
sérieux semblaient le pressentir. La capitale
prit aussitôt un aspect étrange. Ce qu'il y avait
d'inquiétude, d'assurance, de tristesse morne,
de joie mal dissimulée, de crainte et d'espérance sur la physionomie de cette grande cité
qui avait tant regretté Napoléon et si bien fêté
Louis XVIII, ne saurait se dire :

« Dans la journée du 7, les groupes se formaient aux Tuileries et sur les boulevards.
Les cafés se remplissaient de nouvellistes dont
chacun avait sa lettre confidentielle, et la lecture du *Moniteur*, qui se faisait à haute voix,
était interrompue par des commentaires où
l'esprit de parti commençait à se montrer à
découvert. — Dès ce jour on put remarquer
dans la contenance des militaires un changement, dont il était facile de démêler la cause
et de prévoir l'effet.

« Ceux à qui les petits détails n'échappent
point et qui en tirent quelquefois de grandes
inductions s'aperçurent qu'à cette même époque les décorations du Lys, que les Bourbons
avaient distribuées à leurs fidèles, étaient
déjà beaucoup moins communes (1). — On sut

---

(1) Cette décoration était celle de l'ordre de la Fidélité. — Elle était en argent et figurait un lys cou-
ronné.

que depuis plus de six mois, par une espèce
de pressentiment et de convention tacite, les
soldats dans l'intimité de la caserne donnaient
à l'Empereur le surnom mystérieux de la *Violette*, auquel ils attachaient l'idée d'un retour
au printemps; cette pensée secrète prit dès
lors un signe extérieur. Un bouquet de violette
parmi les bourgeois, et parmi les militaires le
ruban de la Légion d'honneur, négligemment
noué à la boutonnière, furent adoptés par les
partisans les plus dévoués à Napoléon comme
un moyen de s'entendre et de se reconnaître. »

Les fidèles de l'une ou l'autre cause donnèrent aussi un autre spectacle aux premières
nouvelles de la marche de Napoléon. Pendant que les vieux courtisans des Bourbons
accouraient dès le matin aux Tuileries pour
savoir si la rumeur publique ne les avait pas
abusés, les anciens dignitaires de l'Empire,
s'allaient féliciter du succès d'une entreprise
dont ils avaient la confidence, et que rien désormais ne pouvait empêcher de réussir! C'é-
tait un mouvement, une activité dont on n'a
pas une idée!

Ce fut dans ces premiers jours que nous
vîmes reparaître les singuliers uniformes que
les émigrés rentrés en 1814 avaient fait faire
pour se montrer aux Tuileries à l'heure de la
messe. Je n'oublierai jamais un ancien major

de Champagne-Infanterie et un ci-devant mousquetaire gris de Louis XV, qui étaient dans le salon de la Paix, portant l'un son long et vaste habit blanc à revers bleu de ciel, et l'autre sa veste courte de drap écarlate, cuirassée d'un spencer de drap gris à croix noire. Chacun de ces défenseurs de la monarchie menacée était plus que septuagénaire. La traînante rapière du fantassin, qui avait appris en Angleterre à suspendre son épée à deux tresses de soie, le petit chapeau à la Saxe galonné d'or, la perruque à la brigadière, les jambes de vanneau dans les bottes hautes, larges et pointues, qui montaient jusqu'aux rotules saillantes du cavalier, excitèrent le rire des spectateurs. Ils étaient pourtant bien affligés ces deux vieillards.

Le mousquetaire qui avait vu dès le berceau toute cette famille que l'exil allait frapper pour la seconde fois, pleurait de grosses larmes de regret véritable; car il n'avait rien gagné à la Restauration que le droit de porter son antique uniforme et une cocarde de ruban blanc qu'il avait faite d'autant plus énorme ce jour-là, que le péril lui paraissait plus grand! Il n'avait eu ni pension, ni dignité, ni croix de Saint-Louis; il nous le dit sans amertume, sans adresser un seul reproche au Roi; bien différent en cela de tant de gens qui se réjouissaient aux Tuileries mêmes de la catastrophe prochaine, parce qu'elle allait renverser un pouvoir qu'on avait, disaient-ils, vu avare à l'égard des émigrés et des hommes de la Révolution, ralliés aux Bourbons depuis un an.

« Les Bourbons, disait le mousquetaire, n'ont rien fait pour moi, mais je les sers depuis plus de soixante ans, et ce n'est pas aujourd'hui que je les abandonnerai! Ils ont besoin de moi, me voilà. Mon épée leur appartient, je viens mourir à côté d'eux sur les degrés du trône. » Et le bonhomme levait en l'air son chapeau, l'agitait avec enthousiasme, et criait de toutes ses forces : « Vive le Roi! A bas le tyran Corse! » Ces cris impuissants trouvaient à peine deux ou trois échos dans ce salon où nous étions plus de deux cents personnes.

Jusqu'au 19 Mars, le major du régiment de Champagne et le mousquetaire de Louis XV ne quittèrent pas le Château ; ils se retirèrent quand ils virent qu'on les avait trompés, et que ni Roi ni Princes n'étaient disposés à arroser de leur sang les marches du trône.

Du jour où le débarquement de Napoléon menaça le sceptre aux mains de Louis XVIII, les consignes des Tuileries furent modifiées. Tout homme ayant un uniforme d'officier ou

seulement de Garde National fut admis à la
salle des Maréchaux; on ouvrit bien large la
porte au dévouement, et il faut dire que ce
fut la curiosité qui profita de ces avances tar-
dives, faites à ce qu'il y avait d'énergique
dans la société de Paris. On allait tous les
jours là, comme à la Bourse, au café, et pour
savoir des nouvelles, les nouvelles qu'on faisait dans le cabinet du Roi, pour soutenir le
plus longtemps possible l'opinion. Elles étaient
les plus étranges, les plus incroyables; aussi
personne n'y ajoutait foi. Les hommes les
plus importants de la cour se chargeaient de
les propager et de les discuter pour en dé-
montrer la véracité.

Je me souviens que quelque temps avant que
Louis XVIII, sentant le besoin de rappeler à
lui l'opinion publique, songeât à renouveler
son serment à la Charte, cérémonie qui ressemblait beaucoup à celle de l'extrême-onction
administrée à un mourant, je me souviens que
le vieux comte de Vioménil vint dans l'em-
brasure d'une croisée, où je causais avec un
colonel, mon compatriote, et dit à son glorieux camarade : « Réjouissez-vous, colonel,
Bonaparte est perdu; il a quitté Lyon où les
Jacobins l'ont d'ailleurs assez froidement reçu,
et toute son escorte a déserté. — Vous êtes
bien sûr de cela, général? demanda le baron***

à M. de Vioménil. ·— Fort sûr, monsieur le baron ; c'est le Roi qui nous l'a annoncé tout à l'heure.

Le comte du Houx de Vioménil avait figuré avec honneur dans la guerre de l'indépendance des États-Unis, et, pendant l'émigration, commandé l'avant-garde de l'armée de Condé. Aujourd'hui que j'y songe, son âge, ses services quoique sous un drapeau que nous avions oublié, auraient dû me tenir dans une grande réserve devant lui. Mais lorsque j'eus entendu le noble pair rapporter les nouvelles qu'il tenait du Roi.— J'en demande bien pardon à monsieur le comte, dis-je étourdiment, on a voulu flatter le Roi, ou le Roi n'a pas voulu vous décourager. — Monsieur, répliqua le vieillard d'un air sévère, on ne s'aviserait pas de tromper le Roi, et le Roi est trop gentilhomme (1) pour vouloir tromper personne. — Encore une fois pardon, monsieur le comte, mais le fait est impossible ;

(1) C'est ce que n'acceptait pas l'esprit de parti, car on trouvait à cette époque affichés sur le bénitier de Saint-Roch, ces deux vers :

Grand Dieu, qui dans tes mains tiens le destin de l'Homme,
Rends le Pape chrétien et le Roi gentilhomme.

Pie VII au moins démentit noblement le distique en donnant asile à la famille du souverain qui l'avait persécuté.

Bonaparte est dans la partie de la France qui lui est la plus dévouée. Lyon est fort napoléoniste, demandez plutôt à monsieur, qui est de cette ville aussi bien que moi, et qui y a conservé des relations. Tout ce qui environne Lyon pense à peu près de même; loin donc que Bonaparte y ait perdu son escorte, il a dû l'y grossir. » Le général était fort en colère : « Croyez-vous ce qu'avance ce jeune homme? » dit-il au colonel qui ne se hâta pas de répondre. « En deux mots, monsieur le comte, ajoutai-je, voici ce que je prévois comme certain : nous sommes le 16, eh bien! le 20 Bonaparte sera à Paris. — Mais, monsieur, repartit M. de Vioménil, savez-vous bien que ce vous que dites là est horrible, ou tout au moins fort imprudent? — Imprudent, pourquoi? ce n'est ni vous ni le colonel qui me dénonceriez, sans doute, si j'avais dit quelque chose qui pût me compromettre! Bonaparte aime les anniversaires : son fils est né le 20 Mars, et je suis convaincu que fût-il à Saint-Cloud maintenant, il n'entrerait aux Tuileries que le 20. » Le colonel sourit, l'autre me regarda avec bonhomie, et me dit : « Vous êtes fou, mon ami; vos désirs seront trompés. Bonaparte n'entrera pas dans la capitale, nous avons donné ordre de l'arrêter entre Paris et Lyon. » Il n'y avait rien à répondre à cela ; aussi ne cherchai-je pas une parole.

M. le comte de Vioménil ne comptait pas sur la défection de Ney, qui venait joindre Napoléon à Auxerre, après avoir déjà fait à Lons-le-Saunier cette proclamation dans laquelle il disait : « Soldats, je vous ai souvent menés à la victoire. Maintenant je vais vous conduire à cette phalange immortelle que l'Empereur conduit à Paris, et qui y sera sous peu de jours. Et là, notre espérance et notre bonheur seront à jamais réalisés. »

La confiance du bon M. de Vioménil, les courtisans, dont l'événement dérangeait les habitudes, la partageaient, ou cherchaient à se la donner. Mais Louis XVIII, dès qu'il eut appris que Napoléon avait débarqué sans que les douaniers du golfe de Juan et les paysans du Midi, qui l'année précédente le menaçaient de mort, eussent tiré sur lui un coup de fusil, Louis XVIII comprit qu'un hasard seul pouvait empêcher une restauration impériale.

Pendant que la jeunesse valeureuse de la maison du Roi était toute entière rappelée de ses cantonnements, ayant à sa tête des chefs qui se souvenaient confusément de l'art militaire d'un autre âge, M. le comte de Vioménil était placé à la tête des *volontaires royaux* qui s'organisaient à Vincennes, et qui prêtaient à rire, avec leurs chapeaux à la Henri IV.

Tous les chefs d'administration, pour faire preuve de dévouement, cherchèrent à enrôler des volontaires qui devaient s'opposer à l'invasion des conquérants partis de l'île d'Elbe.

Le ministre de la Marine convoqua dans la cour de son hôtel ce qu'il y avait à Paris de marins des trois familles, militaire, administrative et médicale. Nous nous trouvâmes une soixantaine qu'on mit sous les ordres de l'amiral Missiessy ; puis, vieux et jeunes, officiers et pharmaciens, chirurgiens et commissaires, enfants de la Révolution et de la vieille France, nous nous rangeâmes sur deux rangs ; on nous fit mettre l'épée à la main et l'on nous mena par les rues voisines du Château, faire une innocente promenade. Cette démonstration, qui, du reste, fut la seule, amusa les habitants. Quelques anciens serviteurs des Bourbons, qu'on avait fait rentrer dans le corps des officiers de vaisseau, essayèrent de réchauffer le royalisme éteint de la capitale ; on accueillit par de bruyants éclats de rire leurs cris d'amour et de fidélité. « Mon cher camarade, me dit un capitaine de frégate qui marchait à côté de moi, le peuple est un ingrat. Louis XVIII a refait ou travaillait à refaire ce que la Révolution avait défait (1), et les Parisiens ne comprennent pas cela. Ils iront au-

(1) Le duc de Blacas d'Aulps, que Chateaubriand accuse d'avoir été un mal pour la monarchie, et à qui d'autres ont attribué toutes les fautes qui ont précédé la catastrophe du mois de mars, publia un mémoire, dont le *Journal de Liége* du 10 novembre 1815 donnait la substance. Le duc s'y exprimait ainsi :

« La Charte constitutionnelle, dès sa naissance, a divisé les royalistes en deux partis. Dans lequel m'a-t-on trouvé ? La réponse est aisée : mes plus grands ennemis sont les royalistes inconstitutionnels ; à leur tête se placent les princes et la duchesse d'Angoulême. On sait que cette Charte ne cesse un seul instant d'être l'objet des plus vives discussions entre le Roi et les membres de sa famille. Je ne doute pas que le Roi ne se repentît quelquefois de l'avoir faite trop libérale. — Cependant, il avait fait le sacrifice de ses prétentions, et il en serait devenu le plus ferme soutien, s'il n'eût été constamment ébranlé par les remontrances très-peu respectueuses des ses parents. — Et je me trouve heureux de pouvoir dire ici que je suis presque le seul qui me sois opposé à ce que le Roi cédât aux pressantes objections du duc et de la duchesse d'Angoulême, du comte d'Artois, du prince de Condé et du duc de Bourbon. Je sentais toutes les conséquences qui résulteraient de leurs imprudentes démarches. Je pus me féliciter, comme je me félicite encore d'avoir en quelque sorte affermi le Roi contre eux. Que si l'on m'objecte les fréquentes violations dont la Charte était l'objet, malgré tout mon crédit auprès de Sa Majesté, je répondrai que j'en ai plus empêché qu'il n'en a été fait.—MM. d'Ambray et de Montesquiou, etc., pourront prendre ces violations sur leur compte, heureux de n'avoir pas à y joindre toutes celles qu'ils ont en vain sollicitées. Mais je me défends, et ne veux pas accuser. »

devant du tyran, et ils retrouveront bien leurs voix pour crier : vive ! à cet empereur de la canaille ! »

Le 20 Mars vint, malgré les ordres de M. de Vioménil, malgré le nouveau baiser donné à la Charte, malgré l'argent distribué à Lyon, par le comte d'Artois, aux soldats qui attendaient l'Empereur, des cocardes tricolores dans leurs gibernes, nonobstant les volontaires royaux, et même malgré les souvenirs récents de la dernière campagne de Russie, où nos malheureux soldats répandirent, textuellement, des larmes de sang, et où il arriva qu'une division forte de dix mille hommes, telle que celle du général Loyson, en perdit, du froid, sept mille en trois jours (1).

La nation ne parut plus se souvenir de toutes ses libertés confisquées, ni de la conscription qui l'avait décimée, et qui, à ne compter que par les sénatus-consultes, depuis le 2 vendémiaire an XIV jusqu'en 1815, avait pris aux familles et mis sur pied 1 687 000 hommes, sans parler de ceux que l'on n'avouait pas, et que des écrivains portaient à un tiers de plus, c'est-à-dire à 2 249 000. Lafayette disait 3 000 000. Qui, dans la riche

---

(1) *Expédition de Russie*, par M. le marquis de Chambray, tome III, page 116.

bourgeoisie, n'avait pas racheté ses fils au moins deux fois, sans pour cela qu'ils fussent assurés de ne pas partir dans les gardes d'honneur. Aussi Vial disait que « filles et champs en friche demeuraient (1). On oublia toutes ces choses. Comme il arrive presque toujours dans les temps de révolution, les plus ardents ou les plus audacieux, qui sont les plus actifs, l'emportaient sur le fond de bon sens et d'honnêteté du pays, et sous leur influence, on oublïa les longues guerres, par lesquelles nous avions lassé la victoire, et cela au lendemain d'une défaite accablante. On ne vit que la menace de restitution des biens nationaux, où plus de la moitié de la nation se trouvait intéressée. On ne voulut pas comprendre que les Bourbons ne pouvaient pas abandonner ceux qui avaient lié leur fortune à la leur, et avaient tout perdu pour eux : biens, honneur et positions. On ne vit que les prétentions de la noblesse, les vexations de la censure nouvelle, quoique celle de l'Empire et les dépor-

---

(1) Un fonctionnaire public avait sur son bureau un buste de l'Empereur et le code de la conscription : sur l'un étaient écrits ces mots en lettres d'or : « Voilà mon Dieu, et sur l'autre : voilà ma loi. » Ce magistrat n'était pourtant pas le même qui essaya de prouver à la tribune que la conscription était un moyen d'accroître la population, tandis qu'un autre y voyait un exercice utile à la santé des jeunes gens.

tations du Directoire eussent été bien plus cruelles ; on était également irrité contre le rétablissement des Jésuites et les prédications des missionnaires, qui semblaient nous regarder comme des peuples sauvages. Enfin, exaspéré de ce qui n'était que l'œuvre d'exaltés ou de gens tarés, qui, dans les premiers moments du bouleversement, avaient envahi les emplois, froissé perpétuellement dans mille petits détails par une génération peu en harmonie avec les générations nouvelles, le pays laissa partir le Roi goutteux qui gouvernait sur un fauteuil et courut sur les pas du monarque à cheval.

Ce ne fut pas toutefois sans des sentiments contradictoires, mais qui se comprennent de la part d'un peuple généreux. La scène d'adieux entre le Roi et ses fidèles, au moment du départ, arracha des pleurs à ceux mêmes des témoins qui aimaient le moins les Bourbons. La lourdeur de la taille de Louis XVIII, ses deux jambes enveloppées dans des guêtres de velours, ses cheveux poudrés et noués par une queue, n'ôtaient pas peu du prestige royal ; mais sa figure expressive, son buste plein de dignité, effaçaient cette première impression, et nous aimons encore à revoir, conservé pour l'histoire, par le pinceau de Gros, cet épisode qui fit oublier au Roi la solitude dans laquelle il avait été laissé le matin à sa chapelle. L'heure du départ avait été fixée pour minuit.

« A neuf heures du soir, dit l'historien de Louis XVIII, le prince de Poix, en donnant le mot d'ordre, prévint le commandant de la Garde nationale que le départ du roi aurait lieu à minuit. Déjà des mouvements dans l'intérieur du château décélaient ce qu'on cherchait encore à couvrir de mystère. Il ne fut plus permis de s'aveugler, quand les voitures royales parurent sous le pavillon de Flore. Émus et troublés, tous les gardes nationaux qui étaient au palais, officiers et soldats se portèrent pêle-mêle à tous les passages, couvrirent les escaliers et attachèrent leurs regards sur les portes des appartements intérieurs. Un profond silence régnait. Tout à coup les portes s'ouvrent, et Louis XVIII apparaît, précédé seulement d'un huissier portant des flambeaux et soutenu par le duc de Blacas et le duc de Duras. A son aspect, les spectateurs tombent à genoux, les uns n'expriment leur douleur que par des larmes, d'autres pressent de leurs lèvres les mains du Roi et baisent même les pans de son habit.... Tous le conjurent de rester avec eux, tous lui offrent de répandre pour lui la dernière goutte de leur sang.....

« De grâce, mes enfants, épargnez-moi, leur dit Louis XVIII...... Retournez dans vos familles, je vous reverrai..... Mes amis, votre attachement me touche...... »

On n'entendait plus que des sons entrecoupés autour du Roi.....

Le comte d'Artois, profondément ému, confondait sa douleur avec celle de ces fidèles. Le roi, ainsi entouré parvint avec peine à son carrosse, qui bientôt s'éloigna, escorté par un détachement des gardes du corps. Les princes partirent une heure après, suivis bientôt par les voitures de service. » Parmi les fidèles de la royauté expulsée une fois encore, étaient Géricault, le peintre, et le futur auteur de *Cinq-Mars*, Alfred de Vigny, qui accompagnèrent Louis XVIII jusqu'à Béthune.

Dans notre pays, à l'esprit si mobile, et où l'imagination exerce un si grand empire, l'on ne pouvait échapper à l'émotion que causait cette nouvelle crise de la famille de Bourbon, qui, après avoir été la plus illustre du monde, en était devenue la plus malheureuse. L'expiation des hontes du règne de Louis XV semblait bien longue. De quelque parti que l'on soit, il y a des situations qui font taire les rancunes, et l'on ne pouvait s'empêcher d'être touché en se demandant quel allait être le sort de ces princes, dont les souvenirs se rattachaient à la gloire et à la fortune même de la nation. Pour les esprits plus calmes, leur éducation d'un autre temps, leur vie loin de la patrie et des jeunes générations, leur retour, d'ailleurs, au milieu de toutes les passions contraires, avant qu'ils eussent eu le temps de se reconnaître, ne les avaient-ils pas condamnés à des fautes, et en même temps à l'impuissance. Une partie des griefs qu'on leur reprochait, au nombre desquels était la réduction des troupes, n'était-elle pas également la conséquence de l'état fâcheux dans lequel Napoléon avait jeté la France. Toutes ces raisons faisaient peser comme une certaine fatalité sur cette famille, sur les qualités et sur les vertus de laquelle on était mieux informé, car pendant vingt-cinq ans d'absence, les menées politiques des gouvernements qui s'étaient substitués au pouvoir de Louis XVI n'avaient pas seulement tendu à rendre les Bourbons étrangers à la France, comme à les discréditer, mais l'on avait même appris que plusieurs fois le Roi avait été l'objet de tentatives d'assassinat, d'empoisonnement et d'incendie, avant l'affaire du duc d'Enghien. Bien des attaques des émigrés s'expliquent aussi pour l'histoire impartiale. Quoi de plus atroce, par exemple, que la persécution exercée contre le Roi, lorsque, réfugiés à Mittau,

chez Paul, ce triste comte du Nord, que
Louis XVI avait si gracieusement accueilli
avec sa femme, le frère et la fille de la victime du 21 janvier 1793 reçurent à cette même
date, en 1801, l'ordre de quitter la Russie,
dont le chef s'était engoué pour le Premier
Consul. Ce jour-là, la duchesse d'Angoulême,
âgée de vingt-trois ans, accompagna son oncle,
déjà frappé d'infirmités. Les deux exilés eurent alors, pour gagner Varsovie, à traverser
un pays couvert de neige. Obligé de quitter
sa voiture, qui ne pouvait s'avancer, Louis XVIII
tombait souvent dans des fossés que la neige
lui cachait. A chaque fois, la jeune princesse
relevait son oncle et l'encourageait. Elle était
son guide à travers cet océan sans fin. Partout
l'abandon, partout la mort les menaçait, mais
la duchesse ne se plaignait pas. Elle priait.

Une gravure, exécutée par le marquis de
Paroy, représentant cette scène, avait été in-
terdite en France, sous l'Empire, mais, à la
Restauration, tout s'était su, et ceux qui se
reportaient à cette scène se demandaient quel
serait le nouvel asile de ce vieux Roi, qui,
pendant la Révolution et sous l'Empire, avait
été successivement chassé du Piémont, de
Vérone, de Dillingen, de Blankenburg, de
Mittau, et qui, après avoir trouvé quelques
années de repos dans le seul pays où Napo-

léon ne pouvait rien, était encore contraint de fuir après être un moment rentré dans le palais de ses pères.

Après le départ de Louis XVIII, Paris présenta, dans la journée du 20 mars, le plus singulier aspect. Partout, en dehors du Palais de Justice, où MM. Séguier et Brisson siégèrent encore, le gouvernement royal avait cessé d'exister, et le gouvernement impérial n'existait pas encore. Seule, la Garde Nationale veillait, et cela était bien nécessaire, car les faubourgs, depuis les portes Saint-Denis et Saint-Martin, jusqu'au Jardin des Plantes, avaient comme versé leur population sur les boulevards. Les ateliers étaient fermés, et l'on voyait dehors ces figures qui semblent n'apparaître que les jours de grande commotion ou de grand spectacle, ce qui est souvent tout un.

On a beaucoup exagéré de part et d'autre l'effet que produisit l'entrée de Napoléon à Paris; les passions y voient mal. J'ai cela présent à la mémoire comme aux yeux; et je me souviens de la fausseté de diverses relations. Depuis le matin le drapeau blanc avait été amené du pavillon de l'Horloge; les Tuileries attendaient les Trois Couleurs. A une heure après midi, un officier général, du nom de Rainbaut, célèbre dans les fastes de la guerre comme commandant de la cavalerie, prit possession du château au nom de l'Empereur son maître et le nôtre, comme il nous le dit dans son langage monarchique impérial. Quelque temps après, un lieutenant-colonel des ci-devant Lanciers Rouges vint dire que l'Empereur serait à Paris dans quatre heures ; il était à Villejuif. Un Garde National ayant demandé quels étaient ces personnages qui annonçaient ces nouvelles, il lui fut répondu que c'étaient deux plénipotentiaires du général Lefèvre des Nouettes. On se porta alors sur la route par laquelle l'on supposait que Napoléon devait arriver. Des milliers de corbeilles de violettes avaient été préparées pour être répandues sur son chemin ; mais il avait pris par des rues, où on ne l'attendait pas.

A la nuit tombante toutes les boutiques se fermèrent. Celles qui portaient les emblèmes de la royauté les avaient effacés dans la matinée. Bientôt tous les honnêtes gens étaient rentrés chez eux : femmes, enfants, hommes ; dans les rues obscures et désertes on n'entendait que le bruit des patrouilles. — Il n'y avait guère de monde qu'au Palais-Royal et au Carrousel. Là étaient les curieux et les intéressés.

Au Palais-Royal, où était le café Montansier, des agents impérialistes, montés sur des chaises et environnés de groupes, faisaient des harangues ou chantaient des chansons en l'honneur de Napoléon; des femmes perdues, comme ce lieu en rassemblait tant alors, ivres, en désordre, criaient : Vive l'Empereur !

Sur la place du Carrousel, se tenaient des curieux plus ou moins indifférents; mais des Napoléonistes étaient déjà dans la cour des Tuileries et dans les appartements.

Lorsque Napoléon y arriva vers neuf heures, l'Empereur et son cheval furent textuellement portés, de la grille au pavillon, ainsi qu'ils l'avaient été huit jours auparavant dans la rue de la Barre à Lyon, en descendant du pont de la Guillotière. On pressait tellement l'Empereur qu'il fut plusieurs fois obligé de prier qu'on s'éloignât un peu de lui, et d'avertir qu'on lui faisait mal.

Dans cette cour, l'enthousiasme était au comble, mais tout se passait assez froidement sur la place. On criait peu, on regardait; on était plus surpris que joyeux.

Il fallait que ce peuple vît l'Empereur au grand jour; il avait besoin d'un de ces regards fascinateurs dont Napoléon savait si bien l'effet sur les masses mobiles du peuple Parisien, pour prendre son parti d'une nouvelle inconséquence, d'un retour à ses anciennes affections. L'opinion de la plupart des

bourgeois était qu'un combat devait avoir
lieu dans la ville, entre ce qui restait encore
de la maison du Roi et ce qui arrivait de la
vieille armée avec Napoléon. Ce doute refroi-
dissant beaucoup l'entrée de l'Empereur, il n'y
eut que peu de cris hors l'enceinte des Tuileries. La nuit ne fut pas sans inquiétude;
l'on ignorait que le Roi eût défendu une résistance inutile. Paris attendait le lendemain
pour savoir s'il devait croire à l'Empereur, ou
si ce n'était qu'une apparition fantastique
dont il avait été frappé.

Le jour vint enfin. Le peuple était allé en
foule, dès six heures, voir le soleil se lever
sur le pavillon tricolore. Quelques groupes
de curieux étaient au Carrousel, amusés par
le bivouac du bataillon d'Excelmans. L'Empereur se montra au balcon de bonne heure;
un cri général : « Le voilà ! le voilà ! Vive
l'Empereur ! » salua son arrivée. Il était sans
chapeau et remercia de la main. Il avait sa
capote grise, usée, trouée, reste de cette
capote historique qu'il n'avait pas manqué de
mettre aussi en entrant à Lyon, pour frapper
la population lyonnaise du spectacle de la
misère qu'on avait faite à sa royauté de l'île
d'Elbe. Je me rappelle que plusieurs d'entre
nous qui étions dans la cour des Tuileries,
nous nous rendîmes naïvement complices de

ce petit charlatanisme. « Voyez, disions-nous aux personnes qui se tenaient pressées contre les grilles et passaient leurs visages entre les barreaux, voyez, voilà pourtant à quel état de dénûment on l'a réduit! voyez sa capote! C'est à faire pitié! » Chacune de nos paroles produisait un effet extraordinaire. Compères de bonne foi, nous propagions notre émotion et les *vivat* allaient croissant de minute en minute, au point que Napoléon, assourdi par le bruit, se retira après avoir dit quelques paroles qui ne descendirent pas jusqu'aux spectateurs militaires placés sous l'horloge. J'étais contre la grille de l'Arc de triomphe quand l'Empereur parut; derrière moi était une vieille femme du peuple à qui je racontais quelques-uns des épisodes de la soirée de la veille; elle pleurait à chaudes larmes à ces récits que l'enthousiasme d'une imagination jeune et fortement frappée colorait assez vivement.

L'enthousiasme éclata dès que le danger ne fut plus à craindre Les soldats et les hommes des dernières classes s'étaient parés de bouquets de violette. Le soir même, un acteur invité à chanter la Marseillaise, qu'il ne savait pas, fut accueilli par des bravos frénétiques après avoir chanté l'*Aigle volant de clocher en clocher*, — en attendant de nouveau le

tour de *Vive Henri IV* et de *Charmante Ga-
brielle*. — O multitudes! bien fous ceux qu'e-
nivrent vos applaudissements.

Dans le souvenir des manifestations de
cette époque, le café Montansier eut un rôle
important.

Après avoir ruiné plusieurs entrepreneurs
de marionnettes et de spectacles de bas étage
le théâtre Montansier, qui d'abord pendant
quinze ans avait dû sa vogue aux lazzis des
Jocrisses et des Cadet-Roussel, représentés
par Brunet, avait été transformé par un architecte habile en un vaste café, dont le propriétaire n'avait affiché d'autre prétention
que de doubler le café des Aveugles. Mais
on n'avait pu obtenir sous le gouvernement
de la Restauration le droit d'y avoir un orchestre. Ceux que la beauté du local y attirait
étaient réduits à boire tristement leur bouteille de bière dans un lieu consacré pendant
longtemps à la joie et au plaisir.

Telle fut la cause qui amena pendant les
Cent jours la foule au café Montansier.

Je laisserai ici la parole à un homme qui
a été mon maître et mon ami :

« Par une sorte d'analogie avec leur position, ce café, disait M. de Jouy, devint
l'asile des militaires à demi-solde qui venaient
s'y entretenir de leurs craintes et de leurs

espérances, et boire secrètement dans un lieu
public à la santé du Père la Violette. La nouvelle du débarquement de l'Empereur y fut
connue presque aussitôt qu'à la Cour, et je
laisse à penser avec quel enthousiasme elle y
fut accueillie par ces braves frères d'armes.
Je fus témoin du premier élan de leur joie
qu'ils se communiquaient sans proférer une
parole, et en s'embrassant les larmes aux
yeux. — Dès ce jour, le punch fut substitué à
la bière.

« Du 5 Mars au 19 la foule allait croissant
au café Montansier, et les bouquets de violette dont la police commençait à soupçon-
ner l'emblème, s'y montraient à toutes les
boutonnières. — Le 19 au soir, plusieurs officiers sous les yeux même des agents du gouvernement, s'abordèrent en se montrant la
vieille cocarde tricolore qu'ils avaient religieusement conservée.

« Le lendemain, tous ces compagnons d'armes se formèrent en escadrons et volèrent
au-devant de l'Empereur.—Ce fut sur la route
d'Essonne qu'ils donnèrent à leurs camarades
rendez-vous pour le soir au café Montansier,
dont la vogue et l'importance datent de ce
jour mémorable. L'affluence y fut prodigieuse
et s'accrut encore les jours suivants. Les mots
de citoyens et de patrie s'y faisaient entendre

16

pour la première fois depuis deux ans, et l'énergie de 89 s'y montrait dépouillée de ces formes alarmantes qui pourraient en faire craindre les suites.

« Le buste de l'Empereur, apporté en pompe, fut élevé dans la place d'honneur. L'inauguration s'en fit par de nombreux couplets en l'honneur des armées françaises et de leur chef, au bruit des airs nationaux rendus à la pureté de leur expression primitive.

« A ces chants de gloire et de liberté se mêlaient des vaudevilles plus populaires, et qui n'en sont pas moins français. Tous nos militaires sont chansonniers par nature, et depuis le simple grenadier jusqu'au maréchal de France, chacun au besoin improvise la chansonnette, dont il égaye les bivouacs ou ses soirées de garnison. Presque toutes les chansons qu'a vu naître le café Montansier sont le produit de la verve franche et naturelle de quelques militaires. »

Ainsi se passèrent ces premiers jours du retour de l'Empereur. Mais, si pour un certain nombre, c'était là un sujet de joie, d'autres ne tardèrent pas a réfléchir sur la déclaration du 13 Mars, faite par le Congrès, qui mettait hors du droit commun Napoléon, perturbateur constant de la paix publique en Europe.

En vain l'Empereur semblait-il avoir triom-
phé des Bourbons, dont il confisquait cette
fois le trône à son profit, on voyait les alliés
reprendre le chemin de la France, puis, pendant qu'il caressait la liberté, en faisant cause
commune avec les républicains, l'on devi-
nait aisément à entendre les fédérés que
cette union ne serait pas longue, de même
qu'à voir nos boulevards, il était évident que
les royalistes attendaient une meilleure heure.

Après le départ de Louis XVIII, le boulevard des Italiens, rendez-vous du monde élégant, et surnommé en 1792 le boulevard de
Coblentz, se trouva en 1815 divisé en deux
parties, l'une nommée boulevard de Gand,
l'autre boulevard de l'Île-d'Elbe. Sur ce dernier, se promenaient les amateurs de la violette et de l'œillet rouge, c'est-à-dire les impérialistes et les républicains. Sur le boulevard de Gand, de jeunes et jolies femmes se
montraient avec des guirlandes de lys ou des
robes blanches semées de fleurs de lys bleues.
Le bleu royal était devenu pour elles une couleur aimée : il signifiait la constance.

Napoléon avait souvent mis les femmes
contre lui : les mères d'abord par la conscription, les jeunes filles riches et leurs parents par l'habitude qu'il avait prise de marier
sans les consulter des héritières à des officiers

en faveur ; enfin les femmes d'esprit, de génie même, par sa brutalité envers elles. On
sait ses violences envers Mme de Staël. Je ne
parle pas de celles à qui leur beauté ou leur
élégance constituait une cour. C'est à l'une de
celles-là qu'il avait demandé si elle aimait
toujours les hommes. « Oui, sire, lui avait-
elle répondu; quand ils sont polis. » Ces hostilités, provenues de froissements intérieurs,
accrues par la conduite de Napoléon avec
Pie VII, se retrouvèrent aux deux dernières
étapes de l'Empire, et jusqu'aux dames de la
Halle, qui ne lui pardonnaient pas d'avoir
abandonné Joséphine. Celles-là, pendant que
les femmes du monde chantaient *Il reviendra*, faisant allusion à Louis XVIII, faisaient
entendre une chanson commençant par ces
mots : « Rendez-nous notre père de Gand. »
Cette chanson était attribuée à tort à Alissan
de Chazet, homme d'esprit, fils d'un fermier-
général et parent de Mme de Mackau.

Peu de jours après avoir vu l'Empereur entrer aux Tuileries, j'étais allé passer le reste
de mon congé à Lyon; mais je ne tardai pas
à revenir pour assister à l'assemblée du Champ
de Mai, où il s'agissait de consacrer l'Acte additionnel aux Constitutions de l'empire, acte
qui n'était que la Charte, à quelques différences près, et surtout moins l'abolition de la con-

fiscation. Ce fut un grand et triste spectacle
que celui de cette fête, à laquelle furent con-
voquées la Garde impériale et la Garde nationale de Paris.

Dissoute une première fois après le 10 Août,
rétablie après la chûte de Danton et de Robespierre, dissoute une seconde fois au 18 Brumaire, lorsque l'usurpation militaire avait renversé le Directoire et détruit la représentation
du pays, la Garde nationale avait été réorga-
nisée par ordonnance du 8 Janvier 1814. Elle
s'était honorée à cette époque par sa défense
des hauteurs de Belleville, de Ménilmontant,
de Romainville, des Buttes-Chaumont, lorsqu'elle eut fait rentrer dans Paris les paysans
qui fuyaient devant les Cosaques; mais surtout
sa conduite à la barrière de Clichy, sous les
ordres du maréchal Moncey, épisode qu'a re-
tracé Horace Vernet, montrait en elle un auxiliaire sérieux.

Le jour de la convocation, le Champ de
Mars, dans lequel s'étaient fait entendre vingt-
cinq ans auparavant les premiers cris de liberté, offrait un coup d'œil magnifique. Un
vaste amphithéâtre, bâti en charpente devant
la façade de l'École militaire, comprenait sur
ses gradins près de vingt mille électeurs et
ceux des députations militaires. Mais combien
cette enceinte politique avait un aspect diffé-

rent du spectacle que présentaient les troupes. Ici, enthousiasme, ardeur militaire, patriotisme exalté ; là, contrainte, réserve, défiance. La Garde Nationale de Paris, au nombre de douze légions, rivalisait de tenue avec la Garde Impériale ; mais ce n'était pas le même élan d'amour pour Napoléon. Elle défila en beaux pelotons, bien formés, marchant à merveille, mais trop souvent muets. Toutefois elle n'y mit pas de froideur calculée ; elle ne voyait arriver ni l'Impératrice ni le roi de Rome qu'on lui promettait depuis deux mois, et que retenait l'Empereur d'Autriche à Schœnbrun. Elle se souvenait qu'en Janvier 1814, à une revue, Napoléon, à pied, tenait par la main son fils en uniforme de Garde national, le faisait passer avec lui dans les rangs, et que lorsqu'il s'arrêtait, tout en parlant à quelqu'un, il secouait, pour le soutenir, le petit prince dont le sabre était embarrassé dans ses jambes. L'on craignait fo .lors que l'enfant ne fût pas plus roi de ne que roi de Pologne, comme son père le dit un jour devant les colonels de la cavalerie de sa garde. Il travaillait ce jour-là à la réorganisation de cette troupe d'élite, affaiblie par les campagnes de Russie et de Saxe, lorsqu'on annonça le jeune Roi, qui venait lui dire bonjour, et comme Napoléon remarquait qu'il avait l'uniforme polonais, il lui avait donné une petite tape sur la joue en lui disant : « Ah ! te voilà, petit Polonais ; je ne sais pas si tu seras jamais roi de Rome, mais pour roi de Pologne, il n'y faut plus songer. »

Dans l'assemblée du Champ de Mai, les cris qui partirent des rangs de cette garde civique étaient fort significatifs ; pour un : Vive l'Empereur ! dix : Vive la Garde Impériale ! Napoléon ne s'y trompa point ; il comprit bien que ces souhaits adressés à sa garde par les citoyens se résumaient tous dans une pensée de crainte pour l'avenir, et qu'il n'était plus considéré par la population Parisienne comme le sauveur unique du pays. Aussi parut-il ennuyé et grondeur pendant la distribution qu'il fit des drapeaux sur l'Autel de la Patrie. Pour aller jusqu'à cette estrade, il passa au milieu d'une haie dont les deux rangs étaient si rapprochés par la curiosité que souvent il écartait de sa main, à droite et à gauche, les personnes qui le touchaient de trop près : tout le monde voulait lire dans ses yeux les destins de la France, et cette investigation paraissait le contrarier un peu. Une chose qui le gênait aussi et lui causait une impatience assez mal dissimulée, c'était le costume dont il était revêtu. Figurez-vous l'homme à la capote grise ou au simple habit vert, si beau

comme cela, si noble, si bien coiffé de ce petit chapeau auprès duquel celui de Nansouty
était un géant ; figurez-vous cet homme caché
sous l'attirail d'un courtisan de François Ier,
qui aurait mis son manteau comme le Crispin
de la parade. Napoléon portait une tunique
de taffetas cramoisi chamarré d'or et un manteau de velours violet, richement brodé.
Quant à ses trois frères, ils étaient vêtus de
taffetas blanc et couverts de galons. Quel déguisement pour l'Empereur! Les soldats de
la Vieille Garde, qui brillaient là avec leurs
habits rougis par le soleil, avec leurs bonnets
à poils rongés par une longue campagne avant
l'exil dans la mer Italique, ne purent s'empêcher de sourire en voyant leur général ainsi
vêtu. La toque à plume blanche, à ganse et à
bouton de diamant, allait mal à la figure grasse
de Napoléon. Les artistes le remarquèrent. Ce
qu'ils remarquèrent aussi, c'était le mauvais
goût qui avait présidé à la composition de ce
costume de cérémonie, amalgame étrange du
manteau court à la Henri III, de la tunique
théâtrale qu'Elleviou avait mise en réputation
dans *Françoise de Foix*, de la coiffure de
Charles IX, du tricot de soie collant qu'on
portait sous Henri IV, et des souliers de satin
blanc dont se paraient tous les seigneurs du
temps de Louis XIII.

Les royalistes se moquèrent, les artistes critiquèrent, bien que David eût passé par là ; les compagnons d'armes de l'Empereur gémirent tout bas du ridicule qu'il se donnait ; les représentants du peuple dirent assez haut combien un tel travestissement leur paraissait peu convenable. De l'hémicycle où les députés étaient placés selon l'ordre alphabétique de leurs départements, s'éleva un murmure désapprobateur quand Napoléon parut sur l'amphithéâtre où l'on allait dire la messe ; je fus effrayé de cette rumeur.

La députation du Finistère avait eu la bonté de me faciliter l'entrée de l'enceinte réservée, afin que je pusse bien voir ce spectacle qui m'avait fort tenté. J'étais placé presqu'en face de l'Empereur, et je ne perdis pas un de ses mouvements, un de ses fréquents froncements de sourcils, un de ses gestes d'impatience. J'assiste encore aujourd'hui à ce supplice auquel il était condamné ; je le vois accuser par sa contenance la lenteur du prélat officiant ; je le vois regardant, d'un œil fixe, M. Dubois qui lui débitait le discours voté par la majorité des Électeurs, discours écrit, disait-on, par Carrion de Nisas et revu, disait-on aussi, par Barrère, discours où se trouvait cachée sous le dévouement une scission trop prochaine entre l'Assemblée et l'Empe-

reur; je le vois prenant, pour se distraire, du
tabac à poignée dans les boîtes de l'archevêque de Bourges et de l'Archichancelier de
l'Empire qui se tenaient debout à ses côtés.
Qu'il était malheureux! que tout cela le faisait souffrir! que_le responsabilité il avait as-
sumée sur sa tête! Son génie devait-il suffire
aux difficultés? La victoire, déjà si souvent
infidèle à ses aigles, finirait-elle par leur revenir? Que de nuages sur ce vaste front! Cette
haute confiance qu'avait jadis en lui le vainqueur de l'Europe, qu'était-elle devenue? Il
était incertain, il hésitait, il était timide! lui,
timide! Oui, car dans sa réponse à M. Dubois.... il parlait de liberté sans éloquence,
en homme qui n'y croyait pas, qui la caressait et la prenait comme une alliée nécessaire,
dont il devait se défaire quand il n'aurait
plus besoin d'elle (1); il parlait de gloire avec

(1) On en était persuadé, M. Thiers en convient:
« Son ancien despotisme, dit l'historien de l'Empire,
produisait naturellement l'incrédulité qu'il rencontrait. » J'en trouve un souvenir dans « un vote assez
curieux inscrit et motivé le 1er mai 1815, à la Préfecture de police. » Il était attribué à Charles Nodier:
« Je soussigné, en vertu de la part de souveraineté
qui m'a été promise en 1792, qui m'a été escroquée en
1800, qui m'a été solennellement votée par un séna-
tus-consulte organique en 1814, qui m'a été rendue par
une proclamation du 1er mars 1815, qui m'a été reprise

amour, mais de ses victoires futures sans conviction. Ce n'était plus là le Bonaparte si sûr
de lui, si abondant en grands effets de poésie
dont il devait réaliser les merveilleuses promesses. Ce n'était plus le Bonaparte d'Égypte
et d'Italie, le Napoléon d'Austerlitz et même
de Moscou! Sa foi en lui-même avait cessé;
il était descendu dieu du trône, il venait d'y
remonter homme; il le sentait, et ses pensées
donnaient à ses yeux une effrayante immo-
bilité!

par un acte additionnel du 22 avril et que je repren-
drai quand je serai le plus fort, si je trouve qu'elle
en vaille la peine.

« Refuse l'Acte additionnel à l'acte constitutionnel,
tout ce qui s'est suivi dudit acte constitutionnel jusqu'audit acte additionnel et tout ce qui s'ensuivra.

« Premièrement, parce que.... *Item*, parce que...
Item.... *Item*.... *Item*, parce que la pairie de Bonaparte
est une saturnale qui soulève le cœur.

« *Item*, parce que cette hérédité est une grossièreté
gratuite aux générations futures.

« *Item*, parce que le vote du peuple sera illusoire.

« *Item*.... *Item*....

« Reconnaissant toutefois que les inclinations mar-
tiales de la nation et le rôle alternativement héroïque
et bouffon qu'elle joue depuis vingt-cinq ans sur le
théâtre de l'Europe, exigent qu'elle ait un roi qui sache
monter à cheval.... Je propose.... Franconi! »

C'était là un singulier compétiteur au trône de
France, auquel allait concourir avec d'autres Berna-
dotte si bien joué dans cette circonstance par Pozzo di
Borgo. J'ai vu attribuer à Nodier ce vote moqueur.

Aussi avait-il hâte de voir la fin de cette cérémonie Nous le comprîmes du moins ainsi par la vivacité avec laquelle il se leva lorsqu'elle fut terminée. Mais il lui fallut attendre pour cela, après les discours prononcés, que les hérauts d'armes à la dalmatique semée d'abeilles d'or eussent proclamé en son nom l'acceptation de l'Acte additionnel par le peuple Français. Il fallut que lui-même signât l'acte de promulgation de la Constitution et qu'il jurât de l'observer.

Lorsqu'après avoir prononcé ce serment sur le Livre des Évangiles que son aumônier lui présentait à genoux, lorsqu'il eut reçu le serment de l'Archichancelier et pour ainsi dire celui de la nation par ses représentants, lorsque le *Te Deum* eut été chanté, il se leva et nous nous levâmes tous. Près de moi était un nègre, un officier décoré, chef d'escadron de chasseurs à cheval, député de je ne sais quel département. Comme moi, il avait étudié avec un intérêt soutenu la figure de Napoléon. Pendant cette longue séance, nous n'avions pas échangé une parole, mais quelquefois mes yeux avaient rencontré les siens, où se lisait un singulier mécontentement. Quand l'Empereur descendit les gradins de l'amphithéâtre pour aller distribuer les drapeaux, le nègre franchit l'enceinte où nous étions, pour se trouver mieux sur son passage ; je le suivis machinalement. J'étais à côté de lui au moment où Napoléon passa ; il me prit la main le long de sa cuisse, la pressa bien fort, regarda fixement l'Empereur, puis il me dit d'un ton qui me fit une impression douloureuse : « Il n'en a pas pour longtemps ! » L'officier noir remit son chapeau avec humeur, me regarda, me salua, et disparut. Je ne l'ai jamais rencontré depuis.

La journée du 1er juin, où nous eûmes tant de vent, de poussière, de chaleur et d'ennui, finit par des fêtes.

Le soir, sur la place Louis XV, on tirait un feu d'artifice représentant le vaisseau qui avait amené Napoléon de l'île d'Elbe au port de Cannes.

Quinze jours après, c'était fait de l'Empire et de l'Empereur !

Que n'avait-il donc profité en 1813 de la suspension d'armes connue sous le nom d'armistice de Dresde, armistice auquel ses victoires de Lutzen et de Vurschen avaient forcé les Prussiens. Comme il avait lieu en ce moment de regretter d'avoir à cette époque cédé à un de ces emportements, où son orgueil avait éclaté contre de bons serviteurs en mots du genre de ceux qui firent dire un jour à Talleyrand : « Quel malheur qu'un aussi grand génie ait été si mal élevé. »

Je ne sais si le rapprochement entre cette époque à laquelle il était encore le maître et l'époque présente où il ne l'était plus de rien s'offrit à son esprit. Il eût été bien propre, dans tous les cas, à lui faire détester les complaisances qui, au conseil de guerre tenu à Dresde le 6 août 1813, l'emportèrent sur le langage de la vérité et déchaînèrent l'Europe coalisée contre nous, après avoir obligé l'Empereur à repasser le Rhin avec les débris de son armée.

Je tiens à noter comme point de départ des désastres de 1815 les particularités dont le récit fait à un général par M. Daru, intendant général de l'armée, me paraît provenir d'une source des plus respectables.

Le conseil du 6 août, dans lequel fut décidée la reprise des hostilités, était composé du prince de Neufchâtel, major général, du duc de Bassano, ministre secrétaire d'État, du duc de Vicence et du comte Daru, intendant général de l'armée. L'Empereur présidait :

« Le prince de Neufchâtel, consulté sur la question de savoir ce qu'il croyait le plus favorable aux intérêts de la France ou de traiter de la paix avec les puissances coalisées ou de continuer à leur faire la guerre, émit une opinion pacifique qu'il motiva de son mieux. A quoi l'Empereur dit : « C'est

« parler comme une vieille bête. » Le comte
Daru, interrogé sur le même sujet, se renfermant dans la spécialité de ses fonctions, déclara que la Saxe ravagée par le passage et le
séjour de nombreuses armées, ne pouvait
plus offrir les ressources nécessaires pour
nourrir l'armée, et que selon lui ce n'était
qu'en se reportant un peu loin en arrière de
l'autre rive de l'Elbe qu'on pourrait se procurer des moyens de subsistance pour hommes
et pour chevaux. « C'est parler comme un
« pleutre, » dit cette fois Napoléon. Enfin le
duc de Bassano, interpellé de donner son
avis, se prononça nettement pour la guerre.
« Sire, dit-il, vous commandez encore à
« une armée nombreuse, vos derniers suc-
« cès en présagent d'autres et ont inti-
« midé vos ennemis ; mais si vous leur fai-
« tes une seule concession pour obtenir la
« paix, Votre Majesté aura lieu de s'en re-
« pentir. » Et l'Empereur de l'interrompre
en disant : « A la bonne heure, vous parlez
« français et je vous comprends. » — M. de
Bassano, apercevant l'opinion de l'Empereur par les coups que recevaient ses collègues, avait voulu éviter son tour, et il avait
abondé dans le sens de Napoléon. Le conseil fut alors levé, la guerre résolue, et
nous en subissions les malheureux résultats »

auxquels le Champ de Mai ne devait guère remédier.

Le lendemain de cette cérémonie, je fus témoin d'une autre scène qui peut servir à peindre la confusion dans laquelle nous étions tombés.

M. le baron Vouty de la Tour, premier président de la cour impériale de Lyon, présidait également la Députation du Rhône au Champ de Mai. Je lui avais été adressé et recommandé par un oncle de mon père, magistrat de notre ville. Il m'avait fait un excellent accueil, et m'avait engagé à dîner pour le 2 juin. Je trouvai à son hôtel nombreuse et brillante compagnie, il traitait plusieurs députés des départements et quelques officiers généraux de ses amis. On faisait cercle au salon quand j'y fus introduit. La conversation était animée; on parlait politique avec une liberté qui gênait beaucoup notre amphitryon, homme de beaucoup d'esprit, mais un peu méticuleux, et qui n'aurait pas voulu qu'on pût redire à l'Empereur que chez lui on se permettait de faire de l'opposition à l'Acte additionnel. Il cherchait à mettre d'accord les opinions les plus divergentes ; par politesse, par bienséance, presque tout le monde lui cédait; il n'y avait là qu'un homme intraitable, un homme d'un extérieur fort simple,

espèce de campagnard éloquent, aux manières
énergiques, à la voix rude et forte; il ne con-
cédait rien à personne. « Votre Bonaparte, disait-il, je m'en défie. Vous ne me ferez pas
croire qu'il aime jamais la liberté et l'égalité.
Quelle parade il nous a fait jouer hier! Et
toute cette cour, tous ces valets dans leurs
costumes de saltimbanques. » — Le salon de
M. Vouty de la Tour était plein de gens à qui
le malin républicain jetait ainsi l'épigramme
au visage. — « Ou il étouffera la liberté, leur
Empereur, ou la liberté l'étouffera; et je parie
pour la liberté! » M. le baron de la Tour
était fort embarrassé; il fit hâter le dîner pour
se tirer de la situation où le mettait son
malencontreux opposant.

On servit enfin. Chacun cherchait sa place
à table; je trouvai la carte qui portait mon
nom entre celles de deux hommes fort célèbres. L'un d'eux était cet ennemi de l'Empereur, que je venais d'entendre discuter si vertement, et dont j'avais cherché à deviner le
nom pendant qu'il parlait : c'était un membre
de la Convention, un régicide. L'autre était
aussi un Conventionnel ayant voté la mort de
Louis XVI, mais il était d'une trempe bien
différente. J'avais à ma gauche celui qu'on
avait surnommé l'Anacréon de la guillotine,
Barère de Vieuzac, qui avait dit que l'Arbre

de la Liberté ne pouvait croître s'il n'était
arrosé du sang des rois, et à ma droite
Cambon, le financier, qui s'applaudissait
qu'on « battît monnaie sur la place de la
« Révolution, » propos atroce admiré des scélérats qui, comme Collot d'Herbois, trouvaient « que plus le corps social transpire,
« plus il devient sain. » Entre ces deux hommes, j'avoue que j'eus peur, j'en ris aujour-
d'hui quand j'y songe.

Je m'efforçai cependant de faire bonne contenance, et je me résignai à tout ce qui pouvait arriver. Je dînai mal, très-mal, quoique
j'eusse bon appétit. Je mangeais du bout des
dents sans dire une parole, et en écoutant la
conversation des deux vieux politiques, je ne
fus pas longtemps à m'apercevoir que ces
messieurs avaient peu d'affection l'un pour
l'autre. L'homme aux bas de soie et à la coiffure poudrée n'aimait pas son ci-devant collègue ; mais il affectait avec lui beaucoup de
politesse, il le caressait de paroles flatteuses ;
du reste, c'était un causeur spirituel, assez
gai et fin ; il appelait l'Empereur : Sa Majesté
Bonaparte. A ma gauche on supprimait la qualité et le titre, on disait : Bonaparte, tout court,
ou quelquefois M. Bonaparte. Louis XVIII,
au moins, disait : M. de Bonaparte. La politique du moment fit le fonds de la conversa-

tion, dont je ne perdis pas un mot, parce qu'elle se croisait devant moi, gâtant tous les mets que je touchais. L'Empire y était condamné à mort. Napoléon était traité avec un mépris incroyable; on le prenait par force et comme pis-aller pour la guerre, mais on se promettait de lui faire violence à la paix, s'il durait jusque-là. J'étais indigné. Du moment présent aux temps passés, la transition n'était pas difficile pour des régicides; la guillotine fut toute la précaution oratoire.... Oh! alors, je fus bien à plaindre. Je sortis malade de ce dîner. Je n'ai jamais revu Barère, mais j'ai retrouvé son inflexible collègue; je l'ai vu bon, aimable, indulgent; j'en fus alors très-étonné. Mais peut-être est-il vrai que l'esprit de système détruit tout sentiment du juste et laisse certains hommes tranquilles, tandis que le souvenir du même acte poursuit et tourmente des esprits plus délicats ou plus clairvoyants. —C'est ainsi qu'au dire d'Eugène de Planard, l'élégant auteur du *Pré aux Clercs*, qui avait été secrétaire du comte Treilhard au Conseil d'État, ce dernier qui avait voté la mort du Roi avec sursis, restait toujours le 21 janvier enfermé seul dans son cabinet, et M. de Planard ajoutait qu'on l'y avait surpris les yeux rouges et gonflés de larmes. « Qu'on ne rappelle jamais devant moi ce jour terrible, » s'écriait-il un jour devant quelqu'un qui y faisait allusion. — Les événements éclairent aussi les hommes lorsqu'ils voient de plus près ceux qu'ils ont attaqués sur ouï-dire. — Manuel, l'homme du 10 août, frappé de l'attitude calme et de la noblesse des réponses de Louis XVI, n'avait-il pas envoyé le 19 janvier suivant sa démission de député, et 9 mois après, ne faisait-il pas l'éloge du courage de Marie-Antoinette, se condamnant ainsi lui-même à la mort.

Le 4 juin, l'Empereur devait recevoir dans la galerie du Muséum tous les députés du Champ de Mai ; je voulus assister à cette réception. Je cherchais, comme on le voit, tous les spectacles avec l'avidité d'un jeune homme. Ma curiosité ne se lassait pas. Avant de me rendre au Louvre je montai aux Tuileries. Il y avait beaucoup de monde dans la salle des Maréchaux ; toutes les personnes qui avaient quelque chose à demander à Napoléon étaient là, le placet à la main. Je ne sollicitais rien, mais je tenais à voir de près l'Empereur. Je pris mon rang dans une des deux files qui s'étaient formées obliquement, de la porte par où il devait sortir à celle de la galerie vitrée qu'il allait traverser pour se rendre à la chapelle. J'étais à côté d'un soldat décoré qui venait prier l'Empereur de faire entrer son fils

dans un des lycées; il obtint cette faveur.
Napoléon le reconnut très-bien; il y avait dix
ans pourtant qu'il ne l'avait vu. Quand l'huissier annonça l'Empereur, le plus grand silence
succéda au tumulte des conversations particulières; il ne fut interrompu que par deux ou
trois salves de *Vivat* poussées au moment où
parut l'homme au frac vert. J'étais à droite
dans la haie que parcourait Napoléon, le douzième environ des expectants. Je le vis très-
bien venir : il était sérieux, tenait à la main
son chapeau, parlait vite, s'arrêtait quelques
secondes à peine devant chacun des pétition-
naires, se retournait de temps à autre vers les
généraux Bertrand et Drouot, pour leur recommander les affaires dont on venait de l'entretenir, et continuait rapidement sa visite. Il
s'arrêta à quelques pas de l'endroit où j'étais,
et se mit à rire. Il voyait venir quelqu'un à lui :
c'était un homme vieux et maigre, marchant
vite comme un courtisan attardé, affublé d'un
habit de soie à la française et d'une culotte
couleur gorge de pigeon. L'accoutrement était
parfaitement ridicule. Un défenseur du Tiers-
État dans ce costume gothique de l'ancienne
cour, il y avait de quoi se moquer pendant
un mois. Tout le monde sourit en le voyant,
et peut-être aussi en voyant sourire l'Empereur. Napoléon reconnut à dix pas son visi-

teur essoufflé, et le montrant avec gaieté aux
généraux de sa suite : « Eh! dit-il, c'est
l'abbé Siéyès! » Il appuyait malignement sur
le mot abbé comme pour faire une antithèse
de l'habit avec la qualité. Au reste, toutes
les fois que l'Empereur voyait Siéyès, ou
prononçait son nom, il semblait se rappeler
le bon tour qu'il avait joué à ce Directeur si
fin, si habile, qui avait eu la prétention de
gouverner la France, et s'était laissé si facilement duper au 18 brumaire par le petit général Bonaparte, à qui l'on accordait bien des
talents militaires, mais dont le Directoire, tout
en redoutant son ambition, niait la capacité
politique. Après quelques mots échangés entre l'Empereur et l'abbé faiseur de constitutions, Siéyès salua profondément l'Empereur,
et Napoléon reprit sa promenade un moment
interrompue : il arriva au soldat qui m'avait
fait lire sa pétition, morceau d'éloquence sol-
datesque vraiment fort remarquable, je vous
assure. Ce vétéran d'Aboukir et de Marengo
tremblait. « Que veux-tu? lui demanda l'Empereur. — Sire, Votre Majesté.... — Eh bien!
parle. — Dame, Sire....— Quelles campagnes
as-tu faites? — Oh! pour ça, Sire.... Sire....
ce papier vous le dira.... » Napoléon prit le
placet, l'ouvrit, le parcourut, et se retour-
nant avec bonté du côté du pétitionnaire :

« Accordé, mon camarade, ton fils sera élevé aux frais de l'Empire. »

« Et vous, ajouta l'Empereur en venant à moi, que voulez-vous? » Je n'étais pas préparé à cette question; je croyais que Napoléon ne parlait qu'à ceux qui cherchaient à obtenir de lui une parole; je restai interdit; je tremblais encore plus fort que le soldat; ma langue, soudainement épaissie, restait collée à mon palais; mes yeux, attachés à ses yeux, se fermaient insensiblement, comme ils auraient fait aux rayons du soleil; j'étais magnétisé. Je n'avais pas pour me tirer d'embarras vingt campagnes à énumérer, et une pétition à présenter; il fallait pourtant se décider; j'avais entendu dire que l'Empereur n'aimait pas qu'on hésitât devant lui, et cette pensée ajoutait encore à mon embarras. A la fin, — il me semble qu'un siècle s'était passé depuis que l'Empereur m'avait demandé : « Que voulez-vous? » — à la fin je répondis : « Je sors de l'École de la marine, et j'espère être embarqué bientôt. — Et la Garde! Parlez de cela à Drouot. » Il me salua de la tête, et passa à mon voisin de droite. Je restai immobile, stupéfait de ma bonne fortune. Peu à peu, je me rassurai et j'en vins à me demander pourquoi l'Empereur m'avait proposé d'entrer dans les Marins de la Garde, quand je lui par-

lais d'un futur embarquement. J'étais jeune,
grand et fort; et puis Napoléon avait pu être
trompé par un sabre traînant que je portais,
un grand sabre qui était devenu proverbial
parmi mes camarades. J'allai rappeler au général Drouot la parole de l'Empereur; mais
cela ne put pas s'arranger.

Lorsque j'attendais, eut lieu la triste bataille de Waterloo, qui décida de nouveau des
destinées de la France. Aussi chacun a-t-il
voulu écarter de soi la responsabilité de ces
malheurs. — D'après une lettre que j'ai sous
les yeux écrite par un officier supérieur qui
y jouait un rôle principal, la perte de cette
bataille, qu'on avait crue gagnée après l'enlèvement de la Haye-Sainte et du plateau du
Mont-Saint-Jean, résulta :

1° Du parti pris par l'Empereur de détacher
de son armée 40 000 hommes, la veille d'une
grande bataille qui devait décider du sort de
la France;

2° De la négligence impardonnable du maréchal Ney, qui, le 15 juin, après le passage de
la Sambre, s'arrêta à trois heures de l'après-
midi au lieu d'aller occuper avec une partie
de ses troupes la position importante des
Quatre-Bras où les Anglais n'avaient personne, et qui, le 15, attaqua cette position trop
tard et sans employer toutes ses forces;

3° De l'inaction du corps du comte d'Erlon, qui, le 16, resta à peu près immobile, n'appuyant par aucun mouvement vigoureux ni la droite du maréchal Ney, ni la gauche de l'Empereur ;

4° De la fausse et inexcusable manœuvre du maréchal Grouchy, qui, le 18, aurait dû écouter le conseil que lui donnait le général Gérard, et qui au lieu de suivre la retraite des Prussiens aurait dû, en entendant le bruit du canon, se jeter à corps perdu dans la direction de l'armée de l'Empereur ;

5° De l'imprévoyance et du découragement de presque tous les chefs, qui après la perte de la bataille se retirèrent chacun pour leur compte, pensant beaucoup plus à eux qu'à la chose publique et sans donner aucun ordre. Sur ce qu'avance cet officier supérieur, je ferai observer, d'après ce que m'a raconté un ami, que le colonel Selve, connu plus tard sous le nom de Soliman Pacha, disait un jour qu'étant aide de camp du maréchal Grouchy, celui-ci en entendant la canonnade, l'avait envoyé porter au général Gérard, puis au général Vandamme, l'ordre de marcher, que tous deux avaient rejeté l'un sur l'autre l'exécution de cet ordre, auquel le général Gérard avait fini par se rendre, après bien du temps perdu.

Quoi qu'il en soit, Napoléon rentrait vaincu

dans la nuit à l'Élysée le 21 juin. Il y avait trois mois et un jour qu'on l'avait vu de retour aux Tuileries.

Ce jour-là même la Chambre des représentants déclarait par l'organe de Lafayette que l'indépendance de la nation était menacée.

Ce jour-là aussi, lorsque l'on apprit que l'ennemi rentrait en France, le bataillon d'Artillerie de Marine était formé et j'en faisais partie.

Le bataillon comptait 1084 hommes tant officiers qu'aspirants de 1re et de 2e classes.

Par un décret du 9 juin daté de l'Élysée, tous les aspirants de marine de 2e classe, de l'âge de 18 ans et au-dessus, d'une complexion forte et robuste qui, n'étant pas employés sur les bâtiments de guerre, désiraient être formés par corps réguliers, devaient se rendre immédiatement à Paris pour y être organisés en compagnies de canonniers sous le commandement d'officiers de marine, nommés par l'Empereur. Ils étaient admis à se présenter jusqu'au 30 de ce mois; chaque compagnie devait être composée d'un capitaine de frégate, commandant la compagnie; de 2 lieutenants de vaisseau, lieutenant en 1er et lieutenant en 2e; de 2 enseignes de vaisseau, sous-lieutenants en 1er et en 2e; de 4 maréchaux de logis; d'un fourrier; de 8 brigadiers; de 120 aspirants, canonniers; de 2 tambours; total : 140.

Les maréchaux de logis, fourriers et brigadiers pouvaient être pris parmi les aspirants de 1re classe. Cinq compagnies formaient le bataillon. — Le bataillon était commandé par un capitaine de vaisseau. — Un capitaine de frégate était adjudant-major. — Il devait y avoir un tambour-major.

Les officiers, maréchaux des logis, fourriers, brigadiers et aspirants recevaient la solde d'activité à terre de leur grade respectif.

Les transactions diplomatiques rendirent notre posté de défense inutile.

Le 30 juin, à trois heures du matin, les Anglo-Prussiens avaient préludé par une attaque au nord de Paris, mais ils n'avaient pas osé forcer le passage de ce côté : ils avaient, en conséquence, suivi la rivière du côté de Neuilly et de Saint-Germain, et le lundi 3 juillet, comme ils étaient en bataille dans la plaine de Grenelle, occupant déjà les hauteurs d'Issy, de Vanves et de Meudon, il avait été décidé entre le maréchal Davoust commandant l'armée française et le duc de Wellington, lorsque tout était prêt pour une bataille, que Paris serait livré le 6.

En conséquence, le 4, l'armée française avait commencé son mouvement sur la Loire.

Le 5, les Anglo-Prussiens prenaient possession de Saint-Denis, de Saint-Ouen, de Clichy, de Neuilly; Montmartre leur était ensuite livré. Enfin, le 6, les troupes étrangères entraient dans Paris par la barrière de l'Étoile, et avec elles Talleyrand, qui se tenait enfoncé dans une calèche de mince apparence pour se dissimuler aux regards.

Lorsque nous quittâmes Montmartre, nous fûmes souvent insultés par les Royalistes. Nous eûmes besoin d'une grande modération pour ne pas tirer vengeance de ces ignobles outrages. Je vis le lendemain un officier de cuirassiers, moins patient que nous, punir avec énergie et d'une manière assez plaisante un monsieur et sa compagne qui, en passant près d'un détachement que cet officier conduisait à pied, s'avisèrent de dire : « En voilà encore de ces brigands de soldats de Bonaparte ! » Notre cuirassier s'approcha de l'impertinent duo, appliqua un vigoureux soufflet au cavalier, puis se plaçant côte à côte avec la dame, leva, très-grand qu'il était, son talon à la hauteur de la hanche de cette femme, et son éperon, déchirant du haut en bas la robe de mousseline blanche et le jupon, il la laissa demi-nue, fort embarrassée de sa contenance et obligée de chercher un refuge dans un fiacre.

Le 9 juillet seulement, notre bataillon fut dissous et il me fallut subir le douloureux spectacle d'une occupation qui tenait à affirmer son triomphe et sa haine. Le souvenir m'en serre encore le cœur, tant je sentais dans ce qui se passait sous mes yeux l'humiliation de la patrie, réduite à ne pouvoir plus se défendre et à tout souffrir.

Il faut le dire aussi, dans la première invasion de 1814, les alliés n'avaient pas voulu imposer de lois à la France ni se mêler de son gouvernement. Ils promettaient de reconnaître celui qui nous conviendrait, n'excluant que Bonaparte et sa famille.

De vieux soldats allemands à cette époque venaient prendre la main des Français et leur disaient en la serrant fortement : « Nous bons amis, Napoléon, non. »

Les princes alliés parcouraient les rues, fréquentaient les spectacles comme de simples particuliers ; il n'était pas rare de rencontrer l'empereur Alexandre, allant faire des visites dans un simple cabriolet, ou même à pied et sans gardes.

Cela était généreux de leur part, car nous étions entrés, nous aussi, dans leurs capitales et les poitrines des Russes étaient décorées pour la plupart d'une médaille commémorative de la guerre contre leur envahisseur.

Cependant, ils avaient calmé le courroux qui animait Rostopchin à brûler Moscou comme il avait brûlé son propre château, fait moins connu ; mais un général aide de camp du duc de Nemours, M. Alphonse Colbert, racontait qu'étant venu pour y loger militairement avec sa brigade, il avait vu, écrit en lettres hautes d'un pied sur un mur resté debout : « Moi, gouverneur de Moscou, ai brûlé mon château pour que ces chiens de Français ne puissent pas s'y loger. »

La générosité de 1814 avait tout à fait disparu en 1815, à la seconde occupation de Paris. Les passions qui s'étaient démasquées pendant les Cent jours, le retour de Napoléon accepté de manière à faire croire qu'il y avait eu une conspiration secondée par de nombreuses intelligences, la connaissance de certains meneurs qui après avoir agité les faubourgs Saint-Antoine et Saint-Marceau, y avaient créé l'association des Fédérés dont on avait vu les bandes passées en revue le 14 mai par Napoléon ; l'union possible des Bonapartistes et des anciens Républicains, pour quelque mouvement, quoique l'opinion de certains libéraux eût refusé à Napoléon l'espoir d'un dernier et heureux coup de main, toutes ces circonstances étaient bien propres à ne pas laisser de confiance aux alliés.

Nous avions également à payer les frais des efforts nouveaux qui leur avaient été imposés pour en finir avec Napoléon.

Leurs récentes contributions de guerre, les réquisitions pour un million de soldats devaient encore aggraver nos charges et multiplier nos embarras. L'empereur Alexandre, en apprenant la nouvelle du retour de Napoléon, avait dit qu'il sentait la faute qu'il avait commise en consentant par générosité au traité du 14 avril, mais qu'il s'en laverait en exposant dans cette nouvelle guerre son dernier homme et son dernier écu. Il fallait payer tout cela et aussi supporter ce que les ennemis appelaient des mesures de sûreté.

Par exemple : Des canons avaient été braqués sur tous les points par où la population pouvait se réunir. Sur le Pont-Neuf il y avait deux pièces du côté du Sud, de manière à balayer la rue Dauphine ; deux autres pièces étaient braquées à l'extrémité du Nord et enfilaient la rue de la Monnaie ; sur le Pont-Royal, deux autres pièces étaient dirigées vers la rue du Bac et deux autres pièces sur le jardin ou sur le château des Tuileries. Des dispositions semblables avaient été prises sur les autres points, sur les quais, sur les boulevards et aux principaux carrefours. Les canonniers étaient toujours près de leurs pièces, mèche allumée, prêts à agir, à la première apparence de mouvement. De nombreux détachements des régiments ennemis campaient sur les principales places publiques, la cour des Tuileries avait été transformée en un immense bivouac.

La masse de la population qui s'attendait à tout avec des hommes tels que Blucher, était morne et silencieuse. Blucher, qui avait été, après la prise de Lubeck, obligé de se rendre prisonnier avec son corps d'armée ; Blucher, qui avait été foulé aux pieds de nos chevaux à la bataille de Ligny, s'en souvenait, et l'on savait que, vainqueur, il serait sans pitié. Aussi ceux que leurs affaires appelaient hors de chez eux parcouraient les rues d'un pas rapide et semblaient craindre de s'aborder.

Le 8, au matin, le nouveau commandant donné à la Garde nationale publiait un ordre du jour, pour annoncer que Louis XVIII ordonnait de reprendre la cocarde blanche et d'arrêter les individus qui paraîtraient avec d'autres signes. Cependant le Roi défendait d'user d'aucune violence à l'égard de ceux qui, ayant renoncé à la cocarde tricolore, ne reprendraient pas de suite le nouveau signe d'union (1).

_____

(1) Bien des discussions ont eu lieu sur ce sujet dans ces derniers temps.

A trois heures après midi, Louis XVIII fit son entrée dans Paris. L'armée de ligne ayant été envoyée au delà de la Loire et la Garde nationale ne s'étant point rassemblée, le vieux roi s'avança précédé seulement de quelques gardes nationaux qui s'étaient portés spontanément à Saint-Denis.

Qu'il nous soit permis de résumer par des faits la question telle que nous la comprenons.

A l'époque où les électeurs de Paris eurent proclamé la nécessité d'organiser, ou pour mieux dire, de rétablir l'ancienne milice parisienne, ils donnèrent aux miliciens une cocarde bleue et rouge, représentant les couleurs de la ville.

Lorsque, peu de jours après la prise de la Bastille, Louis XVI vint de Versailles à Paris et se rendit à l'Hôtel de ville, Bailly lui offrit la cocarde aux couleurs de la ville en lui disant : Votre Majesté veut-elle bien accepter le signe distinctif des Français?

« Il est infiniment probable que l'idée ne vint pas au Roi de jeter la cocarde blanche qu'il portait, pour la remplacer par les couleurs de la ville. Il devait tenir à sa cocarde, et s'il acceptait LE SIGNE DISTINCTIF des Français, ce ne pouvait être que pour l'accoler à la couleur blanche qu'il portait. »

Dans ce cas, la cocarde tricolore exprimerait l'alliance de la monarchie et de la nation, alliance réglée par la loi, comme le portait la monnaie d'alors. — Le Roi, la Nation, la Loi.

Voyons maintenant ce qu'était le drapeau. Quatorze mois après l'adoption de la cocarde aux trois couleurs, le 21 octobre 1790, l'Assemblée constituante ayant adopté la proposition de changer le pavillon blanc en pavillon aux couleurs nationales, trois jours après, ce

La voiture royale était environnée d'un détachement de gardes du corps et de quelques autres hommes à cheval; toute cette

décret fut rappelé pour prendre le pavillon proposé dans le discours suivant de M. de Virieu :

« Je ferai, avait-il dit, quelques observations sur le pavillon qu'on se propose de substituer à celui qui a toujours fait l'honneur et la gloire du nom français. Tous les bons citoyens seraient effrayés si sa couleur était changée. *C'est ce pavillon qui a rendu libre l'Amérique.* Un changement tendrait à anéantir le souvenir de nos victoires et de nos vertus. *Je partage le sentiment qui a engagé le comité à nous proposer ce signe de notre liberté.* En conséquence, je demanderai qu'à la couleur qui fut celle du panache d'Henri IV se joignent celles de la Liberté conquise, c'est-à-dire qu'il y soit joint une bande aux trois couleurs nationales. »

Ce drapeau ne fut changé qu'en l'an II, le 19 Pluviôse, sur la proposition faite au nom du Comité de salut public, par Jean Bon Saint-André.

Ainsi historiquement,

D'après les faits qui précèdent,

1° Le drapeau blanc est celui de la monarchie absolue ;

2° Celui de la royauté constitutionnelle est le drapeau blanc avec les couleurs nationales dans un quartier supérieur, tenant un quart de la totalité du drapeau, et disposées ainsi : rouge, blanche et bleue, la rouge près de la gaule du pavillon ;

3° Le drapeau de la Révolution, celui de la démocratie, avec ou sans dictateur, quel que soit son nom, est le drapeau tricolore avec ses couleurs disposées ainsi : bleu, blanc et rouge, le rouge flottant dans l'air.

Le drapeau rouge, il n'est pas besoin de le dire, est celui de la démagogie.

troupe était dans l'ivresse de la joie. La voiture allant très-vite, les hommes qui la pré-
cédaient ou l'accompagnaient étaient obligés
d'aller aussi vite qu'elle pour ne pas être dé-
passés. Couverts de sueur et de poussière, le
visage enflammé par l'exaltation et la fatigue,
poussant des cris de joie et courant en désordre, ces hommes présentaient un spectacle
étrange au milieu d'une partie de la population attristée et frémissante.

La joie des femmes royalistes fut d'une
telle indécence à cette occasion, que Wellington se crut obligé de leur en faire affront
en disant aux folles qui allèrent lui faire visite, l'embrasser et le remercier de la bataille
de Waterloo, qu'en Angleterre, après un
malheur public aussi grand, les femmes, loin
de se parer de leurs habits de fête, prendraient des voiles de deuil (1).

Il est certain que de pareilles réjouissances
et les danses renouvelées chaque soir sur le
Carrousel et dans la cour des Tuileries, par
des femmes vêtues avec élégance, étaient des

(1) Je ne sais si cela est bien exact. Dans ce cas pourquoi les vers grossiers qui couraient alors, adressés à
Wellington ?

> Orgueilleux charlatan, héros de contrebande,
> Couvert d'or et de sang, viens donc ouvrir le bal.
> Des guenons sans pudeur la crapuleuse bande
> Se livre dans Capoue au singe d'Annibal.

plus inconvenantes, sous les yeux d'ennemis se préparant à ce qu'ils appelaient leurs représailles.

Qu'on se figure dans Paris 150 000 soldats ennemis qu'il fallait nourrir, loger et contenir. Dans le douzième arrondissement, le plus pauvre de tous, on avait logé de dix jusqu'à soixante cavaliers par maison. Le 10 juillet, cet arrondissement avait été mis au pillage, et presque tous les habitants ayant pris la fuite, il était devenu désert. Le 11, les violences continuèrent; une fille fut tuée dans le premier arrondissement. Le septième était occupé par 15 000 Prussiens. Pendant la nuit, ils se livrèrent aux derniers excès. Des viols nombreux furent commis. En se retirant du douzième arrondissement, pour se rendre à Versailles, la cavalerie prussienne se livra encore au pillage. Les Prussiens étaient exécrés, sans qu'ils pussent invoquer contre nous les souvenirs de 1805, car c'étaient les Prussiens qui avaient les premiers envahi la France, et le manifeste du duc de Brunswick méritait un châtiment.

J'avais hâte de quitter le spectacle de toutes ces violences. Cette chère et malheureuse France, comme disait Marie-Amélie, la duchesse d'Orléans, était un volcan de misères et d'horreurs. « Un volcano di miserie e d'or-

rori que è nostra cara ed infelice Francia. »
En effet, ces misères n'étaient encore que des
préludes d'autres contre lesquelles le Roi était
impuissant, quoi qu'en aient pu dire des
chansons (1), où l'on cherchait encore à se
faire illusion. Le Roi lui-même était obligé
à bien des concessions. Talleyrand, qui avait

(1)   Où donc est-il le roi de France?
        Mes amis, menez-moi vers lui,
        Que je lui conte la souffrance
        Que son peuple endure aujourd'hui.
        D'étrangers, une troupe impie,
        Même à l'aspect du drapeau blanc,
                Rli, rlan,
        Ravage ma belle patrie,
        Et rlan tamplan, tambour battant.

        Où donc est-il le roi de France?
        Tout le monde, excepté Louis,
        Exerce à Paris sa puissance,
        Et fait le roi dans son pays.
        Un Anglais y fait l'exercice,
        Un Russe y fait dresser son camp,
                Rli, rlan,
        Un Prussien fait la police,
        Et rlan tamplan, tambour battant.

        Où donc est-il le roi de France?
        Disent en pleurant les Beaux-Arts,
        Dont la rapide décadence
        Afflige déjà nos regards.
        Sur nos chefs-d'œuvre on fait main basse,
        Et par un arrêt insultant,
                Rli, rlan,
        Du sol de la Loire on les chasse,
        Et rlan tamplan, tambour battant.

pour ainsi dire baptisé la Révolution le jour
de la première Fédération, ne lui avait-il pas
été imposé par Wellington, et le régicide duc
d'Otrante, par le noble et honnête Bailli de
Crussol, à la demande du faubourg Saint-
Germain ? Malgré le mot cruel de Chateaubriand sur les deux nouveaux ministres, que
c'était le vice appuyé sur le crime, il était
évident que Louis XVIII avait dû ne voir
dans l'un et dans l'autre que des hommes
utiles pour la crise que l'on traversait. Alexandre arrivé sans plan, n'eût pas songé à la
famille des Bourbons, si Talleyrand ne l'eût

> Où donc est-il le roi de France ?
> Dit partout son peuple éperdu,
> Les rois, trompant notre espérance,
> Ne nous l'ont pas encore rendu.
> Pour adoucir notre détresse,
> Pour alléger notre tourment,
>   Rli, rlan,
> Il est bien temps qu'il reparaisse,
> Et rlan tamplan, tambour battant.

> Où donc est-il le roi de France ?
> Disent nos soldats invaincus,
> En voyant la froide insolence
> Des vainqueurs qu'ils avaient battus.
> Qu'il se montre et la France entière
> A sa voix soudain se levant,
>   Rli, rlan,
> Ils repasseront la frontière,
> Et rlan tamplan, tambour battant.

fait venir à temps, peut-être pour que la France ne fût pas partagée.

Ce service rendu, la royauté sentait qu'elle devait transiger avec les hommes et les choses de la Révolution. La monarchie ne devait plus vivre désormais qu'à cette condition. Cela était dur. Mais l'acceptation de Fouché par le frère de Louis XVI fut ce qui lui coûta le plus. Lorsque le comte Beugnot présenta à la signature de Louis XVIII l'ordonnance de nomination du duc d'Otrante comme ministre de la police, « le Roi y jeta un coup d'œil et la laissa tomber sur le pupitre ; la plume lui échappa des mains ; le sang lui monta au visage ; ses yeux devinrent sombres et il retomba tout entier sur lui-même comme accablé par une pensée de mort ; un morne silence avait soudainement interrompu une conversation tout à l'heure facile et douce. » Ce silence, qui confirmait sa résistance depuis Gand à cette nomination, dura quelques minutes ; après quoi le Roi dit au comte Beugnot en poussant un soupir profond : « Il le faut donc ! allons. » Il ramassa sa plume, l'arrêta encore avant que de tracer des caractères et prononça ces mots : « Ah ! mon malheureux frère, si vous me voyez, vous m'avez pardonné. »

La violence que Louis XVIII subissait, donnait du moins à penser qu'il ne garderait pas longtemps ces deux ministres : ce fut ce qui arriva. Louis XVIII, après s'être servi d'eux, sut les écarter l'un et l'autre. Fouché fut exilé sous le titre d'ambassadeur par Talleyrand, ministre des Affaires étrangères. Mais, à son tour, lorsque le duc de Richelieu devint président du conseil, Talleyrand renvoyé ne put pas même user de son titre de chambellan pour venir occuper sa place dans le chœur, à la cérémonie du service expiatoire de Louis XVI. Il fut obligé de sortir sur l'ordre du duc de Brezé. Ces disgrâces vengeaient un peu la morale publique, mais elles ne faisaient que témoigner davantage combien il avait été douloureux à la royauté de passer sous ces Fourches Caudines pour rentrer en France. Encore si le parti, qui avait motivé le retour de l'île d'Elbe, avait tiré de ce souvenir la raison et l'habileté suffisantes pour n'en plus sortir!

VIII

LES DOUZE DERNIERS JOURS

DE

NAPOLÉON EN FRANCE

UJOURD'HUI que tout ce que l'épopée impériale avait de brillant est
tombé pièce à pièce avec tant
d'autres ruines qui font que la
vieillesse est souvent bien triste à qui regarde en arrière, je ne sais si les notes que j'ai
recueillies sur les derniers jours passés en
France par l'empereur Napoléon Ier peuvent
encore intéresser, même comme nous saisit
un dessin de Raffet ou le chant de Robert
Schumann (1). Que je pense, moi, à toutes ces

(1) Les dessins populaires de Raffet sur Napoléon
sont, on le sait, « la grande Revue qu'aux Champs
Élysées, à l'heure de minuit, tient César décédé. » —
Puis le *Dernier rappel*. Le chant moins connu de Schumann, écrit sur des paroles de Henri Heine, est intitulé
les Deux Grenadiers. — La fin du chant qui s'inspire de

choses et qu'en y réfléchissant je me sente le
cœur serré, qu'il me vienne des larmes aux
yeux, comme à la duchesse d'Abrantès entendant le récit du passage de la Bérésina,
récit fait par un personnage de Balzac, cela
se conçoit. Mais qu'importent aux hommes
d'aujourd'hui les émotions qui nous agitaient,
quand les générations nouvelles souffrent des
désastres du second Empire? Cependant, si
notre génération a presque toute disparu, si
la vieillesse me menace de disparaître à mon
tour avec la déception du rêve des premières
années, ne saurais-je occuper mes derniers loisirs à retracer pour l'Histoire impartiale quelques détails qui serviront à compléter cette
légende grandiose de la Révolution et du
premier Empire. Je crois pouvoir n'être pas
malvenu à le faire, quand je n'aï d'ailleurs
d'autre objet que de raconter la mission avortée des deux frégates qui devaient chercher
à sauver l'Empereur en 1815. Il y a là également un point curieux à éclaircir : il s'agit de
savoir comment Napoléon fut amené à monter
sur le *Bellérophon*. C'est ce récit que je veux
faire. — J'en garderai pour moi toutes les

la *Marseillaise* est en vérité très-belle, moins émou-
vante toutefois que la réalité, si l'on se souvient que
quand la Garde impériale se sépara de l'Empereur, elle
lui porta un toast en buvant les cendres de ses aigles.

tristesses, l'Histoire en tirera ensuite les particularités qu'elle voudra.

Je dirai donc, sans plus de préambule, qu'à l'époque où les événements qui nous faisaient évacuer Montmartre et imposaient au Gouvernement provisoire qui avait été formé, la nécessité de renvoyer Napoléon avant le retour de Louis XVIII et des alliés, il y avait dans le port de Rochefort deux frégates, dont l'une, nommée la *Méduse*, venait de porter le préfet de la Martinique et les troupes destinées à reprendre possession des îles du Vent. Quant à l'autre, nommée la *Saale*, elle avait laissé passer le temps d'aller reprendre les établissements que la France possédait dans l'Inde en 1792, et qui nous avaient été rendus par le traité de Paris. M. Panon Desbassayns, créole de l'île Bourbon, qui avait, disait-on, avancé six cent mille francs pour l'expédition, avait voulu s'assurer des moyens de faire rentrer une telle avance. Cette reprise devait s'opérer sur le commerce du sel et de l'opium dont jouissait Pondichéry avant la Révolution, et le voyage qu'il avait fait en Angleterre à cet effet avait obligé d'ajourner le départ. Étaient survenus pendant ce temps-là les Cent jours, à la fin desquels l'on avait donné une nouvelle destination à la *Saale*, ainsi qu'à la *Méduse* : ces deux frégates furent mises alors à la disposition de l'Empereur.

La *Méduse* était une des frégates les meilleures voilières de l'Empire. En 1812, l'amiral qui l'avait dans sa division la désignait souvent sous le nom de l'*Étonnante*.

La *Saale*, que la Restauration avait appelée l'*Amphitrite*, était une belle frégate de combat, construite sur les plans de M. Roland, un ingénieur en renom. Elle était large, sa batterie était vaste et il n'y avait pas moins d'honneur à commander la *Méduse* que de jouissance à manœuvrer la *Saale*.

Un rentrant, neveu du bailli de Suffren, M. le baron de Cheffontaine, qui n'avait pas servi sur mer depuis vingt-cinq ans, en avait dépossédé, le 28 août 1814, le capitaine Ponée, qui la commandait depuis le 1er avril 1812 et avait causé aux ennemis un préjudice de plus de dix millions; mais, Napoléon revenu, une décision du 6 avril 1815 avait permis à Ponée de remettre les pieds sur sa frégate, l'une des six rentrées, sur les quinze sorties avant les événements de 1814.

Le capitaine de frégate Ponée n'avait pas encore quarante ans; c'était un officier énergique qui comptait tous ses avancements ou ses honneurs par ses combats. En 1802, il avait conquis le grade de lieutenant au combat où l'amiral Linois repoussait, avec une division de trois vaisseaux et d'une frégate, une escadre ennemie forte de six vaisseaux, d'une frégate et d'un lougre. Le 3 juillet 1811, il avait été fait capitaine de frégate à la suite du combat de Tamatave, où, second du capitaine Maresquier, il avait pris, à la mort de celui-ci, le commandement de la *Néréide* et soutenu seul, pendant une heure, le feu de trois frégates anglaises qu'il avait forcées de le lâcher. Mais six jours après, au moment où il radoubait son navire abîmé et incapable de se défendre, il n'avait pu que leur imposer une capitulation : un de ces faits rares sur mer, qui marquent le courage du vaincu et le respect dont l'honore le vainqueur.

L'officier qui commandait la *Saale*, créole de Bourbon, où il était né le 26 janvier 1774, était un homme moins brillant, mais sa carrière n'avait pas été moins bien remplie. Il n'avait pas cessé de naviguer depuis 1786. Il avait participé à plusieurs combats en 1793 avec M. de la Villegris, qui soutint, pendant tout un jour, le feu des forts et des batteries du Port-au-Prince. En 1794, il servait avec le chef de division Thevenard, commandant le *Brave*; en 1796, à bord de la frégate *la Seine*, il faisait partie de l'escadre de l'amiral Sercey dans les mers de l'Inde.

La *Seine* dans un des combats soutenus
par cette escadre avait fort souffert ; son capitaine ayant été tué dès le commencement
de l'action, le second avait été appelé au
commandement, et Philibert, par son ancien-
neté, s'était trouvé commander la batterie pendant le reste du combat qui avait duré quatre
heures, au bout desquelles les ennemis les
avait abandonnés.

Après un quatrième combat au Ferrol, sur
l'*Algésiras*, en 1805, il avait eu à Trafalgar
une part des plus honorables aux aventures
de ce vaisseau, qui fut pris et repris. Complétement démâté lorsqu'il s'était rendu, l'*Algésiras* avait été amariné et était resté vingt-quatre heures au pouvoir de l'ennemi, puis il
fut enlevé par l'équipage et conduit à Cadix.
Dans cette affaire, l'amiral Magon qui le montait fut tué, le commandant blessé, ainsi que
la plus grande partie des officiers ; près de la
moitié de son équipage mise hors de combat.
Philibert, qui était du petit nombre des officiers pouvant encore agir, contribua d'une
manière efficace à la reprise et à la conserva-
tion de ce vaisseau.

Par les actes que je viens de citer, on peut
se figurer ce dont ces deux hommes étaient
capables dans des circonstances de guerre.
Mais dans des événements politiques, si le

sentiment de l'honneur et de l'obéissance était le même chez les deux capitaines, certaines divergences d'opinion, certaines dispositions dont l'esprit ne se rend pas compte, pouvaient résulter de la manière dont ils s'étaient vu apprécier.

Or, Ponée avait reçu plus de grâces de l'Empire; il avait eu à reprocher à la Restauration de l'avoir démonté pour un ci-devant, et il savait à l'Empire un gré infini de lui avoir rendu le commandement de la *Méduse*. En le recevant, il avait protesté de nouveau de son dévouement à l'Empereur. Quant au commandant de la *Saale*, c'était la Restauration qui l'avait fait capitaine de vaisseau, le 1er juillet 1814, chevalier de la Légion d'honneur onze jours après, et chevalier de Saint-Louis le 18 du mois suivant.

Ces actes de bienveillance de la Restauration coup sur coup devaient l'attacher à elle. Il faut dire aussi que, chargé du soin de son père et de ses quatre sœurs, il regardait à se compromettre.

Tels étaient les deux commandants des vaisseaux, lorsque les événements qui se passaient à Paris mirent un moment entre leurs mains le sort du vaincu de Waterloo. Malheureusement pour celui-ci, on avait perdu trop de temps pour agir; le choix des deux commandants une fois fait. Le duc d'Otrante, qui avait hésité avant de décider s'il fallait attendre ou non un sauf-conduit pour l'Empereur, avait écrit d'abord qu'il importait au bien de l'État que Napoléon restât, jusqu'à ce que son sort et celui de sa famille fussent réglés d'une manière définitive : — « Tous les moyens seront employés, mandait-il alors, pour que cette négociation tourne à sa satisfaction; l'honneur français y est intéressé. »

Puis, le 28 juin, comme on tardait de répondre à la demande de ce sauf-conduit, et que les événements faisaient craindre pour la sûreté de l'Empereur, la Commission s'était déterminée à ne plus tenir à cet article et elle avait chargé Decrès d'aller avec Merlin notifier cette détermination à Napoléon, en le priant de partir au plus tôt.

Le lendemain 29, sur la demande de celui-ci, le ministre de la Marine était autorisé à adjoindre aux deux frégates un aviso pour éclairer leur marche.

Toutes ces délibérations, mais surtout la négociation confiée au comte Otto, l'un des négociateurs de la paix d'Amiens, faisaient perdre un temps précieux, quand l'Empereur eût dû être à Rochefort presque aussitôt après l'abdication. En effet, ce jour-là même où Napoléon partit, le 29, le préfet maritime de ce port annonçait au ministre Decrès que, depuis trois ou quatre jours, une croisière ennemie composée d'un vaisseau, d'une frégate et de deux corvettes, se tenait constamment à l'entrée du pertuis d'Antioche ; néanmoins, à ses yeux, si c'était une difficulté, il ne la croyait pas invincible.

Le 1er juillet, le contre-amiral de Bonnefoux, dans une lettre au général Becker, marquait moins de confiance.

L'escadre anglaise, qu'il montrait d'ailleurs plus forte, et composée d'un vaisseau, de deux frégates, de deux corvettes et d'un brick, devait, suivant lui, avoir eu quelque motif d'abandonner le large qu'elle avait tenu jusqu'au 27, depuis la rivière de Bordeaux jusqu'aux Sables.

Cette division se concentrait à une ou deux lieues de la côte, et venait mouiller tous les soirs en observation dans la rade des Basques, si bien qu'il paraissait au Préfet maritime impossible aux deux frégates de tenter la sortie, tant que l'ennemi conserverait cette position. La division était d'ailleurs en correspondance suivie avec l'escadre anglaise, en permanence sur les côtes de la Vendée et bien supérieure en forces.

Le Préfet maritime exprimait ainsi, en termes administratifs, la pensée qui lui était échap-

pée en recevant les premiers ordres du ministre. « Quel choix pour une évasion que ce
port de Rochefort! Situé au fond du golfe
de Gascogne, hélas! il pourrait bien n'être
qu'une souricière. » Ému comme il l'était
par cette idée, M. de Bonnefoux, reportant
toujours les yeux sur la fatale lettre, on avait
compris à plusieurs mots entrecoupés que
la même pensée l'agitait toujours, lorsque,
pour y couper court, il s'était levé et avait
quitté son cabinet, à l'effet d'aller disposer
les logements de l'Empereur.

Né, en 1761, d'une famille de l'Agénais
adonnée aux armes depuis le xiv⁰ siècle, le
baron Casimir de Bonnefoux avait vu émigrer
ses trois frères, officiers d'infanterie, et d'autres
de son nom. Peu s'en était fallu que lui-même,
de retour à Brest d'une campagne aux Antilles, il ne montât sur l'échafaud ; mais après
quelques hésitations, il avait mis au-dessus de
ses sympathies l'honneur de servir le pays, et
successivement capitaine de vaisseau, adjudant général sous Morard de Galles, préfet
maritime à Boulogne, lors de l'armement de
la flottille, puis à Rochefort, qu'il s'était préparé à défendre en 1814, dans cette carrière
il s'était assez fait estimer pour qu'en 1801,
Napoléon ne lui permît pas d'abandonner le
service et que la Restauration comme l'Em-

pire le maintînt à son poste. Bien plus, le duc
d'Angoulême, en sa qualité de Grand Amiral,
l'était venu voir, lui avait montré la plus grande
bienveillance et avait voulu le recevoir lui-
même chevalier de Saint-Louis. Ces gracieuse-
tés, aux yeux des princes légitimes, semblaient
autant d'avances qui ne permettaient plus
qu'il regardât en arrière. Mais M. de Bonnefoux, qui avait refusé le grade de contre-amiral, parce que celui qui abandonne la mer un
moment, disait-il, risque de s'y montrer au-
dessous de lui-même, M. de Bonnefoux, qui,
dans la disette, mangeait le même pain noir
que les plus malheureux pour leur donner
courage, n'était pas homme, pour conserver
ses fonctions, à fuir les devoirs que lui imposait la présence d'un homme malheureux dont
il avait reçu jadis plus que des marques d'estime. — *Res sacra miser*. — Que l'âme basse
d'un autre préfet eût pu méconnaître les droits
du malheur jusqu'à appeler « *Monsieur* » Napoléon fugitif et lui demandant l'esprit du
pays; celle de M. de Bonnefoux, dans la situation de l'ancien souverain, fut surtout affectée
des peines qu'il pourrait adoucir, et il prodigua
ses égards à l'Empereur. Un souvenir de famille semblait d'abord l'y convier. Un de ses
oncles, colonel d'artillerie, un Bonnefoux de
Campagnole, avait vu dans son régiment les

débuts militaires du vainqueur d'Arcole et
d'Austerlitz. Le préfet maritime allait le recevoir au terme de sa carrière. Il le fit en gentilhomme. Il chercha l'évasion de Napoléon, tout
en veillant, comme sujet du Roi, à ce que
l'ancien souverain ne rentrât pas dans l'intérieur du pays pour y porter la guerre civile.

Un des premiers effets de sa résolution fut
de réagir sur lui-même contre la fièvre qui
l'abattait depuis quelques jours, et lorsque
Napoléon arriva, le 3 Juillet, à 9 heures du
matin, M. de Bonnefoux s'avança pour le recevoir. Napoléon lui dit : — « Je vous croyais
malade, monsieur de Bonnefoux. » — « Sire,
je ne le suis plus, et j'aurais été désolé de ne
pas vous accueillir moi-même. » — « Je vous
reconnais là, et j'en aurais été fâché également. » — Puis, s'étant arrêté un moment,
et faisant sans doute allusion à la visite du
duc d'Angoulême et au projet qu'avait eu
M. de Bonnefoux de quitter sa préfecture, il
ajouta bientôt : « Je sais ce qui s'est passé, et
en vous conservant à votre poste, j'ai prouvé
que je vous connaissais pour un homme d'honneur. Oui, continua-t-il, j'aime mieux être
reçu par vous que par tout autre. »

Napoléon fut alors logé par le préfet dans
l'appartement d'apparat qu'avait récemment
occupé le fils du comte d'Artois, mais qui

pouvait rappeler au fugitif le temps où, passant à Rochefort avec l'impératrice Joséphine, il allait s'emparer de Madrid, une de ses premières fautes.

Napoléon s'empressa de s'informer de l'état des deux frégates. Il lui fut annoncé par le préfet maritime qu'elles étaient prêtes, mais que la rade était bloquée par une croisière forte de deux frégates et de deux corvettes.—Cette nouvelle sembla lui causer une impression pénible. — Il parut alors se plaindre, comme d'un conseil perfide, qu'on l'eût dirigé sur Rochefort. — M. de Bonnefoux ne partageait que trop lui-même ses inquiétudes ; néanmoins, il ne les laissa pas voir et présenta le capitaine de la *Saale* à Napoléon, qui lui fit plusieurs questions ; mais les réponses du capitaine pouvaient se résumer en ces mots : « Sire, les deux frégates sont à votre disposition. Elles partiront quand Votre Majesté l'ordonnera. Elles feront tout ce qu'elles pourront pour éluder ou pour forcer la croisière. » Le commandant de la *Méduse*, Ponée, qui croyait n'avoir affaire qu'à un ou deux vaisseaux, offrit de se sacrifier lui et son équipage, tandis que la *Saale*, ayant à son bord l'illustre exilé, gagnerait le large. C'étaient, du reste, ses instructions, en date du 27 juin.

« Si l'on est obligé, disaient-elles, de combattre des forces supérieures, la frégate sur laquelle ne sera point embarqué Napoléon se sacrifiera pour retenir l'ennemi et pour donner à celle sur laquelle il se trouvera le moyen de s'échapper. » — Le Ministre ajoutait : « Je n'ai pas besoin de rappeler que les Chambres et le Gouvernement ont mis la personne de Napoléon sous la sauvegarde de la loyauté française. »

L'uniformité des réponses du capitaine Philibert sembla plusieurs fois donner de l'impatience à l'Empereur qui, malgré l'ennui qu'il éprouvait, se résigna à attendre l'arrivée du roi Joseph, et aussi celle des chevaux et des voitures qu'il voulait faire transporter avec lui aux États-Unis.

Pendant qu'il occupa l'hôtel de la préfecture, où M. de Bonnefoux n'avait gardé qu'une chambre au second, tous les jours les habitants de la ville allaient dans le jardin, entouraient les fenêtres de son appartement, puis l'acclamaient jusqu'à ce qu'il se montrât. — C'était principalement le soir que ces rassemblements avaient lieu.

Napoléon se montrait alors un instant sur la terrasse de l'hôtel, saluait de la main et se retirait. Lorsque son frère Joseph fut arrivé, il se promenait avec lui, souvent seul, tête nue ou couverte du chapeau rond, dans une galerie qui n'était pas encore vitrée, dominant le port et le jardin.

Dans le jour, il recevait, avec la même étiquette qu'aux jours de sa puissance, les corps cantonnés dans le département et même de la Garde nationale qui venaient le supplier de les réunir et de les conduire à l'armée de la Loire. Ce fut, dit-on, ce que Joseph venait lui proposer. Mais à son frère comme aux députations, il répondait toujours qu'il ne voulait pas causer une guerre civile en France et contribuer à la déchirer.

Le temps se perdait ainsi en réceptions et en projets d'évasion, auxquels se prêtait le vice-amiral Martin, ancien pilote, dont le chevalier de Boufflers, dans son commandement du Sénégal, avait commencé la fortune militaire.

La proposition de l'amiral était de remonter la Seudre en canot, de traverser à cheval la langue de terre qui séparait la Charente de la Gironde, et de s'y embarquer. Mais il fallait trouver pour cela les moyens et des hommes de bonne volonté.

A cet effet, l'on jeta les yeux sur la corvette la *Bayadère*, qui avait été envoyée pour la police de la rivière de Bordeaux.

Cette corvette avait pour commandant un jeune officier des plus distingués, qui avait à peine trente ans, mais comptait déjà six blessures. Il avait perdu le bras droit au combat de la *Sémillante*, livré le 15 mars 1808, et avait gagné en 1812 son grade de capitaine de frégate, en mettant en fuite un brick anglais de 22 canons, tandis que le sien n'en avait que 16.

Le capitaine Charles Baudin, il est vrai, au commencement des Cent-Jours, avait été le dernier à garder le drapeau blanc et n'avait repris le drapeau tricolore que le 28 mars, deux jours après que les autres avaient fait à l'île d'Aix une cérémonie, pour saluer le retour du pavillon de l'Empire et de la République.

Malgré ces circonstances, qui auraient dû mériter l'attention du Roi, on comptait peut-être sur les motifs de mécontentement que lui avait donnés la Restauration à ses débuts.

En effet, en avril 1814, il commandait la *Dryade*, lorsque M. de Moncabrié avait reçu ordre de prendre le commandement d'une des frégates en commission dans le port de Toulon, et de l'armer dans les vingt-quatre heures pour conduire l'Empereur à l'île d'Elbe.

Aucune des frégates dans le port n'étant alors susceptible d'être assez promptement armée pour remplir les instructions du mi-

nistre, il avait fallu disposer d'une des frégates en rade, et comme Baudin était le plus
jeune des capitaines, il avait dû céder son
commandement. En conséquence, le 24 avril,
il avait quitté la *Dryade* qui était partie le
même jour pour Saint-Tropez.

Là n'était pas le grief de Baudin. Mais
lorsque le passage de l'Empereur à bord du
vaisseau Anglais eut fait manquer à M. de
Moncabrié sa mission, et que la *Dryade* fut
rentrée à Toulon, l'amiral Cosmao avait cru
devoir la rendre à Baudin, désigné sur la
liste officielle comme en étant le commandant.
— Cet état de choses toutefois n'avait pas
duré, et le 30 mai, Baudin devait remettre de
nouveau sa frégate à M. de Moncabrié.

Cet acte avait paru à tous les officiers
bien dur, et il avait reçu à cette occasion de
nombreux témoignages de bienveillance et
d'affection de tous. Chacun pensait comme
Baudin, que si un capitaine suivait naturellement et sans déshonneur le sort de son vaisseau lorsque les circonstances en rendaient
le désarmement nécessaire, dans aucun
temps et dans aucune marine, un officier
n'avait été démonté et remplacé dans le commandement d'un bâtiment resté en activité,
sans que des motifs graves de plainte n'eussent donné lieu à ce changement. Et ici cette

mesure s'aggravait de ce que rien de la part du ministère n'avait adouci l'amertume du procédé. Baudin en fit l'observation tout en ajoutant qu'il irait servir en sous-ordre avec ce zèle, cette exacte subordination qu'il avait toujours tâché d'inspirer lorsqu'il servait comme chef.

Le ministre Malouet, qui avait passé sa vie de subordonné à batailler, soit contre les commandants des colonies, soit avec ceux des ports où il avait été placé, le ministre Malouet, avait compris que dans un moment où, suivant les propres paroles de Baudin, « la marine française attendait, comme toutes les institutions du royaume, son rétablissement sur les bases de la justice et de l'honneur », il était du plus dangereux exemple et de funeste augure, qu'un officier qui avait plus d'une fois versé son sang pour le pays, qui avait été mutilé à son service, qui récemment avait été honoré des témoignages de la reconnaissance de deux grandes villes commerçantes, se vît ainsi ôter le bâtiment qu'il avait armé avec un soin particulier, et dont il avait formé et discipliné l'équipage, après lui avoir donné une organisation intérieure et une installation généralement estimées.

Malouet avait songé en conséquence à réparer l'injustice commise envers un homme qu'il ne connaissait pas, mais dont la lettre ferme et simple, avait-il dit, lui donnait une bonne idée, et le 14 août 1814, Baudin avait eu le commandant de la *Bayadère* qu'il exerçait alors.

La réparation avait sans doute fait oublier à Baudin ses griefs; mais s'il avait oublié le mal, on pensait qu'il n'oublierait pas le bien, et qu'il se laisserait emporter par les sentiments mêmes qui venaient d'entraîner déjà mon jeune camarade Moncousu.

Fils du député des Ardennes, mort sans fortune, Charles Baudin était entré dans la marine à l'âge de seize ans, sous les auspices du Premier Consul, qui n'avait cessé d'avoir les yeux sur lui. — Il faut dire qu'il avait bien justifié cette protection.

Mais dût-on rencontrer chez le jeune officier la meilleure volonté; ce n'était pas déjà chose simple que d'arriver jusqu'à lui. La mission était pleine de périls, on ne se le dissimulait pas. Aussi, quand on en chargea le général Lallemand, comme l'on savait que les paysans de tout l'espace compris entre Marennes et Royan étaient soulevés et avaient arboré le pavillon blanc, on songea à faire prendre au général un déguisement. Mais lequel? Ce fut alors qu'un officier de la *Saale*, nommé Desbordes, l'ayant reconnu pour s'être battu en duel à Brest avec lui, il y avait quelques années, lui prêta ses habits d'officier de vaisseau, tous deux étant de la même taille.

A côté du projet mis en avant par le vice-amiral Martin, entre le 5 et le 7 juillet, il en fut proposé un autre par M. Besson, lieutenant de vaisseau, qui se trouvait alors avoir à Rochefort un petit bâtiment appartenant à son beau-père, négociant à Hambourg. Ce projet consistait à charger ce bâtiment d'eau-de-vie, suivant sa destination ; puis M. Besson devait placer au premier plan, à toucher la cloison de la chambre, deux barriques bien matelassées, de manière à leur enlever le son creux, communiquant avec la chambre par une trappe, et dans lesquelles Napoléon et deux personnes de sa suite auraient pu se glisser, pendant une visite faite en mer. M. Besson, qui se chargeait d'exécuter ce projet, parlait l'anglais et les langues du Nord, à faire illusion sur sa nationalité.

M. Besson ne demandait qu'une légère somme pour indemniser le propriétaire des préjudices possibles de l'entreprise. Le comte Bertrand accepta l'offre sous certaines conditions, et Las Cases rédigea un marché fictif, sous les yeux mêmes du préfet maritime.

Pour mettre à exécution ce projet, M. Besson donna sa démission, afin de n'avoir rien à débrouiller avec le gouvernement.

Nonobstant les préparatifs qu'il faisait, Napoléon espérait encore qu'ils seraient inutiles. Il suivait les événements avec la plus grande anxiété, et un jour qu'il venait d'apprendre qu'on s'était prononcé à la Chambre des Représentants pour Napoléon II, on entendit le général Bertrand, sortant du cabinet de l'Empereur avec tous les journaux du jour, dire : « Encore une séance comme celle-là, et nous ne partirons pas. » Mais, le lendemain, les choses n'étaient plus les mêmes, et l'Empereur tomba dans un abattement, d'où il ne sortit plus guère que pour montrer de l'indifférence et de l'indécision.

Cependant le général Becker, qui avait été chargé par la Commission du Pouvoir Exécutif de l'accompagner, s'inquiétait vivement des desseins auxquels pouvait s'arrêter l'Empereur. La Commission avait écrit, le 4 juillet, au général, qu'elle mettait la personne de Napoléon sous sa responsabilité : « Vous devez, lui avait-elle ordonné, employer tous les moyens de force qui seraient nécessaires, en conservant le respect qu'on lui doit. Faites qu'il arrive sans délai à Rochefort, et faites-le embarquer aussitôt. Quant aux services qu'il offre, nos devoirs envers la France et nos engagements avec les Puissances alliées ne nous permettent pas de les accepter, et vous ne devez plus nous en entretenir. Enfin, la Commission voit des inconvénients à ce que Napoléon communique avec l'escadre anglaise. Elle ne peut accorder la permission qui est demandée à cet égard. »

En conséquence de ces ordres, le général Becker, ainsi que M. de Bonnefoux, priaient l'Empereur de s'arrêter à un parti.

Sous cette double pression, le 8, immédiatement après le départ de la poste, l'Empereur manifesta l'intention de s'embarquer à la marée du soir, à la tour de Fouras, qui s'élève à l'embouchure de la rivière.

Aussitôt que le Préfet maritime en fut averti, il fit arriver sur le point indiqué des embarcations, avec des officiers pour régler tous les détails de l'embarquement, y procéder avec ordre, et venir ensuite lui en rendre compte. En même temps, il réunissait les voitures nécessaires pour transporter à Fouras Napoléon et sa suite; leur départ avait lieu à quatre heures précises.

A l'arrivée des voitures, la population de Rochefort envahit les rues, en même temps les fenêtres se remplirent de monde, sur la route qu'on présumait que Napoléon tiendrait, c'est-à-dire depuis l'hôtel de la Préfecture maritime jusqu'à la porte de la Rochelle. L'escorte étant à son poste, les voitures se remplirent; au signal donné, le cortège partit avec grand fracas, et, traversant la ville, se dirigea vers le rendez-vous de l'embarquement. La population vit ce départ avec l'attitude du respect, sans d'autres cris que ceux de : « Vive l'Empereur! » A un attendrissement réel, celui qui s'attache aux grandes infortunes, se mêlait, il faut le reconnaître, le sentiment que l'on allait être délivré d'un élément de guerre.

Les stores de plusieurs des voitures étaient baissés, et l'on croyait que Napoléon était dans une d'elles.

Mais ceux qui se trouvaient dans une maison voisine de la Préfecture et en dominant la cour, ne tardèrent pas à entendre un autre bruit. Une belle voiture, sortant de la cour des remises, passait la porte grillée du jardin et allait s'arrêter au bas de la terrasse, en face de l'entrée des appartements du rez-de-chaussée de l'hôtel. Quelques moments après, la portière s'ouvrait; la voiture attendit. — Mais qui?— Tout à coup, parurent Napoléon et le Préfet maritime. Ils sortirent seuls absolument de la Préfecture, et s'avancèrent.

La physionomie de l'Empereur paraissait sévère; son pas était précipité. Il était facile de discerner une vive agitation intérieure. Il traversa la terrasse, descendit l'escalier, s'appuya sur le marchepied de la voiture, se retourna alors, en s'effaçant, vers M. de Bonnefoux, et écartant le bras gauche comme pour lui envoyer un salut de son cœur ulcéré, il lui dit adieu, puis il fut emporté, avec la rapidité de l'éclair, vers la porte de Saintes, située au nord de la ville.

Cette apparition inattendue fit demander par toutes les rues : « Où va Napoléon ? » L'inquiétude était sur tous les visages ; on se perdait en conjectures. On apprit bientôt que la voiture, après être sortie par la porte de Saintes, avait pris sur la gauche, pour rejoindre la route du Vergeroux. On avait voulu éviter l'affluence et les acclamations. La voiture s'était réunie à celles de sa suite, à la sortie du faubourg de la Rochelle.

Les officiers du Préfet maritime, qui devaient mettre l'Empereur à bord de son canot, se trouvèrent à Fouras, juste pour son embarquement, qui se fit avec ordre. Ils restèrent sur le rivage jusqu'à la nuit, et ne s'en retournèrent que lorsque, l'embarcation ayant doublé le fort d'Énet, ils la perdirent de vue.

Singulière coïncidence, le jour où les Bourbons rentraient aux Tuileries, Napoléon arrivait à bord de la *Saale* vers sept heures du soir. Le comte Bertrand, Savary, duc de Rovigo, les généraux Lallemand, Gourgaud et Montholon accompagnaient l'Empereur. D'autres personnes de sa suite allèrent sur la *Méduse*, M. de Montholon et sa femme devaient également y passer.

Napoléon fut reçu avec tous les honneurs dus aux souverains, à l'exception des salves d'artillerie. On lui avait demandé, avant le départ de Rochefort, de quelle manière il voulait être reçu; il avait répondu : « Des égards, des respects, pas d'honneurs. » Le canot qui le portait était celui du Préfet, commandé par l'enseigne de vaisseau David Allègre.

L'Empereur, après être monté sur la *Saale*, passa la revue des officiers, et se promena comme s'il avait fait une visite, puis il demanda au capitaine Philibert si les vents étaient favorables au départ. Le commandant dut lui répondre négativement. En effet, ils étaient presque calmes, et de la partie du N. N. O.; ce jour-là même, ceux de l'E. avaient cessé. Cependant toutes les dispositions furent prises à l'instant pour appareiller dans la nuit si les vents changeaient. Napoléon fit plusieurs questions au commandant sur la formation de son état-major et la composition de son équipage.

Le capitaine Philibert, en répondant, lais-

sait trop voir, sur son visage pâle, que la mission dont il était chargé lui coûtait de violents
efforts. Napoléon, qui, à Rochefort, avait
donné souvent des signes d'abattement, paraissait tranquille en ce moment. Il était vêtu
en bourgeois, habit vert, gilet blanc, culotte
de nankin, bottes à l'écuyère, chapeau rond,
costume qui, en vérité, ne lui allait guère.

Il prit pour logement la chambre du commandant, où il se retira ; ses généraux furent
placés dans différentes chambres du carré
des officiers, et le maréchal Bertrand et sa
famille logèrent dans un rouffle placé sur le
pont.

M. de Las Cases, lieutenant de vaisseau
avant la Révolution (1), avait conduit
Mme Bertrand dans un canot parti d'un autre
endroit que Fouras. La comtesse était, à son
arrivée, dans un tel état, que l'enseigne qui
la reçut fut obligé de la prendre dans ses bras
pour la monter, de son canot, sur le gaillard

(1) En 1784, il avait mérité un octant pour avoir
bien répondu sur les six volumes de mathématiques.
Mais comme il avait toujours été embarqué depuis cette
époque, il réclamait, en décembre 1787, cette marque
de satisfaction, demandant toutefois qu'à la place de
l'octant, le comte de Montmorin voulût bien lui accorder un cercle, ainsi que l'avaient obtenu quelques-
uns de ses camarades qui étaient dans le même cas.

d'arrière de la *Saale*, où il la confia aux soins
du chirurgien-major. Le soir même, en descendant à sa chambre, après avoir fini son
quart, le jeune officier trouva Mme Bertrand
avec ses trois enfants, à la table et dans
le carré des officiers. Sa santé était tout à fait
rétablie, et comme la manière de la recevoir
avait mis tout de suite ce jeune homme en
relation avec elle, la conversation s'engagea
facilement entre eux. J'en noterai une partie, parce que la comtesse Bertrand avait une
grande influence sur son mari, et que ce dernier en avait une sur l'Empereur.

La conversation ayant roulé sur le départ,
la comtesse demanda à notre enseigne s'il
pensait que les frégates partissent. Celui-ci
répondit que le départ était subordonné aux
vents, et que s'ils devenaient favorables,
on partirait assurément. « Ah ! dit la comtesse, si nous partons cette nuit, demain nous
serons en Angleterre. » Le jeune homme,
surpris, la pria de s'expliquer. « Mais oui, re-
prit-elle, si nous sortons, nous serons pris. »
Le jeune officier, qui était de l'avis du capitaine Ponée, ne pouvant alors contenir un
mouvement de colère, fit entendre à la comtesse, effrayée, qu'avec un dépôt aussi précieux, la frégate se déshonorerait en ame-
nant son pavillon. La comtesse, évidemment,

ne désirait pas que l'on tentât rien de ha-
sardeux.

Ce soir-là, officiers et matelots de la *Saale*
se couchèrent tout habillés, afin d'être prêts à
monter sur le pont. On n'avait que les câbles
à filer pour partir.

La nuit fut calme, mais la sortie fut impossible. De quatre à huit heures du matin, un
enseigne, du nom de Luneau, avait le quart.
Il avait remarqué, aussitôt que le jour se fit,
deux bâtiments à trois mâts par-dessus la
pointe de Chassiron; c'était la première fois
qu'on en voyait autant, et cette circonstance,
jointe à celle des vents contraires, qui régnaient alors, donnait des craintes pour l'heureux succès du départ de l'Empereur, quand
tout à coup celui-ci monta sur le gaillard,
alla droit à l'officier de quart, et lui demanda
quels étaient les vents, puis, si l'on signalait
l'ennemi. « Non, lui répondit l'enseigne, on
ne peut pas encore le signaler, car le soleil
n'est pas levé, mais on l'aperçoit. Deux bâtiments sont au large de Chassiron. — Ah!
dit-il, voyons! » Et comme il voulut monter
sur une caronade placée à tribord, l'enseigne
présenta son bras à l'Empereur, pour qu'il
s'en aidât. Napoléon tira de sa poche sa lu-
nette d'approche, et, toujours appuyé sur le
bras de l'enseigne, il regarda les deux bâti-

ments, puis il descendit, fit un tour sur le gaillard avec le jeune officier, auquel il exprima le désir d'aller à l'île d'Aix. L'enseigne, fit aussitôt armer le canot de l'Empereur, et demander à la fois l'officier qui le commandait, le capitaine de la *Saale* et le général Gourgaud, qui montèrent à l'instant, en se frottant les yeux.

L'enseigne Luneau, que j'ai connu capitaine de vaisseau, et qui mourut en 1832 avec la réputation d'un bon officier, racontait que pendant que l'Empereur lui pressait le bras de sa main, son cœur battait terriblement fort; et je n'avais pas de peine à le comprendre, en me souvenant de ce que j'avais ressenti moi-même aux Tuileries, lorsque Napoléon m'avait destiné pour les marins de la Garde.

A cinq heures et demie du matin, l'Empereur partit pour l'île d'Aix, voisine de la rade, avec le capitaine de la *Saale* et le général Gourgaud. Ce dernier, en montant précipitamment, avait oublié son sabre. Lorsqu'il fut arrivé au haut de l'escalier, l'Empereur le voyant sans armes, lui dit : « Comment, Gourgaud, en uniforme et sans armes! Allez donc prendre votre sabre. » Napoléon, lui, était dans le même costume que la veille, sans aucune décoration. Le comte de Las Cases l'accompagnait aussi dans cette course. A son arrivée, l'Empereur fut reçu avec tous les honneurs possibles ; toutefois, les officiers en fonctions gardèrent avec lui la réserve que commandaient alors les nouveaux devoirs. C'était un dimanche.

A huit heures, le régiment était sur la place d'armes pour passer l'inspection, conformément à l'ordre donné la veille. Napoléon, pour se rembarquer, passant après avoir visité les fortifications, s'arrêta devant la compagnie des grenadiers du 27ᵉ équipage de haut-bord. Il s'adressa au capitaine Daniel, qui la commandait en remplacement du capitaine Cuvillier, chargé du régiment en l'absence du colonel Coudet. Napoléon désigna au capitaine Daniel quelques mouvements du maniement des armes, et lui dit de les faire exécuter, ce qui eut lieu. Il resta pendant quelques minutes sur le front de la compagnie ; immobile et sans parler à aucun soldat. Les tambours ne battirent point aux champs lorsqu'il se présenta ni lorsqu'il partit. En un mot, on ne lui rendit aucun honneur militaire. A son départ, cinquante à soixante cris de vive l'Empereur partirent seulement des rangs. Ce fut là du moins ce que racontait le Préfet maritime, pour atténuer peut-être l'effet de certains rapports qui pouvaient le compromettre lui et ses officiers.

Napoléon, cette visite faite, revenait presque aussitôt après le déjeuner sur la *Saale*, où son absence avait fort alarmé le général Becker. Celui-ci, monté sur le pont à six heures, avait demandé au même enseigne de quart, dont nous avons parlé, où était l'Empereur. L'enseigne, déjà passionné pour le souverain malheureux, et qui lui aurait donné sa vie depuis qu'il avait senti sur son bras la main de Napoléon, était très-disposé à ne voir qu'une espèce d'espion dans cet officier, pourtant si honorable ; aussi s'était-il amusé un moment de sa crainte, que l'Empereur ne fût parti. Mais, enfin, il lui avait fait donner un petit canot allége pour la pêche, armé de deux avirons, et il avait rejoint l'Empereur à l'île d'Aix, d'où l'on était bientôt revenu.

Pendant les trois jours qu'il fut à bord, l'Empereur déjeunait à neuf heures et dînait à cinq. Ses repas étaient très-courts. Il avait à sa table les généraux de sa suite, le commandant de la *Saale*, et il eut deux fois, en outre, un des officiers de la frégate.

Un désordre épouvantable régnait à bord de ce bâtiment. Le second, qui était le plus

ancien des cinq officiers de la *Saale*, n'avait
rien prévu pour l'embarquement de l'Empereur et de sa suite, de telle sorte qu'il fallut
plus d'une fois que les plus jeunes officiers
rappelassent les domestiques de l'Empereur
à l'ordre et aux plus simples convenances.
Le général Gourgaud, pour désarmer le courroux des marins, assurait qu'aux Tuileries
c'était bien autre chose. Après plusieurs
scènes, tout se calma, puis passagers et marins furent très-bons amis ensemble. Le général Gourgaud notamment, lié avec l'auteur
d'un journal qui m'a été communiqué, lui
avait même montré son sabre, encore tout
couvert du sang des Anglais, à la bataille de
Waterloo. Il n'avait pas eu le temps de penser
à l'essuyer.

Jusqu'au soir du 11 juillet, que l'Empereur
alla, avec toute sa suite, se fixer à l'île d'Aix,
il se montra souvent dans la journée, se promenant dans toutes les parties de la frégate,
adressant la parole aux personnes qui se
trouvaient sur son passage, et tout cela avec
un calme admirable.

Ce grand calme que marquait, qu'affectait
peut-être l'Empereur, était loin d'être partagé
par les personnss qui l'accompagnaient. On
savait les Chambres dissoutes, le roi marchant
sur Paris, s'il n'y était déjà. Dans ces condi-

tions, les passagers de la frégate pressentaient le moment où Napoléon et sa suite pouvaient être arrêtés, et, à peu d'exceptions près, tous cherchaient pour s'échapper, des moyens qui n'offrissent aucune chance défavorable. Mais il n'y en avait plus dans la position où l'Empereur se trouvait. Il avait manqué le moment en perdant un temps précieux à Rochefort. Il ne lui restait plus qu'à se livrer au hasard, encore fallait-il se décider vite.

Le 8, le jour même que l'Empereur partait de Rochefort pour s'embarquer, le Préfet maritime reçut à neuf heures une lettre de Paris, dans laquelle Decrès s'exprimait ainsi, en date du 6 :

« Monsieur le Préfet maritime, il est de la plus haute importance que l'Empereur quitte le plus tôt possible le sol de la France. L'intérêt de l'État et la sûreté de sa personne l'exigent impérieusement.

« Si les circonstances ne permettent pas qu'il parte avec les frégates, il sera possible peut-être à un aviso de tromper la croisière anglaise. Et dans le cas où ce moyen lui conviendrait, il ne faut pas hésiter à en mettre un à sa disposition, pour qu'il puisse partir dans les vingt-quatre heures. Si ce moyen ne lui convient pas, et qu'il préfère se rendre à bord des bâtiments de la croisière anglaise ou

20

directement en Angleterre, il est invité à vous
en adresser la demande formelle et positive
par écrit, et dans ce cas vous mettrez sur-le-
champ un parlementaire à sa disposition, pour
suivre celle des deux destinations qu'il aura
demandée.

« Il est indispensable qu'il ne débarque pas
sur le territoire français, et c'est ce que vous
ne pouvez trop prescrire au commandant du
bâtiment sur lequel il se trouve ou sur lequel
il passera. »

Decrés ajoutait en post-scriptum : « Il est
bien entendu que si le départ des deux frégates est possible, il n'est rien changé aux
ordres précédemment donnés pour le conduire aux États-Unis par cette voie. »

En conséquence, le 9 juillet, le Préfet maritime partait le matin pour se rendre à la
rade, il y arrivait à moitié jusant, et y restait
jusqu'à moitié du flot suivant, c'est-à-dire environ six heures à bord de la *Saale*.

Là, il remettait au général Becker la dépêche du ministre, datée du 6, et à deux
heures et demie après midi, il signifiait au
capitaine Philibert, par écrit, qu'il se concer-
tât avec le général, avec lequel lui-même
s'était entendu. Il donnait à cet effet plein
pouvoir au capitaine. « Vous pouvez, lui écrivait M. de Bonnefoux, disposer de tous les

moyens qui sont en rade, et requérir au besoin tout ce qui serait à votre portée, à quelque service qu'il appartienne, pour faciliter l'opération à laquelle donnera lieu la détermination que Napoléon pourra prendre d'après la connaissance qui lui a été donnée par le général Becker de l'arrêté du gouvernement.

« Vous pouvez disposer, 1° des deux frégates pour la mission qui vous a été confiée, en vous astreignant rigoureusement aux instructions du ministre; 2° de l'aviso *Mouche*, n° 24, qui pourra servir soit comme bâtiment parlementaire pour les deux cas prévus par la dépêche ministérielle du 6 de ce mois, soit pour le transport de l'Empereur aux États-Unis d'Amérique.

« Vous avez de même à votre disposition le brick *l'Épervier*, que vous pouvez employer à l'une ou à l'autre mission, si, de concert avec M. le général Becker vous jugiez qu'il y fût plus propre que l'aviso.

« Je prends sur moi de vous en donner ici l'autorisation formelle.

« Ces deux bâtiments sont commandés par deux officiers également recommandables et dignes de confiance sous tous les rapports.

« Dans le cas où vous expédieriez *l'Épervier* en parlementaire, vous lui ferez déposer son artillerie à bord dés alléges, ainsi que ses munitions de guerre, ne lui laissant qu'une seule pièce et quelques gargousses pour demander des secours au besoin.

« Accoutumé à compter sur votre sagesse et votre expérience, terminait M. de Bonnefoux, j'approuve à l'avance toutes les mesures que vous croirez devoir prendre pour vous assurer le succès de l'une des trois missions dont l'accomplissement vous est confié, en conciliant par tous les moyens les vues du gouvernement avec la sûreté de Napoléon. »

En vertu de ces instructions, conformément à la réquisition du général Becker, et sur la demande du comte Bertrand au nom l'Empereur, le capitaine Philibert envoyait le 10, la mouche n° 24 en parlementaire, à bord de la croisière anglaise. — Cette mouche, partie à deux heures du matin, ayant à son bord le comte de Las Cases, conseiller d'État, revint en rade de l'île d'Aix, à trois heures de l'après-midi. Elle fut escortée, jusqu'à l'entrée, par un vaisseau et une frégate, qui allèrent ensuite mouiller dans la rade des Basques.

Mais le capitaine Philibert ne savait pas alors le résultat du voyage de M. de Las Cases; seulement le 11, à une heure du matin, dans une autre lettre, il mandait au Préfet maritime que le général Becker n'avait pu remplir encore la mission, dont le Gouvernement provisoire l'avait chargé.

D'après ce qui revint aux officiers de la *Saale*, le capitaine anglais avait répondu qu'il ne pouvait rien prendre sur lui, mais qu'il allait envoyer chercher le commandant de la station, qui se trouvait devant les Sables. — En effet, il détachait un brick pour cette mission, mais elle cachait des desseins qu'il n'avouait pas.

Le capitaine Maitland qui, à l'arrivée de Las Cases et Rovigo, avait feint d'abord de ne rien savoir de ce qui s'était passé depuis Waterloo, avait, en présence des deux envoyés de Napoléon, reçu une lettre de l'amiral Hotham, datée du 8 juillet, par laquelle celui-ci lui recommandait de nouveau de faire tout ce qu'il pourrait pour intercepter les deux frégates de Rochefort, dont l'une, assurait l'amiral, avait Napoléon à son bord. Maitland, après avoir pris connaissance de cette dépêche, avait affecté la même ignorance qu'auparavant, sur les intentions de l'Angleterre à l'égard de Napoléon. — Bien plus, il avait cherché à tromper les deux envoyés, en disant au comte de Las Cases que la dépêche ne contenait rien sur ce qu'il lui avait appris. Las Cases qui savait l'anglais et l'avait caché, avait pu se rendre compte du degré de confiance que lui et son compagnon devaient avoir dans le capitaine Maitland, en écoutant les paroles échangées en anglais entre le commandant du *Bellérophon* et celui du *Falmouth* qui venait d'apporter la dépêche d'Hotham.

Cependant, il eut le tort de dire que, dans le cas où les frégates de Rochefort ne pourraient point passer, Napoléon effectuerait son départ sur des bâtiments américains, prêts à sortir de la Gironde.

C'était donner aux Anglais une indication propre à les mettre sur leurs gardes de ce côté, et l'insinuation de Las Cases ne devait servir qu'à tendre le piége dans lequel Maitland voulait faire tomber l'Empereur.

« Je ne crois pas, dit le capitaine du *Bellérophon*, que mon gouvernement le laisse aller en Amérique.

— Où donc, reprit Las Cases, lui permettrait-on d'aller ?

— Je ne le devine pas, mais je suis presque certain de ce que je vous dis. — Quelle répugnance aurait-il à venir en Angleterre ? De cette manière, il trancherait toutes les difficultés. »

Quelques moments après, comme Las Cases disait que l'Empereur aimait les climats doux et surtout les charmes de la conversation, et qu'en Amérique il trouverait l'un et l'autre

sans éprouver aucun mauvais traitement :
« S'il en est ainsi, répartit vivement Maitland,
pourquoi ne pas demander un asile en Angleterre ? Quant aux ressentiments que Napoléon pourrait craindre, ce serait le moyen
de les éteindre. Vivant au milieu de la nation, placé sous la protection des lois, il serait
à l'abri de tout et rendrait les efforts de ses
ennemis impuissants.

—Le lendemain, Maitland,— qui avait dit à
Las Cases que si, avant la réponse de l'amiral
Hotham à la lettre qu'il allait lui écrire, Napoléon lui demandait passage sur son bord, il
commencerait par le recevoir.—Maitland venait avec le *Bellérophon* mouiller sur la rade
des Basques, afin, comme il l'avait annoncé, de
communiquer plus aisément avec l'Empereur,
mais, par le fait, pour observer plus aisément
tous les mouvements des bâtiments français. »

A la suite de la conversation de ses envoyés
avec le capitaine du *Bellérophon*, l'Empereur
résolut d'aller à l'île d'Aix, le capitaine Philibert lui ayant fait savoir par le duc de
Rovigo, en réponse à un ordre, qu'il lui était
défendu de tenter le passage.

Malgré cela, en quittant la *Saale*, Napoléon
voulut laisser au capitaine Philibert un souvenir de sa présence à son bord. — M. de Bonnefoux, après avoir refusé le don des équipages

et des chevaux qui avaient amené l'Empereur,
n'avait accepté qu'à grand'peine une tabatière
d'or, orné d'une N en diamant. — Napoléon
fit remettre au capitaine Philibert et au premier lieutenant une paire de pistolets, puis il
quitta le bâtiment. — En faisant ses adieux
à l'équipage, il paraissait fortement ému. —
Mais l'équipage était encore plus attristé par
de douloureux pressentiments.

A l'île d'Aix, où Napoléon s'établit le mer-
credi 12, et où, selon le comte de Las Cases,
il arriva au milieu de l'exaltation de tous, ni
le colonel du 14ᵉ régiment de marins en garnison dans l'île, ni les officiers supérieurs
n'eurent de communication avec lui; mais plusieurs officiers du régiment allèrent fréquemment à la maison qu'il occupait, et étaient
consultés sur des projets d'évasion.

Le colonel affirmait plus tard n'avoir pu
connaître dans le moment ces communications
et ces projets : les déclamations des Chambres,
écrivait-il, avaient monté la tête de quelques
jeunes officiers de son régiment. Ils avaient
offert leurs services à Napoléon, et ils avaient
été acceptés.

Le promoteur de tous ces mouvements, et
celui qui, vraisemblablement, avait entraîné
les autres officiers, était l'enseigne Doret. Depuis la formation du corps, il n'avait cessé de

jouer le rôle d'agitateur. — C'était lui qui avait fait constamment des projets d'adresse et qui, à l'instant où Napoléon n'avait plus d'autre refuge que la croisière anglaise, fit adopter par les officiers une lettre au prince d'Eckmul. Elle avait été présentée au colonel, qui l'avait refusée. Le capitaine de frégate Cuvillier, étant à Rochefort pour le service, n'en avait pas eu connaissance. — Le capitaine Dauriac l'avait refusée également. Elle avait cependant été remise par M. Doret au général Bertrand. — Quand il fut question du projet d'adresse dont le but était de demander que le régiment se joignît à l'armée de la Loire, les officiers supérieurs avaient écrit au Préfet maritime pour lui rendre compte de ce qui se passait, et lui faire connaître qu'ils avaient refusé de signer une pareille demande. Le Préfet avait approuvé leur conduite, leur avait prescrit de faire tous leurs efforts pour maintenir la discipline, leur avait rappelé qu'ils étaient destinés à la défense de l'île d'Aix, et il leur annonçait qu'il réprouvait de la manière la plus forte toute sorte de démarche de qui que ce fût, contraire aux devoirs qui leur étaient imposés.

Quelques jours auparavant le sieur Doret avait encore suggéré de témoigner aux deux Chambres les regrets du corps à l'occasion

de l'abdication. Cette idée avait été présentée
au capitaine de frégate Cuvillier; mais l'a-
dresse n'avait pas eu lieu.

Toutes ces menées n'aboutissaient à rien.
Il fallait pourtant se déterminer à quelque
chose.

Le général Lallemant était revenu de Bordeaux, où il avait trouvé bon accueil du capitaine Baudin, lequel avait répondu que la sortie de la rivière était encore possible, mais
qu'il fallait pour cela que Napoléon se rendît
tout de suite à Royan. — Le consul américain avait assuré qu'il ferait passer l'Empereur sur un des bâtiments de sa nation, qui
étaient en grand nombre dans la rivière.

Néanmoins, on abandonna ce projet. —
Les dangers qu'avait courus le général Lallemand à son retour, avaient sans doute détourné
de suivre cette direction. Peu s'en était fallu,
en effet, que, malgré son déguisement, le général ne perdît la vie. — Il eût été tué par les
paysans des environs de Royan, s'il n'avait eu
un bon cheval.

Ce fut donc en vain que le roi Joseph, venu
à l'île d'Aix, offrir à son frère de prendre sa
place dans la maison qu'il occupait, et d'y
rester le temps nécessaire pour que l'Empereur pût s'embarquer inaperçu à bord du petit navire américain qu'un négociant de

Bordeaux, nommé Peltreau, avait frété pour lui dans ce port. — Joseph proposait de ne quitter sa chambre qu'après avoir été instruit que Napoléon avait échappé à la surveillance des Anglais. — Napoléon refusa cette offre, et engagea son frère à s'occuper de sa propre sûreté. — Le lendemain, celui-ci quittait Rochefort et allait se réfugier sous le nom de Bouchard, chez M. Peltreau, à quelques lieues de Royan, d'où il partait le 25 juillet, et échappait ainsi à la prison que lui réservait la Russie.

Il ne restait donc plus à l'Empereur que le parti auquel les officiers de vaisseau se dévouaient.—Besson, Genty, lieutenants, Doret, Lepelletier, Sales, enseignes, et les aspirants Châteauneuf et Moncousu, mon camarade, le premier avec son bâtiment de commerce, les autres avec deux chasse-marées qui avaient été arrêtés et armés de tout ce qui était nécessaire pour faire campagne.

Le 12 au soir tout était prêt, tant on y avait mis de zèle.—On devait partir dans la nuit du 13 au 14, par le pertuis *Breton*, —Napoléon, avec deux personnes de sa suite, devait être à bord du bâtiment de Hambourg, et les autres sur les deux plus petits bâtiments de la côte. Les officiers de vaisseau formaient seuls l'équipage des deux chasse-marées. — Deux péniches armées en guerre par les deux frégates *la Saale* et *la Méduse* devaient escorter ce convoi jusqu'en dehors du pertuis. Le commandement de ces deux péniches fut confié à l'enseigne Luneau, qui, à la nuit, alla se placer entre l'île d'Aix et la rade des Basques, pour attendre le bâtiment de l'Empereur. Les deux chasse-marées allèrent le long de la côte de la Rochelle, et se rendirent sans être vus au lieu qui leur était assigné. — L'enseigne Luneau passa toute la nuit sans voir rien paraître. Qu'était-il donc arrivé? — Au jour, cet enseigne étant rentré près de la frégate *la Saale* pour en avoir l'explication, apprit par le commandant que tout était changé, que Napoléon n'avait plus voulu s'embarquer. — Il avait compromis ainsi inutilement de braves jeunes gens. — Le mouvement nécessité par les préparatifs d'évasion avait donné l'alarme au camp de Jamblay. — Toutes les troupes de la garnison s'étaient mises sous les armes, les officiers avaient manqué naturellement à l'appel. On avait appris alors qu'ils étaient à bord des barques de la Rochelle. — Aussi, à leur retour, lorsque tout avait été manqué, ils avaient été mis aux arrêts.

L'auteur du journal qui m'a été communiqué raconte à ce propos comment en une

heure l'Empereur changea deux fois d'opinion
et de résolution.

L'embarquement de Napoléon devait avoir
lieu à huit heures du soir. Le lieutenant Besson était allé avec son canot pour recevoir
l'Empereur et prendre ses ordres : mais, à
son grand étonnement, il avait appris qu'il
ne partait plus. — M. Besson ne put s'empêcher de lui faire certaines remarques; celui-ci
répondit que, s'il s'agissait de sauver un État,
il ferait tous les efforts imaginables, mais que,
comme désormais sa personne seule était en
jeu, il se sacrifiait. — M. Besson lui représenta alors que le sacrifice était plus grand
qu'il ne croyait et qu'il compromettait tout
son parti en France; — que si on le voyait
libre dans un pays comme l'Amérique, on
craindrait toujours son influence, et que cette
crainte ferait respecter ses partisans, tandis
que s'il était prisonnier, ils seraient tourmentés de toutes les manières. — L'Empereur lui
répondit : « Je n'avais pas songé à cela. Vous
avez raison. Eh bien, je m'embarquerai à
neuf heures. » L'officier sortit. A la porte, il
trouva le général Bertrand qui se rendait chez
l'Empereur. Or, à neuf heures ce dernier ne
s'embarqua pas comme il s'y était engagé,
fait qui peut porter à penser, avec l'auteur
du journal, que ce fut le général Bertrand

qui lui fit changer d'avis, sa femme redoutant de s'embarquer sur de petits bateaux,
autant pour ses enfants que pour elle-même.

Le général, homme excellent et dévoué à
l'Empereur, brave de sa personne, était d'une
grande faiblesse vis-à-vis de la comtesse Bertrand. Or tous les moyens proposés effrayaient
celle-ci, qui ne voyait que l'Angleterre, per-
suadée que l'Empereur y serait bien reçu, et
que peu de jours suffiraient pour les mettre
à l'abri de tous dangers du côté de la France.
— Elle faisait tout pour lui faire adopter ce
parti, auquel étaient contraires les généraux
Lallemand et Montholon, prêts aux conseils
hardis comme à leur exécution.

Au rapport d'un autre témoin, dont j'ai les
notes, la Comtesse, à Rochefort, jusqu'à trois
fois, pâle, égarée, avait traversé les appartements de la Préfecture; le désespoir dans les
traits, elle avait alors abordé l'Empereur,
embrassé ses genoux, et avec les caresses de
la flatterie, les accents du cœur, lui avait
représenté le peuple Britannique comme un
peuple magnanime, qui saurait honorer sa
grandeur et ses exploits.

Telle devait être la résolution à laquelle
l'Empereur s'arrêta le 14 au matin.

Il envoya en conséquence deux personnes
de sa suite, Las Cases et Lallemand, à bord

du vaisseau Anglais le *Bellérophon*, demander à y être reçu. Il fit demander aussi de mettre un bâtiment léger aux ordres du général Gourgaud, chargé de porter une lettre de lui, annonçant au Prince Régent qu'il venait se confier à sa générosité.

Napoléon, du reste, ne fit qu'aller au-devant de sa destinée.

M. le baron Richard, nommé par le Roi, le 10 juillet, Préfet du département de la Charente-Inférieure, allait arriver avec des instructions du nouveau Ministre de la Marine pour le baron de Bonnefoux.

« En confirmant toutes les mesures qui vous ont été prescrites pour la sûreté de la personne de Napoléon, je juge convenable, écrivait le comte de Jaucourt au Préfet maritime, de modifier celles que vous avez dû prendre relativement au nombre et à l'espèce de bâtiments mis à sa disposition. En conséquence, au reçu de la présente vous voudrez bien donner, et sous votre responsabilité, des ordres positifs pour que la frégate, sur laquelle n'est point embarqué Napoléon, rentre sur-le-champ dans le port, et soit à l'instant même indépendante de tous les mouvements faits par celle qui porte Buonaparte.

« D'après ce que la Commission vous a prescrit, *vous avez dû vous opposer à toute tenta-*

*tive de débarquement de la part de Napoléon,
soit seul de sa personne, soit accompagné;
vous avez dû également vous opposer à toute
communication qu'il chercherait à établir avec
les bâtiments anglais en croisière ou tous autres. Je confirme ces dispositions, Monsieur,
qui, au moment où je vous écris, me garan-
tissent que Napoléon est à bord de la frégate
la* Saale, *capitaine Philibert.*

Quelle était la signification de ces ordres?
une lettre du Ministre, en date du 13, que
M. de Rigny, son aide de camp, devait remettre à M. de Bonnefoux, allait montrer
pourquoi la *Méduse* avait dû quitter la rade
de l'île d'Aix et remonter la Charente.

« Napoléon Bonaparte, disait cette lettre,
embarqué comme passager, d'après les ordres
du Gouvernement Provisoire, qui a cessé d'exister dès le moment où le Roi est rentré dans
sa capitale, n'est plus aujourd'hui qu'un prisonnier placé *sur une frégate du Roi, et dont
le commandant est responsable à Sa Majesté
et à ses alliés :* conséquemment cette frégate
ne doit plus sortir de la rade de l'île d'Aix
jusqu'à nouvel ordre du Roi.

« Napoléon Bonaparte n'est pas même prisonnier du seul Roi de France; il est celui de
tous les souverains garants du traité de Paris,
et tous les princes envers lesquels il a violé

ses propres engagements en portant la guerre et la révolte en France ont un droit égal sur sa personne.

« Dans de telles circonstances, il est donc d'une conséquence naturelle que les moyens, quel que soit le souverain qui peut en faire un prompt usage, propres à s'assurer de Napoléon Bonaparte, soient déployés immédiatement, et ce serait en vain que le Roi de France tenterait de faire prévaloir la générosité si naturelle à son cœur. Il ne s'agit pas aujourd'hui de sa cause personnelle seulement, il s'agit de celle de toute l'Europe que Napoléon a contraint de s'armer. »

Le Ministre, en conséquence, prévenait M. de Rigny que le commandant des forces Anglaises qui bloquaient la rade de l'île d'Aix était chargé par son gouvernement de sommer le commandant du bâtiment, sur lequel se trouvait Napoléon Bonaparte, de le lui remettre immédiatement.

Le Ministre de la Marine enjoignait en même temps au capitaine Philibert de remettre son prisonnier au commandant Anglais sur l'ordre que celui-ci lui en présenterait. Cette sommation, disait-il, ne devait pas être faite au nom seul du roi d'Angleterre, elle devait l'être encore au nom du roi de France, au nom des Princes alliés. Le commandant des forces navales Anglaises n'était plus ainsi un officier Anglais, mais un agent de l'Europe.

Le Ministre de la Guerre prescrivait en même temps au commandant de l'île d'Aix de n'apporter aucune opposition à l'exécution de cet ordre. Ce commandant et le capitaine Philibert étaient avertis que s'ils y résistaient, ils seraient responsables du sang qui coulerait ; Philibert, de la destruction du bâtiment et de l'équipage qu'il devait conserver au pays, enfin qu'ils s'établiraient en rébellion ouverte contre le Roi, leur légitime souverain, et qu'ils compromettraient eux-mêmes l'existence du prisonnier, s'ils étaient assez coupables ou assez aveugles pour s'exposer sans succès à un combat inégal dans la seule intention de désobéir aux ordres qu'ils auraient reçus.

« Ceux dont vous êtes porteur, disait le Ministre à M. de Rigny, sont donc dictés par le sentiment de l'humanité. Il a seul déterminé dans cette circonstance l'intervention des Ministres du Roi, puisque les Souverains alliés pouvaient agir sans le concours de la France. »

M. de Rigny, que j'ai aimé comme un homme à qui j'ai dû les facilités nécessaires à mes vues de travail , M. de Rigny n'arriva que le 18 à deux heures après midi; mais heureusement pour lui il n'eut pas à remplir

sa mission, non plus que le général Coëtlos-
quet, arrivé deux heures avant lui.

Le 14 Juillet, à trois heures, en recevant la
lettre du comte de Jaucourt, en date du 10,
le contre-amiral Bonnefoux s'était empressé
de lui répondre qu'il venait de recevoir la
visite du baron Richard avec sa lettre également du 10, que l'exécution des ordres
qu'on lui donnait exigeait qu'il allât en rade,
mais qu'il ne restait plus assez de jusant pour
qu'il pût y aller dans cette marée. Je m'y
transporterai, disait-il, ce soir. Je compte
partir à neuf heures. Il terminait en mandant
que Napoléon était encore la veille, 13, à
bord de la *Saale*.

Ici la lettre du baron de Bonnefoux est en
contradiction avec ce que nous savons, puisque Napoléon était à l'île d'Aix dès le 12. Il
semble, du reste, que le Préfet maritime et
le Préfet de la Charente-Inférieure, son camarade de collége, étaient d'accord pour ne
pas livrer eux-mêmes l'Empereur.

Ceci du moins me semble ressortir des
lettres officielles du Préfet maritime, des notes
de son neveu, comparées avec le journal particulier de l'enseigne de vaisseau, dont j'ai
plusieurs fois parlé.

Voici comment à ma connaissance les faits
se sont passés.

Le Préfet Maritime, le soir du 14, ainsi qu'il l'avait promis au Ministre, allait à bord de la *Saale* avec le baron Richard.

Ils s'embarquaient tous deux à neuf heures et arrivaient à bord de la frégate la *Saale* à une heure après minuit : « Je n'y trouvai plus, dit M. de Bonnefoux, Napoléon, dont je n'avais pas entendu parler dans la journée du 14, parce que les rapports de la rade ne m'étaient point parvenus; mais il me fut rendu compte par le capitaine de vaisseau Philibert que Bonaparte s'était embarqué avant mon arrivée sur l'*Épervier*, armé en parlementaire, d'après la demande de M. le lieutenant-général Becker, dans l'intention de se rendre à la croisière Anglaise avec toutes les personnes de sa suite, et que ses bagages avaient été chargés sur une goëlette, qui était en rade pour le service de la division pour la même destination. »

Les événements sont ici trop graves pour qu'on ne pèse pas les paroles des témoins.

Or, on peut rapprocher celles-ci du texte du journal particulier de notre enseigne de vaisseau :

« Dans la nuit du 14 au 15, écrit ce dernier, nous reçûmes à bord le Préfet Maritime avec celui du département nommé par le Roi. On a prétendu qu'ils avaient l'ordre d'arrêter Napoléon. Il était trop bien gardé pour cela;

on n'aurait pas osé l'essayer. Je ne puis assurer le fait; mais ce qui est positif, c'est qu'aussitôt leur arrivée, *une lettre lui fut envoyée à l'île d'Aix* et *il s'embarqua à quatre heures du matin sur le brick de guerre* l'Épervier, commandé par M. Jourdan, lieutenant de vaisseau, destiné dès la veille pour le porter à bord du vaisseau Anglais. Nous le vîmes passer près de la frégate. Il était en uniforme de colonel, car, pour se rendre chez des étrangers, le sentiment des convenances n'était pas oublié par lui. Quelle peine profonde nous ressentîmes en le voyant ainsi perdu à jamais pour nous ! *Le silence de la mort régnait dans tout l'équipage, et de grosses larmes s'échappaient de nos yeux.* Ce fut le moment le plus pénible de ma vie. »

Si l'on rapproche ce texte de la lettre du baron de Bonnefoux, on reconnaît aisément, ne fût-ce que par la lettre envoyée à l'île d'Aix, que les deux préfets n'ont pas voulu remplir une mission qui répugnait à leurs sentiments et aux antécédents de l'un d'eux. — Il n'est pas vraisemblable que M. de Bonnefoux ait ignoré que Napoléon avait quitté la *Saale* dès le 11 au soir, et lorsqu'il menait le baron Richard à ce vaisseau, c'était pour se réserver le moyen, sans doute, de donner à l'Empereur le dernier répit qui fût en leur pouvoir.

Quoi qu'il en soit, l'Empereur, alors forcé dans son dernier retranchement, ne pouvait plus reculer. — Il se livra donc pour n'être pas pris.

En conséquence, lorsque le jour eut permis au Préfet Maritime et au baron Richard de distinguer ce qui se passait autour d'eux, ils virent le brick et la goëlette sous voiles portant les couleurs parlementaires et manœuvrant pour s'approcher du vaisseau le *Bellérophon*, qui était dans la rade des Basques.

Le vent, qui soufflait faiblement de la partie du N. O., ne permettait pas au bâtiment que montait l'Empereur d'approcher rapidement. Le capitaine Maitland, prévenu que Napoléon se dirigeait sur lui, avait arboré le Pavillon blanc au mât de misaine.

Le baron de Bonnefoux et le baron Richard en avaient assez vu. — Ils rentraient à Rochefort.

Le soir, le général Becker confirmait au Préfet maritime ce qu'il savait déjà par un officier, laissé par lui pour observer.

« Napoléon, écrivait M. de Bonnefoux, a été reçu à bord du vaisseau Anglais avec beaucoup d'égards ainsi que toutes les personnes de sa suite ; nos bâtiments, après y avoir versé tous les effets qui leur appartenoient, sont rentrés en rade de l'île d'Aix. »

Ce fut ainsi l'*Épervier* qui acheva la mission

que la *Saale* et la *Méduse* avaient eue à remplir. La *Méduse* n'était pas heureuse. — Son capitaine eût mieux aimé se faire couler avec elle pour sauver l'Empereur que de la voir périr comme elle fit l'année suivante sur les bancs d'Arguin. — Quant à la *Saale*, à qui la Restauration rendit son nom d'*Amphitrite*, elle eut du moins la satisfaction d'atteindre les possessions Anglaises de l'Inde, où elle portait avec une nouvelle administration deux hommes qui s'y distinguèrent et se firent aimer successivement comme gouverneurs : le comte Dupuy et le capitaine de vaisseau Cordier, celui que V. Jacquemont appelait sa Providence épistolaire. Mais cette dernière mission de l'*Amphitrite* emprunta, au souvenir de celle que la *Saale* n'avait pu remplir, un sentiment de tristesse.

Il lui était défendu, comme aux autres navires Européens, d'approcher du lieu où venait d'être déposé son illustre passager de juillet 1815.

Lorsque le marquis d'Osmond donnait de Londres, le 12 février 1816, avis que le marquis de Montchenu eût à ne pas perdre de temps, pour se rendre dans cette ville prendre son passage à bord du bâtiment préparé pour les Commissaires préposés à la surveillance de l'Empereur à Sainte-Hélène, il faisait, en même temps, savoir que le Ministère Anglais avait interdit l'accès de Sainte-Hélène aux vaisseaux de toutes les nations.

L'Europe avait voulu mettre, entre elle et ce Titan belliqueux, l'espace des mers, et l'Angleterre, par un certain raffinement, avait choisi pour lui faire une prison une île située sur le chemin de ces Indes que Napoléon avait convoitées. C'était là que César devait finir.

Riouffe, en parlant de la fin des célèbres révolutionnaires, Danton, Hébert, Chaumette, Robespierre, qui étaient venus échouer dans le même cachot, dit : « Tant de travaux, de dissimulation, d'extravagances et de crimes, ont abouti à leur conquérir quatre pieds de terrain à la Conciergerie, et une planche à la place de la Révolution. »

Il n'est pas possible de confondre avec de tels hommes Napoléon, qui, à travers toutes ses fautes, eut toutes les grandeurs, jusqu'à donner le vertige au pays. Mais lorsqu'on voit l'état dans lequel il a laissé la France, et le sort qu'il se fit à lui-même, ne serait-ce pas le cas de se demander devant une nouvelle révolution, et aussi devant les ambitions qui cherchent à s'y frayer un chemin, si les ambitieux et si la France n'ont pas assez de leçons.

Malheureusement, il y a bien à craindre

que les enseignements du passé ne servent jamais au présent. Pendant que la raison de l'historien et du philosophe recherchera dans les faits une leçon propre à guider les peuples, les ambitieux ne cesseront pas de courir au but où les entraîne leur désir du pouvoir, les masses qu'ils compromettent continueront de se laisser éblouir par leur funeste prestige, et un siècle ne sera pas écoulé que l'imagination de la foule aura créé sur eux de superstitieuses légendes.

Voici ce que me contait dernièrement un officier du Commissariat de la marine à propos des faits mêmes que je viens de présenter :

« Il y avait, vers 1850, à l'île d'Aix un garde champêtre nommé Morison, qui devait alors avoir plus de cinquante ans. J'étais enfant, et je causais quelquefois avec lui dans mes vacances. — Vous voyez, me dit-il un jour, ce récif sur la côte, espèce de débarcadère, où les embarcations peuvent accoster. Eh bien, c'est là que Napoléon a débarqué chez nous. Maintenant, si vous voulez bien me suivre de l'autre côté de l'île, je vous montrerai l'endroit où il est descendu dans le canot qui devait le conduire en Angleterre et de là à l'île Sainte-Hélène, qui lui a servi de prison, où il est mort ; vous savez cela, sans doute ? — Sur l'invitation du père Morison, je l'accompagnai le long du littoral, et, chemin faisant, je m'amusais en marchant à cueillir de petites fleurs jaunes pour en faire un bouquet. — Tenez, me dit-il lorsqu'il s'arrêta, voilà d'où il est parti pour ne plus revenir. Passé cet endroit, si vous voulez cueillir les mêmes fleurs que celles que vous avez dans les mains, vous n'en trouverez plus. — Et pourquoi? demandai-je. — Parce qu'il n'en pousse de cette nature dans l'île nulle part ailleurs que le long du chemin que je vous ai fait suivre. — J'en demandai encore la raison. Les enfants sont terribles pour les questions. — Pourquoi? me dit-il en redressant solennellement le baudrier, au bout duquel pendait son sabre. Parce que ces fleurs ne poussent pas dans notre île, où l'on n'en avait jamais vu avant 1815, et que celles qui croissent le long du sentier que vous venez de suivre y ont poussé sous les pas du grand homme lorsqu'il foulait pour la dernière fois le sol de sa chère France; et, essuyant une larme furtive, Morison ajouta : Vous ne connaissez donc pas ces fleurs, que l'on place sur les tombes? — Non, dis-je. — Eh bien, ce sont des Immortelles ! Souvenez-vous de cela, mon enfant. Et partant comme un trait, il me laissa tout à mes réflexions, cherchant à comprendre ce qu'il m'avait dit. — J'ai cru devoir conserver ce récit. »

IX

LE MARÉCHAL NEY

A SAINT-ALBANS

ET LES DERNIERS DÉVOUEMENTS EN 1815.

UNE partie des faits que je viens de raconter me parvint aux eaux thermales de Saint Albans, où, à mon passage à Roanne, j'avais appris que mon père, malade, était allé chercher un soulagement. Je m'étais empressé de l'aller embrasser et j'avais été retenu avec lui dans l'établissement des bains, dont le directeur était de nos parents.

Lorsque j'étais arrivé à Saint-Albans, après les premiers moments donnés à un échange de questions et de réponses, sur les sujets qui nous touchaient particulièrement, mon père me dit : « Il y a ici une personne qui a intérêt à rester ignorée ; c'est M. le comte de Neubourg. Si en te promenant dans le jardin tu le rencontres par hasard, et que tu le reconnaisses, ne le laisse point paraître. »

Il était assez singulier qu'un homme, qui prétendait avoir un grand intérêt à se cacher, vînt dans un lieu aussi public qu'un établissement thermal, quand alors toutes les mauvaises passions de la politique fermentaient et que chaque jour on pouvait entendre autour de soi se prononcer des opinions les plus ardentes. — Quelqu'un plaignait-il le sort de Napoléon, devenu prisonnier : — « Que voulez-vous donc que l'on fasse, repartait une autre personne. On le traitera avec tous les égards qu'il avait pour le pape. Préféreriez-vous qu'on le fusillât comme il a fait fusiller le duc d'Enghien ? » — Le sort du roi Murat eût pu être en effet aussi bien celui de Napoléon. — S'il se tenait de tels discours pour le chef, quels étaient ceux qu'on pouvait entendre sur les lieutenants et de moins importants encore ?—Aussi trouvais-je fort imprudent au comte de Neubourg de se promener dans le jardin, où rien ne le garantissait contre l'espionnage et les délateurs.

Je n'en fis pas l'observation tout haut, je promis de respecter l'incognito du personnage, mais ce qui m'arriva avec lui pouvait lui arriver avec un autre que moi, et avoir des conséquences funestes.

Dans la journée j'eus envie de voir le petit parc attenant à la maison. J'y entrai, et au

bout de quelques minutes, dans un des dé-
tours d'une espèce de labyrinthe, je me trouvais en présence d'un homme de taille
moyenne, vêtu d'une longue redingote d'un
drap couleur de noisette, et qui se promenait
un livre à la main. J'étais en uniforme, mais
sans épaulettes; ce monsieur leva sur moi des
yeux étonnés, je le saluai de mon bonnet de
police, et je passai. Ma promenade se borna
là; je sortis du labyrinthe par une des portes
opposées à l'endroit où se trouvait le lecteur,
et me hâtai de rentrer à la maison. J'étais
ému; mon père ne fut pas sans le remarquer.
— « Eh bien, me dit-il, qu'as-tu donc? — Votre comte de Neubourg que je viens de voir,
savez-vous qui il est? — Peut-être..., c'est....
— C'est le maréchal Ney! — Plus bas, malheureux, reprit mon père, ne prononce pas
ce nom-là. — Mais pourquoi est-il ici et pourquoi surtout y reste-t-il? demandai-je; il n'a
donc personne à Paris qui le tienne au courant des événements? — Mais pourquoi dis-
tu cela? — Pourquoi? c'est que quand je suis
parti de Paris, on parlait de mesures de rigueur contre certains hommes de l'Empire
compromis par les Cent-Jours, et d'après ce
que m'a dit quelqu'un bien informé, dans
très-peu de jours une liste de proscription
sera publiée sur laquelle seront inscrits des

noms de généraux, et en tête celui du maréchal Ney. Il m'en a cité encore d'autres, et
m'a engagé, si je rencontrais quelqu'un de
ces malheureux, à les avertir des dangers
qu'ils courent. » Avertir le Maréchal, c'est
chose difficile, dit mon père. C'est lever le
masque sous lequel il veut rester caché. —
C'est vrai, répondis-je ; mais s'il reste dans la
sécurité trompeuse où il est ici, il sera recherché, arrêté, et alors ? — Eh bien, repartit mon
père, avertis-le. — C'était fort embarrassant pour un jeune homme de vingt ans.
Je le fis remarquer à mon père, le priant de se
charger de la mission ; mais il me répondit
que, comme le Maréchal m'avait vu, il ne se
défierait pas d'un jeune homme, et recevrait
de ma part des avertissements qu'il repousserait d'un homme plus âgé.

Mon père mit alors son parent dans la confidence, et il fut convenu qu'aussitôt nous
irions donner connaissance au Maréchal du
bruit que j'avais recueilli à Paris. Nous allâmes au labyrinthe où il était encore. Il parut
très-surpris de nous voir arriver, l'air contraint
et triste. Il s'arrêta devant moi, qu'il prit, je
crois, pour un garde du corps du Roi, chargé
peut-être de l'arrêter ; il me regarda d'un œil
interrogateur, et resta ainsi quelques secondes,
son livre ouvert dans la main droite. J'avais,

moi, mon bonnet de police dans la mienne ;
j'étais troublé, ce qu'il remarqua peut-être,
car son regard s'adoucit. — J'hésitais à parler,
lorsqu'enfin mon père, prenant la parole, dit :
« Monsieur le Comte, c'est mon fils qui arrive de Paris et qui voudrait.... — Ah ! vous
arrivez de Paris, jeune homme, et qu'y dit-
on ? — Monsieur le Maréchal !... » A ce mot,
il fit involontairement un mouvement, qui ne
laissait pas douter qu'il ne lui était pas désa-
gréable d'être reconnu. — « Ne craignez rien de
mon fils, monsieur le Comte, dit tout de suite
mon père. — Voyons alors, voyons, qu'avez-
vous à m'apprendre ? »

Je lui annonçai que son nom était en tête
d'une liste de proscription. « Ah ! fit-il, une
liste de proscription ? — Oui, monsieur le
Maréchal, et, sans doute, vous êtes recherché.... Déjà, des arrestations ont été faites. »
Mon père prit alors la parole : « Monsieur le
Comte, dit-il, il faut partir et aller en Suisse,
laissez passer l'orage. Aller en Suisse est fort
possible. Je connais le commissaire général de
police de Lyon, qui n'a pas encore été révo-
qué. Il nous donnera un passe-port pour vous
sans aucun doute. Je vais lui écrire un mot,
nous enverrons un homme sûr en poste.
Dans deux jours vous aurez, signé de M. Teste,
un sauf-conduit au nom que vous aurez pris ;

vous traverserez Lyon, sans vous y arrêter, et en quelques heures, vous serez en Suisse. » Le Maréchal hésita, persuadé que sa grande renommée militaire le sauverait. Enfin, on eut le passe-port. Sur ces entrefaites, eut lieu l'ordonnance du 24 Juillet. Le Maréchal se décida, mais, au lieu de prendre la route directe de Lyon, par Tarare, Labresle, il se dirigea vers l'Auvergne. On dit que ce fut la Maréchale qui, lors de la publication de la terrible ordonnance, lui fit tenir l'avis de passer sous un déguisement chez sa parente, Mme de Bessonis, près d'Aurillac, où il fut arrêté, le 5 Août.

Je n'en sais rien. Je sais seulement que, quand nous connûmes son sort, le désir que nous avions eu de le sauver nous rendit plus sensibles à sa condamnation, prononcée le 5 Décembre, par la chambre des Pairs. Son exécution, qui eut lieu le 7, fut pour nous un chagrin personnel, bien que ses torts de trahison envers l'Empere comme envers le Roi fussent parfaitement a és, quelle qu'en fût la cause.

J'ai eu depuis quelques détails sur la vie du Maréchal, pendant les Cent-Jours. J'ai lu des manuscrits qui ne peuvent encore voir le jour, j'ai eu aussi des renseignements de vive voix par le gendre d'un homme mêlé

involontairement à un épisode qui sera peut-
être raconté dans les mémoires d'un des personnages les plus importants de l'Empire et
de la Restauration. Quand ils seront publiés
l'on jugera. Pour moi, je n'en veux rien reproduire ; je dirai seulement que si je suis
touché de la lettre du maréchal Moncey, dé-
fendant Ney et déclinant le devoir de le juger,
ce qui était peut-être d'une générosité mala-
droite, je n'en suis pas moins persuadé que les
avocats du maréchal Ney avaient eu tort de lui
donner d'autre conseil que celui que Bellart
lui avait fait donner par son beau-frère Gamot,
c'est-à-dire de recourir à la clémence du Roi.
Louis XVIII, qui lors de l'arrestation du Maréchal avait regretté l'excès de zèle du préfet
du Cantal, avait dit : « Le malheureux ! il va
nous faire plus de mal encore qu'il ne nous
en a fait au 13 mars. » — Le Roi eût fait grâce
peut-être. — On a la confirmation de cette
opinion dans le mot de la duchesse d'Angou-
lème, qu'on eût épargné le Maréchal, si
M. de Ségur eût publié plus tôt son histoire
de la guerre de Russie. Mais, si Henri IV ne
put gracier Biron, poussant l'orgueil de la
révolte jusqu'au bout, Louis XVIII était-il engagé à gracier un homme qui se défendait de
la punition de ses torts en invoquant la convention de Saint-Cloud relative à la reddition

de Paris? Or, le duc de Wellington, interrogé
au nom de la Maréchale, avait répondu que
le jour de la remise de la Capitale, Ney avait
quitté Paris sous un faux nom, avec un passe-
port de Fouché, et il ajoutait : « Aurait-il agi
de la sorte, s'il avait compris que l'article 12
le protégeait contre d'autres mesures de sévérité que celles des deux généraux en chef des
armées alliées? »

L'article du traité qui put sauver des Prussiens le pont d'Iéna sur une note du baron
Bignon n'obligeait donc pas à épargner le
Maréchal non plus que d'autres victimes,
puis l'on voulait punir la conspiration qu'on
croyait avoir déterminé le retour de l'île
d'Elbe. » Le gouvernement n'est pas le maître,
disait M. Pasquier à la princesse de Vaudemont,
qui voulait aussi sauver Lavalette, le gouvernement est emporté par la Cour et par la
Chambre, qui demandent des exemples. »

La Chambre et la cour, en effet, quinze
jours après le retour du Roi, avaient décidé
les ministres à présenter à sa signature une
ordonnance dont l'intention était exprimée
par le préambule suivant : « Voulant par la
punition d'un attentat sans précédent, mais en
graduant la peine et limitant le nombre des
coupables, concilier l'intérêt de nos peuples,
la dignité de notre couronne et la tranquillité

de l'Europe, avec ce que nous devons à la justice et à l'entière sécurité de tous les citoyens sans distinction..., etc. »

Les royalistes avaient en face d'eux tous ceux qui avaient combattu la royauté et qui lui témoignaient encore une haine implacable; s'ils se montraient faibles à leur égard, ce fait seul à leurs yeux devait encourager les projets de leurs ennemis. Il y eut donc pendant près de quinze mois une réaction violente où les passions victorieuses traquèrent ceux qui leur étaient contraires avec une fureur qui rappela la Terreur, et qu'on nomma par comparaison la Terreur Blanche. Fouché, le jacobin de 1793, se reconnaissait à cette époque sous le duc d'Otrante, ministre de la police au service cette fois de la noblesse. Que de violences alors aliénèrent pour toujours des Bourbons des hommes ne demandant qu'à se rallier, et firent oublier les fautes que les coupables pouvaient avoir commises pour ne laisser voir que leurs mérites!

Ce fut ce qui arriva avec le maréchal Ney : sa condamnation, quoique justifiée, devint un grief contre la Restauration, et les circonstances de sa fin où le héros se retrouva firent qu'on ne vit plus en lui qu'une noble victime de la cause à la ruine de laquelle il avait pourtant concouru.

Du premier jusqu'au dernier moment de ce drame tout fut plein de douleurs. En apprenant l'arrestation de son gendre, M. Auguier, dont la femme s'était jetée par la fenêtre à la mort de Marie-Antoinette, mourut foudroyé. Le Maréchal lorsqu'on le jugea portait le deuil de son beau-père. Plus tard, le cocher qui conduisit le Maréchal au supplice ayant reconnu le chef illustre sous lequel il avait servi tomba violemment de son siége et l'on dut conduire ses chevaux par la bride.

Dans l'adresse au Roi qui avait appelé toutes les rigueurs dont le duc de Feltre, dont M. Dubouchage, dont Fouché, se firent les exécuteurs, M. de Chateaubriand avait demandé une justice nécessaire, mais était-ce une justice bien nécessaire par exemple d'avoir interdit non-seulement le séjour de Paris au comte Otto, qui était allé auprès des alliés demander un sauf-conduit pour Napoléon, mais encore de lui avoir défendu de s'approcher de la capitale de plus de vingt lieues, quand le Roi rayait lui-même des lettres de proscription MM. de Montalivet et Benjamin Constant ?

Il faut dire que tout ce qui ressemblait à des égards pour l'ancien souverain blessait les ultras, surtout parmi ceux qui voulaient faire du zèle, et il n'y eut pas jusqu'à des mots rapportés dans des journaux qui ne fussent pour eux le prétexte de rigueurs même injustes.

C'était ainsi qu'on avait vu, après le jugement du maréchal Ney, le général Édouard Colbert, enfermé dans la prison de la Préfecture de police, où il resta pendant deux mois après lesquels il en demeura six en exil. — Quelle en était la cause? — Une anecdote rapportée dans le *Nain jaune.*

Le général Édouard Colbert n'était arrivé que le 23 mars 1815 à Paris, trois jours après le retour de Napoléon qui, passant la revue sur la place du Carrousel, l'aperçut et, venant à lui, lui avait dit : « Ah! ah! vous voilà, général Colbert, vous arrivez bien tard. — Le général s'étant excusé sur ce qu'il n'avait pu arriver plus tôt, l'Empereur le prit par la moustache et répéta : — Allons ! allons, vous venez trop tard. C'est trop se faire attendre. — Sire, pas tant que Votre Majesté, avait répondu le général, car je l'attends depuis un an.» — Les paroles étaient vraies, mais ses actes envers la Royauté n'y avaient pas correspondu, tant qu'un nouveau gouvernement acclamé ne lui avait pas, en quelque sorte, rendu sa liberté.

Au moment de la marche de l'Empereur sur Paris, le général Édouard Colbert, qui avait formé ce qu'on appelait les Lanciers

Rouges et frère de celui à qui Napoléon avait ordonné qu'on élevât une statue(1), avait maintenu seul dans le devoir les troupes qu'il commandait le 18 mars. Etant à Pithiviers, en face de l'armée de Napoléon, qui était à Fontainebleau, il avait fait arrêter un gendarme d'Auxerre déguisé qui lui apportait un ordre écrit de l'Empereur de lui amener toutes les troupes placées sous son commandement, et celles dont il pouvait déterminer la désertion. Fidèle à ses serments envers la Restauration, il avait envoyé cet homme avec un rapport au Lieutenant-général comte Dupont, sous les ordres de qui il était, enfin il avait empêché jusqu'au bout que l'armée de Napoléon ne se recrutât de ses soldats. La Révolution du 20 Mars opérée, il avait maintenu ses soldats dans l'ordre pendant deux jours, ce qui n'était pas facile, et ce ne fut que le 22, sur le commandement du Ministre de la Guerre d'avoir à faire reconnaître le gouvernement de l'Empereur, qu'il obéit afin que son autorité ne fût pas méconnue, tant les têtes étaient tournées. Ce ne fut que le 25, que sa

(1) Auguste Colbert, tué en Espagne à Calcabellos, le 3 janvier 1809, à l'âge de 30 ans. — Remarquable entre les plus remarqués, c'était, dit le baron Bignon, un de ces hommes auxquels la guerre doit les premiers grades ou la mort des héros.

division arrivait à Paris. Il est vrai qu'une fois revenu à Napoléon, il lui fut dévoué jusqu'au bout. Quoique blessé à l'affaire des Quatre-Bras, il n'en avait pas moins commandé à Waterloo les belles charges où ses lanciers avaient pénétré au milieu des batteries anglaises. C'était lui aussi qui, après la bataille, avait réuni les débris de la cavalerie de la Garde.

Cette prison, cet exil, infligés à un homme qui portait un des noms les plus respectés de l'ancienne monarchie, annonçaient assez haut que les petits devaient avoir tout à craindre. Ce fut ainsi que vint mon tour sur une fausse dénonciation.

Mais avant j'eus le chagrin d'apprendre que le jeune Moncousu, un de mes camarades et l'un des premiers de ma promotion, venait d'être frappé, avec ceux qui avaient tenté de coopérer à l'évasion de l'Empereur.

Le sort de ce jeune homme, par notre liaison à l'École navale, par son caractère même, ses talents qui l'appelaient à un grand avenir, me toucha vivement. Il était fils du capitaine de vaisseau Pierre-Augustin Moncousu (1) qui, après avoir commencé sa vie comme mousse dans l'expédition de Kerguelen aux Terres

(1) Je lis dans les *Gloires navales de la France*, par Monsieur Levot, que Moncousu fut emporté par un boulet de canon, étant sur son banc de quart. Il y a

Australes, était mort au combat d'Algésiras, le 6 juillet 1801, à bord de l'*Indomptable* qu'il commandait.

Des raisons toutes particulières avaient porté mon camarade à se dévouer pour l'Empereur. Le principe de son dévouement n'était pas seulement dans sa gratitude pour les secours et l'éducation que lui et les siens, après la mort de leur père, avaient reçus, au nom du chef de l'État, mais un épisode de son enfance l'avait attaché personnellement à Napoléon.

Dans une visite que celui-ci faisait au Pry-

---

là une rectification à faire. Voici ce qui se racontait vers 1828 dans une conversation à laquelle prenait part le si honorable contre-amiral Collet :

« Le feu s'étant déclaré à bord du vaisseau, le capitaine d'armes Servaux, qui était dans les batteries, monta sur le pont et annonça au capitaine Moncousu que toutes les pompes étaient coupées par les boulets. Le capitaine lui dit en levant les deux bras en l'air : « Que voulez-vous que j'y fasse ? arrangez-vous comme vous pourrez. » Au même instant, il reçut à la tête, soit un éclat de bois, ce que l'on croit, soit un projectile quelconque qui lui enleva une partie du front et couvrit en même temps le capitaine d'armes de sang et de débris de cervelle. C'était là une affreuse émotion pour un soldat si brave qu'il fût ; mais notre capitaine d'armes n'en fut pas quitte pour cela. A peine redescendu dans la batterie, Servaux éteignait héroïquement avec sa poitrine un débris de gargousses, qui allait communiquer le feu aux poudres et faire sauter le vaisseau. « Nous lui dûmes une belle chandelle ce jour-là », disait le contre-amiral Collet.

tanée avant la guerre d'Espagne, il avait, en passant la revue des élèves, remarqué un enfant qui recommandait à ses jeunes camarades de se tenir immobiles et alignés. La tenue de cet enfant, son sang-froid, son air décidé, ce quelque chose qui signale un caractère, attirèrent l'attention de l'Empereur. Il s'arrêta, fixa sur lui ses regards d'une manière qui m'avait à moi fait perdre la tête, mais qui ne fit pas baisser les yeux à l'écolier. — Napoléon lui demanda comment il s'appelait. Au nom de Moncousu, Napoléon se découvrit en rappelant à l'enfant la mort glorieuse du capitaine, dans des termes dont chacun pénétrait dans ce jeune cœur, sans que son émotion fît perdre à l'enfant sa tenue militaire. Napoléon, après lui avoir recommandé de ne pas oublier le combat d'Algésiras, et l'avoir encouragé à suivre d'aussi bons exemples, dont il espérait qu'il se montrerait digne, le frappa doucement sur la joue et le nomma en riant caporal d'une des compagnies du Lycée.

Dans un temps où la jeunesse se grisait des récits militaires, au point que celui qui devait être plus tard l'historien de Sobieski et le ministre si cher aux lettres, le jeune de Salvandy, en un mot, pouvait captiver les esprits parmi ses camarades en imaginant le bulletin d'une victoire; dans ce temps-là les paroles de l'Empereur à Moncousu devaient être pour le Prytanée un événement déjà bien propre à attacher cet enfant. Mais Napoléon fit plus, il se souvint encore de lui pour lui accorder une bourse entière à l'école Navale comme au Prytanée. Il avait ainsi comblé son ambition en lui ouvrant la carrière dans laquelle son père s'était distingué. Mais sans qu'il s'en doutât, il préparait par cela même la ruine de l'avenir du jeune homme, car la fortune de celui-ci devait finir avec celle de son souverain, le jour où il le trouverait dans le danger. Il tenait de son père, au plus haut point, le sentiment du devoir. Or, le brave capitaine avait bien prouvé ce qu'il pouvait sacrifier à ce sentiment : en partant pour la campagne où il fut tué, il savait que sa femme allait expirer et il était au désespoir de ne pouvoir recevoir son dernier soupir. Le jeune aspirant ne craignit rien dès qu'il s'agit de prouver sa gratitude envers l'Empereur. Ce sentiment s'alliait chez lui à une haine profonde contre les Anglais. « Je ne les hais pas, écrivait-il en 1809, à cause de la mort de mon père, puisque tel est le sort de la guerre, je les hais à cause de la haine qu'ils portent au nom Français. Mais j'espère que dans un petit nombre d'années je pourrai bien leur faire sentir à mon tour ce que peuvent le courage et l'énergie d'un Français. » Celui qui écrivait ainsi avait à peine seize ans.

Les événements de 1815 brisèrent ses espérances en fermant sa carrière, et celle des officiers qui avaient participé aux projets d'évasion de l'Empereur. Le gouvernement nouveau crut devoir se montrer inexorable à leur égard. En vain, le capitaine de vaisseau, colonel du 14ᵉ régiment de marins, avait-il cherché à sauver les six jeunes officiers qui avaient tenté l'évasion de l'Empereur en les montrant pleins de repentir, en rappelant qu'ils étaient tous de familles respectables, tous susceptibles de faire des officiers excellents et instruits; en vain, s'il ne pouvait sauver les déserteurs qui n'avaient rejoint leur corps que parce que leur projet d'évasion ou de résistance aux ordres du Roi n'avait point réussi, M. de Bonnefoux chercha-t-il à faire excuser le jeune Moncousu, en disant que « la marine entière solliciterait du Roi « la grâce de ce jeune homme plein de « moyens, si, sans avoir égard à sa jeunesse « entraînée par de mauvais exemples, on le « croyait assez coupable pour être puni. » M. de Bonnefoux n'avait plus assez de crédit pour être écouté, puisqu'il allait être remplacé et se retirer près de Marmande, où les esprits calmés, la Restauration lui donna du moins les moyens de vivre aimé et honoré.

Quant à Moncousu, il fut sacrifié comme les autres, et le capitaine de frégate Baudin, mis en non-activité à partir du 1er janvier 1816. — Peut-être eût-il retrouvé de l'emploi, comme le capitaine Ponée qui servit avec honneur dans la guerre d'Espagne et plus tard dans celle d'Alger. — Mais Charles Baudin n'accepta pas cette condamnation et demanda sa retraite avec l'autorisation de naviguer pour le commerce, — prenant pour prétexte que depuis seize ans qu'il servait dans la Marine, il avait diminué de moitié les faibles débris du patrimoine que la Révolution lui avait laissés et qu'il devait alors abandonner à sa mère le reste de ce qu'il possédait. « Je sais par mon expérience, écrivait-il, qu'il est impossible de se maintenir avec dignité au service sans une certaine fortune, et privé de l'ancienne, avec une santé affaiblie par les blessures, je ne veux pas être réduit à servir moins honorablement ou moins activement que par le passé. »

Il fallut attendre la Révolution de Juillet pour que ces divers officiers rentrassent en grâce et que ceux qui le pouvaient encore reprissent leur ancien état.

On offrit alors à M. de Bonnefoux de le

faire pair de France. « Non, dit-il, je suis le pair des paysans, et les paysans sont mes pairs. »

M. Charles Baudin fut alors réintégré dans son grade par ordonnance du 7 novembre 1830, avec invitation au ministre de la Marine de le présenter pour l'avancement dans un court délai. — Malgré ce qu'il avait dit sur la difficulté de servir avec dignité si l'on n'y mettait pas du sien, il postula cette réintégration devenue nécessaire pour lui. — Un de ces coups de foudre qui accompagnent les révolutions venait de détruire toute sa fortune. Du reste, si cet officier avait été forcé de quitter son ancienne carrière, il n'en avait jamais détaché ni son esprit ni son cœur.

De 1816 à 1823, il avait employé six années dans de lointaines et pénibles navigations. — Après avoir cessé de courir le monde, il avait été armateur d'un grand nombre de navires, puis juge du tribunal de Commerce du Havre, membre de la Chambre de Commerce, directeur de la Compagnie d'achèvement du Port, président de la Compagnie des apparaux ; toutes ses études, tous ses travaux avaient eu la Marine pour objet, et il apportait à son corps des lumières nouvelles sans qu'il eût rien perdu de son ancienne valeur.

Le siége de Saint-Jean-d'Ulloa justifia le

retour de Charles Baudin dans la Marine où M. Doret rentra lui-même quelque temps après. Tandis que M. Baudin était fait vice-amiral le 22 janvier 1839, et amiral en 1854, presque à son lit de mort, M. Doret devenait Capitaine de vaisseau, et avec le nouvel Empire, gouverneur de l'île de Bourbon, puis Sénateur.

Les autres acteurs de la tentative d'évasion de l'Empereur ne profitèrent ni de l'une ni de l'autre révolution.

Le lieutenant Besson devint vice-amiral de l'armée navale du Pacha d'Égypte. Moins heureux qu'eux tous, Moncousu s'en alla mourir tristement dans nos colonies.

Je devais avoir, moi aussi, comme mon camarade, de durs jours de disgrâce, dont la Providence me permit de sortir.

Ceux qui liront quelques-uns des mes écrits depuis 1819 seront peut-être curieux de savoir comment je fus amené à la carrière littéraire. C'est pour eux que je vais raconter de quelle manière je vins à remplacer l'épée par la plume.

Lyon, où j'étais rentré avec mon père en quittant Saint-Albans, me devint bientôt insupportable par la réaction royaliste, quoiqu'elle y eût été moins cruelle qu'en bien d'autres endroits, et notamment dans le midi de la France.

De nombreuses rixes troublaient la tranquillité de la ville, mais la majorité des citoyens imposa aux perturbateurs, forts de
l'assistance de quelques autorités dont on
désavoua plus tard la conduite. Les hommes
qui avaient laissé partir le comte d'Artois sans
oser le suivre s'érigeaient en dominateurs superbes de la cité. Les délateurs vinrent à leur
secours ; tout ce qui avait fait partie de l'armée fut déclaré suspect et dangereux. Des
citoyens sans nom, sans pouvoir et revêtus
d'uniformes de gardes nationaux, promenaient
sur les quais et dans les rues le drapeau blanc
proférant le cri sinistre : « au Rhône ! » comme
sous la Terreur, tant les partis violents se ressemblent. Autrefois, nous ne le savions que
trop dans notre famille, c'étaient les royalistes qui couraient les plus grands dangers.
En 1815, les fureurs se portaient sur toutes
les maisons qu'habitaient les partisans de
Napoléon ou les amis des idées libérales. Des
bourgeois qui étaient allés au-devant des
Autrichiens et qui les avaient accueillis comme
des hôtes bien-aimés poursuivaient de leurs
outrages les habitants qui, fidèles à la voix de
la patrie, étaient sortis de Lyon pour disputer
le passage aux ennemis. Les officiers d'une
milice organisée dans les départements du
Midi s'étaient joints aux soldats de l'Autriche

pour pénétrer dans la ville que les étrangers allaient posséder au nom du Roi de France. Le comte Bubna leur avait fait l'injure de leur ordonner d'entrer par une porte pendant qu'à la tête de ses divisions il entrerait par une autre. Le ressentiment qu'ils éprouvèrent de cet affront les irrita contre les Lyonnais, mais ils furent obligés de quitter la ville, dont la jeunesse du pays leur avait rendu le séjour impossible. Les ultra-royalistes qualifiaient de Jacobin le comte Bubna; ils proscrivaient des comédiens, ils inquiétaient ceux de leurs compatriotes qui n'approuvaient pas l'exagération de leurs principes ou la conduite des agents du gouvernement. Enfin, ils avaient adopté pour devise : « Pax hominibus bonæ voluntatis », et se conduisaient de sorte qu'on eût pu traduire ces paroles : « Guerre à ceux qui ne sont pas des nôtres! »

Aussi, de même que j'avais été chassé de Paris par les tristes spectacles que j'avais eus sous les yeux, je m'ennuyai au bout d'un certain temps du tableau des factions, et quoique mon père fût malade, quoique je le fusse moi-même, ce fut presque avec plaisir que je reçus en Novembre l'ordre de rejoindre Brest.

L'ordre que je recevais était accompagné de la défense de passer par Paris. On allongeait ainsi ma route, en la rendant difficile, de plus la saison était très-froide. L'hiver de 1815 fut aussi rigoureux que l'été de 1816 fut humide.

D'un autre côté, les voitures étaient rares et chères; je fus souvent réduit aux pataches, invention diabolique qui augmenta beaucoup les accidents graves de l'hémopthysie dont je souffrais. Tout le long de la jetée de la Loire, je n'eus pour me transporter qu'une charrette à veaux; et la tête pendante entre les deux barreaux de l'arrière, je marquai cette longue route d'une trace de sang qui rougissait la neige. A Bourges, je fus logé par billet de logement, chez M. le comte de Grandmaison, ancien garde du corps de Louis XVI, où je reçus la plus touchante hospitalité, bien que nos opinions différassent beaucoup. J'aime à donner ici un souvenir de reconnaissance à ce couple de vieillards indulgents et empressés. Je regrette de ne pas me rappeler le nom d'un chaudronnier de Tours, qui me reçut avec une cordialité qui prouvait ses sympathies, non pas pour moi qu'il ne connaissait point, mais pour l'armée dont il voyait passer depuis quelque temps les débris. Je fus soigné dans cette maison d'artisan aussi bien que j'aurais pu l'être dans l'hôtel d'un riche. J'eus pour gardes malades les trois filles du chaudronnier, aimables et jolies personnes, qui traitèrent l'étranger en frère.

D'Orléans à Bourges, j'avais voyagé dans une grande voiture avec huit officiers de différentes armes de la Garde Impériale. Cette partie de ma longue route me fut très-agréable ; je rencontrai là un des hommes les plus gais et les plus spirituels que j'aie entendus de ma vie, M. Durieu qui sortait des chasseurs à cheval de la Garde. C'est lui qui inventa la plupart des jolies histoires de *M. de la Jobardière* que M. de Lourdoueix recueillit ensuite, et orna de ses dessins.

J'arrivai à Brest, j'étais mourant. On me reçut à l'hôpital où je fus condamné par tous les médecins. Je puis dire que j'ai été mort, et je pourrais écrire l'histoire de cette lente agonie de l'esprit, plus cruelle que celle du corps. J'entendis, bien triste, M. Billard dire au forçat infirmier qui me soignait : « Quand il sera mort, vous viendrez me prévenir. » Et je n'avais pas la force d'ouvrir les yeux, de soulever un doigt pour protester contre cet arrêt ! Cependant j'avais toute ma raison !... François le forçat couvrit ma figure du drap fatal. Heureusement mon diligent docteur le souleva promptement. Quinze jours après, j'entrais en convalescence, mais ce fut pour subir les effets d'une dénonciation anonyme dont on reconnut trop tard la fausseté. Ma conduite pendant les Cent-Jours sembla d'ailleurs un motif suffi-

sant pour me comprendre dans une mesure
qui rayait des matricules de l'armée navale plus
de six cents aspirants de première classe, pendant que l'on y rappelait des émigrés qui n'a-
vaient pas vu la mer depuis plus de vingt ans.

Il me fallut alors chercher des moyens de
vivre, et je connus alors par moi-même l'horreur de toutes ces révolutions qui boulever-
sent tant d'existences.

Quelquefois je rencontrais des émigrés qui
me plaignaient. « Mais, nous disaient-ils à nous
jeunes gens, c'est ce que vos pères nous
ont fait. » Peut-être avaient-ils raison. Aussi,
en m'arrêtant sur ces temps, ai-je moins la
pensée de parler de moi que de faire comprendre les ménagements que les hommes
publics doivent avoir, avant de frapper même
les plus petits ; car ils sont responsables des
misères que ceux-ci éprouvent, et les ressentiments qui en sont la suite peuvent en faire
des ennemis du gouvernement, quelquefois
même de la société.

Grâce à Dieu, je n'en vins pas là. Toutefois je puis dire que, lorsque je quittai l'armée navale, les vicissitudes par lesquelles je
dus passer avant de me trouver une nouvelle
carrière furent des plus pénibles. Je ne voulais pas toucher à l'héritage de mon père, nécessaire à ma mère pour l'éducation d'un frère

cadet qui commençait la médecine. — Je ne
voulais pas mendier auprès de Jacques Laffitte,
le banquier libéral, comme le faisaient beaucoup d'officiers dont quelques-uns s'en allaient
ensuite dîner au Café Anglais. Mais que faire ?
m'engager comme soldat, mon état de santé
me l'interdisait, je n'aurais été qu'un soldat
d'hôpital. — La misère ne tarda pas à se faire
sentir. Je la cachai, et j'empêchai par là l'intérêt qui pouvait m'aider à en sortir. — J'ap-
pelais donc la mort comme le seul terme possible à mon affliction, mais j'aurais cru lâche
de me la donner. Enfin la Providence eut
compassion de moi, quoique le secours,
qu'elle m'offrit d'abord, pût me paraître presque humiliant.

J'allais dîner à dix sous à une auberge.
Un soir, un brave ouvrier du nom de Dupuy, qui me regardait souvent dans le coin
obscur où je me plaçais, se décida à venir poser
auprès de moi son assiette, son pain et sa bouteille pour causer avec un jeune homme qu'il
ne trouvait pas, me dit-il, à sa place. Il avait
deviné ma cruelle situation. Le lendemain il
me présentait à son patron, qui était tireur d'or,
et se portait caution pour moi. — Quoique plein
de bonne volonté, ce dernier n'eut rien à m'offrir que de tourner la roue pour quinze sous
par jour, depuis sept heures du matin. — J'ac-

ccptai ; je la tournai pendant quelques jours, au bout desquels j'allai trouver le tireur d'or. « Je n'ai pas osé vous demander de m'employer mieux, lui dis-je, mais je suis de Lyon, où j'ai vu faire la passementerie ; donnez-moi des instruments, et vous verrez. » Il consentit à essayer. Sa fille, Mlle Céleste, une jolie blonde, eut pitié de l'audacieux novice. — Son père eut la bonté d'être un peu content, et je passai ouvrier à trente sous, heureux comme je l'eusse été à une autre époque, si j'avais été nommé enseigne de vaisseau. Pour le coup j'étais riche, et je buvais du vin tous les deux jours ! J'avais l'amour du spectacle ; je n'y étais pas allé depuis longtemps. Tous mes plaisirs se bornaient à de longues visites au Musée du Louvre et à la galerie du Luxembourg, sur laquelle j'avais écrit une brochure pseudonyme. Je parvins à mettre de côté quatre francs, et je me rendis à l'Opéra, les bottes bien cirées, mes mains d'ouvrier cachées dans des gants honnêtement propres, les épaulettes attachées à mon uniforme et le sabre traînant au côté.

On y donnait *Orphée*, çette œuvre de laquelle avait daté une nouvelle ère musicale, et qui avait un moment réconcilié avec la vie l'auteur du *Devin du village*.

Le nom des artistes m'avait promis une soi-

rée délicieuse. C'étaient Nourrit père, Laïs,
Mme Albert Him, enfin Mlle Bigottini, la danseuse par excellence, svelte et jeune, mieux
encore, belle et gracieuse ; elle remplaçait depuis 1812 Mme Gardel, de qui Noverre,
le chorégraphe, avait dit : « De ses pieds
jaillissent des diamants. » Avec cela, entre les
deux pièces, le foyer, qui devait me faire de
nouveau respirer un moment l'air de la bonne
compagnie. Cette soirée changea mon sort. Je
rencontrai au foyer un colonel de mes amis
qui me demanda ce que je faisais à Paris, et
je le lui avouai, peut-être avec plus d'orgueil
que de naïveté. « Vous perdrez le reste de
votre santé, me dit-il. Utilisez vos premières
études et laissez la cannetille. — Je ne de-
manderais pas mieux, si je pouvais écrire
quelque part.... ou donner quelques leçons
de dessin à des enfants et de grammaire à
des cuisinières. — Ou à des étrangers, reprit-
il. C'est une bonne idée, je vous trouverai demain un écolier au moins. » En effet, le lendemain il me fit connaître à un Espagnol qui
prit quatre leçons de français par semaine, à
cinq francs le cachet.

Assuré de cette petite fortune, j'allai dire
adieu à mon *bourgeois* du faubourg Saint-Germain. J'embrassai sa femme en la remerciant,
j'embrassai aussi Mlle Céleste, je dis seule-

ment à revoir à Dupuy, mon protecteur, que j'ai vu jusqu'en 1820, époque à laquelle il est allé s'établir en Allemagne, et j'engageai à dîner tout l'atelier pour la fin du mois. J'avais été sensible à la manière dont ces braves cœurs s'étaient conduits avec moi; pas une plaisanterie, pas un mot grossier, pas une demande indiscrète, tant que je restai dans l'atelier du tireur d'or. — J'achetai ensuite nn habit bourgeois, un habit vert, un habit à la mode ! C'est une époque dans ma vie. L'Espagnol m'amena un Portugais et celui-ci un Brésilien. J'étais au comble de mes vœux, je ne devais rien à personne ; je dînais à vingt-deux sous tous les jours, et je voyais Talma une fois par semaine.

Je n'en avais pas fini toutefois avec les épreuves. Enfin, après avoir essayé plusieurs professions, j'entrai dans le journalisme.

X

MON PREMIER ÉDITEUR

ET LE *RADEAU DE LA MÉDUSE*.

L A nouvelle carrière que j'embrassai répondait bien peu à mes premières aspirations. Mais, dans les temps d'agitation, qui peut se promettre de suivre toujours la même ligne et surtout de la suivre jusqu'au bout.

Lorsqu'une autre révolution me ramena quinze ans après dans la Marine, d'où celle de 1815 m'avait écarté, je fis un jour dans ma mémoire l'appel que je faisais tous les matins sur le pont du *Tourville* à l'heure des inspections. Je voulus voir ce que, dans mon absence, étaient devenus mes camarades sortis de l'école avec le même désir que moi, c'est-à-dire celui de devenir de bons officiers et de servir le pays, avec l'ambition, bien entendu, d'attraper en route quelque peu de gloire et de grosses épaulettes.

D'abord en regardant les listes, je vis que ceux qui y figuraient encore y étaient déjà à des échelons plus ou moins hauts. La plupart étaient lieutenants de vaisseau, — un d'eux s'était attardé dans le rang de lieutenant de frégate, — onze seulement étaient officiers supérieurs; mais j'en cherchais bien d'autres que je ne voyais pas : ceux-ci étaient ou morts à la mer, ou de maladie, ou dans la campagne de France, ou de mort violente; cela faisait déjà bien des absents. A ceux-là il fallait ajouter ceux qui avaient quitté la Marine pour prendre d'autres positions; or, il y en avait dans toutes les professions, avec plus ou moins de chance, les uns étaient tombés dans la misère, les autres parvenus à la prospérité. Deux étaient devenus députés. Plusieurs jouissant d'une grande aisance s'étaient retirés dans leurs propriétés. A côté de ces privilégiés, nous avions un de nos camarades ouvrier en orfévrerie, un autre charretier au Brésil et très-fier de l'être; un autre raffineur de sucre; un médecin, un avocat; celui-ci était chef du secrétariat de la première préfecture de France, celui-là armait pour la pêche de la baleine. Quelques-uns armaient honorablement pour le commerce. D'autres moins scrupuleux avaient fait la traite des noirs. Quatre étaient dans l'état-major de l'armée de terre. Plusieurs faisaient le négoce. Tel était officier de cuirassiers en Hollande; tel autre avait été officier de la garde royale; un troisième moins heureux, s'était fait garçon apothicaire à Alençon; plus original, un quatrième, était devenu Jésuite, après avoir été chez nous le plus franc matelot du bord et le chanteur des plus cyniques chansons.

Enfin l'un d'eux s'était rendu fameux par les plus étranges aventures du monde, qui faisaient que sur le cours d'Ajot, à Brest, plus d'une fois les curieux s'approchaient de lui pour le mieux voir, celui-là se reposait heureux et riche comme pour justifier certains héros de mon ami Eugène Suë. Mais ayant appris que je l'avais nommé le Gil Blas de la mer dans une de mes publications, il s'en était défendu bel et bien par une lettre fort piquante que j'ai gardée, où il me disait assez justement que Gil Blas n'avait jamais été qu'un intrigant à misérable fortune, facile à démasquer et, sous l'habit du grand seigneur, ramené par ses penchants serviles à l'état de laquais. Il repoussait donc la comparaison, et cela sans orgueil, car si ses aventures avaient valu jadis à D. de T. les plus douces faveurs, il n'en recherchait plus. Il s'était marié et n'osait plus regarder les femmes, car disait-il, l'adultère commence par les yeux.

Vous voyez si le *Tourville* avait été le point de départ de destinées bien différentes ! La voie que j'allais suivre n'était donc pas encore la plus mauvaise. Mais pour qu'elle devînt bonne et honorable, il fallait songer à me produire ; or, je ne pouvais guère me faire quelque réputation dans une œuvre collective, où toute individualité disparaissait, puisque la plupart du temps l'on ne signait pas.

Je songeai donc pour devenir quelqu'un à me donner une spécialité qui fût une force. Je pensais à ce sujet ce qu'Horace Vernet exprimait fort bien un jour à Paul Delaroche. « Les gens, écrivait-il à son gendre, les gens qui touchent à tout ne produisent rien de bon, une seule direction, fût-elle médiocre, assure l'avenir. Que serions-nous devenus vous et moi, si dès nos premières années nous n'avions marché dans l'unique voie qui nous a conduits à la grande réputation dont nous jouissons. » L'Histoire et la Critique des Beaux-Arts furent de ma part avec la Marine, que je ne perdis jamais de vue, l'objet d'études constantes. J'avais risqué timidement déjà une brochure sur le musée du Luxembourg dans le genre des publications de Landon. Cet essai me permit de faire presque un livre sur le salon de 1819, sur lequel M. de Kératry écrivit également, mais avec plus de notoriété et d'autorité. Dans cette seconde étude, je présentai le projet d'un musée nouveau et sa classification.

« Je voudrais, disais-je, que dans une même galerie on réunît les ouvrages de nos maîtres, pour l'instruction de nos artistes et pour donner une idée historique aux étrangers de ce qu'a été la peinture en France depuis qu'elle y a été introduite. Des recherches un peu scrupuleuses feraient découvrir un grand nombre de tableaux qui nous sont inconnus aujourd'hui et qui fixeraient l'incertitude dans laquelle nous sommes plongés à peu près sur tout ce qui est relatif à l'origine des arts dans notre pays. On joindrait et par ordre de date ou environ les productions des maîtres des quatorzième, quinzième, seizième et dix-septième siècles.

« A côté et toujours en suivant le même ordre on mettrait les meilleures compositions des artistes du dix-huitième siècle, leurs fautes seraient de bonnes leçons pour nos débutans et cette partie serait par là d'un grand intérêt. Là, nous placerions les Chardin, les Vanloo, les Leprince, les Beaudouin même, quelques Boucher parmi les moins mauvais, l'œuvre entier de Joseph Vernet. On verrait avec plaisir, malgré leurs imperfections, les ouvrages gracieux de Greuze. Les artistes du dix-neuvième siècle prendraient leur rang, les chefs-d'œuvre de David et de ses nombreux élèves brilleraient non loin de ceux des Lesueur et des Lebrun. »

La réunion de cette École Française que je proposais a été réalisée plus tard avec quelques modifications. Néanmoins, je n'attribue pas à mon essai plus d'importance qu'il n'en a eu. Le souvenir principal qui m'en reste, c'est qu'il eut pour éditeur un homme qu'un malheur célèbre avait conduit à se faire libraire et que cette même année l'Exposition par la main d'un grand peintre allait illustrer ce même éditeur, dans un tableau qui est un des chefs-d'œuvre placés aujourd'hui dans la réunion de l'École Française que je souhaitais.

Ancien ingénieur du cadastre de première classe, nommé en qualité d'ingénieur géographe pour faire partie de la commission qui devait aller reconnaître le cap Vert et ses environs, M. Corréard avait été embarqué en 1816 sur la *Méduse*, lorsque celle-ci, après avoir manqué sa mission avec Napoléon, avait été chargée d'aller prendre possession de nos établissements du Sénégal.

On sait comment cette frégate échoua le 2 juillet 1816, à trois heures de l'après-midi, sur les bancs d'Arguin par 19°55 de latitude Nord et 19°24 de longitude Ouest. M. Corréard avait perdu dans ce naufrage près de 10000 fr., c'est-à-dire toutes les ressources qu'il avait réalisées pour faire presque entièrement ce voyage à ses frais. Ayant cru en outre devoir suivre sur le radeau les ouvriers qui l'avaient accompagné, ce n'avait été que par miracle qu'il avait échappé à l'affreuse tragédie qui, de cent quarante-sept personnes, n'en avait laissé que quinze, lorsque le brick l'*Argus* les retrouva. On peut se borner ici à résumer l'horreur de ces événements par les quelques lignes dans lesquelles M. de Parnajon, commandant l'*Argus*, peignit l'état où il aperçut les naufragés.

M. de Parnajon, qui avait le vent contraire et se trouvait encore à quarante lieues de la *Méduse* vers laquelle on l'avait envoyé, était presque décidé par le peu d'eau qui lui restait à retourner au Sénégal quand la brise lui était devenue favorable; en conséquence il avait de nouveau fait route pour le banc d'Arguin. Ce fut la cause du salut du radeau, abandonné sans vivres depuis treize jours. « Le 17 août, à dix heures du matin, écrivait M. de Parnajon, j'eus connaissance d'une voile sous le vent du brick; la route que nous faisions nous en rapprochant me fit bientôt voir que ce que j'avais pris pour un bâtiment était un radeau avec une petite voile. Je portai dessus et à onze heures j'en étais assez près pour mettre en panne et y envoyer un canot, avec un officier. J'ai trouvé sur ce radeau quinze personnes qui m'ont dit être le reste de cent quarante-sept qui y avaient été mises lors de l'échouage de la frégate la *Méduse*. Ces malheureux avaient été obligés de combattre et de tuer une grande partie de leurs camarades qui s'é-taient révoltés pour s'emparer des provisions qu'on leur avait données; les autres avaient été emportés par la mer, étaient morts de faim ou devenus fous. Ceux que j'ai sauvés s'étaient nourris de chair humaine depuis plu-sieurs jours, et au moment où je les ai trouvés les cordes qui servaient d'étai au mât étaient pleines de morceaux de cette viande qu'ils avaient mise à sécher. Le radeau était aussi parsemé de lambeaux qui attestaient la nour-riture dont ces hommes avaient été obligés de se servir. Ils avaient été soutenus par un peu de vin qu'ils ménageaient le plus possible, ils en avaient encore quelques bouteilles quand je les rencontrai et ils le mêlaient avec leur urine pour se désaltérer. »

Les tortures morales et physiques de ces malheureux avaient été telles que, lorsque, vers 1840, l'on représenta à Toulon une pièce intitulée le *Radeau de la Méduse*, le capitaine de vaisseau Turpin y ayant invité son second, qui avait été l'aspirant commandant le radeau, celui-ci, nommé Coudein, ne put supporter la vue de ce tableau et dut sortir du spectacle. M. Coudein avait été jeté trois fois à la mer par les révoltés. Quant à M. Corréard, en 1817, il n'était pas encore rétabli, après un an, des vingt-cinq blessures dont il était couvert, et des suites de la faim horrible qu'il avait éprouvée pendant treize jours, ainsi que le chirurgien Savigny, qui en fit le sujet de sa thèse pour l'examen de docteur.

Corréard était revenu en France par la *Loire*, non-seulement dans ce cruel état de maladie, mais encore dans un dénûment complet, d'où il avait été tiré en partie, grâce à une souscription provoquée par M. Jay, à la suite d'un article publié dans le *Mercure*, sur une relation que Corréard et le chirurgien Savigny avaient publiée de ce naufrage. Ce fut alors que je connus Corréard, et que nos sentiments communs de colère contre le ministre Dubouchage formèrent entre nous la liaison à laquelle je dus mes débuts.

La relation de Corréard avait ému toute la France; et jusque dans la prison de Rhodez où était Mme Manson, de l'affaire Fualdès, les naufragés avaient trouvé de la compassion.

Avec son génie d'artiste, Géricault, qui n'avait guère alors que 24 ou 25 ans, n'avait

pas été un des derniers à ressentir ce que la
situation du radeau présentait de saisissant ; il
s'était mis en rapport avec Corréard et Savigny, pour bien se renseigner sur toutes les pé-
ripéties de ce drame. Il avait fait d'après eux
plusieurs études, et leurs portraits devaient
figurer dans le tableau qu'il voulait composer
et qu'il exécuta, en effet, dans son atelier du
faubourg du Roule, après avoir terminé ses
esquisses et ses études préparatoires. Aussi
l'on comprend que, bien avant le 25 Août,
époque à laquelle l'exposition de 1819 devait
s'ouvrir, Corréard avait accepté mon projet
d'une notice sur le Salon, où il y avait également un autre portrait de lui. Je ne manquai
donc pas l'occasion, en jeune homme que
j'étais, de satisfaire nos rancunes ; je le con-
fesse. « Remarquez, disais-je, je vous prie, ce
« portrait d'une couleur solide, mais brillante ;
« c'est celui de M. Corréard. Il est d'une res-
« semblance si étonnante que, l'un de ces
« jours derniers, M. le vicomte Dubouchage
« passant dans cette galerie l'aperçut et re-
« cula de trois pas. Cette figure, où les souf-
« frances sont encore peintes, faisait à M. l'ex-
« ministre un reproche qu'il avait peine à sou-
« tenir. »

Mais ce fut surtout à propos du tableau de
Géricault, dont le nom de mon éditeur devait

tirer son principal honneur, que j'appelai toute ma verve dans le chapitre V de l'*Ombre de Diderot*.

Ce tableau, dont le principal groupe se compose du chirurgien Savigny placé au pied du mât, de Corréard dont le bras étendu vers l'horizon indiquait l'*Argus*, ce tableau ne parut pas sous le titre qui aurait dû être celui de la *Méduse*, s'il n'avait dissimulé le sujet qu'il visait. Pour n'être pas repoussé du Salon, il s'était éloigné d'abord de l'exactitude des costumes, qui n'aurait plus permis de doute sur le temps et sur l'événement, mais je m'appliquai à n'en laisser aucun.

« Reprenons, disais-je, le cours de nos visites et arrêtons-nous, je vous prie, devant le grand tableau n° 510. C'est une production de M. Géricault. Ce jeune artiste, plein de fougue et d'imagination, a osé transporter sur la toile une scène des plus horribles et des plus attendrissantes de ce temps. Je dis osé, car il me semble qu'il faut avoir eu du courage, pour entreprendre de retracer un épisode de cette catastrophe, dont notre Marine gardera longtemps le souvenir, je veux dire du naufrage de la *Méduse, lorsque les premiers fauteurs* de cet événement sont encore aujourd'hui *vivants* et en place.

« Mais, faisais-je dire à mon interlocuteur,

les victimes échappées au trépas que leur avaient préparé l'impéritie et la lâcheté d'un courtisan protégé n'auront-elles pas à se plaindre de la hardiesse du peintre ?

« Et que peuvent-elles en redouter? répondais-je ; ne sont-elles pas réduites à un état où la fureur des agents du pouvoir ne saurait plus les atteindre? » Puis je donnais, pendant trois pages, tous les mérites des quatre survivants·du radeau de la *Méduse*, en frappant fort sur le Ministère, sans tenir compte bien entendu de ce qu'on ne m'avait pas dit alors : à savoir des protestations signées que le Ministère avait reçues contre des assertions de la relation de MM. Corréard et Savigny, ainsi que des accusations diverses contre M. Savigny sur sa conduite. J'ignorais également certains témoignages portés au conseil de guerre, devant lequel avait passé M. Duroy de Chaumareys, capitaine de la *Méduse*.

Si la mémoire de M. d'Orvilliers, l'une des renommées les plus respectables de la marine de Louis XVI, devait retenir contre un homme qui était son neveu, les témoignages portés au conseil de guerre auraient dû m'obliger, si je les avais connus, à ne pas oublier que M. Duroy de Chaumareys, amolli et dérouté par un éloignement de vingt-cinq ans des choses de la mer, avait dans sa jeunesse signalé sa bra-

voure aux combats de M. de Guichen dans les
Antilles, où il avait été grièvement blessé, de
même qu'il avait donné des preuves de présence
d'esprit et de fermeté en échappant au massacre de Quiberon, dont il avait porté la nouvelle
au comte d'Artois, devenu malheureusement
son protecteur en 1814. Il ne fallait pas non
plus imputer tous les torts à M. Duroy de
Chaumareys. J'ai eu depuis sous les yeux un
examen impartial, fait sur pièces, qui oblige à
réfléchir; et lorsque le malheureux capitaine
s'était confié à un ancien officier auxiliaire,
qui s'en allait comme capitaine de port au Sénégal, et qui devait être la cause de la perte
de la *Méduse*, c'est que l'attitude qu'il avait
trouvée à son arrivée chez les officiers de la
Méduse lui avait montré dans ses subordonnés
des ennemis; et à ce point, qu'il avait été tenté
de se démettre de son commandement. Il n'é-
tait plus d'ailleurs convenable de parler avec
violence quand M. Duroy de Chaumareys,
cassé et dégradé des ordres de Saint-Louis et
de la Légion d'honneur, renfermé dans la prison de Ham, après le jugement auquel avait
présidé M. de la Tullaye, regrettait de n'avoir
pas succombé sous le feu de Quiberon, comme
ses amis qu'il y avait vu mener les mains liées.

La vieillesse rend peut-être trop indulgent,
parce qu'elle est habituée à voir les faiblesses

de l'esprit ou du cœur de l'homme, il faut
du moins être juste et même dans la sévérité
ménager ses coups.

Mais ce n'était pas là la manière de voir
d'un homme de mon âge, et encore moins le
goût de notre temps où l'on mêlait les ani-
mosités de la politique à toutes choses, à la
grande colère même de Géricault, comme il
s'en plaignait dans une lettre à un de ses amis.

« Cette année (1819), écrivait-il à M. Mu-
signy, cette année, nos gazetiers sont arrivés
au comble du ridicule ; chaque tableau est jugé
d'abord selon l'esprit dans lequel il a été composé : ainsi vous entendez un article *libéral*
vanter dans tel ouvrage un *pinceau vraiment
patriotique*, une *touche nationale*. Le même
ouvrage, jugé par l'ultra, ne sera plus qu'une
composition révolutionnaire, où règne une
teinte générale de sédition. Les têtes des personnages auront toutes une expression de
haine pour le *gouvernement paternel*. Voici
un échantillon de la gloire dont on veut nous
combler ici, et les coupables causes qui peuvent nous en frustrer. Avouons qu'elle mérite
bien qu'on l'appelle vanité des vanités. »

Géricault n'avait ici que trop raison, et l'on
n'aurait pour s'en convaincre qu'à comparer
mon Salon à celui de M. de Kératry, dans la
même année, au sujet du tableau de Gros

représentant l'embarquement de la duchesse d'Angoulême à Bordeaux en 1815, pour son second exil.

En cet endroit comme en bien d'autres, la politique tenait la plume du critique et ce procédé se justifiait jusqu'à un certain point parce qu'après tout le peintre représente des idées ; or, les idées que les artistes soulevaient, à commencer par Géricault, quoiqu'il eût été de la maison du Roi, étaient des idées libérales, ou ramenaient la pensée et les regrets sur les gloires de l'Empire. Combien de fois Géricault, Horace Vernet, Charlet, Delacroix, ne se sont-ils pas inspirés de ces souvenirs dans la représentation de leurs soldats, de leurs grognards, de leurs batailles, et même dans leurs caricatures ! Horace Vernet se voyait presque entièrement exclu du Salon de 1822, à cause du choix de ses sujets à cocarde tricolore.

Avec de tels sujets, le critique libéral se livrait à des commentaires, remuait les esprits, agitait et quelquefois flattait les amours-propres.

Et ce fut ainsi qu'en parlant d'un tableau de Couder intitulé : *Une Leçon de géographie au collège de Reichenau*, où M. de Jouy, obligé de fuir, avait été professeur en même temps que le duc d'Orléans — je m'attachai l'un des coryphées du libéralisme, en même temps que je disais quelques mots gracieux sur le prince que le parti vaincu avait pris pour son chef. « Il est grand dans sa disgrâce, disais-je, il sera grand dans la prospérité. »

XI

LES PARTIS

ET LA LITTÉRATURE MILITANTE
SOUS LA RESTAURATION.

E *Miroir*, que M. Étienne dit de Jouy dirigeait, et dans la rédaction duquel j'entrai sous son patronage, se fit surtout une grande vogue par les procédés dont j'avais usé dans mon *Ombre de Diderot*. Ces procédés furent, d'ailleurs, la grande arme de guerre dont se servirent les journalistes, les professeurs et les politiques libéraux. L'allusion, les rapprochements, firent en partie le succès des cours de MM. Cousin et Villemain, qui, sous un autre régime, s'en servit encore. M. Tissot, professeur de poésie latine, trouvait avec Virgile les moyens de regretter l'Empire ou la République vis-à-vis de la monarchie des Bourbons, tout comme M. Beulé, de notre temps, attaquait le second empire des Napoléon avec l'histoire de Rome. L'autorité dut naturellement suivre l'opposi-

tion sur ce terrain, et tenter d'abord de restreindre les abus des journaux qui envahis-
saient la politique à l'occasion des arts, des
sciences et des lettres. M. de Puymaurin, un
homme bien pensant de ce temps-là, appelait
ces journaux des *journaux marrons*, comme
l'on dit des courtiers marrons, des nègres
marrons, c'est-à-dire en état de maraude et
de vagabondage. Plus tard, M. de Portalis,
Garde des Sceaux, s'exprimait ainsi sur les
journaux de cette espèce : « Les affiches des
« théâtres, les anecdotes dramatiques, ne
« suffiraient pas à combler le vide de leurs
« colonnes. Ils spéculent sur la malignité
« publique, ils parodient les actes, ils ridicu-
« lisent les personnes, ils renouvellent enfin
« journellement, au sein d'une société mo-
« narchique et polie, le scandale de ces per-
« sonnalités satiriques que la démocratie Athé-
« nienne ne permettait à son théâtre que deux
« ou trois fois par année. »

On ne pouvait mieux définir le *Miroir*.
Hommes de parti, on eût pu dire hommes de
factions, nous faisions ce que l'on appelle la
guerre en tirailleurs ; mauvaise guerre, je l'a-
voue, dans laquelle le caractère perd peu à
peu de sa droiture comme de son élévation et
l'esprit de son étendue. D'ailleurs, quoique je
n'aie pas toujours pensé ainsi, l'expérience

de ma vie m'oblige à dire aujourd'hui que l'hostilité systématique contre un gouvernement établi, quel qu'il soit, est toujours un tort, car il n'y en a pas de parfait; et, dans ces conditions, malgré nos préférences, ce que nous avons à faire, c'est d'aider celui qui existe à trouver ce qui lui manque. Mais la guerre de parti pris, la guerre continue, ardente, ne peut avoir de fin que dans une révolution, et les révolutions entraînent toujours tant de ruines avec elles, qu'on est coupable d'y porter les esprits.

Il faut le dire à notre décharge, nous ne voyions pas si loin, et s'il en était qui le voyaient, je n'étais pas de ceux-là. Nous étions d'ailleurs serrés de trop près par nos adversaires, pour discuter de haut avec ceux qui contestaient à la Révolution de 1789 les avantages que nous considérions sans réserve, nous, comme des conquêtes; nous les défendions, sans avoir le temps d'entrer dans des considérations faciles plus tard à des publicistes plus calmes et avertis par les nouvelles révolutions que devaient enfanter d'autres excès de la liberté (1) ou de l'autorité absolue.

(1) Pour moi, quand je considère que cette même Révolution qui a détruit tant d'institutions, d'idées contraires à la Liberté, en a, d'autre part, aboli tant d'autres, dont celle-ci ne peut se passer, j'incline à croire qu'accomplie par un despote elle nous eût peut-être

Le seul livre qui nous guidât alors dans l'appréciation de la Révolution en était une apologie, qui venait de paraître avec le plus grand succès.

Après la mort de Mme de Staël, l'on avait publié un ouvrage d'elle, intitulé : *Considérations sur les principaux événements de la Révolution française.* L'oncle d'un de mes camarades du *Tourville*, M. J. Ch. Bailleul, l'un des deux frères à qui le *Constitutionnel* avait acheté le journal le *Commerce*, avait réfuté cet ouvrage, et son *Examen critique* avait fait une grande impression sur des esprits qui n'avaient peut-

laissés moins impropres à devenir une nation libre que faite au nom de la Souveraineté du peuple et par lui.

TOCQUEVILLE (*l'Ancien régime et la Révolution*).

Personne n'a gagné à la Révolution, tout le monde y a perdu.

LAVERGNE (*Préface des Assemblées Provinciales sous Louis XVI*).

Les partisans de l'École Révolutionnaire ont encore plus faussé les esprits. Ils ont attribué comme caractère distinctif aux six siècles précédents l'antagonisme social, qui ne s'y produisait qu'à titre exceptionnel, et qui ne s'est réellement propagé que de notre temps. Ces fausses assertions ont sans doute accéléré l'œuvre de destruction que nos concitoyens se plaisent à glorifier. Mais elles pèsent aujourd'hui sur nous, en nous abusant sur l'origine du mal actuel et en discréditant le remède . que nous offrent les traditions de nos pères.

M. LE PLAY (*Réforme sociale*).

être pas encore la maturité nécessaire pour en
apercevoir les côtés défectueux. M. Thiers disait un jour au contre-amiral Aubry-Bailleul,
neveu de l'auteur, qu'il n'avait cessé d'avoir
le livre de son oncle sous les yeux, pendant
tout le temps qu'il avait écrit son *Histoire de
la Révolution française* dont le *Miroir*, le
20 mai 1823, annonçait le premier volume.

M. Charles Bailleul, que je connaissais,
n'était pas un homme violent. Dans le procès
de Louis XVI, il avait voté pour l'appel au
peuple, et plus d'une fois il avait sauvé, pendant la Révolution, des hommes opposés à ses
opinions; néanmoins, en 1815, il avait perdu
la position de Directeur des Droits réunis du
département de la Somme, position qu'il occupait depuis 1804, et où l'avaient appelé ses
beaux travaux dans la Commission des finances sous la République. Le gouvernement
d'alors lui avait suscité quelques misères
comme ancien Conventionnel, en emprison-
nant le fils d'une de ses sœurs qu'il avait
élevé (1); on avait, pour des propos qu'il n'a-
vait pas tenus, frappé l'oncle sur le neveu.

---

(1) Il se nommait Dominique Aubry. C'était le frère
de l'amiral Aubry-Bailleul, mon ami, dont il avait payé
la pension à l'École navale, sur ses économies. Il était
homme de beaucoup d'esprit, mais malheureusement
homme à projets. Il avait épousé une charmante per-

Toutefois, le livre de M. Bailleul ne se ressentait pas de ses griefs personnels ; son auteur était peu rancuneux, la presse lui reconnaissait volontiers de la bonté. Un des petits journaux, le *Masque de fer*, en 1825, allait même plus loin. Dans une liste des rédacteurs du *Constitutionnel :* « Monsieur Bailleul, disait-il, l'économiste Conventionnel qui s'est lancé dans la géographie (1), rédacteur émérite ; il s'épuise en projets financiers et en utopies politiques, *c'est un bonhomme.* » Sous cet air, qui plaisait même à ses adversaires, c'étaient une ardeur et une énergie admirables au premier choc. Je me rappelle encore, dans sa verte vieillesse, ce brave athlète des idées de 1789. Sa tête couronnée de cheveux blancs prenait tout de suite du caractère.

L'on comprenait, à le voir ainsi, l'homme qui avait lutté contre les excès des Terroristes, contre leurs vols et leurs violences ; aussi le destinaient-ils à l'échafaud. Quatre fois il avait joué sa vie, par des actes différents. Après avoir protesté en faveur des Girondins, il avait été un des 73 jetés en prison où il était resté quinze mois ; il avait comparu deux fois de-

sonne, Mlle Pauline Lecointe, d'une riche famille d'Amiens, parente de Gresset.

(1) M. Vivien de Saint-Martin a fait ses premiers travaux avec lui.

vant le tribunal révolutionnaire. Il rappelait
son arrestation à Provins sans amertume ; car,
disait-il, en politique, les erreurs peuvent être
punies comme les crimes, elles ont le même
résultat ; toutefois, il avait gardé de cette circonstance un souvenir plein d'émotion, à propos du pot-pourri qu'avait fait Roger Ducos à
son sujet (1).

(1) Cette pièce très-gaie, écrite sous la menace de la
guillotine, montrait une grande force d'âme. J'en citerai quelques couplets.

AIR : *des Pendus.*
L'autre jour la Convention
Décréta d'arrestation
Ma personne, sans dire gare !
Pour me sauver de la bagarre,
Je résolus fort à propos
De prendre mon sac sur mon dos

AIR : *du Bas en Haut.*
Clopin, clopant,
Je cheminais dans la campagne
Clopin, clopant,
D'horreur et d'effroi palpitant,
Maudissant un peu la Montagne,
Je m'enfonçai dans la Champagne
Clopin, clopant.

AIR : *Aussitôt que je t'aperçois.*
Un mal, auquel je suis sujet,
M'attaqua sur la route,
Car ma peur changeait chaque objet
Et je n'y voyais goutte.
Je prenais, le long du chemin,
Un âne pour un Jacobin (*bis*).
Il est de plus lourdes méprises,
La peur fait bien d'autres sottises ;
Chaque jour voit (*bis*)
Quelqu'un s'y tromper de sang-froid !
!*Almanach des bizarreries humaines* (1796).

Il lui était resté de cette même époque une amitié qui l'avait intéressé, je crois, à l'étude de la géographie ; c'était le futur membre de l'Académie des Inscriptions et belles lettres, M. Eyriès, dont le père, capitaine de vaisseau, avait été enfermé avec lui au Luxembourg, en même temps que le père d'Alphonse Karr.

M. Bailleul n'avait pas moins vigoureusement combattu les Royalistes que les Anarchistes. Regardé par ces derniers comme un aristocrate, ainsi que le lui disait un jour Bentabole, il avait contribué fortement à asseoir le Directoire, qui inaugura la rentrée de la nation dans une vie plus régulière. En face des ennemis de tout ordre, M. Bailleul, qui obtenait le rappel à l'ordre de Lecointre de Versailles, faisant l'apologie du 31 mai, M. Bailleul avait-il gardé toujours la mesure dans cette lutte ? Il ne le croyait pas lui-même, car un jour que je lui représentais comment les déportés de Sinnamari protestaient contre son rapport sur le 18 Fructidor, il me fit alors la critique d'une assemblée unique, par un mot : « Que vouliez-vous ? me dit-il, il fallait qu'un des deux partis déportât l'autre, et nous avons fait ce qu'il fallait pour que ce ne fût pas nous qu'on enverrait au loin. »

Rien ne me plaisait plus que de causer avec lui des temps qu'il avait traversés. Il avait

entendu Gerbier et Mirabeau, les deux orateurs
du dernier siècle, les plus fameux dans un
genre différent. Successivement Conventionnel, membre du Conseil des Cinq-Cents, élu,
après le 3 Vendémiaire, par son Département
et par vingt-trois ou vingt-quatre autres, appelé
à la Présidence de l'Assemblée lors de l'inauguration de la salle du palais Bourbon, membre du Tribunat lors de sa formation, il avait
connu tous les hommes éminents de nos
assemblées, et beaucoup de ses portraits,
comme des récits qu'il a laissés dans son livre,
seront conservés pour l'histoire ; tels que ceux
de Vergniaud, de Gensonné, de Malouet et de
Chénier. Ses pages sur l'installation du Directoire montrent l'état où la France était tombée,
et d'où il concourut lui-même à la retirer, en
contribuant au rétablissement du Crédit public.
Il avait publié à ce propos un écrit intitulé :
*Des finances et des factions considérées comme
cause de discrédit.*

A la fin de ses jours comme au début, il
combattait la mauvaise presse, et trouvait, en
1834, que les idées anarchiques avaient fait
tant de chemin qu'elles étaient jusque dans
le Conseil des Ministres, et la forme de la can-
didature à la députation lui semblait telle alors
qu'il ne voulait plus s'y soumettre. « C'est,
m'écrivait-il, de la démagogie à cracher dessus. »

En 1818, M. Bailleul, plus dans le courant des idées de son temps qu'il ne le fut plus tard, insistait principalement sur la destruction des priviléges, et il reprochait vivement à Mme de Staël de faire des divisions de classes. Pour lui, il n'en voyait que deux, les gens honnêtes et les gens malhonnêtes, les gens bien élevés et les gens mal élevés, les hommes qui pensent bien et ceux qui pensent mal. Il disait à ce propos : « Si nous som-« mes assez heureux pour conserver nos insti-« tutions qui consacrent l'égalité devant la loi, « concevra-t-on, après quelques générations, « qu'il ait existé uné caste qui prétendait être « d'une autre nature et d'un autre sang que « le reste des hommes ? »

Le *Miroir* (24 juin 1821) ne disait pas autre chose dans un article des Tablettes historiques, dramatiques et littéraires. Voici cet article : « Théophraste parle d'une classe d'hom-« mes qui poussait jusqu'à l'excès l'orgueil des « rangs et l'amour des généalogies. C'étaient « les Eupatrides, ou nobles Athéniens ; coiffés « de hauts bonnets nommés calpaks, ces hom-« mes trouvaient que les rues et les places pu-« bliques n'étaient pas assez spacieuses pour « eux. Ils se plaignaient d'y être étouffés par « la vile populace. Désolés de vivre dans une « cité où d'obscurs plébéiens se mêlaient de

« gouverner l'État, ils s'écriaient sans cesse :
« Expulsons ces hommes sans naissance des
« emplois et réservons pour nous les dignités et
« les honneurs. » Par cette simple citation, l'on
peut juger de la manière dont le *Miroir* ex-
posait malignement les principes les plus sérieux, et comment ses escarmouches légères
soutenaient d'une manière plus ou moins spé-
cieuse, mais toujours piquante, les arguments
des grosses troupes de la Chambre même après
leur défaite. Ainsi le *Miroir*, en 1823, dans un
prétendu compte rendu d'un livre intitulé : *Le
Manuel de bon ton*, vengeait le député Manuel
de son expulsion de la Chambre, et de l'avis
d'un connaisseur, royaliste pourtant, Th. Mu-
ret, cet article pouvait être estimé pour le
mordant, la finesse, l'habileté de l'allusion,
comme un chef-d'œuvre en ce genre.—Or, le
Miroir en faisait souvent de pareils — ne
manquant jamais ni hommes ni choses 'qui
prêtaient à ses plaisanteries. Quelles railleries,
quels gais propos poursuivaient *les Amis des
Bonnes Lettres! la Société des bons livres*, société opposée aux publications des œuvres de
Rousseau, de Voltaire et de Diderot, dont on
infestait l'esprit public (1), tandis que M. de

---

(1) De 1816 à 1824 on imprima :
De Voltaire : 31 600 exemplaires des œuvres complè-
tes, formant 1 598 000 volumes.

Jouy élevait un temple à Voltaire dans sa mai
son de la rue des Trois-Frères. M. de Jouy ne
se souvenait pas assez de la manière dont
Voltaire avait traité les journalistes dans ses
Étrennes aux sots.

L'esprit de parti nous fit alors passer par
les armes des hommes qui depuis sont allés
bien plus loin que nous dans la démocratie, et
qui royalistes à cette époque comme Ancelot,
que nos railleurs appelaient d'Ancelot depuis
son anoblissement, se nomment simplement
aujourd'hui pour l'histoire Chateaubriand,
Hugo, Lamartine, Lamennais. Dans ce temps-
là, le duc de Rohan menait le vicomte Victor
Hugo se confesser à l'auteur *de l'Indifférence
en matière de religion* (1). Dans ce même
temps, nous tirions, par exemple, de *Fragments dérobés par un jeune bonhomme de
lettre à un vieux membre de cette société*, ces
lignes : « Il n'y a rien de beau que ce qui ne
se comprend pas. Hiéroglyphes de Memphis,
calculs du Sphinx, feuilletons des *Débats*, vers

De Rousseau : 24 500 exemplaires des œuvres com-
plètes, formant 492 500 volumes.

De Voltaire : 144 200 exemplaires d'ouvrages séparés,
formant 288 900 volumes.

De Pigault-Lebrun : 32 000 exemplaires de ses romans, formant 138 000 volumes.

(1) Victor Hugo, *raconté par un témoin de sa vie.*

de Lamartine, prose de Bonald, voilà les beautés éternelles ! » Mais M. de Lamartine eût pu
dès lors appeler, comme il le fit plus tard, les
journalistes des hommes excessifs, car M. de
Bonald, quoi que nous en dissions, savait se
faire comprendre; et il nous le prouva, lorsque,
dans la discussion de la loi du 26 juillet 1821,
il proposa un article additionnel pour appliquer la censure à tous les journaux littéraires
aussi bien qu'aux journaux politiques.

Cet amendement, combattu par Manuel à
la Chambre des Députés, par M. de Chateaubriand et par Talleyrand à la Chambre des
Pairs, soutenu par le baron Mounier, fut
adopté par les deux Chambres à une grande
majorité ; et à cette heure, il faut bien que je
l'avoue également, le temps a rendu encore la
prose de M. de Bonald plus intelligible lorsqu'il jugeait les journaux : « genre nouveau,
disait-il, c'est-à-dire bâtard, né de l'alliance
que, dans leur caducité, les lettres ont con-
tractée avec la politique, *comme des enfants
ingrats qui tueront leur mère*, de même *que
les spectacles tueront l'art du théâtre.* »

On pourra se rendre compte du mal que fit
la petite littérature militante au gouvernement de la Restauration, si l'on se reporte aux
temps qui précédèrent la proposition de M. de
Bonald.

C'est un fait du reste, facile à expliquer par la liberté de la presse que la Charte avait rendue dans une certaine limite, mais assurément beaucoup plus large que l'Empire ne l'avait laissée; par la liberté de la parole, que reprirent les avocats, délivrés de Napoléon (1); d'un autre côté, par l'inconsistance des idées qui régnaient, par les intérêts aussi divers que les opinions, et enfin par ce fond de malice frondeuse trop longtemps contenue et qui demandait à se dépenser. Béranger à propos de la chanson du *Sénateur*, parle de la soif d'opposition qui se faisait sentir dès 1813 et que manifesta dès lors, au sein du Corps législatif, la commission composée de MM. Lainé, Maine de Biran, Raynouard, Flaugergues et Gallois.

Dans cet état de choses, la liberté devait opérer en France ce phénomène que décrit Rabelais aux confins de la mer glaciale, où les paroles dégelaient. Jamais, depuis la Révolution, le parlage, c'est-à-dire les discours d'i-

_____

(1) « Je veux qu'on puisse couper la langue à un avocat, qui s'en sert contre le gouvernement. » Napoléon, qui écrivait ceci à Cambacérès en 1810, à propos d'un projet de décret, disait le 1er janvier 1814 : « Si l'anarchie devait être consacrée de nouveau, j'abdiquerais pour aller dans la foule jouir de ma part de souveraineté, plutôt que de rester à la tête d'un ordre de choses où je ne pourrais que compromettre chacun sans pouvoir protéger personne. »

gnorants ou de gens passionnés et irréfléchis,
n'avait pris autant ses ébats contre toute discipline. Ainsi, la Restauration s'était faite à la
condition de donner des armes pour l'en frapper elle-même ; car si la liberté est nécessaire
pour former l'opinion publique, elle peut servir
aussi à l'égarer. Or, comme à côté des avocats
qui allaient recommencer leurs attaques, la
chute de l'Empire avait mis beaucoup de fonctionnaires en disponibilité ainsi que des officiers à demi-solde, ces fonctionnaires portèrent
leurs plumes ennemies dans les journaux politiques, pendant que les sociétés secrètes et les
conspirations se recrutaient de militaires, pour
renverser le pouvoir. Fait à noter : plusieurs de
ceux qui avaient été, sous Napoléon, préposés à
la surveillance des journaux, MM. Étienne et
Jouy, par exemple, devinrent des chefs de l'opposition dite libérale. Ce fut alors un déchaîne-
ment de nouvelles à la main, de chansons, de
pamphlets, d'épigrammes, de satires, de fables,
de caricatures, qui harcelèrent l'autorité, excitèrent l'opinion publique et concoururent à la
fausser sur les intérêts du pays, et sur les principes constitutifs de la société. La littérature et
les arts étaient devenus les auxiliaires des partis.

Comme aujourd'hui tout cela est oublié, il
n'est peut-être pas inutile de rappeler quelques
traits de cette littérature militante, qui repré-

sente si vivement les passions de ce temps. Aussi, était-ce surtout lorsqu'elles étaient le plus animées qu'elle était le plus vivace, c'est-à-dire de 1815 à 1817, à l'époque où le parti ultra-royaliste rendait aux hommes de la Révolution une partie des maux qu'elle leur avait causés.

C'est de ces années principalement que je tirerai mes souvenirs.

Et d'abord, lorsqu'après le second retour du Roi les Chambres voulurent enlever le bénéfice de l'amnistie à un certain nombre de justiciables, il parut ces vers :

> C'est bien injustement qu'on fronde
> Ce bon gouvernement royal,
> Si généreux et si loyal,
> Quand sa clémence sans seconde,
> Accorde un pardon général,
> Dont elle excepte tout le monde.

Le Roi cependant, on le savait, était contraire aux exagérations de la Chambre; mais l'antithèse faisait bien. Elle portait coup.

Parmi les auteurs du 20 Mars, exceptés de l'amnistie, se trouvaient naturellement Ney et Labédoyère, qui avaient prêté les premiers leur concours à Napoléon.

Le procès du maréchal fut accueilli par ce quatrain :

> Semblable aux pourvoyeurs de nos bêtes féroces,
> Dans un discours Cosaque en termes bien atroces,

Richelieu dit aux Pairs qu'il prétend inspirer :
« Messieurs, je vous amène un homme à dévorer. »

M. Lainé avait écrit, disait-on, le discours dans lequel le duc de Richelieu demandait à la Chambre des Pairs non-seulement de juger mais de condamner le maréchal Ney. Le quatrain était bien dur pour le fondateur d'Odessa, dont les ultra-royalistes se plaignaient également parce qu'il contenait les émigrés.— « Vous ne voulez donc rien de nous, disait le duc à l'abbé de Feletz. — Pardon, Monsieur le duc, repartait celui-ci, je veux de vous d'abord votre durée au ministère, et puis que vous fassiez grâce aux émigrés, comme si vous n'étiez pas des leurs. »

Après l'exécution du général Labédoyère, que son intimité dans la maison de la reine Hortense avait peut-être poussé à la mort (1), nous entendions ceci :

> Il nous restait un bon abbé,
> 　C'était Labédoyère ;
> De par Louis, il est tombé
> Sous la faulx meurtrière ;
> 　Mais il sera vengé :
> 　　Son clergé
> Se charge de l'affaire.

(1) En 1814, comme il y avait toujours des duels entre les officiers de la ligne et les gardes du corps, Labédoyère, parent du comte de Flahaut, disait un jour à la reine Hortense : « Puisque Votre Majesté pleure sur ceux qu'elle ne connaît pas, j'ai l'espoir

L'évasion de M. de Lavalette, sauvé par sa
femme, produisit, elle, une addition au *Mérite
des femmes* de Legouvé, livre qui était celui
que j'avais vu dans les mains du maréchal
Ney :

> Ah ! du moins dans ces jours d'exécrable mémoire,
> La vertu très-souvent s'est couverte de gloire,
> Et, comme à Louvestein, on a vu dans Paris
> Une autre Reigesberg honorer son pays.

Ce fragment, imprimé le 22 décembre 1815,
fut saisi par la police, le 23.

La haine, le mépris, l'esprit de ridicule inspiraient tour à tour les libéraux contre leurs
adversaires, quelle que fût leur position, même
la plus haute.

A propos des exécutions des généraux et
des assassinats du Midi, c'était la haine assurément qui disait :

> En égorgeant des milliers de victimes,
> Les Bourbons ont prouvé leurs titres et leur rang ;
> S'ils ne sont pas des princes légitimes,
> Ils sont au moins princes du sang.

Le Roi n'était pas ménagé par une des

qu'elle pleurerait aussi sur moi. Ce serait ma récompense. — Monsieur de Labédoyère, reprenait la reine
presque en colère, vous n'aimez que plaies et bosses ;
vous n'avez plus de balles étrangères à craindre, puisque
nous avons heureusement la paix, ce ne seront jamais,
je l'espère, des balles françaises qui vous atteindront. »

(*Souvenirs* de Mlle COCHELET.)

chansons de ce temps, où l'on imputait à Rousseau et à Voltaire tous les malheurs survenus depuis la Révolution. L'ancien commensal de mon père, Berchoux, avait, en 1815, écrit un poëme intitulé : *Voltaire ou le Triomphe de la philosophie moderne*. On lui répondit par une chanson dans laquelle, feignant d'accepter l'accusation contre Voltaire et contre Rousseau, l'on passait en revue toutes les misères de la Restauration, qui étaient censées nées de cette funeste influence des deux philosophes.

L'on y raillait ainsi le Roi :

Français d'un si grand renom,
Vous baissez enfin l'oreille ;
D'un roi clément juste et bon
La présence fait merveille.
Si son ventre est un tonneau,
C'est la faute de Rousseau ;
Si sa dent est carnassière,
C'est la faute de Voltaire.

Ce vrai Numa, ce Solon,
Dont on oublia l'absence,
Revint avec sa maison
Dans des fourgons d'ambulance.
S'il n'est roi qu'en son château,
C'est la faute de Rousseau ;
S'il y remplace son frère,
C'est la faute de Voltaire.

Le duc de Feltre fut celui peut-être qui eut le plus à souffrir de cette guerre de plu-

me. On faisait porter sur lui la responsabilité
des exécutions militaires des généraux Mou-
ton-Duvernet et Chartran, la dégradation du
général Bonnaire, la détention du général
Gruyer, et les condamnations à mort pronon-
cées contre d'autres généraux passés en pays
étranger (1). S'il inspira en effet les cours
prévôtales, ce que j'ignore, les satires furent
impitoyables comme lui. On peut en juger par
les vers suivants, cause de la mort de celui
qui se les était laissé attribuer :

> D'un transfuge persécuteur,
> Lourd de crachats, léger de gloire,
> D'un vil poltron, d'un bas flatteur,
> De Clarke enfin, sais-tu l'histoire ?
> Valet traître à tous les partis,
> Changeant de maître et non de rôle,
> Sur son cœur il porte des lys
> Qu'il devrait avoir sur l'épaule.
> Lâche soldat, scribe ignorant,
> Plat sous César, plat sous Pompée
> Comme sa plume il est vaillant
> Et savant comme son épée.
> Contre celui qu'il encensait,
> En vain il épuise sa rage ;
> Par sa louange il flétrissait
> Ceux qu'il honore par l'outrage.
> Juge, assassin et délateur,

(1) Lefebvre Desnouettes 11 mai 1816. Rigaud,
16 mai. Gilly, 25 juin. Drouet d'Erlon, 10 août. Lallemand aîné, 20 août. Lallemand jeune, 21 août. Clau-
sel, 11 septembre. Brayer, 17 septembre. Ameilh,
15 novembre, etc. Cambronne fut absous.

Ministre dilapidateur,
Aussi blanc que son âme est noire,
L'antichambre est son champ d'honneur,
La Grève est son champ de victoire.

Les libéraux, après avoir attaqué chacun de leurs ennemis en particulier, comme dans les pièces précédentes, les reprenaient en masse, dans la chanson dont voici un extrait :

Voulant fêter par la danse
Les beaux jours du Carnaval,
On dit que le roi de France
Veut donner un beau bal.
On verra le Ministère,
Les grands seigneurs de la cour,
En habits de caractère,
Y figurer tour à tour :
Le capitaine des Gardes
En costume de pierrots ;
Les députés en poissardes ;
Nombre de pairs en jeannots.
Plus d'un grand, dont la figure
Craint de se montrer à nu,
De Mars vêtira l'armure
Pour n'être pas reconnu.
Un costume de Jocrisse
A Richelieu suffira,
Et le chef de la Justice
En charlatan paraitra.
Chacun dans sa mascarade,
Prendra ce qui lui va bien :
Mons Corvetto d'un malade
Sans peine aura le maintien ;
Beugnot, en apothicaire,
Des remèdes offrira.
Le ministre de la Guerre
Sans masque se montrera.

Lally veut, coûte que coûte,
Une toge de Romain,
Et Talleyrand va sans doute,
S'habiller en Arlequin.
Certain parti qui domine
Voudra singer les Anglais,
Mais Chateaubriand s'obstine
A porter l'habit Français.
Adroit quand on se déguise,
Et ne craignant pas d'ailleurs,
Qu'un seul masque lui suffise,
Decaze en aura plusieurs.
Bellard qui n'est pas novice,
Royer-Collard et Marbois,
Sous le domino propice
Intrigueront à la fois.
Pour certain grand qui préfère
L'amour à tout ce train-là,
Il fera ce qu'on va faire
Aux cintres de l'Opéra.
Mais comme une telle fête
Devra coûter de l'argent,
Le Roi veut qu'on y admette
Tout son bon peuple en payant.
Encor, messieurs, quelque chose
Que l'on trouve à remarquer :
Personne, et ce pour cause,
Ne pourra les démasquer.
Les princes, fort en colère
De ce charivari-là,
Seront forcés de se taire,
Et le Roi regardera.

Comme l'injustice s'unit ici à la légèreté pour distribuer haut la main le ridicule et l'impopularité !

Les Étrangers n'échappèrent pas à ces atta-

ques. L'article suivant fut publié par l'*Aristarque français*, le 27 janvier 1816 :

« Le spectacle des jongleurs indiens est à la
mode : *fa furore*, comme disent les Italiens.
Ces gens font à la vérité des tours extraordinaires, mais ce sont de véritables ignorants,
en comparaison d'une troupe de jongleurs
connus dans quelques villes de l'Europe.

« Cette troupe est composée de quatre espèces
de personnages : les Ialgans (Anglais), les Essurs (Russes), les Neissurps (Prussiens), les
Neihcirtaus (Autrichiens), dont nous avons
été étonnés de ne pas trouver les noms dans
la nomenclature de l'Ermite de la Guyane, qui
paraît cependant connaître parfaitement les
peuples, les coutumes et les mœurs de l'Inde.
Les Ialgans (Anglais) passent pour les plus
subtils, les plus adroits escamoteurs de l'univers. Les Essurs (Russes) et les Neissurps
(Prussiens) sont pour les tours de force. Les
Neihcirtaus se distinguent par une souplesse
qui leur tient lieu de l'adresse et de la force
de leurs rivaux.

« Ces diverses espèces de gens, que l'intérêt
divise souvent, mais qu'il réunit quelquefois,
opèrent ensemble des prodiges.

« Ils vous remettent entre les mains un écrit
qu'on appelle, je crois, titaré (traité) en langage indou. Vous y voyez d'abord à chaque

ligne les mots lyoteua (loyauté), atiméi (amitié), fenchirsa (franchise) ; le papier ne quitte
pas vos mains, et sur un signe des jongleurs
ces mots-là disparaissent et vous n'y voyez
plus que du feu.

« Nous ne finirions pas, si nous voulions dé-
crire tout ce dont ces jongleurs sont capables.
Il ne faut pas tout dire, pour laisser le plaisir
de la surprise aux spectateurs. On dit, d'ailleurs, que la discorde s'est glissée dans la
troupe. Dans ce cas, nous conseillons aux Essurs (Russes), aux Neissurps (Prussiens), aux
Neiheirtaus (Autrichiens), de se tenir en garde
car les Ialgans (Anglais) sont gens à escamo-
ter leurs associés eux-mêmes. »

L'article, on le pense bien, fut mal accueilli
des Étrangers. Ils firent suspendre le journal,
de même que, sur leur demande, fut suppri-
mée, l'année suivante, la brochure du jeune
de Salvandy intitulée : *La Coalition et la
France* (février 1817).

Cette brochure portait, pour épigraphe cette
phrase de Montesquieu : « Les traités sont
légitimes, lorsque les conditions en sont telles
que les deux peuples peuvent se conserver;
sans quoi, celle des deux sociétés qui doit périr, privée de sa défense naturelle par la paix,
la peut chercher dans la guerre. »

A la page 49 de cette brochure, chapitre XIV intitulé : *Principes de l'Angleterre*, on lisait ces mots :

« L'Angleterre, sanglante Euménide, ne vit que des larmes du monde ; elle sait consacrer tous les peuples à son culte, comme sacrificateurs ou comme victimes ».

Les alliés irrités firent saisir la protestation courageuse du jeune capitaine d'état-major, âgé alors de 22 ans (1) ; et l'exemplaire de sa brochure, qui se vendait primitivement 5 francs, fut bientôt disputé au prix de soixante. L'on en paya jusqu'à 300 francs.

Le jeune Salvandy, engagé à fuir, refusa le passe-port et l'argent que le duc d'Orléans lui avait fait envoyer. Il avait formé opposition à la saisie et en avait appelé aux tribunaux. Il ne se désista que sur les instances de Louis XVIII, auquel il promit de ne pas faire paraître les deux autres parties qu'il avait annoncées. Aussi quand il fut plus libre, le Roi, qui avait fait une pension à Casimir Delavigne pour ses *Messéniennes*, appela M. de Salvandy et lui dit de sa voix forte et digne : « Monsieur de Salvandy, vous êtes un bon Français, c'est pourquoi je vous ai nommé maître des requêtes dans mon Conseil d'État. »

(1) Il avait été atteint, le 29 janvier 1814, d'un coup de feu à la bataille de Brienne.

Il est inutile d'insister et de produire de nouveaux extraits pour montrer comment, de 1815 à 1830, tout devenait un motif d'agression pour des plumes hostiles, parmi lesquelles se faisaient remarquer celles de Béranger et de Paul-Louis Courrier. Béranger produisait alors, contre les nobles, contre les prêtres, les chansons les plus vives, dont il publiait le recueil en 1821, donnant alors sa démission du petit emploi qu'il devait à la protection d'Arnault. Béranger, par son talent, a pu dominer tous ceux qui s'inspiraient des mêmes sentiments que lui, mais j'ai dans mes notes bien d'autres pièces du genre où il a excellé.

En voici une, due certainement à une plume bonapartiste.

LE BON JARDINIER.

Amis, il faut qu'un bon Français
A l'ordre du jour se conforme ;
Dans mon jardin à peu de frais,
Je viens de faire une réforme.
Où croissait jadis un laurier,
Le tremble changeant se pavane ;
Où s'élevait un grenadier,
On voit maintenant un platane.

J'ai remplacé par le souci
La violette printanière ;
La capucine, Dieu merci !
S'étend en rampant sur la terre.
Voyez où peut-on être mieux

Que dans le sein de sa famille :
Autour de ce lys orgueilleux,
Déjà l'œillet d'Inde fourmille.

Dans mes plates-bandes jadis,
J'avais beaucoup d'herbe royale ;
Au mois de Mars, je la perdis,
Sous l'ombre d'une impériale.
De cette couronne deux fois,
Je me suis défait avec peine ;
Mais nous la reverrons, je crois,
Car elle avait semé sa graine.

C'est à l'ombre d'un peuplier
Que ses rejetons vont paraître ;
Et près d'eux, un bel olivier,
Par ses dons se fera connaître.
Pour le bonheur de l'avenir,
Avec l'immortelle enlacée,
Alors, au lieu de se ternir,
On verra croître la pensée.

Tout cela est bien pauvre à la lecture, mais, chanté à table, cela faisait de l'effet. On pense bien que toutes ces belles plaisanteries avoient leur contre-partie.

Ainsi, lorsque l'on chantait d'un côté sur l'air du *Bouffe* et du *Tailleur* :

Qui nous vient d'Angleterre ?
Le Roi.
Qui ne s'en doutait guère ?
Le Roi.
Qui nous donna la Charte ?
Le Roi.
Qui toujours s'en écarte
Le Roi.

. . . .

Qui ferme nos lycées?,
      Le Roi.

Qui gêne nos pensées?
      Le Roi.

Qui n'a rien d'Henri IV?
      Le Roi. ´

Qui de contes nous berce
      Le Roi.

Qui détruit le commerce
      Le Roi.

Qui souffle les lumières?
      Le Roi.

Qui livre nos frontières? (1)
      Le Roi.

Qui se dit notre père?
      Le Roi.

Qui prouve le contraire?
      Le Roi.

Qui branle dans le manche?
      Le Roi.

Qui passera la Manche?
      Le Roi.

Les royalistes, répondaient à ce chant, et
M. le général d'Hugues, ancien garde du

(1) Nous étions, en effet, déjà bien loin du temps
où Napoléon n'ayant pas encore franchi le Niémen,
« 85 000 000 d'âmes, selon Chateaubriand, reconnais-
saient sa domination ou celle de sa famille. La moitié
de la population de la Chrétienté lui obéissait. Ses ordres étaient exécutés dans un espace qui comprenait
dix-neuf degrés de latitude et trente degrés de longitude. »

corps, me rappelait dernièrement, une série
de couplets commençant d'une manière fort
digne par ces vers :

> Qui seul est légitime ?
> Le Roi.
>
> Qui referme l'abîme ?
> Le Roi.
>
> Qui met fin au désordre ?
> Le Roi.
>
> Quel est notre mot d'ordre ?
> Le Roi.

Ces couplets échangés de même que bien
des épigrammes amenèrent plus d'un duel
entre les militaires royalistes et les bonapartistes. De tels champions ne pouvaient s'en
tenir à la guerre de plume, et en effet, l'on
en venait aux coups d'épée.

Les trois duels du jeune comte de Saint-
Aulaire à propos de la satire dirigée contre
le Ministre Clarke, firent assez grand bruit.
Sa mort ainsi que celle de M. de Saint-Mar-
cellin, fils naturel de M. de Fontanes, furent
un épisode douloureux de cette lutte jour-
nalière, lutte où l'on allait chercher et provoquer ses adversaires, dans les promenades,
dans les cafés, dans les salles de spectacle.
Les galeries de Bois, au Palais-Royal, furent
souvent le théâtre de querelles, dont une
entre un tout jeune homme de la Garde et le

colonel Barbier Dufaÿ, se termina par un duel
au poignard entre les deux adversaires enfer-
més dans un fiacre vis-à-vis l'un de l'autre.
A Versailles, les querelles engagées allaient se
dénouer près de la pièce d'eau des Suisses.

En vain des esprits sages prêchaient-ils la
conciliation, comme Merville, l'auteur de *la
famille Glinet*, les mêmes colères éclataient
à la tribune et avaient des suites non moins
regrettables.

Le général Foy ayant dit que sans la présence des Étrangers, la France n'aurait pas
supporté les insultes d'une poignée de misérables qu'elle avait méprisés, M. de Corday
s'était levé, et, les bras croisés, dominant le
tumulte de la droite, avait crié au général :
« Vous êtes un insolent. » Deux jours après
une rencontre, où le général Foy avait tiré en
l'air, ainsi que M. de Corday, le général faisait
à la Chambre une distinction entre les émigrés,
et déclarait qu'il ne voulait pas ajouter de
nouveaux motifs de discorde à ceux qui divi-
saient le pays. Tout le côté droit applaudit à
cette déclaration loyale du général. Quant au
côté gauche, il garda un morne silence ; c'est
que parmi eux, beaucoup étaient des irrécon-
ciliables, prêts même à entrer dans les conspirations que formaient des soldats de l'Empire. Aussi, lorsque le général Maison, au

moment où l'évacuation de la France par les
alliés était décidée, assurait le czar que les
principes libéraux du roi et la sagesse de la
majorité de la nation étaient d'accord pour
se rallier à la Charte, il ne tenait pas assez
compte de la haine réciproque des deux partis
extrêmes, qui devait porter la France hors de
la ligne de son salut.

Ce sentiment haineux des libéraux avancés
sembla profiter de l'éloignement des étrangers, dont Louis XVIII et le pays avaient
remercié le duc de Richelieu. Ces insensés
ne virent là, à leur honte, qu'un moyen
de reprendre leurs complots pour tâcher de
réussir dans la tentative de Desbans et de
Chayoux, avortée en 1817. Ils y parvinrent.
Le 13 février 1820 le duc de Berry fut assassiné par Louvel, au jugement duquel j'assistai. Or, dans un article publié dans la *Revue des Deux Mondes* sur ce criminel, un
écrivain n'a pas craint de dire : « Examinez,
« retournez, torturez, analysez en tous sens,
« de toute manière les circonstances morales
« de ce forfait. Elles ne vous donneront jamais
« pour résultat qu'un ardent patriotisme. Ajou-
« tez que ce patriotisme, autrement conçu,
« il est vrai, a été partagé par tous ceux qui
« durant dix années, ont alimenté le *carbo-*
« *narisme*, et je dirai plus, par tous ceux qui

« ont fait la révolution de Juillet ; l'illégalité,
« la foi rompue ne fut que le prétexte. L'u-
« nique motif, c'était la haine nationale con-
« tre des principes imposés par l'étranger. »

Louvel et Morey ont leurs admirateurs
comme Robespierre. Mais quand un écrivain
d'une certaine réputation unit sa cause à celle
du premier de ces assassins, il ne relève pas
pour cela aux yeux des gens honnêtes « ce
petit homme à figure sale et chafouine, tenant
du roquet, ayant l'air hargneux et solitaire. »
Il ne fait que montrer l'égarement d'un parti
prêt à tout pour satisfaire ses ressentiments.
Le fanatisme ne grandit personne.

On peut du reste mesurer la profondeur
comme la nature de l'abîme qui séparait les
libéraux plus ou moins avancés des défenseurs de la monarchie légitime. A ce point de
vue, l'oraison funèbre du duc de Berry, par
Mgr le coadjuteur de Paris, semble encore un
document nécessaire à consulter pour l'histoire.

« Malheureux sophistes, s'écriait M. de Qué-
« len, applaudissez-vous donc de vos succès,
« vous avez voulu les principes, vous en avez les
« conséquences ; vous avez voulu tout immoler
« aux vaines théories, vous en voyez l'applica-
« tion, et de vos systèmes monstrueux nais-
« sent des monstres de crimes ; vous avez
« voulu qu'il n'y eût plus que des opinions, et

« il n'y a plus eu que des opinions, dont cha-
« cun est le juge suprême , et le régicide
« vous a donné ses opinions comme sa règle
« unique, et a justifié ainsi le meurtre par le
« meurtre. Non, ce n'est point ici un ressenti-
« ment, ce n'est pas une haine personnelle, ce
« n'est point une injure vengée, c'est son opi-
« nion, ce sont ses sentiments. De la sorte,
« c'est bien moins ici la passion qui pousse au
« crime, que le crime qui est la passion.

    « Vous ne voulez point de religion, si ce
« n'est peut-être son simulacre, et loin d'in-
« voquer son autorité, vous ne cherchez qu'à
« lui imposer la vôtre, et le coupable aussi
« cherche à lui opposer la sienne, et dans la
« liberté de penser, voit la liberté de tout
« faire. Vous désirez des lois athées, et vous
« avez des assassins athées, aux yeux de qui
« le vice et la vertu ne sont qu'un mot, comme
« Dieu, et pour lesquels il n'y a d'autre crime
« que celui de manquer son coup ; vous ne
« voulez plus de sacrilége, et il n'y a plus de
« sacrilége, excepté la loi qui le méconnaît,
« et immoler l'héritier de la monarchie ou le
« plus vil des hommes n'est plus qu'un même
« crime. Enfin, vous persécutez les mission-
« naires de la vie éternelle, et vous avez des
« missionnaires du néant. Tout cela n'est-il
« donc pas dans l'ordre. Et de quoi vous

« plaindriez-vous, ne faut-il pas que les maîtres
« soient responsables de leurs disciples? Ne
« faut-il pas qu'après avoir semé du vent, vous
« recueilliez la tempête? Et puisque vous ne
« voulez pas de l'enfer dans l'autre monde,
« ne faut-il pas, en attendant, que vous le
« transportiez dans celui-ci. »

Il ne me conviendrait pas d'insister davantage sur les actes d'un parti dont j'ai jusqu'à
un certain point partagé les passions. Ce que
j'ai dit suffit pour permettre de juger les
hommes et les opinions qui se combattaient,
lorsque j'entrai dans la presse, c'est-à-dire :
l'esprit révolutionnaire, les intérêts de la
dynastie qui s'était servie de lui et de ses
adhérents, enfin l'ancien régime, qui défendait
encore ce qu'il avait eu d'excessif en même
temps que les bases sur lesquelles la France
avait vraiment établi sa grandeur.

En surveillant tout et en rendant responsables les agents auxquels il confiait le
contrôle préventif, armé contre les abus, Napoléon avait pu ramener l'ordre matériel, et
faire croire à ceux qui ne regardaient qu'à la
surface qu'il avait reconstitué la société. Mais
quand notre pays avait subi en quinze ans
plus de dix constitutions (1) et que chacune

_____

(1) 1° Constitution de 1791; 2° Convention nationale (1792-1795); 3° Directoire exécutif (1795-1799);

avait eu ses agents, quand les doctrines issues d'esprits à la dérive étaient entrées dans les jeunes générations, et qu'elles avaient faussé les notions en toutes choses, souvent détendu les caractères et non moins dépravé les âmes; quand certains hommes étaient portés à propager comme bons des principes qu'ils avaient exploités sans y croire, simplement parce qu'ils leur avaient valu de hautes positions comme une considération factice, que devait produire la liberté de la presse? Elle ne pouvait amener que de nouvelles luttes, luttes qui continuent, car, ainsi qu'on l'a dit, depuis 1789, ni la liberté, ni le pouvoir n'ont été fondés, ils attendent encore leurs assises.

4° Commission consulaire (1799); 5° Consulat temporaire (1799-1802); 6° Consulat à vie (1802-1804); 7° l'Empire (1804-1814); 8° Un Gouvernement provisoire; 9° la première Restauration des Bourbons (1814-1815); 10° les Cent-Jours (1815); 11° un Gouvernement provisoire.

XII

LES RÉDACTEURS DU MIROIR

E débutai dans le *Miroir*, si je ne me trompe, en avril 1821, par un article nécrologique sur un peintre de grande espérance, mort très-jeune, nommé Léon Pallière et dont j'ai retrouvé plus tard le neveu revenant du Paraguay avec un album très - intéressant (1). Mais quoique j'eusse particulièrement dans mes attributions au journal le théâtre et les arts, je ne tardai pas à entrer dans la mêlée politique, qui nous coûta plusieurs procès, où les deux Dupin nous défendirent. Dans un d'eux la verve gauloise de l'aîné égaya fort l'auditoire en nous faisant triompher. Le journal l'en remercia en lui donnant avec un distique d'Emmanuel Dupaty : — Quoi? un Miroir.

(1) Nous avons vu de cet artiste quelques toiles appréciées d'hommes d'un talent sérieux; mais il a surtout attiré l'attention du public, par des tableaux de genre fort spirituels, ou d'un gracieux sentiment.

Ceux qui ont vu M. Dupin pourraient croire que c'était là encore une malice de notre journal, s'autorisant de son propre nom, pour obliger son avocat à regarder plus souvent une figure qui n'était rien moins que charmante. Les petits journaux, on le sait, le nommaient Dupin laid-né.

Il n'en était pas de même de nos rédacteurs qui n'avaient pas à craindre de voir leur image, au moins pour la plupart, à commencer par M. de Jouy, qui jusque dans ses derniers jours garda les airs d'un homme du monde. Mais ils avaient d'autres mérites, qui peuvent recommander leur mémoire. Et c'est par là que j'aime à me rappeler les temps où faisant sous eux mes premières armes, j'ai appris à rechercher dans leur conversation, souvent brillante, les grands comme les aimables côtés de notre profession.

Pour parler d'abord de M. de Jouy, j'ai à rectifier moi-même ce que j'ai dit ailleurs de sa naissance. Le *Moniteur* du lundi 7 septembre 1846, annonçant sa mort à Saint-Germain-en-Laye, le fait naître à tort en 1769, au petit village de Jouy, dans la vallée de Bièvre. Voici son acte de naissance : « L'an mil sept cent soixante-quatre, le 19 octobre, Joseph, né ce même jour, fils légitime de Pierre Étienne, marchand de toiles, et de Magdelaine Lau-

tour, a été baptisé par nous soussigné, prêtre
de la Congrégation de la Mission, faisant les
fonctions curiales. Le parrain a été Joseph
Rebin, marchand de toiles, et la marraine,
Claudine Marie Gillotte, fille de Jean Baptiste
Gillotte, lesquels et le père ont signé avec
nous : P. Étienne, Gillotte, J. Rebin et
Caron (Paroisse Saint-Louis de Versailles).

La *Biographie des Contemporains*, dont
M. de Jouy fut le collaborateur, ne voulut
sans doute pas avouer une origine aussi médiocre pour un des chefs du libéralisme, ami
de l'égalité ; tandis que le procureur général
Bellart, lorsqu'il fut anobli, demandait, en mémoire de son père, charron dans le quartier
du Marais, de porter une cognée à côté de la
fleur de lis dont le roi l'honorait. Quoi qu'il en
soit, M. de Jouy avait été successivement élève
à l'école des Ponts-et-Chaussées, militaire,
vaudevilliste, administrateur, auteur dramatique et journaliste.

Fait sous-lieutenant dans l'Infanterie des
colonies, le 5 mars 1781, il avait accompagné
à Cayenne M. le baron de Bessner, gouverneur de la Guyane française ; et, dans la traversée il avait été gravement blessé à la jambe
droite, le 13 octobre 1781, à bord de la *Né-
gresse*, frégate qui faisait partie de l'escadre
de M. de Kersaint, commandant l'*Iphigénie*.

Il était allé ensuite dans l'Inde en qualité de lieutenant dans la légion de Luxembourg, grade auquel il avait été nommé le 29 décembre 1786; puis il avait passé de la côte Coromandel au Bengale, où le commandant de Chandernagor, M. de Montigny, l'avait fait son aide de camp (15 novembre 1788). Mais notre ancien agent chez les Marattes, malgré la recommandation de M. de Conway, gouverneur de l'Inde française (1), n'avait pu lui procurer d'emploi pendant lès seize mois qu'il avait passés près de lui (25 février 1790). Il était donc rentré en France où il avait été volontaire dans la garde nationale de Versailles, le 12 juin 1791. — Trois mois après, le 15 septembre, il était fait lieutenant au 1er régiment d'infanterie, puis capitaine, le 1er août 1792. Nommé provisoirement par Dumouriez, le 20 octobre de cette anné, eaide de camp du lieutenant général O'Maran, et confirmé dans cet emploi le 31 décembre, il avait fait avec ce général commandant en chef de l'armée, sous Cassel, la première campagne de la guerre de la Révolution et avait été blessé près de lui gravement à la main droite, à l'affaire de Bon-Secours.

(1) Henri Beyle (Stendhal), dans sa correspondance de 1822, fait une biographie romanesque de M. de Jouy, le Bookmaker alors à la mode (p. 198, 1er volume).

Mais alors ce n'était pas la guerre qui était la plus dangereuse. — Fait adjudant général sur le champ de bataille de Furnes, il n'échappa que par la fuite aux poursuites qu'encourait alors un homme, réputé traître pour n'avoir pas voulu porter un toast à Marat. — Lorsqu'il s'échappait, il vit, près de Saint-Roch, passer dans la fatale charrette O'Maran, son général, et le conventionnel Gorsas, son ancien maître de pension de Versailles. — Revenu, après le 9 thermidor, de Suisse où, comme le duc d'Orléans, il avait vécu à Reïchenau en se faisant professeur, il avait été nommé chef d'état-major de Menou, sous Paris. Il avait contribué, le 2 prairial, au triomphe de la Convention sur les Terroristes; mais dans un temps de factions, quand les partis s'accusent et se dénoncent, après avoir été deux fois arrêté, deux fois relâché, sous l'inculpation d'avoir conspiré avec lord Malmesbury, il avait été heureux qu'en dernier lieu son ancien condisciple Tissot le protégeât. Il quitta alors le commandement de la place de Lille et l'armée, mais il fallait vivre; il se mit à faire du théâtre avec M. Dieulafoy et Charles Longchamps, à qui l'on dut plus tard *le Séducteur amoureux*. — Il réussissait, toutefois il y avait à craindre que son talent ne s'égarât dans

une littérature secondaire, quand en 1800
M. de Pontécoulant, qui l'avait distingué en
Suisse, lui proposa de l'emmener dans la préfecture de La Dyle, dont le Premier Consul
venait de le charger. Il y resta jusqu'en 1805,
époque à laquelle Napoléon, s'emparant de la
couronne, fit le préfet sénateur, pour le remercier des services qu'il lui avait rendus, du
temps qu'Aubry l'avait mis à pied. M. de Pontécoulant ayant quitté la préfecture, M. de
Jouy, qui s'était fait réformer pour ses blessures (1), rentra dans la vie littéraire. Il
donna alors, avec Dieulafoy, *Milton*, en 1805,
puis, en 1807, *la Vestale*, opéra qui obtint un
des prix décennaux fondés par l'Empereur,
et dont la musique, due à Spontini, excitait
longtemps après les transports de Berlioz. *Les
Bayadères*, *Les Amazones*, *Tipou Saheb*, *Fer-
nand Cortès*, *Bélisaire*, continuèrent ses succès : comédies, vaudevilles, opéras, tragédies,
M. de Jouy avait tout abordé, lorsque les
lettres écrites par lui, sous le nom de *L'Her-*

---

(1) Il avait perdu l'usage du doigt indicateur de la
main droite, dont la première phalange était en état de
flexion permanente, et dont la seconde était extraite.
Cette infirmité était la suite d'un coup de pistolet.

Un éclat de caisson qui lui avait traversé une jambe,
l'avait atrophiée en partie. Enfin, une contusion de
balle morte lui avait fait une légère cicatrice.

mite de la Chaussée d'Antin, lui firent donner le surnom d'Addison français.

Depuis la Restauration, M. de Jouy avait pris part à tous les journaux en réputation qui avaient cherché à entretenir les souvenirs de la République ou de l'Empire, quoique, dans ses feuilletons du 7, du 14 et du 21 mai 1814, il se fût accusé d'avoir été un moment dupe de la gloire et des promesses de Napoléon. On a dit que le refus de la croix de Saint-Louis, malgré les demandes réitérées qu'il en avait faites (août 1814), ne fut pas sans influence sur ce revirement. Cela n'est pas complétement exact. Le Ministre de la Guerre l'avait recommandé à la commission de l'examen des titres, mais M. de Vitrolles voulut lui faire payer la faveur qu'il demandait, en lui imposant la condition de frapper sur les hommes de l'Empire. — Et M. de Jouy, qu'on eût pu gagner avec plus de tact, en le jugeant seulement homme de cœur, s'en alla fonder le *Nain Jaune*, revue aristophanesque qui eut une grande réputation de malice et fut une arme si terrible contre la première Restauration. Il fonda ce journal avec Étienne, Cauchois-Lemaire et Merle. — M. de Jouy prenait dans le *Nain Jaune* le titre de *Franc-parleur*. — Ce journal qui publiait des caricatures, avait créé l'ordre des cheva-

liers de l'*Éteignoir*, puis celui des *Girouettes*,
à l'imitation du fameux régiment de la *Ca-
lotte*. M. le comte de Ségur était président de
l'ordre des *Girouettes*, dont Campenon était
secrétaire. Dans l'ordre de l'*Éteignoir*, M. de
Fontanes était désigné sous le nom de *Cur-
vissimus faciunt asinos*.

En 1818, M. de Jouy avait été l'un des collaborateurs de la *Minerve française* — que
M. de Lamartine appelle la véritable *Satire
Ménippée* de la Restauration. — « C'était là,
que ce qu'on appelait les indépendants entre-
prirent de fondre, dans une alliance quelque
peu adultère, le patriotisme, l'esprit militaire,
la gloire des conquêtes, les doctrines de la
Révolution de 1789, les souvenirs de la République, l'orgueil national, la Royauté constitutionnelle ; et cela avec un tel artifice que
toutes les passions hostiles aux Bourbons
trouvaient à la fois dans leur feuille une joie,
un souvenir, une espérance, un aliment. » Les
autres collaborateurs étaient MM. Aignan, Benjamin Constant, Evariste Dumoulin, Étienne,
A. Jay, Lacretelle aîné, Tissot. C'était Étienne
qui rédigeait ces fameuses lettres sur Paris,
écrites, disait-il, d'après les correspondances
des journaux étrangers, dans lesquelles on
pouvait étudier les ressorts secrets des intrigues que l'on voyait ensuite éclater en France.

A la dissolution de la *Minerve*, en 1819.
Étienne, Jay, Evariste Dumoulin et Tissot
étaient allés au *Constitutionnel*, à qui sa suppression, en juillet 1817, avait fait momenta-
nément emprunter le titre du *Journal du
Commerce* appartenant à Charles Bailleul,
dont j'ai parlé, et à son frère Antoine, moyen-
nant une action pour chacun d'eux dans l'ancien *Constitutionnel* et cinquante mille francs
comptant.

De son côté, M. de Jouy, avec Benjamin
Constant, Aignan et Pagès, avait fondé la *Renommée;* mais celle-ci n'avait duré que du
15 juin 1819 au 13 juin 1820. — A cette époque, le journal avait été frappé d'une suspension d'un mois par une décision du conseil de
la Censure, et il s'était réuni au *Courrier français*, créé, le 21 juin 1819, par les doctrinaires,
avec le but de combattre également les préjugés révolutionnaires ou royalistes, et de signaler les intrigues et les arrière-pensées des
partis.

Mais soit qu'il ne trouvât pas là une satisfaction complète à ses idées, soit que l'opposition de la Censure à son *Bélisaire* l'eût aigri,
et qu'il fût excité par le succès même de
son acquittement pour un article sur la livrai-
son de Toulon aux Anglais, acquittement que
lui valut M. Dupin en plaidant les droits de

l'Histoire, il songea à renouveler son ancien succès du *Nain Jaune* avec Arnault.

Arnault, ainsi que. Jouy, représentait une des rares gloires littéraires de l'Empire. Son recueil de fables est très-estimé. Secrétaire des commandements de Madame de Provence avant la Révolution, conseiller ordinaire et, depuis 1806, secrétaire général de l'Instruction publique, où il avait fait entrer Béranger; fort bien en cour auprès de Napoléon, et beau-frère de Regnault de Saint-Jean-d'Angély, il avait été exilé en 1815, et rayé de la liste des membres de l'Institut avec Étienne. —Il avait fait, vers cette époque, en Belgique, avec Cauchois-Lemaire. le *Nain Jaune réfugié*; et la représentation de son *Germanicus*, le 22 mars 1817, terminée par une lutte au parterre, avait doublé la renommée de l'auteur de *Marius à Minturnes*, d'*Oscar* et des *Vénitiens*.

« Arnault, a dit un contemporain, au talent du poëte dramatique, joignait celui de raconter avec une verve sardonique et de donner aux sujets les plus simples un vernis de plaisanterie qui excitait le rire et piquait la curiosité; ce n'était pas du fiel qui découlait de ses lèvres expressives, mais souvent, il enfonçait le trait avec une aisance, et surtout avec une malice qui amenait la foule autour de lui. »

Les hommes d'esprit, que MM. de Jouy et

Arnault choisirent pour satisfaire leurs rancunes, jouissaient déjà d'une certaine réputation.

C'était d'abord Emmanuel Dupaty, auteur de *Picaros et Diego*, qui, sous le titre de l'*Antichambre*, avait failli le faire déporter par le premier Consul. — On avait persuadé à celui-ci que le jeune écrivain l'avait tourné en ridicule lui et son entourage. Dupaty, sauvé par Joséphine, rapporta de son court séjour sur les pontons, une charmante pièce intitulée *la Prison militaire*. Dupaty, qui avait été chargé de l'organisation des fêtes de la cour Impériale avec Alissan de Chazet, avait, en 1814 et 1815, chanté le retour des Bourbons; mais il était, depuis, passé dans l'autre camp, et s'était fait honorer par sa pièce des *Délateurs*.

Venait ensuite Moreau. — Homme de mérite, et de jolie figure, qui fût devenu un poëte distingué, au dire de gens compétents, s'il ne se fût pas arrêté au vaudeville. Il était auteur de plusieurs pièces bien conduites, et ornées de couplets d'un goût parfait. Il avait beaucoup de trait, mais dédaigneux, malveillant même avec ses camarades, il semblait né pour blesser. — Aussi, un jour, au foyer du Vaudeville, avait-on mis cette petite affiche : Récompense honnête à qui trouvera un ennemi à Désaugiers et un ami à Moreau.

Un des autres collaborateurs du *Miroir*, était le Marseillais Gosse, auteur du *Médisant*, comédie en trois actes, pièce de la bonne école. Il avait aussi traduit les *Animaux parlants* de Casti. — Gosse avait la repartie très-vive.

Ces esprits alertes à l'attaque, prompts à la réplique, avaient à leur service une malice funeste à leurs adversaires.

Je ne saurais passer sous silence une espèce de Figaro, attaché au *Miroir*, nommé Perpignan, qui disait : Nous sommes dans le monde des lettres trois boîteux célèbres. « Moi, Klopstock et Byron. » Perpignan et Gosse boîtaient, l'un à droite, l'autre à gauche, de telle sorte que quand ils marchaient ensemble, on les comparait à une escarpolette. Perpignan était chargé de recueillir les bruits de coulisses ou de chercher des nouvelles. Il savait nous en trouver de la plus belle eau. Il eût, au demeurant, su les faire lui-même.

Notre rédacteur en chef l'appelait M. de Perpignan. — M. de Jouy, après s'être donné la particule, la donnait à tout le monde, au point d'appeler M. de Chose ceux dont le nom échappait à sa mémoire; mais le prénom de Perpignan, ceux de son père et de sa mère, Israël, Moïse, Rachel, indiquaient suffisamment sa religion, qui comptait peu de nobles. Aussi, quand M. de Rotschild fut nommé

baron, Perpignan s'écriait-il en connaissance
de cause pour ses coreligionnaires :

Le temps de l'Arabie est donc enfin venu.

Perpignan avait l'esprit soudain, franc et in-
cisif. Plusieurs de ses mots ont égayé nos
contemporains.

Il était sur le pied de la familiarité avec
chacun de nous; un seul des hommes de lettres, qui fournissaient quelquefois des articles
au *Miroir*, le tenait à distance. C'était un
brave professeur très-infatué de son mérite,
poëte, qui avait fait un *Artaxerxe*, dont le succès à la Comédie-Française avait été honnête.
Delrieu, qui reprochait à sa femme d'applaudir
à ses pièces avec des gants, se respectait
beaucoup et prétendait au respect de tout le
monde, même à celui de Perpignan, qui tenait peu de compte d'une telle prétention. Un
soir, Perpignan rencontra le tragique dans un
des corridors du Théâtre-Français, et, tranchant
du littérateur, alla parler de la pièce qu'on
jouait, en fit la critique, puis rompant tout
d'un coup la conversation : « Adieu, confrère.
— Imbécile ! dit Delrieu. — C'est bien ainsi
que je l'entends, repartit Perpignan. »

Un bel éclat de rire accueillit autour d'eux
cette réplique. Mais le rire fut encore plus
général, un soir qu'il venait, dans un théâ-

tre, de souffleter l'amant de sa femme, dont
il était séparé. Celle-ci croyait ne devoir
pas de grands égards à un homme qui avait
oublié, le jour même de ses noces, qu'il était
marié. — Perpignan, à ce qu'il paraît, s'en
souvenait ce jour-là pour donner des souf-
flets, et l'on se récriait de tous côtés contre ses violences, mais se tournant vers le
public : « Messieurs, dit-il, c'est moi qui suis
le c...! » — Il n'y avait rien à répondre à
ce mot, employé par Molière, ni à cette raison
majeure.

Nous avions encore avec nous des crayons
non moins acérés que les plumes, tels que
celui d'Eugène Delacroix, âgé, en 1815, de
seize ans. Le peintre qui, en 1830, représentait
la Liberté guidant le peuple courroucé, avait
préludé à ce tableau, dans sa première jeunesse, par une série de caricatures publiées
dans le *Miroir*. Mais je ne saurais assurer
qu'il n'a pas fait de retour sur lui-même. Il
m'écrivait, en effet, de Tanger, le 4 juin 1832.
« Vos journaux, votre choléra, votre politique,
tout cela diminue un peu le plaisir du retour.
Si vous saviez comme on vit paisiblement sous
le cimeterre des tyrans. »

Enfin dans nos collaborateurs il en était un
qui apporta au *Miroir* l'ardeur et les partis
extrêmes de la haine ; ce fut Cauchois-Lemaire,

homme de talent, au style mordant, à l'esprit
épigrammatique, frondeur, rappelant quelquefois Paul-Louis Courrier.

En 1814, âgé de vingt-cinq ans, il commençait, pour ainsi dire, la vie, lorsque, un jour
de Décembre de cette année, le colonel Bory
de Saint-Vincent, lassé des attaques inju-
rieuses dirigées contre le parti bonapartiste,
avait demandé à MM. de Jouy, Étienne et
Arnault, qui se trouvaient là, si l'on ne se
défendrait pas. L'avis avait été accepté, mais
l'on voulait avoir pour cela un journal à
soi, dans lequel on pût se faire entendre
sans se laisser connaître, — sinon, les noms
porteraient à y voir l'esprit de parti. — Un
des personnages présents à la conversation,
parla d'un *Journal des Arts, des Sciences et
de la Littérature*, qui était à vendre. On se
mit aussitôt en quête. Mais lorsqu'on découvrit ce journal, on apprit qu'il avait été acheté
par un sieur Lemaire. Le nom était assez
commun; quel était donc ce Lemaire ? Où de-
meurait-il ? Personne ne le savait. Enfin, un
jour, après beaucoup de courses et de demandes de tous côtés aux Lemaire que l'on rencontrait, Bory de Saint-Vincent vit sur la porte
d'un pauvre cabinet de lecture de la petite
rue des Francs-Bourgeois Saint-Michel, le nom
en question. Il entra, ne vit d'abord qu'une

femme assise au bureau, à laquelle il demanda
si, en raison de la conformité de nom, elle
connaissait par hasard un sieur Lemaire, ac-
quéreur du *Journal des Arts, des Lettres et des
Sciences*. — « Mais c'est mon mari, monsieur,
dit-elle à Bory de Saint-Vincent. » — Elle
mena alors le colonel dans l'arrière-bouti-
que. Cauchois-Lemaire y écrivait. Après quelques pourparlers, le colonel s'informa s'il
voulait céder son journal, ou s'associer avec
des hommes ayant réputation de gens d'esprit,
qui resteraient derrière le rideau. — Cauchois-
Lemaire accepta les propositions du colonel,
un traité fut signé. Le *Nain Jaune* naquit de
cette association ; et le publiciste qui, en 1830,
le 29 juillet, portait au *Constitutionnel* imprimer l'arrêté pris par des gens sans nom, dé-
clarant la déchéance de la maison de Bourbon
et la création d'un gouvernement provisoire,
Cauchois-Lemaire, fut lancé dans la vie politique, où il trouva une réputation éphémère,
mais une gêne constante, même après 1830.
— Il ne s'en cachait pas ; car, étant un jour
avec lui, je le vis abordé par une personne,
et lorsqu'il l'eut quittée : « Voilà, dit-il, un
homme de bien qui pourrait me tourmenter et
qui sait attendre. » J'appris plus tard que c'é-
tait son tailleur, nommé Courtray. Balzac n'eût
pas mieux parlé de Buisson. Néanmoins, si

Cauchois-Lemaire avait refusé six mille francs
de pension du roi Louis-Philippe, pour lequel
il avait réclamé la couronne, ce qui lui avait
coûté, en janvier 1828, quinze mois d'empri-
sonnement et 2000 francs d'amende, il fallut
qu'il cédât à la mauvaise fortune, ne fût-ce
que pour payer ses dettes. Il ne savait pas
jouer avec elles comme Gavarni. La duchesse
de Duras disait que dans l'ordre des chagrins,
elles viennent tout de suite après ceux du
cœur. Lemaire pensait ainsi et sa probité le
poussait à s'en délivrer. L'âge venait, et ses
amis parvinrent à le faire nommer chef de
section aux Archives générales.

Après la suppression du *Nain Jaune*, Cauchois-Lemaire avait, de 1815 à 1820, colla-
boré à des journaux ayant encouru la même
disgrâce : d'abord à l'*Homme Gris* d'Amédée Feret, cet homme simple et bon dans la
vie privée, que j'ai connu bibliothécaire et
maire de Dieppe ; ensuite la *Bibliothèque
Historique pour servir à l'histoire du temps* et
le *Libéral*, de Cugnet de Montarlot (1819),
avaient reçu successivement de ses articles.

Le choix d'un tel collaborateur indiquait
que M. de Jouy allait bientôt dépasser la mesure. — Les luttes politiques ne laissent pas
facilement les gens de sang-froid ; on est
excité par la contradiction, et plus encore par

la préoccupation de la galerie : cela ne manqua pas. — En ce moment-là même, M. de Jouy allait faire représenter *Sylla*, tragédie dans laquelle le génie de Talma sembla faire revivre, pendant plus de quatre-vingts représentations, Napoléon, mort le 5 mai 1821. — Talma fut admirable et eut un effet prodigieux dans la scène d'abdication, où il prononçait le discours qui se termine par ces vers :

J'ai gouverné sans peur et j'abdique sans crainte.

Ce succès, dont les rédacteurs du *Miroir* furent les premiers à jouir, fit époque dans la vie de M. de Jouy, et il n'en fallait pas tant pour tourner la tête d'un jeune homme, et me rendre fier d'être de sa compagnie, quand l'auteur de la *Vestale* et de l'*Hermite de la Chaussée d'Antin*, n'aurait pas eu déjà dans ses rapports avec ses familiers les plus vives séductions.

Au dire de M. de Pontécoulant, ceux qui n'avaient connu M. de Jouy que dans son âge mûr, ne pouvaient se figurer qu'avec peine tout ce que, dans sa première jeunesse, il apportait d'agrément, de charme, d'entrain vraiment français dans les relations du monde. C'était le trait de Rivarol avec la verve intarissable de Beaumarchais. — Tout étonnés, les bons Flamands, habitués depuis si longtemps à la gravité germanique, se pressaient pour l'entendre, soit qu'il les captivàt par le récit de quelque épisode dramatique de ses voyages, soit que ce fùt par la discussion de quelque proposition paradoxale, qu'il soutenait avec d'autant plus de chaleur et d'esprit, qu'elle semblait dans son principe plus contraire aux règles du bon sens et de la raison. Mme Sophie Gay, qui le voyait surtout dans les salons, le plaçait parmi les causeurs les plus amusants, et trouvait que son talent et son bonheur dans ses ouvrages les plus applaudis le cédaient encore à la gaieté spirituelle, à la folie ravissante de sa conversation. — « C'était, racontait-elle, particulièrement dans ses discussions littéraires avec son ami Charles Longchamps, que sa déraison passionnée lui fournissait le plus de mots comiques et d'exagérations fantasques; et puis, quand sa colère si éloquente, si inoffensive, si divertissante, en était venue à provoquer les éclats de rire de tout le monde, il riait aussi de lui-même et déconcertait la moquerie par son esprit à y répondre. »

M. de Jouy apportait et cherchait dans le monde tous les genres de succès, et les fastes du jeu d'Échecs le rappellent encore, comme un des plus habiles joueurs du café de la Régence. Il ne fallait rien moins que le célèbre Labourdonnais pour le battre.

Peut-être même notre journal ne plaisait-il tant à M. de Jouy, que parce qu'il lui représentait encore son jeu favori. — Il voulait toujours faire échec au Roi ; et son but lui semblait d'autant plus amusant que, le journal n'étant pas politique, il ne pouvait y arriver que par allusion. Mais à ce jeu, le Roi menaça le Fou et lui montra *la Tour*, ainsi qu'à M. Jay. Ce qui nous valut les *Ermites en prison*, jugés un peu durement mais non sans raison, par M. de Sacy, dans son discours de réception à l'Académie Française.

XIII

UNE
FÊTE CHEZ MADAME DU CAYLA
AU CHATEAU DE SAINT-OUEN.

ET LES RELATIONS DU MIROIR AVEC LOUIS XVIII.

L serait trop long de rapporter toutes les affaires que valut au *Miroir* sa petite guerre de tous les jours. Je raconterai seulement un des épisodes de notre existence, parce que la grande histoire s'y mêle à la petite. Je m'exprimerais mieux peut-être, si je disais que l'histoire des grands s'y mêle à celle des petits. Il ne s'agit de rien moins en effet, que du Roi dans ses relations avec le *Miroir*, relations qui ressemblent à celles du Lion et du Moucheron, dans la fable que l'on connaît :

« Va-t'en, chétif insecte, excrément de la terre. »
C'est en ces mots que le Lion
Parlait un jour au Moucheron.
L'autre lui déclara la guerre :
Penses-tu, lui dit-il, que ton titre de Roi
Me fasse peur, ni me soucie.

Ainsi nous dîmes. Ainsi nous eûmes également notre heure de triomphe; mais nous devions rencontrer l'embuscade d'une araignée.

Au commencement de 1823, le libraire Canol rééditait un écrit du roi, intitulé *le Voyage à Coblentz*, petit volume, déjà publié par les frères Baudoin, libraires. Cette relation était dédiée à Antoine-Louis-François d'Avaray, son libérateur, par Louis-Stanislas-Xavier de France. Ces termes de la dédicace faisaient honneur à un prince qui tenait autant à garder les distances, comme d'Avaray l'avait lui-même éprouvé un jour qu'il s'était permis de prendre du tabac dans la tabatière du comte de Provence. Mais Louis XVIII comprenait le sentiment de la reconnaissance; car, le jour qu'on apprit à Saint-Cloud la mort de Napoléon, sachant combien le général Rapp, en avait été affligé, il l'avait fait appeler et lui avait dit que « une telle douleur lui faisait honneur, et qu'il l'en aimait et estimait davantage. » Outre cette dédicace, Louis XVIII avait autorisé la famille d'Avaray à placer l'écu de France avec cette devise : *Durum facit pietas iter.*

Si l'acte de Louis XVIII était louable, son livre l'était-il autant ? Là dessus les avis étaient partagés. Talleyrand, rapporte-t-on, disait : « C'est le voyage d'Arlequin : manger et avoir

peur, avoir peur et manger. » Les plaisans à
gros sel disaient que c'était du français de
cuisine, mais qu'on ne pouvait attendre autre
chose du restaurateur de la Royauté. Cependant comme les courtisans avaient porté ce
petit livre aux nues, le roi crut au succès
de son œuvre, il se laissa aller à ajouter à
cette espèce de plaquette des vers de sa composition, et le libraire Canel avait publié le
tout.

Le *Miroir*, en imprudent qu'il était, avait,
par la plume de M. de Jouy, servi le 1er avril un
assez mauvais poisson au Roi en relevant dans
cet écrit des images d'un goût peu délicat, quelques indiscrétions et des fautes de français.

Le Roi n'en voulut pas trop au critique du
reproche qu'il lui faisait de n'avoir pas indiqué
où Mme de Balbi s'était allée coucher, lorsqu'elle lui avait cédé son lit. Mais il fut très-
sensible aux remarques de M. de Jouy sur
cette phrase : « Je commence à être un peu
lourd pour monter et descendre facilement de
cabriolet. » M. de Jouy revendiquait les droits
de la syntaxe :

> La grammaire qui sait régenter jusqu'aux rois,
> les fait, la main haute, obéir à ses lois.

Le Roi vit le fils d'un marchand de toiles,
qu'on avait blessé, heureux de pouvoir re-

prendre son souverain, et un souverain encore qui se piquait d'esprit et de littérature!
Il y avait bien un peu de cela. Mais était-ce
sage? D'ailleurs Louis XVIII était notre hôte.
Le premier article que le *Miroir* eût publié
contre le baron Dudon était de lui. Comme
plus d'une fois S. M. avait envoyé des épigrammes au *Nain jaune*, sur son entourage,
elle en avait également adressé au *Miroir* en
secret, quoique Louis XVIII ne se gênât pas
pour plaisanter ses ministres. Peut-être même
est-ce de lui que nous vient l'anecdote suivante, qui se racontait alors :

Toujours exact, parce que, disait-il, l'exactitude est la politesse des Rois, il ne la trouvait pas à un égal degré chez ses ministres.
Un jour qu'il en attendait plusieurs pour le
conseil. « Sire, dit le comte Beugnot, Votre
Majesté pensera sans doute qu'on peut commencer à délibérer ; nous sommes en nombre
suffisant. *Tres canonici faciunt capitulum.* —
Oui, répondit en riant le roi ; oui, *decem oves
faciunt pecus, quinque b   s armentum et tres
canonici faciunt capitu   . Majores bestiæ,
minor numerus.* »

Enfin, quoique le *Miroir* eût dû être plus
circonspect et plus courtois, il ne le fut pas,
et nous devions en porter la peine. Or nous
étions sous la menace des conséquences de ce

méfait et de bien d'autres malices, quand il se trouva que Louis XVIII voulut pendre la crémaillère, comme nous disons entre bourgeois, dans le petit château de Saint-Ouen, qu'il avait donné à Mme du Cayla (1), ce qui fit qu'il eut besoin de nous :

On a souvent besoin d'un plus petit que soi.

Le don était connu du public; on jasait beaucoup dans les salons de cette libéralité; les femmes qui n'avaient pu obtenir l'honneur

---

(1) C'était, dit Charles Briffaut, un pavillon, villa modèle de goût, de simplicité et d'élégance.

La comtesse Zoé du Cayla, née en 1784, était la fille d'Antoine Omer Talon, ancien lieutenant civil au Châtelet, un des plus fidèles serviteurs de Louis XVI, qui après avoir émigré en Octobre 1792 était rentré en France en 1802, et y avait été incarcéré en 1804 sous l'inculpation de menées en faveur des Bourbons. Dans cette circonstance, Zoé Talon s'était signalée par ses efforts pour sauver son père. — Elle avait fini par y réussir.

Le dévouement de cette famille à la cause royale fit contracter à Zoé Talon un mariage avec le comte du Cayla dont la mère avait fait partie de la maison de la comtesse de Provence.

Tous ces précédents rendent moins singulière l'exaltation qu'elle montra en 1814, au retour des Bourbons, quoiqu'elle eût vécu dans une certaine intimité avec la reine Hortense. Cette princesse, ayant été sa camarade chez Mme Campan, avait eu lieu d'apprécier son esprit agréable, ses manières distinguées, et Mme du Cayla ne cessa de lui montrer son attachement, malgré son de l'amitié déclarée que le Roi avait pour la jolie comtesse, en médisaient très-fort et se moquaient du vieux monarque qui affichait des prétentions de jeune homme, seulement parce que les courtisans lui avaient persuadé qu'un roi de France, témoins tous ses aïeux, ne pouvait se passer décemment d'une amie en titre. Ruse de courtisans qui voulaient battre en brèche le crédit de M. Decazes. Louis XVIII savait bien qu'on murmurait, mais il était fier

---

enthousiasme royaliste. Mlle Cochelet rappelle les reproches que le prince Eugène de Beauharnais fit à la comtesse du Cayla d'être allée au-devant des alliés avec les dames du faubourg Saint-Germain, et de s'être oubliée ainsi et comme Française et comme femme bien élevée.

« Vous les compromettrez, disait-il, ces princes que vous affectionnez, en vous cherchant un soutien dans les vainqueurs, tandis que les vaincus sont vos frères. Mais, repartit Mme du Cayla en souriant, nous n'aurions peut-être pas réussi à ravoir nos rois sans cela; la réussite excuse les moyens. » La comtesse du Cayla se signalait aussi, vers cette même époque, parmi les dames quêteuses de ces cérémonies funéraires qui étaient devenues de mode, dans lesquelles on voulait honorer ou expier le passé. — On faisait des funérailles pour le roi Louis XVI, pour la reine Marie-Antoinette, pour tous les membres de la famille royale. Enfin, par émulation ou par imitation, chacun avait son petit service solennel; un jour c'était en l'honneur des gens tués à Quiberon, un autre jour en l'honneur des veuves des chevaliers de Saint-Louis. « Ces services, dit Mlle Cochelet, étaient d'une telle durée qu'en priant pour les morts on asphyxiait les vivants. »

de ces attaques. Pour que le pavillon de Saint-
Ouen dît mieux à tout le monde qui l'avait
donné, le Roi commanda à M. le baron Gérard un portrait en pied, qui devait être placé
dans un des salons de Mme du Cayla, et rester là comme une signature au bas d'un con-
trat. M. Gérard fit le portrait, qu'on porta aux
Tuileries, et de là à Saint-Ouen.

Pour l'inauguration, Louis XVIII, qui savait
son Suétone, se rappela les fêtes de Bayes ;
mais il se rappela aussi Pétrone, et il eut
peur, il hésita ; les bons conseils de ses amis
le raffermirent. Il fit arranger une fête au
milieu de laquelle il devait paraître en personne et en peinture ; la musique de la Chapelle et du Conservatoire reçut ordre d'em-
bellir cette solennité ; des invitations furent
faites ; des tables furent dressées dans les
jardins et chargées de rafraîchissements ; à
un signal convenu, un rideau vert, cachant le
chef-d'œuvre de M. Gérard, — suivant l'expression consacrée alors pour tout ce que produisait ce peintre, — devait s'ouvrir et montrer
le Roi représenté assis, dans un cabinet du
château de Saint-Ouen, méditant la déclaration du 2 mai 1814 Tout était bien convenu
et le jour pris. — Ce jour devait être l'anni-
versaire de la déclaration qui lui rendait le
trône et le rendait à la France. La politique

donnait donc aussi une raison à cette fête,
mais on n'y voulait voir qu'une parodie des
galanteries de François Ier et de Louis XIV,
l'on s'en moquait si ouvertement qu'il résolut
de n'y pas aller, et comme, en 1786, Louis XVI
l'avait chargé de le remplacer pour allumer
le feu de la Saint-Jean (la fête des Brandons)
de même, il avait prié le comte d'Artois
de le suppléer à Saint-Ouen. Autrefois, cet
aimable seigneur — c'est le nom flatteur que
les dames du Vaux-Hall de Torré lui avaient
donné unanimement en 1779 — n'aurait pas
manqué d'obéir à un ordre de cette nature,
mais il avait vieilli. Depuis la mort de la
comtesse de Polastron, il avait pris le rôle
d'un homme revenu des folies de l'amour : il
était sage, pieux, et puis il faisait de l'oppo·
sition ; il avait élevé le pavillon Marsan contre
le pavillon de Flore, et M. de Latil (1) contre

(1) Ce temps est déjà si éloigné, que nous avons besoin de consulter de tous côtés les autorités les plus
diverses afin que les noms aient pour le lecteur une
signification. Voici, sur M. de Latil, ce que nous dit
l'historien du sacre de Charles X, M. F. M. Miel : « A
un zèle pieux, à une charité douce, qualités essentielles
à tout ministre de la religion, M. de Latil réunit un
talent distingué pour la chaire, utile complément des
vertus ecclésiastiques. Pendant l'émigration, son éloquence amenait à ses instructions évangéliques un auditoire nombreux et illustre. A Dusseldorf, M. le comte

M. Decazes. Il refusa net. Grand scandale à
la cour, bonne matière à railleries pour les
salons et les journaux. On se passera donc
du comte d'Artois, et le Roi n'ira pas. Ce sera
seulement une femme amie des arts qui aura
préparé un triomphe à M. le baron Gérard, et
donné à quelques amis le régal d'une bonne
musique et d'une collation délicate.

Le jour arriva, ce fut alors qu'on pensa au
Miroir; il faisait un temps magnifique : beau,

d'Artois l'entendit, le goûta et le fit son aumônier.
Depuis cette époque, il n'a jamais quitté la personne
du prince. Le temps, l'habitude, d'heureux rapports
de caractère et de sentiments fortifièrent ces nobles
relations, et le prince a rencontré un ami. Honoré d'une
confiance auguste, en position par là de rendre beaucoup de services, il ne s'est jamais préparé le regret
d'en avoir volontairement perdu l'occasion, et, chose
aussi rare, tous ceux qu'il a obligés l'aiment. A la Restauration, M. de Latil eut une grande part dans les
délibérations relatives aux affaires ecclésiastiques, au
concordat et à l'organisation de l'Eglise de France. Il
montra, dans cette occasion délicate, un savoir profond, des connaissances variées, un esprit fin et con-
cluant, beaucoup de modération, jointe à beaucoup de
fermeté. Trente-sept ans plus tôt, et bien jeune encore,
il avait développé les mêmes qualités aux assemblées
bailliagères qui précédèrent la convocation des États
généraux. Grand vicaire du diocèse de Vienne, il y représenta son évêque avec une maturité précoce et un
aplomb au-dessus de son âge. »

Comme archevêque de Reims, ce fut M. de Latil qui
sacra Charles X.

chaud, tout à fait propice à la fête. J'étais fort occupé au bureau du journal. Je jetais bien vite en moule cette prose improvisée que les imprimeurs arrachent au rédacteur quand l'heure de la composition est venue. J'avais grandement à faire, car j'étais seul, et je voulais aussi aller à Saint-Ouen. Sur ces entrefaites on vint m'annoncer un gentilhomme, personnage connu pour être un des familiers de Louis XVIII. Cela me dérangeait beaucoup. Néanmoins je le fis entrer. — Vous êtes, me dit-il, le rédacteur en chef du *Miroir ?* — Oui, monsieur, jusqu'à la fin du mois, je suis même le seul rédacteur présent. Ce personnage déclinant ensuite son nom, me dit qu'il venait de la part du Roi. « De la part du Roi, monsieur! repartis-je. Ne vous trompez-vous pas? Le Roi a bien eu des relations avec le *Miroir*, mais elles ont jusqu'ici été secrètes. »

Mes paroles, quelque peu déplacées et agressives, sentaient le jeune homme et le journaliste d'opposition. Le gentilhomme m'arrêta dans cette voie, et puisque le Roi s'était fait notre collaborateur, je. devais d'abord écouter son envoyé. Il venait demander un service au nom du souverain, qui ne l'était pas tant, toutefois, qu'il ne redoutât l'opinion. Ce service concernait la Dame de Saint-Ouen,

Louis XVIII désirait qu'on ne parlât pas de la fête qu'elle allait donner. « Il faudra bien que cela soit, déclarai-je au vieux gentilhomme. Je suis désolé de refuser le Roi, mais je ne puis faire autrement. — Refuser le Roi, c'est bien dur, dit-il. — C'est seulement raisonnable, monsieur, répliquai-je. Que voulez-vous qu'on pense du *Miroir*, s'il ne parle pas de cette fête qui, entre nous, est un scandale public ? Ne crierait-on pas qu'il est vendu au Gouvernement ? — Mais il s'agit, monsieur, d'une affaire toute privée. Auriez-vous le droit de divulguer ce qui se passe chez moi ? Ce qui se passe à Saint-Ouen n'est pas davantage de votre domaine. — C'est une question que les tribunaux pourront juger.— Mais si votre voisin le boucher ou le boulanger venait vous dire : Monsieur, je donne une fête chez moi ; il y aura à ma porte des lampions et des gendarmes ; cela fera de l'effet dans ce quartier ; cependant, je vous en prie, n'en dites rien dans votre feuille, que feriez-vous ? — Dès que le Roi entend les choses de cette manière, dès qu'il n'emploie ni la menace ni la séduction, je vous promets que j'arrangerai tout de manière à satisfaire Sa Majesté, sans déserter la cause des lecteurs du *Miroir*. M. Ternaux donne aujourd'hui une fête industrielle à Saint-Ouen, par opposition à la

fête de Mme du Cayla (1), je rendrai compte·
de celle-là, et quant à Mme du Cayla et au
portrait de M. Gérard, ils n'y seront que par
allusion ou comme les statues de Cassius et
de Brutus. — Le moins possible, n'est-ce pas,
monsieur? » Je rassurai l'envoyé du Roi. Mais
service pour service. Je demandai que M. Mar-
changy nous fût moins rigoureux à l'occasion.

Le gentilhomme en alla parler au Roi et
revint une demi-heure après, chargé des re-
mercîments de Louis XVIII pour mon pro-

---

(1) Peut-être y avait-il aussi en dehors de la couleur
politique quelque rivalité entre la comtesse du Cayla
et le nouveau député de Paris, porté concurremment
avec Benjamin Constant. M. Ternaux (Guillaume-Louis),
grand fabricant de châles, était fort connu pour avoir,
à ses dépens, naturalisé en France les chèvres du Thi-
bet, dont le poil était employé dans l'Inde à tisser les
châles. Mais Mme du Cayla, de son côté, avait reçu en
1818 du pacha d'Égypte, deux béliers et quelques
brebis de Nubie, qui se faisaient remarquer par la lon-
gueur et le lustre de leur toison, ainsi que par une vi-
gueur prodigieuse. Mme du Cayla avait espéré que le
croisement de la race nubienne avec des brebis mérinos
ou anglaises pourrait donner une race de moutons
français propre à enrichir nos manufactures. Elle y
réussit. Cette race s'appelle encore aujourd'hui du nom
de la femme à qui on la doit.

M. Ternaux, créé baron par Louis XVIII, qu'il
avait suivi à Gand, était devenu un des chefs de l'opposition. — La violence qu'il y montra fit changer par
la Cour son surnom de Prince des Mérinos en Catilina
Mérinos.

cédé de bon voisinage, et de sa promesse
pour la suspension des hostilités du parquet.
Il me dit en s'en allant et en me serrant la
main : « Je vous en prie, tenez cela bien
secret, monsieur; le Roi vous en saura bon
gré. » Ce secret, je ne l'ai point divulgué; un
seul de mes collaborateurs l'a connu dans le
temps. Le *Miroir* ne parla point de la fête de
Mme du Cayla. Nous laissâmes cet avantage
à M. Alphonse de Beauchamp, qui en parla,
il est vrai, autrement que nous n'eussions
fait. « Mme du Cayla, dit-il, reçut ce jour-là
l'élite de la société de Paris : le corps diplo-
matique, les ministres, les maréchaux de
France, un grand nombre de pairs, députés,
magistrats, des prélats même, enfin quatre à
cinq cents personnes distinguées par le rang
qu'elles occupaient dans le monde, dans les
lettres et dans les arts. Les plus jolies femmes
de la haute classe s'y étaient rendues dans
des équipages et des toilettes magnifiques. »
Madame la comtesse du Cayla dit avec autant
de grâce que d'à-propos : « Saint-Ouen est, le
2 mai, à toute la France, je n'en suis pas la
propriétaire, je n'en suis que la concierge. »
Après un déjeuner splendide, quoique maigre, car c'était un vendredi, après une pièce
de M. Alissan de Chazet, intitulée *le 2 Mai*,
et qui fut terminée par l'arrivée d'un courrier

apportant la nouvelle de la prise de Sara-
gosse, on découvrit le tableau du baron Gérard, pendant que les artistes des théâtres lyriques faisaient entendre une délicieuse musique.

Durant cette fête, la population des environs de Saint-Ouen était sur la route dans
l'espérance de voir Louis XVIII. Mais son
attente fut trompée. Le Roi avait dirigé sa
promenade du côté de Choisy.

Ainsi tout s'était bien passé, le Roi devait
être content de nous. Néanmoins, il nous revint aux oreilles que mon acte de déférence
ne nous servirait de rien et que le *Miroir* était
menacé dans son existence. Puisque nous devions mourir, je demandai qu'il me fût permis d'enterrer la synagogue avec honneur.
Cette faveur m'ayant été accordée, je repris
en sous-œuvre l'article de M. de Jouy. Profi-
tant à cet effet des vers ajoutés au *Voyage
de Coblentz*, par l'éditeur Canel, voici ce que
j'écrivis :

· « Nous ne voyons pas fort bien, il faut que
nous en fassions l'aveu, quelle espèce de con-
nexion il peut y avoir entre ces petits vers,
expression de sentiments fugitifs, de pensées
frivoles et cependant quelquefois philosophiques et le récit intéressant d'une catastrophe
à laquelle est attaché le sort d'un prince et

d'un empire. Le besoin des contrastes est-il donc si grand aujourd'hui en littérature qu'il faille imprimer une chanson de table à côté de la description du souper de M. Donné, souper cent fois plus mauvais que le repas dont parle Boileau.

« Quoi qu'il en soit de cette espèce d'inconvenance, prenons les choses où elles en sont, et faisons l'examen rapide de ces petites pièces, parmi lesquelles il faut tout de suite faire remarquer celle qui a pour titre le *petit Prince et les Cartes*. Cet apologue est le développement très-heureux de cette pensée très-libérale : Aux yeux d'un roi le dernier des sujets doit être estimé l'égal du premier des grands du royaume. Cette moralité importante et qui est l'idée-mère de tous les écrits de l'opposition est fort bien exprimée dans une réponse d'une carte basse à un poupon royal qui ne paraît estimer que les figures :

> Apprenez qu'au piquet, mon joli petit prince,
> Faute d'un huit on est capot.

« Ces vers adressés à Kien-long, empereur de la Chine, font honneur à l'esprit philosophique du marquis de Fulvy. C'est sous ce nom que furent imprimées les poésies que M. Canel vient de réimprimer ; ils se terminent par cette stance, dans laquelle l'auteur

fait sa profession de foi morale et politique :

> Des beaux traits du double hémisphère,
>   C'est un adorateur constant;
>   C'est un poëte à sentiment
>   Qui félicite son confrère.

« Les *Mouchoirs blancs* sont une petite satire
comique, où le poëte met dans la bouche de
Napoléon ces mots assez remarquables :

> Moi, je n'ai point la petitesse
> De prendre en haine une couleur.

« Le *Lever du riche* est une boutade agréable
contre les riches vaniteux. La *Défense des
Jockeis* est une épigramme assez juste dirigée
contre certaines prétentions des nobles héré-
ditaires. Elle se termine par les vers suivants,
imitation qui aurait pu être revêtue des couleurs plus poétiques de quelques vers de Boileau dans sa satire de la noblesse :

> J'ose soutenir contre vos sots caquets,
> Que nombre d'héritiers de nos hommes illustres
>   Sont assortis à leurs laquais.

« A propos de ce morceau, nous ferons observer à l'éditeur que la dernière loi sur la
presse pourrait bien mettre sa propriété en
péril. L'article favorable aux classes pourrait
être invoqué par quelque héritier de nos
hommes illustres. Et nous ne savons pas

quelle puissance le mettrait à l'abri de l'extrême susceptibilité des tribunaux, qui par
respect pour l'esprit de la loi, condamnent les
épigrammes contre les Académies, corps con-
stitués, moins importants que le corps de la
noblesse. Nous engageons M. Canel, malgré
le plaisir que cette pièce nous a fait, à suppri-
mer dans une édition prochaine la *Défense
des Jockeis*, et la *Vraisemblance*, gaillardise
sans danger, mais qui pourrait provoquer la
sévérité du juge en ce qu'elle paraît outrager
la morale publique par la réflexion comprise
dans ces vers :

> Sur son auguste chef un double rayon brille ;
> Lise du front cornu veut apprendre le nom.
>   α Ne voyez-vous pas, dit Damon
>   Que c'est un portrait de famille. »

« Si le terme de la prescription s'acquiert
pour ces deux pièces, sans que le marqnis de
Fulvy soit assigné à comparoir, ce que nous
désirons beaucoup, nous regarderons pour
l'avenir ces deux badinages comme des autorités, et la mansuétude ministérielle comme
un précédent invocable en notre faveur à nous
autres pauvres journalistes, que les autorités
de Boileau, de Rabelais et de tant d'autres
écrivains ne peuvent mettre à l'abri des fou-
dres judiciaires.

« Terminons cet article impartial par un jugement général sur les poésies du célèbre marquis de Fulvy. Elles annoncent un esprit libéral, une plume facile (quelquefois même trop facile), une grande aptitude à la satire et mieux que cela un cœur accessible à toutes les pensées généreuses. Nous félicitons le plus noble des suivants d'Apollon des heureux dons que le ciel lui a départis, et nous l'assurons que malgré les imperfections qu'on y pourrait reprendre, ses vers ne sont pas de ceux dont on peut dire, pour nous servir de l'expression de l'auguste poëte :

> On ne veut même plus en province
> De ces petits vers si bénins. »

J'avais dit tout ce qu'on pouvait dire.

Quelque temps après, un commissaire de police mettait les scellés sur les bureaux du *Miroir*.

Cependant quand on nous eut donné le temps de réfléchir sur les dangers de la raillerie, le Roi se relâcha de sa rigueur et permit que notre feuille reparût, patronée par un écrivain royaliste de nos amis. Mais il n'autorisa pas la reprise du titre.

Ainsi fut brisé le *Miroir* qui, suivant l'expression d'Alexandre Dumas, renvoyait à tout moment au Gouvernement Royal quelque rayon du soleil de l'Empire. Mais en tombant,

un éclat du *Miroir* blessa encore le souverain
et sa favorite. Béranger qui était des nôtres,
nous vengea par une chanson dont Mme Du
Cayla se tira moins facilement que de la
plaisanterie du roi à propos du déjeuner maigre de Saint-Ouen. Le roi lui avait dit que
ses cuisiniers avaient mis des coulis de viande
dans les sauces et que ce péché retomberait
sur elle. Béranger lui reprocha comme un
péché plus grave sa position même auprès du
roi. Et bientôt elle dut se résigner à entendre
le chant d'Octavie dans lequel le poëte disait :

Belle Octavie? à tes fêtes splendides,
Dis-nous, la joïe a–t-elle jamais lui ;
Ton char, traîné par six chevaux rapides,
Laisse trop loin les amours après lui.
. . . .

Sur un vieux maître aux Romains qu'elle outrage,
Tant d'opulence annonce ton crédit ;
Mais sous la pourpre on sent ton esclavage,
Et tu le sais l'esclavage enlaidit.
. . . .

Sur les coussins où la douleur l'enchaîne,
Quel mal, dis-tu, vous fait ce roi des rois ?
Vois-le d'un masque enjoliver sa haine,
Pour étouffer notre gloire et nos lois.
. . . .

Peins-nous ses feux qu'en secret tu redoutes,
Quand sur ton sein, il cuve son nectar ;
Ses feux infects dont s'indignent les voûtes,
Où plane encor l'aigle du grand César.

Ces vers étaient sans aucun doute autrement frappés que ceux du marquis de Fulvy. Mais malgré les trois mois de Sainte-Pélagie qu'il avait subis, je me demande aujourd'hui si Béranger n'exagérait pas de par trop en comparant Louis XVIII à Tibère et s'il n'employait pas là de bien gros mots contre celui qui avait dit qu'il fallait pardonner beaucoup à l'auteur du *Roi d'Yvetot*. Il était lui-même la preuve que ce n'est pas par la cruauté mais par l'habileté et par une fermeté nécessaire au milieu des factions, que Louis XVIII est parvenu à être le seul souverain, mort en France et dans son lit depuis Louis XV, c'est-à-dire dans l'espace d'un siècle.

XIV

MADEMOISELLE MARS

Dᴀɴs les petits tableaux qui ont précédé, mon intention a été de montrer, à travers certains événements intéressants que j'ai vus ou entrevus, comment la Restauration m'avait mis en main, au lieu de l'épée que je voulais porter, une plume qui me servit plus tard à faire honorer le passé de notre marine, mais dont je guerroyai d'abord plus et autrement que je ne voudrais aujourd'hui l'avoir fait.

Continuerai-je de vous entretenir de ma vie de journaliste; cette vie si active, si diverse, si fatigante, si agréable, si désolante, et souvent si remplie d'intérêt. — Non, si je disais des choses que j'ai eues sous les yeux; si je parlais de tous les hommes que j'ai connus; si je révélais les intrigues politiques et celles de coulisses qui se sont nouées devant moi, j'aurais là un trop long appendice à joindre à bien des mémoires. Puis il ne faut pas dire tout ce que l'on sait.

A mon âge également, il est sage de ne pas songer à de longues excursions. Je voudrais cependant, écartant toute politique, vous entretenir un peu de cette époque, où les arts et les lettres, dont ma nouvelle profession m'obligeait de suivre le mouvement, m'ont procuré des jouissances qui ont été pour moi comme une compensation de la carrière que j'avais perdue ; mais je craindrais encore que mes souvenirs, même réduits à ces proportions, ne me menassent trop loin.

Je me bornerai donc à détacher, en ce moment, un portrait de la galerie que le temps a faite dans mon esprit, au risque de reprendre plus tard quelques autres figures, si j'en ai le loisir.

Musiciens, compositeurs, acteurs, peintres, écrivains, combien sont là dans ma mémoire, éclairés par l'ancienne amitié, et, dans ma retraite de Vernon, leur souvenir est presque toute ma compagnie.

Parmi les images que recherche encore mon imagination, il en est une qui s'y présente souvent : c'est celle de cette admirable comédienne, qu'on appelait mademoiselle Mars et de même que je me surprends à écouter en moi quelques chants de ces

opéras fameux que j'ai entendus, aujour-
d'hui, l'image de la comédienne, je ne sais
pourquoi, revient plus fortement à ma pensée, comme pour charmer ma solitude par son
esprit et par ses grâces. Si vous le permettez,
je vais vous parler d'elle :

C'est le 20 décembre 1778, suivant la *Biographie universelle*, que naquit Anne-Fran-
çoise-Hippolyte Boutet, dite mademoiselle
Mars, et quelques heures après, Marie-Antoinette accouchait de Madame la Dauphine, depuis duchesse d'Angoulême. Cette tradition aurait son intérêt par les rapprochements qu'elle
présente : en effet, Mademoiselle Mars et la
Dauphine, nées, comme le voulait le monde
des arts, le même jour, dans la même ville,
et toutes deux d'une reine, — la reine de
France et une reine de théâtre,— ont eu des
destinées bien différentes. Le succès, le
bonheur, l'admiration, l'amour, ont accompagné l'une ; de grands chagrins, des malheurs
sans nombre, la captivité, un triple exil, et
peut-être aussi l'injustice de l'opinion à son
égard, ont éprouvé le courage et la résigna-
tion de l'autre. La fille de Marie-Antoinette
a bien souvent pleuré quand tout souriait à
la fille de la tragédienne ! Un trône semblait
promis à Marie-Thérèse, condamnée à mourir sur la terre étrangère, dont trois révolutions

lui ont appris l'inflexible chemin; le trône, c'est Hippolyte Mars qui l'a conquis; elle y est montée par la royauté du talent. Il est vrai que pour quelques esprits élevés, une vertu toujours supérieure au malheur acquiert devant l'histoire une majesté plus durable encore que le talent.

Il faut renoncer à ces rapprochements devant l'acte de baptême que j'ai retrouvé sur la paroisse de Saint-Germain-l'Auxerrois et qui coupe court à la légende.

La mère de Mlle Mars, Jeanne-Marguerite Salvetat, était une actrice de province, jouant les premiers rôles tragiques; elle ne vint jamais s'essayer à Paris, parce que la persistance de son accent et de sa prononciation méridionale la condamnait à ne parler jamais qu'à des oreilles provençales, gasconnes ou languedociennes. Dans un voyage que fit Monvel, l'illustre pensionnaire de la Comédie-Française (1), il rencontra madame Mars; elle était belle, il était passionné; Monvel devint père, une fille lui naissait le mardi 9 février 1779. Elle était baptisée le lendemain, la mère demeurait alors rue Saint-Nicaise.... L'obligation dans laquelle Monvel, fut en 1781, par suite d'une aventure, de cher-

(1) Il se nommait Jacques-Marie Boutet, et était né en 1745, d'un comédien du duc de Lorraine.

cher un refuge en Suède où il fut un des comédiens de Gustave III et son lecteur, ne lui
permit pas de veiller sur sa fille avant 1789,
époque de son retour à Paris. Il retrouva
l'enfant jolie, mignonne, intelligente, comédienne par nature et comme par héritage. Il
ne fut pas difficile à Monvel de deviner le
talent théâtral dans une petite fille, qu'il
voyait sans cesse préoccupée de ces choses
instinctives de l'art, que le comédien véritable
trouve tout seul, quand l'acteur vulgaire a tant
de peine à les rencontrer dans l'étude. Il était
assez bien placé dans le monde et comme
homme de lettres et comme artiste, pour
donner à la petite Hippolyte l'éducation d'une
jeune bourgeoise. On en a la preuve dans la
situation qu'obtint plus tard son fils de secrétaire des commandements de l'archi-chance-
lier Cambacérès. Monvel comprit qu'il ferait
aux beaux-arts un tort réel, et cela, au profit
de quelque époux de comptoir, de quelque
parvenu n'ayant de la vie intellectuelle aucune flamme, incapable d'apprécier le trésor
qu'il aurait possédé, et habile seulement à
rendre malheureuse sa femme en l'acca-
blant de joyaux et d'élégantes futilités, sans
s'apercevoir qu'il y a d'autres contentements,
— des joies du cœur et de l'esprit, — qu'il
aurait tout à fait refusées à une jeune ima-

gination. Monvel destina donc sa fille au
théâtre, se faisant un plaisir du devoir qu'il
acceptait comme père et comme professeur. Il voulait se perpétuer dans un talent
féminin; c'étaient la vérité et la noblesse,
l'élégance et l'élévation, la finesse et la chaleur de l'âme qu'il voulait enseigner à sa petite élève, en qui d'ailleurs les germes de
toutes ces qualités étaient bien manifestes
pour son œil clairvoyant. Il n'y eut pas
grand'peine, au surplus; car souvent, au lieu
de montrer, il s'abstint même de donner des
conseils qu'il voyait inutiles.

La pratique de l'art théâtral, ou ce qu'il serait juste d'appeler le métier, est si nécessaire
que l'acteur ne saurait s'y livrer de trop bonne
heure. Monvel fit monter sur la scène sa fille
aussitôt qu'elle fut en état de se faire entendre
et comprendre. On la vit alors, au théâtre de
Mlle Montansier, remplir des rôles d'enfants avec une gentillesse rare à cet âge.
Ce n'était point chez elle un fait de mémoire
seulement que son débit; ce n'était point une
chose laborieusement apprise et agréablement
rendue que sa part d'action dans la pièce;
c'était un art acquis, une raison agissante :
c'était déjà de la comédie. On en fit la remarque, dans ce temps d'amour pour le
théâtre, où il n'y avait pas de débuts sans

importance, où tout sujet qui promettait, —
comme on disait alors, comme on dit encore
aujourd'hui qu'il y a si peu de sujets qui
promettent, — recevait des encouragements et
des directions de la part d'une critique atten-
tive et éclairée ; où un succès d'acteur et d'au·
teur mettait tout Paris en émoi : où enfin
c'était une affaire sérieuse que le plaisir de la
représentation de la société sur ia scène.

Ce fut chez Mlle Montansier que la très-
jeune Hippolyte Mars joua la première fois le
petit rôle du frère de Jocrisse, dans le *Désespoir de Jocrisse*, où Baptiste cadet remplissait
le rôle du personnage principal, qui a fait ensuite la gloire de Brunet. J'ai entendu rappeler
ceci sur le théâtre des Variétés le jour où Brunet,
prenant sa retraite, faisait Jocrisse, et que
Mlle Mars représentait la spirituelle et charmante madame de Clainville de la *Gageui e
imprévue*.

C'était Brunet lui-même qui citait le premier
succès de Mlle Mars, et il nous le disait tout
bas ; il avait peur, apparemment, le bonhomme,
que Mme de Clainville ne l'entendît et ne rougît
de ce souvenir, comme pourrait faire une grande
dame, qui aurait commencé par l'atelier d'une
couturière ou la loge d'un portier. Cette ap-
préhension me fit bien rire ; elle aurait sans
doute bien amusé aussi Mlle Mars. Mlle Mars

n'avait rien à renier; et puis, dans l'art, Jocrisse, Clistorel ou Elmire, c'est tout un. Il n'y a pas de dérogeance au théâtre, Célimène pourrait bien jouer Cathos. Il fallait plus de talent pour être Célimène comme Mlle Mars, que madame Jocrisse comme Mlle Flore; voilà tout.

Des rôles d'enfants, Mlle Mars passa à ceux qu'on appelle ingénuités. Bouilly, dans une revue du foyer du Théâtre-Français, dit qu'à peine âgée de seize ans, son œil expressif, le son de sa voix et son sourire sardonique annonçaient une célébrité naissante. Alors, en effet, la critique commença à s'occuper d'elle; on signala cette grâce, cette décente espièglerie, cette gaieté naïve, cette vivacité modeste, que nous avons applaudies en elle, tant qu'elle joua Henriette des *Femmes savantes;* Victorine du *Philosophe sans le savoir;* Agnès de *l'École des Femmes;* Charlotte des *Deux-Frères;* Betty de la *Jeunesse d'Henri IV*, et tous les autres rôles, où elle a laissé une mémoire qui ne s'effacera que, lorsqu'il ne restera plus un seul spectateur de l'une des générations, qui l'ont vue de 1800 à 1825. Jamais rien d'aussi parfait n'a paru au théâtre que Mlle Mars, ingénue; jamais aussi succès n'a été si complet, si général et si durable. Pas une voix ne s'éleva, pendant vingt ans, pour protester contre cette admiration qui amenait la foule aux pieds de la séduisante jeune fille ; l'envie ne lui trouva pas un défaut ; les cabales qui agitent si souvent le monde théâtral furent enchaînées par le respect universel qu'inspirait son beau talent.

Talma cherchait quand Mlle Mars avait trouvé. Il passait par la déclamation outrée, par la diction monotone et lourde, par la profondeur qui ne sait pas encore se dissimuler, pour arriver au naturel sublime où il s'est élevé à la fin de sa carrière, pour parvenir à être vrai, de cette vérité noble, simple et élégante, que nous ne retrouverons peut-être plus, parce que l'art, qui a voulu se régénérer, a oublié Talma et ses grandes leçons. Mlle Mars, douée par la fée dramatique des prédispositions les plus heureuses, était parvenue tout de suite à ce vrai dont elle a saisi les nuances avec une rare sagacité. La nature, mais la nature choisie, — la seule qui en définitive mérite d'être imitée par l'art, — fut l'objet de toutes ses études. Elle avait de beaux modèles ; elle eut assez de raison pour ne chercher à en copier aucun ; elle se rendit compte de tous les procédés mis en œuvre par chacun pour se faire une manière originale, comme on examine curieusement tous les styles pour se faire un style à soi, dans la peinture ou dans les lettres. Rien ne lui échappa, parce qu'elle savait voir en véritable artiste ; elle profita de tout, parce qu'elle savait choisir en critique raisonnable ; elle ne ressembla à personne, parce qu'elle consulta consciencieusement sa propre nature, qu'elle sut ne la jamais forcer, et qu'elle sentit que toute imitation est stérile. C'est dans le monde que l'artiste a besoin d'étudier la nature ; les livres, les galeries, ne suffisent ni au comédien, ni à l'écrivain, ni au peintre. Mlle Mars rechercha la bonne société, et elle y fut accueillie, comme elle devait l'être. Les agréments de sa figure et de son esprit, ses succès qui avaient déjà de l'éclat, et que chaque jour grandissait, la firent briller dans le cercle de Louise Contat, devenue comtesse de Parny, qui recevait des gens du monde les plus distingués, des artistes les plus célèbres. La fin du dix-huitième siècle et ce qui avait déjà fait du dix-neuvième une grande époque, fréquentait le salon de Mme de Parny. Cette comédienne avait beaucoup d'amitié pour Mlle Mars, qui, en sortant du théâtre Feydeau, dirigé par Sageret, était venue, sans débuts, faire partie de la troupe du Théâtre-Français. Ce fut elle, pour ainsi dire, qui la produisit, et qui jeta sur ses pas les illustrations de l'époque. Mlle Mars se trouva donc au milieu d'objets d'études variées, obser-

vant toutes les natures, et assez habile pour
rejeter ce qui manquait de grâce et de grandeur dans les différents types qui se présentaient à elle. Les femmes, qu'elle devait représenter tour à tour ingénues, amoureuses,
coquettes, mères, — et plus tard aïeules, —
posaient devant la jeune actrice sans qu'elles
s'en doutassent, mais non sans laisser un souvenir, un trait, un geste, un sentiment, dans
le répertoire qu'elle se composait en secret.

Ce fut, je crois, en 1812, que Mlle Mars,
qui était aussi attrayante amoureuse qu'ingénue respectée, étendit son domaine dans les
grands premiers rôles de la comédie. Ce fut
une hardiesse et ce ne fut pas une témérité.
Louise Contat se retirait, laissant une succes-
sion difficile à recueillir. Mlle Mars se présenta, et on l'admit à hériter : elle fut Sylvia,
comme elle avait été Rosine et Henriette. Je
n'ai jamais vu Mlle Louise Contat, et j'ai entendu dire que Mlle Mars n'avait pas toute
l'ampleur de talent de cette actrice dans les
rôles de grandes coquettes; c'est possible. Il
est peut-être vrai que certaines des qualités
de Mlle Mars, qui en firent une fille parfaite,
parurent un peu trop dans la femme qui
trompe ses amants, déjoue des rivalités, et
mène une intrigue au profit de sa coquetterie;
mais je crois que le reproche est de peu de

valeur. Mlle Contat avait créé un type grandiose, qui allait le front haut, l'œil ouvert, la
démarche assurée, qui parlait résolûment,
était fier et fort : cela devait être beau, j'en
conviens; mais Mlle Contat avait une autre
organisation que Mlle Mars; elle obéissait à sa
nature, et je ne sais pourquoi on reprendrait
Mlle Mars d'avoir cédé à la sienne, moins
puissante, moins énergique que tendre, aimable et spirituelle. D'ailleurs, Mlle Contat
avait vu dans le monde des coquettes, et
Mlle Mars, jamais.

Autrefois, avant la Révolution de 1789, il
y avait chez les femmes des traditions galan-
tes; elles dataient du seizième siècle, et s'é-
taient religieusement conservées en traversant
le long règne de Louis XIV et celui de
Louis XV. L'amour était alors, comme la
guerre, une affaire de tactique, de stratégie;
on se défendait en attaquant, on se faisait
assiéger en règle par deux ou trois amoureux
à la fois, laissant à chacun des espérances, et
tombant enfin, par caprice, devant celui qui
avait le moins combattu. C'était un art que
cette coquetterie; les filles de bonne race en
apprenaient les premiers principes de mesdames leurs mères, qui avaient gagné leurs
grades dans ces batailles où les prunelles, le
costume, le rouge, les mouches, les billets

doux, les larmes, les dépits et les serments,
faux comme les dépits et les larmes, étaient
des armes convenues. Je crois bien que Brantôme et Bussy-Rabutin ont exagéré les portraits qu'ils ont faits des femmes de leur
temps; mais je ne puis me refuser à croire
aux coquettes par goût ou par passe-temps.
Ce sont surtout celles-là que nous connaissons
au théâtre; ce sont elles aussi qui marquèrent
la fin du régime de Louis XV, et qui se per-
pétuèrent encore du temps de Louis XVI.
Mlle Contat vit ces femmes et les représenta;
Mlle Mars ne vit rien de pareil. Sous le Directoire et sous l'Empire, il y eut des femmes
fort adonnées à l'amour, ce qu'on peut appeler des courtisanes de bon ton; il n'y eut pas
de coquettes. Mlle Mars n'avait rien à étudier
chez ces Laïs de la République et de l'armée,
qui parodiaient la Grèce et Rome dans leurs
vêtements immodestes et dans leurs déprava-
tions affichées. Elle fut donc obligée d'imaginer, ne pouvant s'inspirer d'une nature que
dégradait le vice bourgeois, prétentieux et
sans goût.

Si l'on avait eu quelque chose à reprendre
dans le talent de Mlle Mars, — et c'est presque un sacrilége d'y penser, — ce n'était pas
la comédie qui en fournirait le prétexte, mais
le drame. Mlle Mars avait compris que l'ex-

pression violente de certains sentiments répugnait à son organisation; elle avait de la finesse et de la dignité où il aurait fallu de la
force et de l'emportement; elle avait une voix
douce, pure, musicale, où un organe ferme
et puissant aurait été nécessaire; elle riait si
bien qu'il lui aurait été difficile de bien pleu-
rer : aussi ne joua-t-elle jamais la tragédie.
Quand Mlle Volnais répandait des torrents de
larmes, en princesse que les exagérations de
la déclamation classique contraignaient à se
désoler sans cesse; quand Mlle Bourgoin faisait de Chimène une petite pensionnaire éva-
porée et une jolie grisette qui se fâche; quand
le règlement du théâtre forçait Mlle Rose
Dupuis, qui n'y avait aucune vocation, à se
perdre en douleurs tragiques, Mlle Mars restait dans sa sphère. Qu'eût-elle fait d'Ériphile,
de Junie, d'Andromaque ou de l'amante du
Cid ? Je l'ignore; mais je lui savais gré du
bonheur qu'elle a eu de ne pas être sou-
mise à une règle absurde, qui l'aurait faite
probablement tragédienne médiocre, tandis
qu'elle était sublime comédienne. Pourquoi
donc se donna-t-elle au drame pendant quelques années, au drame qui faisait violence à
son talent ? Mlle Mars avait une excuse, et je
me hâte de le reconnaître.

La comédie était devenue presque impossi-

ble à faire; tous les rangs se confondaient
dans l'égalité constitutionnelle: plus de castes,
plus de distinctions sociales, plus de diffé-
rence dans les habits et dans les ambitions,
plus de couleurs tranchées, par conséquent
plus d'oppositions dans le tableau théâtral.
Molière et quelques-uns de ses successeurs
avaient tout dit sur les caractères et sur les
grandes misères du cœur humain. Picard avait
rendu toutes les nuances du ridicule des classes intermédiaires; la haute comédie de
l'Empire n'avait été qu'un calque, parfois
heureux, de la comédie du dix-septième siècle, mais elle n'avait rien eu de commun avec
la société française dont elle était contemporaine. Quant à la tragédie, c'était la copie
froide et inanimée, le masque inerte ou la
silhouette de la tragédie, telle que trois grands
artistes, épris des beautés antiques, l'avaient
conçue. Corneille, Racine et Voltaire n'a-
vaient rien laissé à faire : aussi depuis eux ne
fit-on que les recommencer, tâche périlleuse,
où s'épuisèrent des hommes de talent, à qui
il ne manquait peut-être que l'intelligence
d'une mission nouvelle. Le théâtre s'était mo-
delé sur le Directoire et sur l'Empire, comme
les arts du dessin et la poésie lyrique. Napoléon aimait les anciens, et puis il succédait à
un gouvernement qui n'avait que trop imité

les républiques de l'antiquité. Il y avait dans les modes du temps une imitation servile du Romain et du Grec : l'Empereur, c'était César ; nos demi-brigades, nos régiments, devenaient des légions, dans le langage officiel des poëtes ; on montait au Capitole, à Notre-Dame de Paris, pour une victoire ; on élevait sur les fondations d'une église dédiée à Sainte Madeleine un Temple de la Gloire ; une autre église catholique devenait le Panthéon ; on avait eu des enfants de Mars, et l'on avait des vélites ; on faisait des sénateurs, après avoir fait des tribuns ; la langue se chargeait de grec ; les maisons, les meubles, affectaient des ornements antiques ; on ne peignait plus que des Grecs et des Romains, quand la représentation des batailles laissait un peu de temps ; on frappait des médailles qui n'étaient Françaises que par des allusions Latines ; la colonne Vendôme n'osait pas même porter à sa base une inscription intelligible pour le peuple de Paris, qu'on prenait pour celui du forum. C'était une manie ; elle réduisait l'art au pastiche. L'art finit par se lasser de ce travertissement continuel, et il tenta une révolution. Bientôt, comme il arrive toujours, il alla trop loin ; il brisa toutes les idoles, renia tous les dieux, se jeta au hasard dans les routes de l'inconnu. Il avait été gêné, emmail-

loté dans une forme sacramentelle; il abjura
non pas seulement cette forme, mais toute
forme pure et noble; son mot d'ordre était
nature et vérité, et il fut presque toujours
exagéré ou menteur; sa nature fut triviale, sa
vérité repoussante. Le théâtre, pour sa part,
se montra souvent moins sage encore que la
peinture; il eut des excès qui nuisirent à la
réforme, au lieu de la servir. La révolution
était nécessaire, légitime : on la rendit ridicule,

Mlle Mars, comme Talma, voulait prêter
son secours à la réforme; c'était un bien bon
sentiment; mais, selon moi, elle s'y laissa
aller à ses risques. Ce n'est pas que dans
quelques ouvrages elle n'ait eu de belles
choses, et n'ait fait preuve d'un grand talent; je n'ai garde de me refuser à ce qui
est évident. Mais pour avoir été plus parfaite
qu'aucune autre actrice, Mlle Mars n'y était
pas excellente, comme elle l'était dans
la comédie. Elle s'était fatiguée sans rien
ajouter à sa gloire. Dans le drame où
excellait Mme Dorval (1), dans le drame qui

(1) Vous mettez mille fois plus de prix qu'il ne faut
à ce que vous nommez mes créations, monsieur, vous
en faites tout le mérite en les analysant spirituellement,
et vous y trouvez, je crois, plus qu'on ne doit y voir.
Il est bien vrai, que tout ce que vous croyez avoir dé-

pleure, qui s'exaspère et se tord, dans le drame tel qu'on le fit, s'arrachant les cheveux, se traînant sur les genoux, balayant le théâtre avec un corps de femme désolée, Mlle Mars n'avait point cette dose de mauvais goût qui était nécessaire pour descendre à une réalité violente. Sa voix, quand elle se grossissait pour se passionner, ne cessait pas d'être agréable, c'était une jeune fille qui se fâche, ce n'était pas une femme qui crie, et le drame voulait des cris. Il faut moins de génie que de fureur pour jouer ces pièces qui commencent par la fureur et finissent par la folie. Le drame qui convenait à Mlle Mars, c'était *Édouard en Écosse*, c'était *Valérie*, c'était la fin du *Mariage d'argent*, c'étaient quelques scènes de l'*École des Vieillards* ou de la *Fille d'honneur*, c'était *Henri III*; mais malgré son charme et la supériorité de son talent, Hernani ne lui convenait pas, encore moins les *Enfants d'Édouard*. Mlle Mars, en

couvert en moi, je le cherche, mais c'est une recherche de toute ma vie, et jamais je ne vois le terme de la route dans cet art si difficile, si méconnu auquel je me donne tout entière et dans lequel il y a toujours à découvrir. La nature est bien variée, bien belle et ne pouvant l'observer, il me faut la deviner bien souvent.

Marie Dorval Merle, à M. Jal,
28 avril 1831.

effet, c'était le goût, c'était la haute comédie, la comédie élégante et spirituelle, la comédie de détails, qui admet la finesse, la grâce du débit, les transitions habiles, les sourires pleins de malice ou de bonté. Tout ce qui tendait à la défigurer, à lui faire perdre le calme qui était sa beauté, était antipathique à sa nature. et par conséquent à son talent. Mlle Mars ne pouvait pas être la Niobé; elle était heureusement condamnée au rire.

La comédie ancienne n'avait plus de soutien que dans Mlle Mars, de même que Talma soutenait l'ancienne tragédie. Il la résumait en lui, et, s'il avait vécu, il l'aurait fait survivre aux révolutions et aux réactions de l'art. Mlle Mars, elle, nous devait Molière. Elle nous a fait aimer aussi Marivaux où elle était parfaite, car elle avait su rendre vrai tout ce qu'il peut y avoir de faux et de maniéré dans l'auteur des *Jeux de l'amour et du hasard*. Mlle Mars était une très-grande artiste. Pour la bien juger, il faut non-seulement se rappeler qu'elle a été une comédienne éminente sur un théâtre qui a possédé Molé, Monvel, Fleury et Mlle Contat; mais on s'en rendrait mieux compte encore, si on pouvait la comparer à Mlle Leverd qui eut certes beaucoup de talent; à la belle Mlle Dupuis, dont le mérite modeste eut tant de peine à conquérir un rang distingué ; à Mlle Mante, dont les bruyants débuts ont été suivis de succès si paisibles.

Pour moi, chaque fois que j'avais le bonheur de voir Mlle Mars dans la comédie, je la trouvais plus complétement belle ; elle me produisait l'effet des pièces de Molière, dont la meilleure est la dernière que je lis. Je ne puis plus dire que j'entends. On n'entend pas de ces choses-là dans la ville où mourut M. de Penthièvre et où la tante de M. de Florian était abbesse.

XV

RÉUNIONS D'ARTISTES

ET DE GENS DE LETTRES

SOUS LA RESTAURATION.

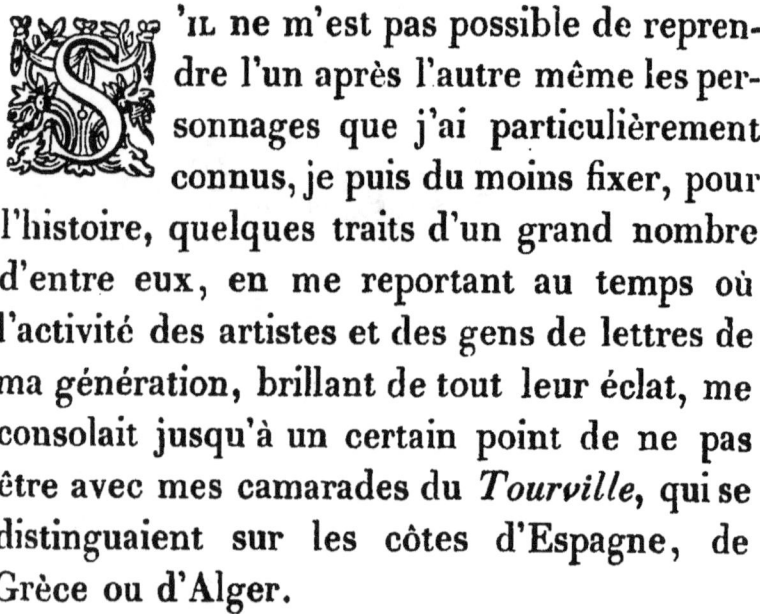'IL ne m'est pas possible de reprendre l'un après l'autre même les personnages que j'ai particulièrement connus, je puis du moins fixer, pour l'histoire, quelques traits d'un grand nombre d'entre eux, en me reportant au temps où l'activité des artistes et des gens de lettres de ma génération, brillant de tout leur éclat, me consolait jusqu'à un certain point de ne pas être avec mes camarades du *Tourville*, qui se distinguaient sur les côtes d'Espagne, de Grèce ou d'Alger.

J'avais un moment envié le sort de Voutier, qui, las de rester enseigne de vaisseau, avait donné sa démission, et était allé commander l'artillerie des Grecs, réclamant leur indépendance. Comme mon cœur se serra à la nouvelle d'Hippolyte Bisson se faisant sauter

avec le *Panayoti*, près de tomber au pouvoir
des pirates! Voutier et Bisson étaient de ma
promotion ainsi que Bruat, qui au combat de
Navarin, sur le *Breslaw*, devait laisser la tradition de ses brillantes manœuvres. Son naufrage à bord du brick le *Silène*, à la suite
duquel, pris par les Arabes, le sang-froid et la
fermeté de caractère qu'il montra préservèrent
ses compagnons d'infortune d'une destruction
totale, son naufrage fut un des épisodes les
plus émouvants de la guerre d'Alger. Ma
pensée s'y attacha douloureusement. J'étais
fier aussi de l'amitié d'un homme qui, dans le
bagne de cette ville, trouvait le moyen, au
péril de sa vie, d'envoyer à l'amiral Duperré,
un rapport sur l'état de la place, rapport que
celui-ci disait plus tard n'avoir pas été inutile
au succès de l'expédition.

Je suivais ainsi des yeux mes anciens
camarades. Mon excursion d'un moment
avec l'escadre, comme journaliste, à bord
d'Aubry-Bailleul, prouva la peine que je res-
sentais d'avoir quitté ma carrière et le bonheur que j'aurais eu à y rentrer. Mais mon
rappel presque immédiat me fit reconnaître
que j'étais désormais attaché au sol. Je me
raisonnai et je me résignai par l'idée qu'il y a
divers genres d'honneur et que l'esprit français
entré alors dans une vie nouvelle, dont on

voyait déjà la floraison, si je puis m'exprimer
ainsi, glorifierait également notre génération
d'une manière ineffaçable.

Des écrivains d'un talent plus autorisé
que le mien ont raconté ce qu'ont été la littérature, la peinture, la musique et le théâtre,
de 1815 à 1840. Peut-être, cependant, y a-
t-il quelque chose à ajouter à ce que l'on a
dit. Entre autres aspects de cette époque des
lettres et des arts, j'en choisirai un qui a sa
curiosité, je ferai connaître comment ces hommes qui travaillaient si bien se reposaient de
leurs travaux.

Chers amis, presque tous morts, mais qui
vivez encore en moi par le souvenir, je veux
repasser avec vous, par la pensée, quelques-
unes des douces heures de nos loisirs, comme
le passager, sur le point de quitter la rive,
s'arrête un moment pour embrasser des yeux
le pays où il a trouvé le plaisir et l'affection.

Je constaterai d'abord un fait honorable
pour les artistes et les écrivains de mon temps,
c'est qu'ils ont commencé sous la Restauration
à n'être plus ce qu'étaient les artistes et les
littérateurs des siècles précédents.

Du temps que M. de Marigny avait la direction de l'Académie, c'était une colonie de
brillants esclaves, qui tremblaient devant
M. le directeur des Beaux-Arts, et vivaient

dans un état de vasselage où les plaçaient la médiocrité de leur fortune et l'importance des grands seigneurs et des financiers. Vanloo, alors le roi de la peinture, faisait le pied de grue chez un traitant dont la gabelle avait doré les poches, et M. de Sylvestre, écuyer, premier peintre du roi de Pologne, dont les boudoirs firent presque un grand homme, et que le siècle présent connaît à peine de nom, M. de Sylvestre, n'était reçu à Versailles que les petits jours, par M. le Premier gentilhomme de la chambre; Mozart, enfin, le divin Mozart, comme l'appelle Schœlcher (1) mangeait à la cuisine de l'archevêque de Salzbourg, encore l'organiste n'avait-il pas le haut bout de la table, qui était aux valets.

Les artistes, comme les gens de lettres, étaient, chez tout le grand monde de la Cour et de la Ferme générale, au même rang dans la considération que les maîtresses. Ils étaient devenus une sorte d'amuseurs qu'on aimait à la fureur, et dont on ne pouvait se passer. Ils étaient de toutes les parties de campagne, de tous les petits soupers, on les caressait, on les bourrait de compliments et de cadeaux, mais on les dédaignait pour trois raisons :

Parce qu'ils étaient gens de rien,

(1) Vie de Hœndel.

Parce qu'étant gens de rien, ils avaient du mérite,

Parce qu'ayant du mérite, ils consentaient à porter l'humiliante livrée que tel Mécène jetait sur leur dos pour avoir droit de dire : « Ce poëte, ce musicien, ce peintre m'appartient. »

Leurs talents, leur réputation étaient une parure pour la vanité du patron, comme pour un libertin de bel air la célébrité des femmes. qui voulaient bien qu'on les affichât. Dans les cercles où ils étaient admis, leur esprit faisait les frais de l'orgie, comme les appas des *impures* de l'Opéra. Cette prostitution de l'artiste et de l'écrivain était honteuse, dégradante, elle ne révoltait cependant personne ; elle était dans les mœurs. L'homme de lettres pauvre, le statuaire réduit à la mansarde et à l'aumône, trouvaient leur compte à une servitude où les besoins matériels de la vie étaient amplement satisfaits, où la débauche assurait un moment d'égalité, où l'on vivait de plaisirs bruyants, qui donnaient à l'imagination le ressort que donne le champagne à de certains esprits paresseux. Les artistes se livraient de bonne grâce, quelques-uns faisaient cependant résistance pour l'honneur de ce qu'ils appelaient si étrangement la dignité de l'art et l'indépendance de l'artiste. Mais si peu

qu'on les pressât, ils se rendaient, c'était un
jeu de coquette.

Sous la Restauration, cet état de choses
changea. Il était, comme il est encore aujourd'hui, des cœurs qui eussent volé au-
devant de l'esclavage, après s'être fait mar-
chander, mais c'était le petit nombre. Ce commerce de hautes bienveillances et de basses
flatteries cessa d'être en usage. L'écrivain et
l'artiste ne furent plus des bouffons qu'on
pensionnait, un spiritueux dont on se grisait,
un moyen de réputation pour un seigneur qui
l'exploitait. Le besoin mettait bien, parce qu'il
en mettra toujours, quelques talents à la discrétion du distributeur des faveurs si étroites,
que la nation octroyait par ses représentants
aux arts et aux lettres. On sollicitait bien encore un chef de division de ministère, pour
obtenir quelque parcelle de budget en échange
de petits travaux qu'on faisait sans amour, et
qu'on caractérisait très-énergiquement, en
leur donnant la dénomination moqueuse de
pot-au-feu. Mais il n'y avait plus de clients
humbles devant des protecteurs superbes. Il
n'y avait pas un banquier, qui pût se vanter
d'avoir un peintre ou un musicien à lui. Le
temps où, dans toutes les grandes maisons, il
y avait un couvert mis à table à côté de ceux
du précepteur des enfants et du directeur de

madame, pour le poëte inféodé, ce temps était passé, et il ne reviendra plus sans doute. Un artiste honore maintenant l'Amphitryon qui le reçoit autant qu'il en est honoré. Il est un ornement pour la société où on l'admet sur le pied de l'égalité. On profite de sa conversation, de ses lumières, on se décore peut-être un peu de sa renommée, mais les rôles sont changés, et ce n'est pas lui qui joue d'ordinaire celui de flatteur.

Les artistes et les écrivains ont senti depuis la Restauration qu'ils étaient quelque chose et que dans le monde ils composaient un monde à part. Avaient-ils pensé qu'un jour à venir ce monde devait dominer l'autre et lui donner des lois. C'est ce que je ne crois pas. La vanité, qu'on leur reproche beaucoup, quand on ne songe pas à la reprocher à tant de gens, chez qui rien ne la justifie ou au moins ne la rend excusable, la vanité ne les a pas aveuglés à ce point. Ils ont vu qu'on ne les comprenait pas et que dans la société, bien qu'ils y fussent reçus avec faveur, même avec distinction, on les regardait comme des étrangers, dont on n'entend pas la langue. Ils ont craint de retomber dans l'état d'où la Révolution de 89 les avait tirés, voilà tout, et ils se sont groupés, c'était ce qu'il y avait de mieux à faire.

Déjà sous l'Empire, comme l'a rappelé Bouilly dans ses intéressants souvenirs, les gens de lettres et les artistes avaient opposé leur valeur à celle du monde militaire.

« A cette époque mémorable, dit-il, où Paris voyait se former dans son sein les nombreuses réunions des favoris de la victoire, qui parfois se figuraient représenter la nation tout entière, les gens de lettres et les artistes honorés de quelques succès, formaient de leur côté de brillants congrès, dont l'attrait et la puissance rivalisaient avec les cercles les plus renommés de la capitale. C'était principalement les fêtes de naissance que nous célébrions entre nous. L'appel alors devenait un ordre, une obligation à remplir, et le bonheur, qu'on éprouvait à réunir chez soi les célébrités du jour, imposait la loi de se rendre à l'invitation qu'on recevait de ses confrères. De là ce concours si remarquable de talents renommés, étalant à l'envi tout leur prestige, de là cet empressement de concourir à l'éclat, à l'union de l'honorable famille à laquelle on appartenait. »

La Restauration fit davantage. Elle fut pour les artistes et les gens de lettres une époque de bonheur, à laquelle aucune autre n'est comparable que le Directoire. Liberté complète pour l'art et pour l'artiste. Sous l'Empire, il

n'en était pas ainsi. L'art avait alors un type
sacramentel, dont il lui était défendu de sortir,
sous peine d'encourir la disgrâce du maître
qui avait établi une sorte de police classique,
chargée de discipliner le génie comme l'autre
disciplinait l'opinion. L'artiste, il est vrai, était
honoré par Napoléon, David devenait baron,
Vien était sénateur, Fontanes, Berthollet et
Monge ajoutaient à leurs noms le titre de
comte, que personne ne leur a jamais donné
excepté le secrétaire-archiviste du sénat, et je
pense aussi M. de Sémonville qui était homme
de trop d'esprit pour se faire faute d'une bonne
plaisanterie, mais l'aristocratie impériale tenait à distance tout ce qui n'avait pas place
dans les antichambres des Tuileries. M. Gérard n'était pas du tout l'égal de Murat qui
avait commencé par être comme l'illustre artiste, fils d'un maître d'hôtel. Les champs de
bataille avaient changé l'officier, les grands
succès au Louvre n'avaient pu changer le
peintre; on tenait son rang entre gens parvenus, comme avant la Révolution entre gens
nés. L'empereur l'entendait ainsi, il fallait
obéir ou bien passer pour un sauvage ou un
fou, comme M. Nepomucène Lemercier, l'auteur de Pinto, qui eût dit comme Royer-Collard, si on lui eût proposé de le faire comte :
Comte, vous-même !

Après les licences du Directoire, la discipline impériale sembla cruelle, on se fit gauchement à ce régime. Aussi, après l'Empire, les artistes se dégagèrent-ils vite des entraves qui avaient gêné leur indépendance, en même temps que la vie littéraire se rehaussa par suite de la rentrée qu'y firent tous les fonctionnaires qui l'avaient quittée, comme elle s'étendit par l'effet des besoins intellectuels revenus et développés avec la paix.

A cette époque, et sous l'influence de ces besoins, quelques brillants salons s'ouvraient pour les hommes les plus distingués dans les lettres et dans les arts.

Il y eut d'abord le salon de la marquise de Montcalm, sœur du duc de Richelieu, où l'on voyait M. Villemain et l'abbé de Feletz. La marquise, intéressante par ses malheurs, sa conduite, son esprit, était jeune encore, en 1825, mais toujours malade, souffrante, ne pouvant marcher. Elle restait sur une chaise longue. Elle avait, au dire de madame de Genlis, un beau visage et une physionomie touchante qui allait droit au cœur; son esprit avait de la justesse, il était fin, sa conversation était toujours douce, attachante et solide.

Le salon de la duchesse de Duras, auteur d'Ourika et d'Édouard, était un temple dans lequel on idolâtrait M. de Chateaubriand, l'écrivain qui, suivant l'expression de Lamartine, fut à lui seul toute notre Renaissance. Plus tard, lorsque la duchesse de Duras fut morte, ce fut chez madame Récamier que l'auteur du Génie du Christianisme recevait l'encens.

On voyait chez madame de Duras, Cuvier, Abel de Rémusat, le sinologue. Dans le salon de la duchesse de Sainte-Aulaire, l'on rencontrait, avec la jeune aristocratie libérale, MM. Villemain, Cousin, de Barante, M. Beugnot, « la plus spirituelle des chroniques vivantes de la Révolution et de l'Empire. » Ce fut chez la duchesse de Sainte-Aulaire que Lamartine récita pour la première fois devant un auditoire peu nombreux quelques vers encore inédits des *Méditations* et des *Harmonies*.

Dans un monde moins élevé, madame Vigée Lebrun, l'illustre peintre, recevait quelques débris de la société du temps de Louis XVI, entre autres le comte de Sabran, auxquels se joignaient, Gros, Desaugiers, Charles Brifaut, et aussi des femmes, parmi lesquelles se distinguait la baronne de Bawr, unie dans la prison du Luxembourg au prince de Rohan, puis plus tard au comte de Saint-Simon, le novateur.

Dans le salon du baron Gérard, admirable causeur, se montraient, rue Bonaparte, pres-

que vis-à-vis de l'église Saint-Germain des
Prés, le petit Alexandre de Humboldt, figure
sans attrait, langue très-méchante, flatteur
et curieux de flatterie , l'abbé de Pradt,
Cuvier, le beau comte de Forbin, Guérin,
Heim, Mérimée, Beyle, connu dans les lettres
sous le nom de Stendhal, le fondateur des
Débats, Bertin, surnommé l'Ancien, pour le
distinguer de Bertin qu'on nommait le Superbe, Rossini, l'auteur d'*Othello* et de la
Cenerentola; Mme Sophie Gay, l'auteur d'*Ana-
tole* et aussi des *Malheurs d'un Amant heureux*.
Fille de M. Nichault de Lavalette et femme
d'un receveur général de l'Empire, Mme Sophie Gay avait été belle et riche. Mme de Gi-
rardin, sa fille, lui refit une situation et une
société de poëtes et de célébrités littéraires
ou artistiques : de ce nombre étaient Hugo, Balzac, Nodier, madame Malibran, Alfred de Vigny.

Dans le salon de madame Roger, femme
d'un secrétaire général des Postes, on jouait
la comédie, dont les principaux acteurs étaient
M. et madame Mennechet, M. Auger de l'Académie française, et sa femme. Les pièces
étaient souvent des proverbes dramatiques de
Théodore Leclercq, le successeur de Car-
montelle.

Je n'ai pas connu ces divers salons. Il me
fallait un monde plus libre, plus ouvert, où la

cérémonie ne fût pas comme une suite des devoirs de la journée, et où l'analogie des travaux entre ceux qui s'y rencontraient fît, dans la conversation, trouver à la fois un délassement et le germe de nouvelles idées.

Une réunion par excellence en ce genre fut celle du foyer de Feydeau. Hoffman, le critique des *Débats*, l'auteur du *Roman d'une heure* et des *Rendez-vous bourgeois*, dont Nicolo Isouard avait fait la musique, était l'âme de cette réunion. Nul n'était plus agréable à entendre que lui, soit qu'il racontât, soit qu'il poursuivît de ses satires ce qu'il trouvait de ridicules sur sa route. Aimant le paradoxe à la folie, narrateur plus aimable et plus habile encore peut-être que Méhul, il était universel : théâtre, voyages, politique, magnétisme, histoire, musique, médecine, tout lui était bon, tout lui était un texte à discussions profondes ou plaisantes. Chaque soir vingt personnes venaient l'entendre *suspensis auribus*. Parny lui avait dit un jour : « Mon cher, la vie est trop courte pour vous écouter. » Et pourtant Hoffman était bègue, mais son bégaiement était un attrait de plus, car il savait en tirer parti. Quelquefois même il trouvait dans ce défaut des effets qu'il rendait comiques par la bonhomie feinte avec laquelle il les produisait. Aussi Picard, dont il ne louait pas toujours les pièces, disait-il que son bégaiement n'était que pour lui laisser le temps de mâcher ses impertinences.

Auprès d'Hoffman était Garat, grand conteur d'anecdotes de l'ancienne Cour et de la Révolution, qui avait la fatuité puérile d'une petite maîtresse sexagénaire, avec la dignité d'un artiste et l'esprit d'un Gascon de bonne compagnie. Ses gros yeux clignés, son nez au vent, sa bouche ouverte en cœur, sa prononciation affectée, son chapeau en arrière, son habit court à l'anglaise, son pantalon de panne, ses guêtres, dont il était amoureux comme de la belle voix de Mlle Duchamp, et le souvenir de ses succès aux concerts de Marie-Antoinette, faisaient de Garat un homme à part. Quand, le dos voûté dans son vêtement de jeune élégant, les deux mains dans ses goussets, le pas mal assuré, il entrait au foyer sans saluer personne, on ne pouvait s'empêcher de rire. Mais il chantait, il parlait, il grondait ou encourageait ses élèves, et il fallait admirer cette verve, cette chaleur, cette passion, cette âme énergique, ces talents d'analyse, cette finesse que démentait son extérieur grotesque. Pour qui le voyait un moment, Garat était un fat ridicule, un niais prétentieux, mais pour qui l'avait étudié, c'était un homme de génie.

Après Garat, venait Darcourt, vieux comédien que le roi de Prusse avait eu pour son peintre et son premier comique, et qui en citant beaucoup de faits, pouvait dire, comme M. de Lafayette : « Moi, je tiens cela du Grand Frédéric. » C'était Darcourt, qui nous apprit que le philosophe de Sans-Souci se plaisait, quand il causait avec quelqu'un, à lui arracher l'un après l'autre, en les tournant dans ses doigts, tous les boutons de son habit. Le roi de Prusse fit cadeau à son premier comique du recueil de ses poésies, en deux volumes. Un envoi de la main de Frédéric ornait un des premiers feuillets du livre. A la mort du comédien, je ne sais qui est devenu possesseur de ce morceau de bibliothèque précieux pour tout autre que le comte de Maistre, aux yeux de qui Frédéric « pouvait bien être un grand Prussien, mais n'était assurément pas un grand homme. »

Darcourt avait succédé à Camerani, régisseur général de l'Opéra-Comique, bouffon très-divertissant, parce qu'il était très-sérieux. Tous les recueils de facéties sont pleins des reparties originales de Camerani, qui appelait Elleviou l'Empereur, en raison de son despotisme sur le théâtre. Camerani, en faisant répéter les ouvrages dont la représentation se préparait, mangeait du macaroni sur la scène.

Il avait une horreur vivement sentie pour les pères de comédies, qu'on aurait transformés en soubrettes, si on eût voulu l'en croire, et peut-être n'eût-on pas mal fait, s'il eût été facile de trouver plus souvent « oune sarmante petite fille, zolie coume une anze », ainsi qu'il disait de Mme Saint-Aubin, qui avait joué cent fois Cendrillon. Camerani pensa mourir de joie, en 1814, quand Louis XVIII le reconnut à Feydeau et lui dit par allusion à un rôle où celui-ci avait joué autrefois : « Ah! te voilà, Carlin. » Le commentaire de Camerani, sur cette parole, était à mourir de rire : « Le grand Roi, racontait-il, avec sa componction et son accent italien, il ne m'a pas demandé : Camérani, comment te portes-tou? Il m'a appelé Carlin! Et l'exil, et les longs tourments de sa famille ne loui ont pas fait oublier cela. La France est bienhourouze d'avoir oune monarque, qu'il est oune homme plein d'esprit, de goût et de sensibilité. »

Ferai-je l'énumération des habitués de notre cercle de la rue des Colonnes?

Si je commençais par les gens de la maison, il me faudrait nommer d'abord Agathe Ducamel, c'est-à-dire Mme Gavaudan, à qui Mme Grassini avait révélé son talent de cantatrice. La jolie comédienne ne se doutait pas que chanter fût un mérite, parce qu'elle en avait le don si naturel qu'elle reproduisait sans effort les plus grands morceaux de Mme Grassini, de même que Garat faisait pour ceux de Marchesi, qui s'écriait : *E un Diavolo!*

Je nommerais ensuite Mme Belmont, spirituelle autant que Mme Gavaudan, d'une manière plus délicate peut-être, mais moins soudaine. Mme Belmont était devenue la femme d'Emmanuel Dupaty, poëte du XVIIIe siècle, citoyen du XIXe, qui nous disait des fragments d'une vive satire sur la Restauration et s'interrompait pour régaler nos dames de jolis madrigaux ; et ces dames recevaient ces douceurs presque avec autant de reconnaissance, que les bonbons et les petits bijoux que leur offrait sans conditions le riche et bon M. Kiesner.

C'était du reste un vrai plaisir que de chercher à être agréable à ces dames, interprètes si ingénieux, si entraînants parfois et si bien doués ; tels que Mme Boulanger, autrefois mince, légère, vive, sémillante, et alors embrassée par le septuagénaire Grétry qui pleurait de joie, en l'entendant chanter son *Tableau parlant*.

Qu'eût-on refusé aussi à Mme Lemonnier, cette demoiselle Regnault qui, en 1812, dans *Jean de Paris*, représentait la princesse de Navarre, et pour qui Boïeldieu écrivit une

partie de sa musique, comme Nicolo composa
la sienne pour Mme Duret?

N'était-elle pas adorable, également, cette
Jenny Colon que j'ai vue entrer enfant à Feydeau? Et puis, quelle bonne créature que la
mère Gontier, (1) qui avait toujours peur de
jouer un rôle nouveau et faisait le signe de la
croix avant de chanter un air dont elle se dé-
fiait. La mère Gontier, simple, naturelle, s'éloignait de toutes les cabales, aimait le spectacle,
et s'y laissait faire, suivant son expression naïve,
comme une bourgeoiſe de la rue Saint-Denis.

A côté de ces femmes qu'il me semble encore entendre, se présentaient les chanteurs,
et d'abord les premiers de ceux qu'on avait
appelés la troupe douce de l'Opéra-Comique :
Martin, filant des sons, préparant ses notes
graves et ne hasardant jamais dans une discussion sa voix qu'il soignait comme un précieux instrument ; Elleviou demeuré comme
la tradition de la grâce sans manière, Elleviou
parlant d'agronomie, et portant avec le même
charme sa tête couverte de cheveux aussi

_____

(1) Il y avait à l'Opéra, du temps de Levasseur, un
choriste de ce nom, représentant un Amour dans le
ballet de Gustave III. Il avait pour nom de guerre celui
de : Arrêtons-Saisissons, sans doute en souvenir d'un
chœur, commençant par ces mots et dans lequel il se
distinguait comme chef d'attaque.

blancs que son corps, embaumé par Gannal,
était noir lorsqu'on l'exhuma ; puis. Panseron,
moins beau que lui assurément et nommé
Néanmoins à cause de l'exiguïté de son organe nasal ; Ponchard, enfin, que j'ai vu commencer et finir, le plus parfait des chanteurs
français, qui avait ingénieusement su tirer de
sa faible voix le parti que Paganini tirait d'un
violon monocorde.

Vous comprendrez que j'en passe, car la
galerie était nombreuse et il me faut parler
des auteurs et des compositeurs.

Voilà d'abord l'original du portrait de Pa-
gnest, qu'on voit au Louvre, Nanteuil, qui contait si bien, un des hommes de la génération
vaudevillisante du Directoire, qui a donné aux
affaires Martignac, Étienne et le baron Capelle, un des derniers ministres de Charles X,
qui entra dans le monde politique par la protection de Nanteuil et d'Étienne, derrière
M. Maret, duc de Bassano.

Voici l'héritier de Sedaine, l'ami de Ber-
quin, Joseph Bouilly, l'auteur de *l'Abbé de
l'Épée*, de *Pierre le Grand*, des *Deux journées*.
Voici Berton, l'auteur de *Montano et Stépha-
nie ;* Boïeldieu, si doux dans ses rapports
d'homme et d'artiste, qui répondait modes
tement aux éloges de Rossini, qu'il n'était au-
dessus de lui que quand il allait se coucher,

Pour comprendre ce mot, il faut savoir qu'ı occupait un appartement au-dessus de celui de Rossini, à l'emplacement actuel du passage Jouffroy. C'est dans cette maison que fut composée la *Dame blanche*, on dit aussi *Guillaume Tell*, mais d'autres pensent qu'il fut écrit à Petit-Bourg, chez Aguado.

Voici encore Cherubini, si discret dans ses jugements formulés avec une piquante originalité. Par contre, on y voyait Auber et Hérold qui rivalisaient de verve caustique avec Hoffman. Parmi les auteurs, figurait Paul de Kock, l'auteur du *Muletier*, dont Hérold composa la musique, et à côté de lui se tenait Eugène de Planard que le compositeur lui préféra et qui servit si bien son génie dans *Marie* et dans le *Pré aux Clercs*. Je vois Alexandre Duval, l'auteur de la *Femme malheureuse*, *innocente et persécutée* et son collaborateur Picard, à qui nous devons la *Petite ville*, beaucoup moins bonhomme qu'il n'avait la prétention de le paraître ; et Scribe, tout jeune encore, se préparant à surpasser les réputations de son temps, même sans le concours des hommes de talent qu'il a souvent associés à ses succès et à sa fortune (1).

(1) Ses œuvres doivent former 45 à 50 volumes dans l'édition complète dont sa veuve a commencé en 1870, la publication qu'elle a confiée aux soins de MM. Émile

Les peintres ne manquaient pas dans l'aimable compagnie ; c'était d'abord Carle Vernet, le peintre de mœurs, l'auditeur assidu des *boliments* de l'escamoteur Miette, Carle Vernet à qui la passion de son père pour les calembours en avait fait contracter la malheureuse habitude ; Joseph les lui achetait.

Horace Vernet, le troisième de la dynastie, apportait aussi des fleurs aux dames. Je ne parle pas de Truchot, de Xavier Leprince, d'Isabey le père, de Picot, d'Alaux, de Ciceri ; nous les retrouverons ailleurs.

Puis venaient des acteurs des autres théâtres pour se reposer et parmi eux Talma se faisait remarquer par son masque romain, son front large, ses yeux grands et doux ; et nous n'aimions pas moins à voir l'héritière d'Émilie Contat, Mlle Mars, surnommée, pendant sa jeunesse, Flore Hébé.

Assurément, c'est au milieu de cette élite de gens de talent et d'esprit que j'ai passé mes meilleures soirées. Il y avait toutefois à cette agréable réunion un inconvénient ; on y sentait le besoin d'être plus chez soi et plus entre soi.

Ce fut par cette raison que l'illustre déco-

Lefranc, Henri Dupin et Amédée Scribe. — Homme de savoir autant qu'homme de bien, ce dernier, cousin du spirituel académicien, a écrit une histoire du théâtre en France de 1760 à 1807.

rateur de l'Opéra où il fit la scène des tombeaux de *Robert le Diable*, Ciceri, quoiqu'il apportât à nos soirées de Feydeau le tribut de sa gaieté spirituelle, songea à réunir chez lui les artistes de sa connaissance un jour par semaine, et il eut dans son salon ce que les lettres et les arts comptaient alors de plus distingué.

Là commencèrent ces séances de l'improvisation pittoresque, si je puis dire ainsi, où le peintre se condamnait à faire, pendant qu'un bout de chandelle brûlait, un dessin complet, fruit de l'inspiration du moment.

Ce fut là que fut enrichi des meilleures caricatures l'album des charges, si originalement conçues et exécutées par Isabey père, Horace, Carle Vernet et Ciceri. Tous les habitués de la maison posèrent devant un de ces artistes, et laissèrent sur des feuillets de l'album la trace plaisante de leurs figures.

Au cahier des charges l'on voyait M. Lafont, le violoniste, emprisonné dans le manche d'un violon, dont la volute contournée reproduisait ses traits avec une fidélité bouffonne.

Auprès de M. Lafont, Ciceri, en bonnet de coton, était étendu dans le lit, où l'avait retenu si longtemps la fracture de sa jambe gauche ; sa petite tête attachée à un si grand nez nous faisait rire aux éclats.

Une perruque placée sur le sommet d'un

crâne pyramidal, comme un bonnet sur un
champignon dans la boutique d'une marchande
de modes, une lèvre inférieure saillante et pré-
dominante, le menton qu'elle dépassait comme
le rebord d'un bénitier dépasse le pied de la
vasque à l'eau lustrale, signalaient M. Bouilly,
l'auteur de *Fanchon la vielleuse*. Le dessinateur l'avait fait en gaieté, pour donner un dé-
menti à la réputation de sensibilité hydraulique,
qui l'avait fait surnommer frère Pleurnichard,
surnom dont il s'était d'ailleurs déjà vengé par
une *folie* en collaboration avec Méhul, pièce
qui fit rire pendant deux grandes heures.

Au sourire d'une large bouche, amplement
pourvue de grandes dents, à un nez long et
pointu, à des yeux noirs bien ouverts et surmon-
tés de gros sourcils noirs, à une grosse verrue
qui jouait un rôle important dans tout cet ensemble exagéré, mais ressemblant, on reconnaissait le célèbre pianiste Zimmerman, dont Gros
avait fait autrefois un portrait si remarquable.

La charge s'était également exercée sur Joseph Habeneck, chef de l'orchestre de l'Opéra,
encore plus gaiement. Des lunettes, qui formaient avec la ligne horizontale des yeux, un
angle de vingt degrés, descendaient sur une
des joues et laissaient à découvert, de ce côté,
un œil éteint, de la plus étrange expression ; la
bouche ouverte faisait voir des dents pitto-

resquement plantées comme les irrégulières
souches d'une forêt rasée un peu au-dessus
du sol; à l'un des coins, l'absence d'une dent
était indiquée par une touche carrée de sépia
bien noire et l'on eût dit que l'auteur avait
ouvert là une porte, conduisant par une voûte
obscure, à quelque caverne profonde.

Mais à quoi bon chercher à analyser des
croquades, dont on ne pourrait donner une
juste idée. Il fallait les voir, de même qu'il
fallait examiner par des raisons plus délicates
un autre recueil qu'avaient embelli les productions improvisées de tous les hommes de
talent de la peinture, de la sculpture et de
l'architecture ; c'était l'album de Mme Ciceri.

Il avait été composé dans les soirées des
Menus-Plaisirs. Autour de tables pourvues de
pinceaux, de crayons, de papier, d'encre de
Chine et de sepia, j'ai vu s'asseoir entre Horace Vernet, Isabey et Ciceri : Bouton, Da-
guerre, Alaux, Picot, Thomas, Desmoulins,
Wattelet, Hippolyte Lecomte, Joly, Xavier
Leprince. Ils dessinaient, pendant que dans
le salon voisin se faisaient entendre des
talents du plus grand mérite, de jeunes
cantatrices réservées à de beaux succès, des
chanteurs qui faisaient la fortune des grands
théâtres lyriques.

Une élève de Plantade, Mlle Cinthie Montalant, dont on a fait plus tard Mlle Cinti lorsqu'elle passa aux Italiens, commençait là sa renommée qu'elle devait étendre sous le nom de Damoreau, à l'Opéra, dans la châtelaine du *Comte Ory* et dans la Mathilde de *Guillaume Tell*, mais surtout à l'Opéra-Comique dans l'*Ambassadrice* et le *Domino noir*.

On entendait la future comtesse de Sparre, Mlle Naldi, destinée comme Mlle Sontag, comme la danseuse de l'Opéra, Mlle Duvernay, à augmenter la liste des femmes de théâtre devenues grandes dames.

Dans ce salon, un compositeur et maître de chant, père de deux illustres femmes, Maria et Pauline Garcia, présentait la première à nos applaudissements, que nous ne lui ménagions pas, car nous savions ce qu'ils lui coûtaient. Plus d'une fois, rue Louvois, où Garcia habitait avec la famille Naldi, il lui arriva de battre celle qui devait honorer le nom de Malibran, et plus tard même il ne cessait de la tourmenter pour obtenir d'elle un effet tel que le com prenait cet artiste passionné. J'ai entendu raconter à une femme d'un esprit distingué, qu'un soir surtout, dans *Othello*, où Mme Malibran chantait, on sait comment, la romance du *Saule*, elle fut vraiment admirable, tant elle représentait vivement l'effroi; or, il y avait une bonne raison pour qu'il parût naturel, me disait-on, c'est que son père, qui jouait Othello, l'avait menacée de la tuer, si elle se montrait aussi froide que la veille.

Mme Dabadie, dont le mari créa le Piétro de la *Muette*, essayait aussi chez Mme Ciceri sa puissante voix qui eut pendant quelques années de l'éclat à l'Opéra.

Un des ornements de ce même salon, était un artiste illustre dont la retraite de l'Opéra fut un deuil pour les amateurs. Adolphe Nourrit y préludait à sa gloire avec Levasseur, tandis que Laïs et Nourrit père y finissaient la leur. Quand je voyais ces deux derniers artistes ensemble, j'en cherchais toujours un troisième involontairement, en souvenir d'une plaisanterie de Lainez qui, au commencement du siècle, figurait après eux sur l'affiche. Pendant une semaine, Lainez sans être invité, venait chaque jour dîner chez Laïs. Enfin, celui-ci, tout en étant bon camarade, se trouvant intrigué du fait, lui en demanda le motif. « Mais regarde-donc l'affiche, lui dit Lainez, tu verras que c'est par ordre « Laïs Nourrit Lainez »; eh bien, je viens pour que tu me nourrisses, puisque c'est annoncé. » La plaisanterie expliquée, il reprit ses habitudes de discrétion, et rendit à son camarade courtoisie pour courtoisie.

Chez Ciceri, le jeu d'écarté et la danse avaient leur tour, comme dans tous les salons;

mais ce qui était particulier à la maison du célèbre peintre de décors, c'étaient les charges
en action qui, plus tard, prirent une grande
extension chez Duval le Camus.

Ces divers plaisirs firent que la foule des
gens du monde et des hommes de la cour
étouffa bientôt chez lui les artistes ; et, comme
il avait ouvert sa maison pour être moins en
public qu'au foyer de Feydeau, il crut devoir
la fermer pour goûter avec ses seuls amis quelques heures de repos.

On en était même venu, à cette époque, à
regarder comme une faveur d'être reçu chez
des gens d'une espèce que M. de Talleyrand,
lorsque la société se réorganisa après le Directoire, avait cru devoir séparer dans son salon du reste de ses invités : les chanteurs et
les comédiens.

Ce fut ainsi qu'en 1827, nous vîmes tous
les beaux noms de l'aristocratie solliciter, jusqu'à devenir importuns, des invitations au bal
masqué que Mlle Mars annonçait. Très-peu
obtinrent ce qu'ils souhaitaient si vivement, et
Mlle Mars donna là une leçon de très-bon
goût aux gens de Cour qui pensaient probablement que les artistes ne seraient que trop honorés, si des gentilshommes daignaient se mêler à eux, un jour de carnaval. Le bal fut
délicieux. L'élite des arts et de la littérature

avait été invitée par la charmante actrice, qu
fit les honneurs de son salon avec cette grâce,
cette délicatesse d'esprit, cette aisance facile
et élégante qui lui étaient ordinaires ; Célimène
ne recevait pas mieux les marquis, mais Célimène était médisante, et Mlle Mars fut adorable de bonté. De fort jolis costumes, des
travestissements ingénieux, des quadrilles nationaux et étrangers, des caricatures originales, des bouffonneries piquantes, prêtaient à
cette fête un charme indicible. La parodie eut
sa large part dans ce concours d'inventions
plaisantes; toutefois, pour ne pas prêter
des armes aux faux dévots, alors en grand
crédit, Mlle Mars interdit les déguisements
qui avaient des rapports avec l'habit monacal.
A peine permit-elle à M. de Jouy de revêtir la
robe d'ermite dont il avait enveloppé, pendant
quinze ans, sa renommée littéraire. L'Olympe
seul fut moqué, et de grands éclats de rire,
auxquels les poëtes classiques eux-mêmes prirent part, accueillirent la noblesse d'une
Diane et d'un Apollon grotesques, les lourds
tire-d'ailes d'un zéphyr entripaillé comme un
financier du temps de Molière, les agaçantes
menaces d'un Cupidon, dérobé aux trumeaux
des imitateurs de Watteau et de Boucher.
Des vaudevilles spirituels et gais, de bonnes et
rudes épigrammes, furent débités par la bande

mythologique qui aurait fait rougir Chompré, avec son audace d'incrédulité païenne. Le bal finit la mascarade, et le jour vint trop tôt surprendre, au milieu de ces joyeusetés, l'assemblée qu'aucun frein d'ennuyeuse étiquette n'avait paralysé, et où chacun s'était montré pourtant scrupuleux observateur des convenances et des usages de la compagnie.

Dans les réunions les plus animées de ce temps, je citerai les soirées de Duval le Camus, où je pourrais dire que la démocratie des arts était plus essentiellement représentée. C'était aussi bonne compagnie que chez Ciceri, mais on y était plus sans-façon. La grosse joie s'y faisait jour, sans dévergondage toutefois.

Le cinquième étage de Duval le Camus, rue Vivienne, a vu des fêtes dont le souvenir me réjouit encore. Les grands acteurs en étaient : Plantade fils, Gustave Dugazon, Grenier, Thomas, et Rodolphe, inventeur du masque de singe dont il se servit longtemps dans les réunions d'artistes, avant que Mazurier le produisît au théâtre de la Porte-Saint-Martin.

C'est chez Duval que j'ai vu, pour la première fois, cette danse de corde exécutée sur une raie blanche tracée sur le carreau — danse qu'exécutait si bien, à près de soixante ans, le peintre-paysagiste Robert, celui qui s'était perdu jadis dans les Catacombes de Rome et avait monté au faîte du Colysée pour six cahiers de papier gris.

Heureusement, Duval n'avait pas de tels souvenirs à évoquer, et rien n'était plus plaisant que de le voir habillé en Turc de place publique, un balancier à la main, simulant le funambule jusqu'à faire croire à la possibilité de sa chute, si l'équilibre venait à lui manquer. Plantade, en Pierrot, annonçait le spectacle, frottait de blanc les semelles du saltimbanque et accompagnait chacun de ses gestes d'un lazzi.

Les fêtes hebdomadaires de Duval le Camus nous offraient le spectacle de parodies sérieuses faites par les hommes du plus grand talent : Tulou jouait de la clarinette, comme il peignait le paysage ; Gelineck répondait sur une harpe naine aux appels mélodiques d'un petit bassier de carton ; Panseron, caché sous une table, prêtait le talent de son violoncelle ; Schensoefer exécutait des duos avec Capucin, son chien, qui donnait un LA continu ; Cherubini conduisait, avec son sang-froid ordinaire, un orchestre de mirlitons et de trompettes de la foire, exécutant l'ouverture de *Demophon*, l'un de ses premiers opéras, qui, à défaut d'autre, avait ici, du moins le succès du rire.

Les plaisirs variaient naturellement, chez Duval comme chez Ciceri. Des proverbes, des scènes de paravent alternaient avec le concert et la contredanse, sans que le dessin perdît ses droits pour cela. Il était de rigueur; et là comme dans toutes les soirées d'artistes, l'imagination, l'esprit, le talent se donnaient carrière au profit des dames qui venaient quêter un bout de chandelle, pour permettre aux peintres d'enrichir leurs albums. Or, l'on ne songeait pas seulement à plaire à celles-ci; les artistes se sentaient sous le regard de gens capables d'apprécier, et c'était assez pour désirer d'avoir leurs suffrages. « Que fais-tu ce soir? demandait un jour le comédien Dugazon à Baptiste? — Rien. — Eh bien, viens me voir jouer, je jouerai pour toi. » Et quoiqu'il y eût peu de spectateurs, il joua merveilleusement pour son ami. Ainsi faisaient les peintres, les uns pour les autres.

Si la maison de Duval le Camus offrait le plaisir sans façon, on le trouvait également sans cérémonie, mais des plus délicats, chez Mme de Mirbel, où le cercle des artistes était à la hauteur du monde le plus distingué. La causerie était fort agréable dans cette maison, dont la maîtresse accueillait, avec une égale bienveillance, les partisans de toutes les écoles poétiques et pittoresques. La conversation du duc de Fitz-James, qui était un des ornements du salon de Mme de Mirbel, était pleine d'attraits, et il parlait des arts en amateur éclairé, doué d'un vif sentiment des belles choses.

D'autres soirées qui eurent un charme particulier, au moins pour moi, c'étaient celles dans lesquelles Charles Nodier nous réunissait dans son logement de l'Arsenal, quinze à vingt ans après que Mme de Genlis en avait quitté les bâtiments, où le maréchal Dulude avait, sous Louis XIV, donné un appartement à l'ancien aide de camp de la grande Mademoiselle, la comtesse de Frontenac, femme du plus bel air et habituée à l'encens.

Quoique fort remarquable par ses qualités, la maîtresse du logis, au temps de Nodier, n'avait pas de si hautes prétentions, non plus que son mari, si bien peint par Mme Hugo.

« Nodier, dit-elle, se tenait le plus souvent dans la chambre de sa femme, chambre simple, frottée, luisante; quelques portraits aux murs. C'était là qu'après dîner il recevait ses amis, avec le sourire lumineux qui éclairait ses joues creuses. Ils entraient comme chez eux, sans qu'il se levât de son fauteuil; son corps fatigué et courbé se repliait à moitié sur lui-même, ses grandes jambes croisées semblaient ne pas oser se développer, son pantalon avait peine à attraper ses pieds, ses bras, las comme son buste, abandonnaient ses mains effilées, froides et décolorées; — et de ce corps efflanqué, de cette négligence, il se dégageait, sans qu'on pût dire pourquoi, un charme inexplicable. Cette grande araignée tendait une toil invisible où tout le monde se prenait, depuis les plus petits enfants jusqu'aux grands poëtes ; c'était la grâce.

« Assise en face de lui, Mme Nodier avançait ses jolis pieds, accueillante, accorte, souriante et laissant voir ses belles dents.... sa figure vive et éclatante comme un bouquet égayait et rafraîchissait la vue. »

Ce qui régnait dans la maison de ce couple, en qui l'un complétait l'autre si bien, c'était un sans-façon vrai, cordial, un bon goût dépouillé de cette manière qui le gâte chez tant de gens ; Mme Nodier se faisait aimer de tous par son affabilité sans recherche, tandis que son esprit plein de bon sens, son ordre et la fermeté de son intelligence nette, sans que son cœur en fût diminué, semblaient providentiellement placés à côté d'un homme chez qui la fantaisie de Sterne s'unissait à la malice et au laisser-aller de la Fontaine. L'esprit de Nodier planait quelquefois dans l'espace, avec une apparence de vie réelle dont il a donné l'idée dans un essai sur la *philosophie des superstitions*, dont je possède un brouillon. Mais c'était un charme de plus ajouté à sa simplicité élégante, comme aux fascinations de sa conversation, dans laquelle on trouvait à la fois son âme affectueuse et un sentiment artiste, à un degré où je ne l'ai rencontré chez personne. Aussi Mme Hugo avait-elle raison de dire que nul ne causera jamais comme lui, quand il était en train de causer. Moi qui ai entendu de bien délicieux causeurs depuis Hoffman, Nanteuil, jusqu'à Alexandre Dumas, je ne me lassais pas d'écouter Nodier. Quelque sujet qu'il traitât, il savait être intéressant, tant il avait de ressources d'érudition, tant son imagination avait d'invention, tant son cœur recélait de poésie. Je trouvais en lui la personnification du génie oriental, qui, sous la tente des Arabes, inspira les contes ravissants dont notre Europe ne connaît guère que les canevas défigurés.

Mme Fanny de Tercy, dont l'esprit étincelant ressemblait à un feu d'artifice, aidait Mme Nodier, sa sœur, à faire les honneurs du salon où Marie Nodier, qu'Alexandre Dumas appelait « notre belle Marie » et que le monde a connue depuis sous le nom de Mme Menessier, nous donnait les prémices de ses compositions musicales. Ces compositions lui faisaient dire alors par Victor Hugo :

« Quand vous vîntes au monde un rossignol chantait. »

C'est pour moi un bien cher souvenir que

celui de la liberté et tout à la fois de la retenue qui distinguaient ces soirées, où se rencontraient toutes les nuances d'opinions, soit en politique, soit dans les lettres et dans les arts. Mais comment rappeler ces causeries vives, jamais choquantes, où toutes les causes étaient plaidées avec talent et conviction, sans qu'aucun des avocats eût le droit de se plaindre de la forme des discussions, et de l'issue du procès ? On rencontrait des adversaires chez Nodier, jamais d'ennemi ; les partis y conservaient leur force de raison, ils abdiquaient en y entrant leur aigreur et la violence de leur logique. C'est que Charles Nodier était le type de la bienveillance et que personne ne se fût permis d'être offensant pour un des hôtes de l'Arsenal, quand le maître du salon était obligeant pour tous. Dans les temps de la plus grande exaspération, lorsqu'il s'agissait de la vie ou de la mort pour la monarchie et la liberté, que l'art tentait des routes nouvelles et jetait le fanatisme dans quelques têtes passionnées, les soirées de l'Arsenal étaient remarquables par l'union qui ne cessa jamais de régner entre tous les visiteurs de cette maison ; et cependant, se trouvaient en présence Théodore Jouffroy, le philosophe, et Augustin Soulié de la *Gazette de France*, Victor Hugo et Ancelot, Alexandre Dumas et

Alexandre Duval, Lamartine et l'académicien Auger, Eugène Delacroix et Alaux, surnommé le Romain parce qu'il avait été directeur de l'Académie à Rome, Achille Devéria et Gassies, Louis Boulanger et Thomas, que sais-je encore? On discutait, on n'aurait eu garde de disputer; on échangeait des plaisanteries pour masquer des arguments : on aurait rougi de personnalités.

La causerie, le jeu, les lectures, la danse se partageaient les quatre dernières heures. La bataille ou l'écarté occupait Nodier comme tout ce qui l'attachait, puis cela le dispensait quelquefois d'avoir à donner son avis dans certaines conversations. « Aimez-vous donc le jeu réellement? » lui demandait un soir Mme Ancelot. A cette question de l'auteur de *Marie*, l'auteur du *Roi de Bohême* la regardait avec cette finesse gracieuse qui lui était habituelle, et lui répondait : « Si j'aime le jeu! mais il faudrait que je fusse bien ingrat pour ne pas l'aimer, un défaut qui m'est plus utile que ne me le serait une qualité, la sincérité. »

De jeunes et jolies personnes se livraient ensuite à la danse. — Marie Nodier les guidait, quand elle n'était pas au piano.

La tête coquette et fleurie
De Marie,

> Brillait comme un bluet mêlé
> Dans le blé.

A dit un familier de la maison, qui ajoutait :

> Tachés déjà par l'écritoire,
> Sur l'ivoire
>
> Ses doigts légers allaient sautant
> Et chantant.
>
> Quelqu'un récitait quelque chose :
> Vers ou prose ;
>
> Puis nous courions recommencer
> A danser.

Malheureusement, les lectures étaient trop rares, car ce ne furent d'abord que Lamartine et Hugo qui prirent la parole : Hugo, que Nodier avait connu à l'occasion d'un article sur *Han d'Islande*, de même que Lamartine avait connu le poëte des *Feuilles d'automne* à propos d'un article sur les *Méditations*.

Plus tard, on y entendit Alfred de Musset lire ses *Contes d'Espagne*. Aussi, quand chez lui l'auteur des *Nuits* eut succédé au conteur libertin des *Premières poésies*, quand le dégoût de la vie lui fut venu avec les amertumes du plaisir, avec les douleurs d'un amour qui lui fut fatal comme il le fut plus tard à Chopin, le compositeur de la *Marche Funèbre*, Musset aimait à se rappeler le salon de Nodier, si plein d'espérances et de promesses.

> Alors dans la grande boutique
> Romantique,

> Chacun avait, maître ou garçon,
> Sa chanson.
>
> Hugo portait déjà dans l'âme
> Notre-Dame,
>
> Et commençait à s'occuper
> D'y grimper.
>
> De Vigny chantait sur la lyre
> Ce beau sire
>
> Qui mourut sans mettre à l'envers
> Ses bas verts.
>
> Antony battait avec Dante
> Un andante ;
>
> Émile ébauchait vite et tôt
> Un presto.
>
> Sainte-Beuve faisait dans l'ombre,
> Douce et sombre,
>
> Pour un œil noir, un blanc bonnet,
> Un sonnet.
>
> Et moi, de cet honneur insigne
> Trop indigne,
>
> Enfant par hasard adopté
> Et gâté,
>
> Je brochais des ballades, l'une
> A la lune,
>
> L'autre à deux yeux noirs et jaloux,
> Andaloux.

Musset était loin de nommer tous les hôtes de l'Arsenal, et s'il plaisantait sur l'œuvre de ceux qu'il nommait, sans s'excepter lui-même, il en oubliait des meilleurs que j'ai vus écoutés, moins en poëte que lui.

C'était d'abord Balzac, à qui Nodier, se sentant atteint par la mort, disait : « Je fais plus que vous donner ma voix pour l'Académie, je vous laisse ma place (1). »

A ses débuts, l'auteur de la *Peau de chagrin* causait dans ce salon de littérature avec originalité, et de cuisine avec l'imagination d'un homme qui, faute de moyens et pour ne pas perdre de temps, préparait lui-même le lundi et le jeudi la nourriture de toute la semaine. Nul mieux que lui n'a, en effet, mis en pratique l'observation qu'il adressait plus plus tard à Laurent Jan : « Tout bonheur est fait de courage et de travail. »

A côté de Balzac, l'auteur de *Joseph Delorme* que M. Guizot nommait un Werther carabin et jacobin, Sainte-Beuve analysait avec précision toutes choses, et la timidité de son caractère donnait beaucoup de valeur aux hardiesses et à la causticité de son esprit.

Weiss, le bibliothécaire de Besançon, dissimulait sa science sous sa bonhomie.—C'était lui que Mme Nodier envoyait au bain pour s'en débarrasser parce qu'il venait trop tôt avant le dîner et qui, revenu trop tôt encore, était accusé de n'être pas allé où on l'avait envoyé, parce qu'il avait tenu, pour lire, ses

(1) Nodier se trompait. Ce fut Mérimée qui l'obtint. Il écrivait à ce propos le 15 mars 1844. « Ma mère qui souffrait depuis longtemps d'un rhumatisme en a été guérie tout d'un coup. »

mains au-dessus de l'eau. — Si Weiss était un bonhomme, on ne pouvait guère appliquer la même épithète à l'auteur de l'*Épître d'un Paysan de la vallée aux Loups*, Tabaud de la Touche, qu'on s'obstine à nommer Henri et qui s'appelait Hyacinthe. Les salons redirent une foule de ses mots piquants qu'il faisait passer sous le nom de M. de Talleyrand, comme il avait composé *Olivier*, petit livre hardi, qu'il attribuait à la duchesse de Duras. La Touche était un médisant cruel, qui chassait de race. Son grand oncle Guimond de la Touche, l'auteur d'*Iphigénie en Tauride*, avait laissé plus d'une satire. Le petit neveu, lui, marquait toutes les médiocrités d'un fer brûlant, mais c'était aussi, en même temps, un causeur plein de grâce; et l'on ne pouvait dire ce qu'il fallait le plus admirer en lui ou de sa verve épigrammatique ou des formes aimables de sa parole, de si bon goût qu'elle semblait appartenir à une homme d'un autre siècle. « Voulez-vous, m'écrivait-il un jour, nous entendre pour aller à Aulnay, vous, Frédéric Soulié, quelque autre bon vivant et surtout Mme Jal et votre fils. Lavons l'encre de nos mains dans la rosée des coquelicots. Est-il assez romantique celui-là! »

Une des amitiés les plus fermes et les plus dévouées du salon de Nodier, c'était le baron

Taylor, qui se plaisait à voyager pour deux motifs : d'abord par une noble curiosité pour enrichir sa mémoire, déjà fort ornée; puis pour apprécier mieux notre pays, dont les Français parlent mal si volontiers. — Selon lui, pour goûter les biens que la France nous offre, il faut de temps en temps s'en éloigner de deux ou trois mille lieues, vivre pendant quelques mois sans autre abri qu'un palmier, sans autre lit qu'un sable brûlé par le soleil. — Aussi, quand il revenait à l'Arsenal, en rapportant de ses voyages des chefs-d'œuvre de l'art, ou des monuments de la plus haute antiquité, comme nous aimions à l'entendre parler de l'Égypte, de la Grèce ou de l'Espagne, nous rappelant quelque page de notre histoire dont il avait pris note, ou cherchant à découvrir l'avenir de ces contrées que l'œuvre gigantesque de M. de Lesseps vient de ranimer. — Ainsi, en 1828, lorsqu'il allait aux cataractes du Nil et à l'île de Philœ, il m'adressait deux inscriptions relatives à la campagne du général Bonaparte (1), et en juin 1829 il terminait l'exposé

(1) Première inscription :

L'AN DE LA RÉPUBLIQUE
LE XIII MESSIDOR
UNE ARMÉE FRANÇAISE COMMANDÉE
PAR BONAPARTE EST DESCENDUE
A ALEXANDRIE.

de ses impressions dans une lettre, intéressante déjà par les rapprochements qu'on peut
faire avec ce qui s'est accompli. — « Je viens,
m'écrivait-il, de parcourir la Grèce, et je vous
écris de la vieille Égypte. Il est curieux de
visiter maintenant les deux terres, berceaux
de notre civilisation et qui en recommencent
une seconde. — Pour ceux qui aiment à vivre

L'ARMÉE AYANT MIS VINGT JOURS
APRÈS LES MAMELOUKS EN FUITE
AUX PYRAMIDES
DESAIX, COMMANDANT LA
PREMIÈRE DIVISION, LES A
POURSUIVIS AU DELÀ
DES CATARACTES, OÙ IL EST ARRIVÉ
LE 13 VENTÔSE DE L'AN VII.
LES GÉNÉRAUX DE BRIGADE
DAVOUST, FRIANT, BELLIARD
DONZELOT, CHEF DE L'ÉTAT-MAJOR
LA TOURNERIE, COMMAND^t L'ARTILLERIE
EPPEL, CHEF DE LA 21e LÉGÈRE
LE 13 VENTÔSE DE LA RÉPUBLIQUE
3 MARS AN DE J.^s CH.^st 1799.
GRAVÉ PAR CASTEX SCULPTEUR.

Et cette autre dans une autre partie du temple :

R. F.
AN VII.
BALZAC, COQUEBERT, CORABŒUF,
COSTAZ, COUTELLE, LACIPIERRE,
RIPAULT, LEPÈRE, MÉCHAIN, NOUET,
LENOIR, NECTOUX, SAINT-GENIS, VENTURE,
DUTERTRE, SAVIGNY.
LONG. DEP. PARIS 30° 16′ 22″
LATITUDE BORÉALE 24. 3. 45.

cent ans, je puis leur assurer qu'ils seront récompensés de leur peine par un beau spectacle. — Ils verront au Pyrée les flottes à vapeur des Sycks, et où Sesostris a régné, les Bédouins faire l'exercice comme la Vieille Garde de Napoléon. Il ne faut même pas cent ans pour ces événements assez extraordinaires, et si mon centenaire aime à voyager, il pourra prendre sa place dans un bateau à vapeur, que l'on trouvera au pont de Grenelle, à Paris, viendra fort à son aise sans mettre pied à terre se reposer à Athènes, continuera son chemin en venant chercher l'embouchure du Nil pour le remonter et visiter Thèbes, passera par le canal de l'isthme de Suez, que l'on n'aura pas de peine à creuser, puisqu'il existe depuis plusieurs siècles et qu'il ne s'agit que d'y laisser couler de l'eau, passera quelques jours à Calcutta et à Bombay, et reviendra tranquillement par le cap de Bonne Espérance descendre au quai des Tuileries, pavillon de Flore. — Si j'étais ministre, je ferais faire ce voyage dans quelques mois à un brave habitant du Marais, et, sans plaisanterie, une promenade comme celle-là serait d'un avantage inappréciable pour le commerce et l'industrie. — Je me passerai du bassin de Grenelle, car l'attendre de nos puissances protectrices de ce qu'il y a de

beau et de bon pour notre prospérité nationale serait trop long. »

On conçoit le plaisir qu'on avait à revoir
pour l'écouter ce voyageur si intelligent, qui
mêlait avec ce piquant le rêve aux relations
possibles.

Mme Amable Tastu n'avait pas couru le
monde, elle, mais on ne s'en plaisait que
mieux auprès de l'auteur de *la Veillée de
Noël*. — Cette femme, si modeste malgré
son talent, n'avait pu se donner l'assurance
affectée par quelques femmes poëtes, mais sa
conversation n'en avait que plus de charme et
de douceur (1).

Si je nommais tous ceux que j'ai vus chez
Nodier, ce serait nommer tout le monde litté-
raire ou artistique. Ainsi, parmi les peintres :
Eugène Isabey, Delaroche, Gudin, Gigoux,
Bellangé, Watelet, Robert Fleury (2), Gué,

(1) L'auteur de *Volupté* complète cette impression
par quelques lignes écrites en 1866 le 30 août. « Je n'ai
pas revu Mme Tastu. On craint de revoir après tant
d'années ce qui a été un idéal dans la jeunesse et elle
était à certain égard un idéal, par ce mélange de poésie, de raison et de candeur. Je la revois toujours en
idée, telle que nous la trouvions dans ces charmantes
soirées de l'Arsenal, non loin de Mme Jal, si belle, si
simple et si bonne. La mémoire a aussi ses galeries de
portraits qu'un rayon parfois vient éclairer. »

(2) Sur la page blanche d'une lettre de M. Robert-
Fleury, père, qui l'avait invité en janvier 1870 à voir

peintre et décorateur habile, sachant égayer
un des coins du salon par ses récits. Parmi
les écrivains : Jules Janin, Drouineau, Fonta-
ney, Ernest Fouinet, Cavé, le spirituel M. de
Fougeray en deux personnes, de Beauchesne,
le futur historien de Louis XVII. Et que d'autres encore ! de Cailleux, directeur du Musée, Duponchel, directeur de l'Opéra où il
donna les *Huguenots* et produisit Duprez ; le
sculpteur David ; Cayx, bibliothécaire de l'Arsenal avec Nodier, puis député lorsqu'il eut
abandonné sa chaire d'histoire du collége Char-
lemagne, dans laquelle Théodore Toussenel
le remplaça avec tant d'éclat, y dépensant,
m'a-t-on dit, plus de talent et y apportant plus
de lumières qu'il n'en a fallu à d'autres pour
se faire un nom et obtenir une haute position.

son tableau de la mort de Paul Ier, M. Jal termine son
examen de cette belle œuvre par cette note : « Je ne
sais pas le nom du Russe pour qui a été peint ce tableau, mais Fleury m'a dit que cette personne tient les
détails de la conspiration et du meurtre de celui qui,
le tzar étant mort, est entré dans la chambre et croyant
avoir vu bouger le défunt empereur, par pitié pour la
victime, a serré de nouveau la ceinture strangulatoire
afin d'achever la suffocation. L'empereur quelques
jours avant le 11 mars 1801, ayant consulté un homme
qui prédisait l'avenir, celui-ci lui dit, ne le connaissant
pas : « Tu mourras tel jour. » Le 11 mars, l'empereur
ne se coucha qu'à une heure après minuit, et avant
de se mettre au lit dit : Voilà mon sorcier mis en défaut,
je devais mourir aujourd'hui et me voilà plein de vie, »

Enfin, comme les gens de lettres ne vivent pas plus sans libraires que les avocats sans avoués ; — on voyait l'illustre Ladvocat, du Palais-Royal, devenu depuis le courtier de la couturière Camille, triste fin pour un homme qui avait été si habilement généreux envers la littérature.

Tels ont été les visiteurs de ce noir bâtiment qu'on appelle l'Arsenal, habité aujourd'hui par le bibliophile Jacob (Paul Lacroix), qui sait si bien l'ancienne France ; telles ont été ces octaves de plaisir si courues, dont Tony Johannot nous a laissé un souvenir dans l'*Artiste*, et que Musset ne pouvait se rappeler sans émotion, lorsqu'il écrivait à Nodier.

> Gais comme l'oiseau sur la branche,
> Le dimanche,
> Nous rendions parfois matina
> L'Arsenal.
>
> Cher temps plein de mélancolie,
> De folie.
> Dont il faut rendre à l'amitié
> La moitié !

Oui, c'étaient là de bonnes et de trop courtes heures que nous pouvions opposer aux fêtes somptueuses de l'aristocratie ou de la finance ; — on y vivait par le cœur autant que par l'esprit, et sous ce double point de vue chacun y payait largement son écot.

Entre les artistes qui apportaient aux réunions où je me trouvais le plus d'esprit et de gaieté il faut faire une place à part à Henri Monnier, ami intime d'Amaury Duval et de moi. Il m'avait fait quelques dessins pour mon salon de 1827. Monnier se plaisait, dans nos amusements en petit comité, à lire ses proverbes, qui parurent en 1830, sous le titre de *Scènes populaires*, et commencèrent sa réputation. Il sentait que nous appréciions son esprit observateur; mais, quoique sur cette pente il se mît assez facilement en scène, lorsqu'on savait l'attirer, néanmoins il ne se livrait pas à ceux qui ne voulaient voir en lui qu'un amuseur. La marquise de Montcalm apprit une fois aux dépens de son amour-propre qu'il en avait un aussi, et il me chargea de faire comprendre à la grande dame qu'il ne fallait pas plus compter sur ses lazzis que l'on ne devait attendre la flûte de Tulou, si l'artiste ne rencontrait pas certains égards chez ceux qui, après tout, lui demandaient une gracieuseté qu'il ne leur devait pas. « Surtout n'oubliez pas votre flûte, » écrivait un bourgeois à Tulou qu'il invitait à dîner. Tulou envoya sa flûte à ce monsieur et n'alla pas chez lui.

Auteur des scènes qu'il nous représentait, il nous intéressait vivement, malgré la trivialité des sujets, par la reproduction fidèle des caractères, du ton, du langage. Nous comprenions qu'il y avait là des portraits dont nous ne connaissions pas les originaux, mais qui devaient être ressemblants.

Cette impression nous fut particulièrement sensible dans ses scènes intitulées *Intérieurs de bureaux*, qui frappaient tant Balzac. — Employé pendant quelque temps au Ministère de la Justice, qui siégeait, sous la Restauration comme aujourd'hui, sur la place Vendôme et rue Neuve-du-Luxembourg, Monnier avait groupé et mis en relief plusieurs personnalités de son entourage avec tant de verve et de précision à la fois que, malgré certains arrangements nécessaires, un de ses anciens camarades croyait reconnaître l'original de M. Cadouin, de M. Desroches, mais surtout celui de l'honorable M. Dumont. Ce chef, qui ne fait qu'apparaître, mais est largement dessiné dans la préface, était, nous a-t-on dit, un chef de bureau du Sceau des titres, qui en était comme la cheville ouvrière sous M. de Pastoret. Homme excellent, quoique d'un abord sérieux, M. Guillaume Cervot était aussi un homme de goût et très-instruit. Quelques vers qu'il avait écrits pour des compositions musicales, comme le buste qu'avait fait de lui le père de Jules Coignet, le paysagiste, témoignaient qu'il avait des amis parmi les enfants d'Apollon, ainsi que

l'on disait en ce temps-là. Mais la nature de
son esprit le portait de préférence sur l'histoire et sur les lettres. Curieux du passé, il
habitait l'hôtel dans lequel Coligny avait été
assassiné et où le duc de Lauraguais avait enlevé Sophie Arnould. Familier avec les écrits
de Marot, de Montaigne, avec la satire Me-
nippée, il ne l'était pas moins avec l'*Essai de
Voltaire sur les mœurs et l'esprit des nations*.
Il s'intéressait également aux découvertes
géographiques qui se poursuivaient alors en
Afrique, dans le Grand Océan et vers les Pôles.
Mais tenu à la chaîne par son emploi et obligé
par son âge à ne voir plus qu'en rêve un
voyage en Italie, il en cultivait la langue par
des traductions de Tasse, de Métastase, de Tas-
soni. Il recherchait aussi les vues de ce pays
et possédait dans son cabinet deux magnifiques
dessins du dix-huitième siècle représentant à
la plume et au lavis le Corso de Rome pendant
le carnaval. Si l'on ajoute à ces connaissances
et à ces goûts une étude approfondie du droit,
l'on verra que les bureaux de la Justice avaient
là un homme réellement distingué.

Chacune des figures qu'Henri Monnier
ébauche dans les préfaces de ses *Scènes populaires* pourrait de même donner lieu à un
commentaire. Mais je m'en tiens à celui-ci
comme à un souvenir du monde bureaucrati-

que dont les circonstances m'ont approché et
où j'ai rencontré dans l'ombre bien du dévouement à la chose publique, et, sous les aspects les plus simples quelquefois, des hommes d'un mérite supérieur.

Ce portrait peut suffire d'ailleurs pour faire
voir que Henri Monnier eût gagné à faire connaître les sujets qui posaient devant lui, s'ils
n'eussent appartenu le plus souvent à un
monde sans idéal. Je ne suis pas de l'école
réaliste, je l'avoue. Aussi m'étonné-je toujours
comment Henri Monnier, qui, en 1832, dans
son voyage en Belgique, s'extasiait devant la
Descente de croix, par Rubens, a pu, pendant
toute sa vie, se faire le continuateur des ma-
gots de van Ostade ou de Teniers. Scarron,
il est vrai, admirait bien Poussin, mais ce dernier ne le lui rendait guère. Comment, en effet,
se faire de telles habitudes et continuer de
sentir son âme au milieu de ces grotesques ?
Il y a là assurément un de ces phénomènes
qui témoignent du danger de s'attarder dans
les gamineries de la petite presse ou de l'atelier. On devient incapable d'autre chose.
Monnier du moins s'y éleva un jour à la hauteur d'un véritable artiste en peignant dans
Joseph Prudhomme cette espèce d'hommes
vulgaires et prétentieux qui n'était que ridicule au temps de Molière, mais qui devint

dangereuse, lorsque la famille de M. Jourdain
tint le pouvoir, non pour élever la nation vers
cet idéal qu'elle n'apercevait pas, mais pour
l'abaisser à ses petites vues et à ses grands
besoins de confortable, avant tout.

Je ne saurais terminer les pages consacrées
aux réunions des artistes sans faire allusion,
au moins, à ces bals costumés qu'Alexandre
Dumas donnait rue Saint-Lazare, numéro 40,
et à l'un desquels le général Lafayette, était
un des sept cents invités. « A neuf heures du
matin, écrit Dumas lui-même, musique en
tête, on sortit et l'on ouvrit rue des Trois-
Frères, un dernier galop dont la tête attei-
gnait le boulevard, tandis que la queue fré-
tillait encore dans la cour du square.

C'était à ce bal que M. Tissot, ayant eu
l'idée de s'habiller en malade, se trouva constamment suivi de salle en salle par le peintre
Jadin, vêtu en croque-mort, et qui lugubre,
le crêpe au chapeau, lui répétait toutes les
cinq minutes : « J'attends ». L'auteur des
Études sur Virgile sentit le besoin de rega-
gner son lit.

Alexandre Dumas conserva de ce temps,
un panneau peint par Eugène Delacroix, représentant le roi Rodrigue après la bataille
du Guadalete. Il avait encore en 1869 ce tableau au boulevard Malesherbes, où il habi-

tait avec sa fille, artiste distinguée, digne
élève de Mlle de Fauveau.

Je me suis demandé plus tard, lorsque le
temps a ramené mon esprit sur ce bal, s'il
n'entrait pas dans cette fête de Dumas quelque peu d'orgueil et de prodigalité. Dumas
disait qu'il avait voulu faire mieux qu'aux
Tuileries. C'était déjà bien de la prétention.
En tout cas l'on y dépassa la mesure que,
plus sages, gardaient à Rome les peintres qui
s'y donnaient un pique-nique, en mars 1830,
chez Léopold Robert.

Je n'ai connu ce grand peintre que quelques jours avant sa mort dans le palais Pisani
à Venise. Mais parmi ses hôtes de ce jour-là,
j'avais pour amis Bonnefonds et Horace Ve-
net. Il y avait aussi Schnetz et Orsel, l'artiste
qui peignit la chapelle des Litanies de la
Sainte Vierge, à Notre-Dame-de-Lorette, à
Paris.

« A la fin du dîner, écrivait Léopold Robert
à sa sœur, au dessert on se mit à chanter, car
plusieurs de ces messieurs y sont très-forts.
On chanta presque toute la soirée ; puis on
se leva de table et on repassa dans la salle à
cheminée où le vin chaud était servi ; c'est ce
qui mit le sceau à une gaieté générale. — A
une heure du matin on commença à faire des
charges. — Bonnefonds fit le pauvre aveugle

mendiant. — Horace Vernet, le petit nain du Kamtchatka, qui fit bien rire. — Enfin, on s'amusa parfaitement, royalement même, mot du reste impropre, et ces messieurs partirent à quatre heures du matin. »

Orsel, « cet artiste délicat et pur comme un peintre de l'école ombrienne, » l'un des derniers interprètes, avec Flandrin, de la peinture religieuse, Orsel eût peut-être préféré à cette petite fête une réunion semblable à celle à laquelle, vers 1845, nous invita Lehman, pour entendre les chœurs d'*Antigone*, de Sophocle, composés par Mendelsohn et Bartholdy. Quoi qu'il en soit, il paraît qu'on s'était assez amusé chez le peintre des *Pêcheurs de l'Adriatique*, pour que l'on proposât de recommencer tous les mois ; mais Léopold avait eu trop d'embarras pour recevoir ses amis. Or, il ne faut pas que le plaisir gêne le travail, ni jette dans des dépenses exagérées ; il faut respecter le temps et l'argent comme des moyens qui peuvent servir à tant de belles et bonnes choses. — C'était ce que sentait Léopold Robert ; c'était ce que ne comprenait pas assez Alexandre Dumas.

Sans doute il était beau de convoquer, pour décorer son appartement, dix peintres de grand renom qui, s'y prêtant fraternellement, montraient que les artistes, riches de leur talent même, peuvent à l'occasion s'offrir des magnificences interdites au public. — On ne pouvait mieux faire connaître les mérites de l'union entre les arts et les lettres. — Sans doute encore, il y avait quelque chose de fier à recevoir des hommes du plus haut rang et de traiter pour ainsi dire d'égal à égal. — Cependant, je le répète, moins de faste convient davantage aux artistes, et ce que j'ai aimé le mieux dans nos réunions ce n'était pas la prétention à l'éclat et à la supériorité, ç'a été surtout la vie de l'esprit sous toutes les formes, de l'esprit à la fois au repos et actif pour être aimable encore, de l'esprit uni au naturel et à la bonté. Les artistes et les écrivains ne sont, à mes yeux, tout ce qu'ils peuvent, tout ce qu'ils doivent être qu'à la condition de ne pas oublier ce mot d'un des plus illustres d'entre eux. « Soyez bon, mon ami, disait Walter Scott mourant à Lockart, son gendre; soyez bon, il n'y a que cela de vrai. » Le dernier mot de Walter Scott sera aussi le mien.

FIN.

TABLE DES CHAPITRES

Introduction. — Le prix Gobert et le lauréat de
l'Académie des inscriptions et belles-
lettres en 1873 1

I. Mon père et le duc d'Otrante 96

II. Mes premières visites au Palais-Royal et à
la mer 112

III. Le Tourville et quelques types de la Marine de 1811 à 1814 152

IV. Joseph Berchoux et le cuisinier de l'École
navale 178

V. Les plaisirs de la table sous la République
et sous l'Empire 196

VI. Échos de l'Ile d'Elbe 233

VII. Un aspirant de marine à Paris, pendant
les Cent-Jours 252

VIII. Les douze derniers jours de Napoléon en
France 317

IX. Le maréchal Ney à Saint-Albans; et les
derniers dévouements en 1815 375

X. Mon Premier Éditeur et le Radeau de la
Méduse 404

XI. Les Partis et la Littérature militante sous
la Restauration 420

XII. Les Rédacteurs du Miroir..............   455

XIII. Une fête chez Mme du Cayla au château
      de Saint-Ouen et les Relations du Miroir
      avec Louis XVIII...   475

XIV. Mademoiselle Mars................. ..   495

XV. Réunions d'artistes et de gens de lettres
     sous la Restauration...............   515

FIN DE LA TABLE DES CHAPITRES.

TYPOGRAPHIE LAHURE

Rue de Fleurus, 9, à Paris.